傅雷译作全编

注释版

〔法〕奥诺雷·德·巴尔扎克/著　傅雷/译

巴尔扎克作品

比哀兰德

搅水女人

巴蜀书社

图书在版编目(CIP)数据

巴尔扎克作品《比哀兰德》《搅水女人》/(法)奥诺雷·德·巴尔扎克著;傅雷译. —成都:巴蜀书社,2018.6

(傅雷译作全编:注释版)

ISBN 978－7－5531－1000－4

Ⅰ.①巴… Ⅱ.①奥… ②傅… Ⅲ.①中篇小说—小说集—法国—近代 Ⅳ.①I565.44

中国版本图书馆CIP数据核字(2018)第126951号

《比哀兰德》《搅水女人》 (法)奥诺雷·德·巴尔扎克著 傅雷译

策划组稿	施 维
责任编辑	施 维 周昱岐
出 版	巴蜀书社 成都市槐树街2号 邮编610031 总编室电话:(028)86259397
网 址	www.bsbook.com
发 行	巴蜀书社 发行科电话:(028)86259422 86259423
经 销	新华书店
内文排版	四川泽雨文化有限公司
印 刷	四川省南方印务有限公司
版 次	2018年8月第1版
印 次	2018年8月第1次印刷
成品尺寸	170mm×240mm
印 张	22.75
字 数	455千
书 号	ISBN 978－7－5531－1000－4
定 价	59.00元

目　　录

比哀兰德／1

搅水女人 / 123

第三部　遗产归谁

比哀兰德

一　比哀兰德·洛兰

1827年10月，有一日天才透亮，普罗凡“下城”的小广场上来了一个十六岁光景的青年，身上的衣着表明他照现代语言很不客气的说法是个无产者。那个时间，少年人尽可把长方形广场上的屋子一幢幢打量过来，不会受人注意。普罗凡河上的磨坊已经开工。水车声和上城方面传来的回声，在清冽的空气和耀眼的晨光中使环境格外显得幽静，哪怕四五里外在大路上经过一辆班车，你也听得见车身上那些铁器震动的声音。

长里的两排屋子，中间隔着一行菩提树，建筑朴素，显出布尔乔亚日子过得安静、刻板①。那地段毫无市面。有钱人家那种华丽的大门也不大看见；即使有也难得打开，除非是马德南先生府上，他是医生，不能没有一辆双轮马车坐着出门。有几家门面上爬着葡萄藤，也有爬着长枝条的蔷薇直到二楼，稀稀朗朗开着一大球一大球的花，把香气送进窗内。广场的一头差不多直达下城的大街；另外一头丁字式横着一条街，和大街平行，街上住户的花园一直伸展到河边，就是灌溉普罗凡盆地的两条河中间的一条。

广场的这一头尤其安静。青年工人认出了人家告诉他的屋子：白石门面，一排排的石头之间露出接缝的沟槽；窗外装着半截的细铁栏杆，栏杆上嵌着黄漆的蔷薇花纹，灰色的百叶窗一律关着。假三层的屋面盖着石板法国及别的欧洲国家很多用长方形的石板做屋瓦，顶楼上一共有三扇窗。一座山墙顶上装着新式的定风针②，形状是个预备放枪打野兔的猎人。楼下大门口有三级石阶。大门的一边，一节铅管把污水通往一条小小的阴沟，可见里头是厨房。另外一边有两个窗洞，紧闭的灰色护窗板上雕出鸡心形的洞眼，

---

① 布尔乔亚：“资产阶级”的音译。19世纪前，多指低于贵族、高于农奴和无产阶级的广大人群。

② 山墙：建筑物两端的横向外墙一般称山墙，主要用来与邻居住宅隔开和防火。

透进一些光线，看上去是饭厅。因为有了石级，屋基比较高了；每扇窗下，靠近地面露出地窖的出风洞，装着上漆的铅皮小门，门上许多洞眼还像煞有介事镂出花纹来。样样都是新的，经过修理的屋子，一切讲究的装饰都还新簇簇的，在别的旧屋子中间非常突出：会观察的人看了马上体会到告老的小商人的俗气和得意。少年人望着门面上的种种光景，神气又高兴又难过；眼睛从厨房移到顶楼上去的动作表示他在心中盘算。太阳的红光照出顶楼上只有一扇窗挂着卡里谷布的窗帘①。少年人的脸忽然开朗，完全快活了。他退后几步，靠在一株菩提树上，用西部人特有的拖沓的声音唱出一支布勒塔尼的情歌②。布吕奇埃作过不少可爱的歌曲③，也发表过这一支。按照布勒塔尼的风俗，村上的青年大多用这支歌向新婚夫妇道喜：

愿你们俩婚姻美满，
　祝你新嫁的郎君，
　也祝你这新过门的媳妇。

新婚的太太，
　你如今受着金链的牵缠，
　要死了才能解开。

你不能再上舞会，跟我们一起作乐寻欢；
　你只好看守门户，
　眼睁睁的看着我们去跳舞。

你可曾心下明白，
　对丈夫要忠诚到底，
　爱他像爱你自己？

我献你这花球，请你赏收。

---

① 卡里谷布：一种白色平纹布。

② 布勒塔尼：今译布列塔尼（brittany），法国西部的一个地区。

③ 布吕奇埃：今译布律吉埃（1793—?），查理十世的王室乐师。

他靠在一株菩提树上

可怜世上没有不谢的鲜花，
你也没有长久的荣华。

这支地方歌曲，同夏朵勃里昂改编的《姊姊，你可还想得起?》一样优美①，在香巴涅一带的勃里区勃里是巴黎以东的一个地区，分作好几部分，香巴涅为其中之一。香巴涅一带的勃里区小城就是指普罗凡。布勒塔尼为法国西部的古行省，原有的风俗保存最多的小城中唱起来②，一个布勒塔尼女子听了必然引起许多回想。布勒塔尼原是一个庄严古老的乡土，那支歌把当地的风俗、景色和人情的敦厚描写得非常真切。歌词所反映的现实生活有种说不出的凄凉情调，令人深深感动。平时很熟悉而往往很愉快的节奏，竟会唤起一大堆严肃、甜蜜、心酸的往事：这股力量就是民歌的特色，怪不得音乐界对民歌有种迷信。因为迷信无非是民族经过了多少次革命和打击，始终没有消灭的东西。少年工人一边唱一边目不转睛的望着顶楼上的窗帘。第一节唱完了，毫无动静。唱到第二节，卡里谷布动起来了。“我献你这花球”一句才唱完，窗上便出现一个姑娘的脸。等到工人唱着情调凄凉而文字极简单的两句：“可怜世上没有不谢的鲜花，你也没有长久的荣华。”那姑娘已经伸出雪白的手小心翼翼的打开窗来，向工人点头招呼了。

工人突然从树下探出身子，在短褂下面掏出一朵金黄的花，在布勒塔尼极普通的金雀花③，但在勃里很少看见，大概是那青年从田野里采来的。

姑娘轻轻的说道：“是你吗，布里谷?”

“是啊，比哀兰德，是啊。我到了巴黎，出来跑码头了。不过你在这儿，说不定我就在这儿住下。”

那时，比哀兰德房间底下的二层楼上，窗门吱吱咯咯的响起来。布勒塔尼姑娘慌张得不得了，吩咐布里谷：

“快走吧!”

布里谷像受惊的青蛙，一窜就往磨坊那边的街道拐角上窜过去；那条街后半段折入大街——下城的主要街道。但他尽管溜的快，打着铁掌的鞋

---

① 夏朵勃里昂：今译夏多布里昂（1768—1848），法国作家、政治家、外交家。

② 香巴涅：今译香槟。勃里：今译布里。

③ 金雀花：又名紫雀花。瓣端稍尖，旁分两瓣，势如飞雀，色金黄，故名“金雀花”。

子踏在普罗凡的街面上，二层楼上开出窗来的人在磨坊的水车声中还是分辨得出。

那人是个女性。男人们清早都睡得好好的，决不肯为了一个现代打扮的行吟诗人打断好梦，只有姑娘家才会被情歌惊醒。所以那女的是个姑娘，而且是个老姑娘。她手势像蝙蝠似的推开百叶窗，向四下里张望；布里谷早已去远，只隐隐听见他的脚声。我们的眼睛看了最不舒服的莫过于大清早窗口出现一个难看的老姑娘。出门人经过小城小镇自会见到许多有趣的怪事，可是遇到这个景象也要吃不消，觉得太不愉快、太丑恶了，要笑也笑不出。那个耳朵极灵的老姑娘当时一点装扮都没有，既没有假头发做的前刘海，也没有领围。她像老婆子一样脑袋上包着一小块塔夫绸的黑头巾①，式样难看无比，睡帽在床上扭来扭去，推到脑后去了，头巾也露在睡帽外面。披头散发的模样使她神气格外凶恶，像画家笔下的妖婆。脑门、耳朵、颈窝，都没有遮盖好，显得一味枯干；僵硬的皱裥红得好难看②，把短袖衬衣褪得发白的颜色衬托得愈加分明。衬衣的领口扣着扭曲的带子，敞开了一半，露出的胸脯和不怕出丑的乡下老婆子的胸脯差不多。瘦削的胳膊好比一根竿子，不过外面包了衣服罢了。那位小姐站在窗口显得个子高大，因为她的脸厚实开阔，令人想起某些瑞士人的奇大无比的面孔。她的相貌整个儿不成格局，主要的特色是线条僵硬，皮色刺眼，神情的冷酷便是专门研究相貌的人见了也会厌恶。这些浮面的表情有什么变化的时候，不是堆着生意人招呼顾客的笑容，便是露出一副布尔乔亚的蠢相，倒像忠厚老实，跟她来往的人很容易当她好人。屋子是她和兄弟俩共有的产业。兄弟在房里呼呼大睡，哪怕以音响宏大出名的歌剧院乐队在旁演奏，他也不会惊醒。

老姑娘眼皮几乎老是带点儿虚肿，眼睫毛很短，浅蓝眼睛又小又冷酷。她把头伸出窗外，抬起眼睛朝顶楼上望，想望见比哀兰德，望了一会觉得无法可想，便缩进屋子，动作赛过乌龟头伸出壳来又缩了回去。百叶窗关上了，广场上仍旧静悄悄的，只有进城的乡下人或是早起的人偶尔有些声响。屋子里只要住了一个老处女，就用不着看家狗：事情不管多么小，她没有一件不看见，不推详，不做出各式各种推论。所以刚才的情形不能不引起老姑娘严重的猜疑，展开一场家庭惨剧。倘若读者允许我把家

① 塔夫绸：其名称来源于英文 taffeta 一词，一种平纹丝织物。

② 皱裥（jiǎn）：衣裙上的褶子，此指皱纹。

务纠纷也叫作戏剧的话，这类场面虽然无人得知，也照样惊心动魄。

比哀兰德不再上床。布里谷的出现对她是桩了不起的大事。黑夜本是受难者的伊甸园①，比哀兰德白天不能不受的折磨和烦恼，夜里都能逃过。有一首民歌，记不起是德国的还是俄国的，其中的主角觉得黑夜才是快乐的生活，白天只是可怕的恶梦；比哀兰德就有这个感觉。她早上醒来感到愉快还是三年来第一次。童年的往事在她心中唱出甜蜜的诗歌，声音又优美又动人。第一节歌她是在睡梦中听到的，第二节使她直跳起来，听了第三节她惊疑不定：遭难的人多半是怀疑派。外面唱到第四节，她已经光着脚站在窗口，身上只有一件衬衫，认出唱歌的是童年的朋友布里谷。啊，不错，是那种方襟的短褂，短小的衣摆笔直向下，两只衣袋在腰里晃来晃去，地道布勒塔尼式的蓝呢短褂，粗糙的罗昂布背心，扣着金鸡心的布衬衫、大翻领，耳环，笨重的皮鞋，从上到下的纹缕褪成花一搭白一搭的蓝布裤②：从头到脚是布勒塔尼的穷人打扮，用的料子又粗又结实。背心和短褂上那些兽角做的大白纽扣，比哀兰德看着心儿直跳。她一见金雀花，眼睛都湿了；可是心中才浮起甜蜜的回忆，立刻被一阵强烈的恐怖压了下去。比哀兰德想到表姊可能听见她从床上起来走到窗口，她猜到老姑娘的心思，向布里谷慌慌张张做了一个手势要他走开；布里谷看着莫名其妙，可是马上照办了。

这种不假思索的服从活活表现出纯洁而死心塌地的感情，那是古往今来偶尔在世界上出现过几回的，正如美丽岛意大利风景优美的玛育湖中的一个小岛上的芦荟，一百年也得开两三次花③。谁要看见布里谷溜走的样子，看到他凭着极天真的感情，极天真的表现他的英勇，怎么能不暗暗赞叹呢？比哀兰德正好足十四岁，雅各·布里谷和她是天生的一对。两个还都是孩子呢！比哀兰德看见布里谷被自己的手势吓得魂不附体，拔脚就逃，不由得哭了。她回身坐在一把破靠椅上，面对一张小桌，壁上挂着一面镜子。她把胳膊肘子搁在桌上，两手捧着腮帮出神，坐了个把钟点。她想到布勒塔尼的沼泽区，想到邦霍埃小镇，小雅各替她在老柳树底下解下一条小船，在池塘里划着玩儿，险些儿出事；又想到老态龙钟的祖父祖母，病容满面的妈妈，仪貌堂堂的布里谷少校，以及整个无忧无虑的童年。那仍旧是一

① 伊甸园：《圣经》中亚当和夏娃的居住地，有乐园之意。

② 纹缕：纹路、丝缕。

③ 多肉植物芦荟百年内开两三次花，至今仍为家喻户晓的讽喻。

个梦，在灰暗的背景上照出几道快乐的光彩。

在睡梦中弄皱的小睡帽底下，蓬蓬松松露出一头美丽的浅灰头发；睡帽是她用竹布自己做的，四周钉着管子形的皱边。太阳穴两旁的头发卷儿散在灰色纸卷外面。压得扁扁的粗辫子松开着挂在脑后。白得过分的脸说明她害着少女们常有的萎黄病①，医学上的名字倒很好听，叫作克罗罗士。这种病往往使人没有血色，食欲不振，身体内部失调。浑身的皮色像白蜡。脖子和肩膀像枯草一般惨白，怪不得交叉在胸口的胳膊那么瘦。比哀兰德害了那个病，脚也似乎软绵绵的格外细小。衬衫只遮到膝盖，裸露的部分软弱无力，血管发青，没有一点儿红润的肉色。当时她受了寒气，嘴唇发紫。嘴角上堆着凄凉的笑容，细巧的嘴巴露出一口又小又美的透明的牙齿，洁白无比；细气的耳朵，略微带尖而很大方的鼻子，虽然浑圆可是很清秀的脸蛋，配在一起十分调和。这张迷人的脸，全部生气集中在一双眼睛里，浅褐色的虹彩洒着黑点②，在深沉活泼的眼珠四周放出闪闪的金光。比哀兰德早先性情快活，如今却抑郁不欢。在刻画分明的眼睛的轮廓上，在神气朴实的脑门上，在短短的下巴颏儿的两面，都还留着当年欢乐的痕迹。眼睫毛很长，罩在带着病态的颧骨上像画笔的锋颖③。因为皮肤白得过分，脸上的线条和许多小地方越发显得细腻。耳朵竟是雕塑家的杰作，可以说是云石雕出来的。比哀兰德的痛苦不止一端。也许读者要知道她的历史，让我讲给你们听吧。

① 萎黄病：少女在性成熟期容易发生的一种疾病，皮肤萎黄或苍白，头晕、乏力等。

② 虹彩：虹膜的旧称。

③ 锋颖：尖细、尖利等，指画笔笔尖部位。

二　洛兰家的历史

比哀兰德的母亲是普罗凡城内奥弗莱家的小姐，跟那所屋子现在两个业主的母亲，洛格龙太太，是异母姊妹。

奥弗莱先生十八岁结婚，六十九岁续娶。前妻只生一个女儿，相貌很丑，十六岁就嫁给在普罗凡开小客店的洛格龙。

奥弗莱的填房也生一个女儿，可是长得漂亮。因此后果很奇怪，奥弗莱的两个女儿年龄相差极大：第二个女儿出世那年，前妻的女儿已经五十岁。洛格龙太太的后母生下小妹妹来，她自己的两个孩子都已成年。

老风流的女儿十八岁，逞着自己的心意嫁给帝国禁卫军中的洛兰上尉。一个人动了爱情往往会有野心。上尉急于要爬到上校，进了作战部队。营长夫妻俩从奥弗莱先生、奥弗莱太太手里得了一笔津贴，心满意足，在帝政时代忽而开战忽而和平的局势之下①，不是在巴黎出风头，便是在德国各地跑来跑去。那个时期，早年在普罗凡做油酒杂货生意的奥弗莱老头死了，死的时候八十八岁，根本没来得及安排遗产。开过小客店的洛格龙夫妇偷天换日，把老头儿的产业吞了一大半，只剩下丈人在小广场上的屋子和另外几亩地留给老奥弗莱的寡妇，洛兰太太的母亲。那位太太守寡的时候年纪只有三十八岁，和许多寡妇一样打错了主意，存心再醮②，把婚书上指定给她的屋子和田地卖给奥弗莱前妻的女儿洛格龙老太太，然后嫁了一个姓奈罗的年轻医生。奈罗把她的家私花得精光；过了两年，她郁郁闷闷，潦倒不堪的死了。

因此，奥弗莱遗产中可能派给小女儿洛兰太太的部分大半不知去向，只剩下八千法郎左右。洛兰少校在蒙德罗一仗中阵亡③，丢下二十一岁的

---

① 帝政时代：1804—1815 年，拿破仑统治时期，即法兰西第一帝国时期。

② 再醮（jiào）：此指寡妇再嫁。

③ 蒙德罗一仗：1814 年 2 月 17 日拿破仑在蒙得罗的一次胜仗（也译蒙特罗）。

老婆和一个十四个月的女儿；全部家私除了应得的抚恤金以外，只有洛兰老夫妇将来的遗产。两老在邦霍埃做零售生意；邦霍埃是王台地带一个小镇①，那个地区就叫沼泽区。

阵亡军官的父母，比哀兰德的祖父母，专卖建筑用的木材、石板、砖瓦、铅管之类。不知是能力不济还是运道不好，他们营业不振，只能过一个苦日子。1814 年拿破仑下野②，进口货突然大跌，南德城中有名的高里南商行宣告破产③，把洛兰的二万四千法郎存款倒掉了。因此儿媳妇回到老家去很受欢迎。少校的寡妇带来八百法郎一年的抚恤金，在邦霍埃是笔了不得的数目。姊姊、姊夫派给洛兰太太的八千法郎，因为彼此住得远，拖拖拉拉经过了许多手续才寄到；洛兰太太拿来交给公婆，公婆把南德城内的一所小屋子给媳妇做抵押品：屋子勉强值到万把法郎，一年收三百法郎房租。

1819 年，洛兰军官的寡妇，在母亲结了倒楣的第二次婚以后三年，差不多和母亲同时过世。老奥弗莱和年轻老婆生的孩子先天不足，娇弱、矮小。沼泽区气候潮湿，对她身体大不相宜。丈夫家里的人要留她住在本乡，口口声声说世界上再没有比沼泽区更卫生更舒服的地方，当年夏兰德就在这里干出一番事业来的。寡妇受到的怜惜、照顾、抚爱，可以说无微不至；她死后，旁人还称道两老待媳妇的好处。有些人认为军官的寡妇肯住在公婆家，多半是为了布里谷，王台党中的一个硬汉，在夏兰德、迈尔西埃、特·蒙多朗侯爵、特·甘尼克男爵以上都是极端派的保王党人，大革命初期在王台地区兴兵作乱，故亦称王台党人。上文说夏兰德干的事业就是指反革命叛乱。巴尔扎克在另一部小说《舒昂党人》中对这些人物有详细描写手下跟共和政府打过仗④。若果如此，她一定是个非常多情非常有义气的人了。布里谷在保王党部队里做到少校，地方上的人一直恭恭敬敬用这个军衔称呼他；他白天和黄昏都呆在洛兰家的堂屋里，守着帝国部队的少校的寡妇，确是邦霍埃人人共见的事实。最后一个时期，邦霍埃的本堂神甫甚至向洛兰老太太提出，要她劝媳妇同布里谷结婚；神甫自愿去托特·甘尔迦罗埃子爵保举布里谷做邦霍埃

---

① 王台地带：今译旺代省，位于法国西部的卢瓦尔河下游地区。

② 1814 年 4 月 13 日，拿破仑在枫丹白露宫签署退位诏书，法兰西第一帝国灭亡。

③ 南德城：今译南特市，位于法国西北部。

④ 夏兰德：今译夏雷特，旺代党人首领。王台党人：今译旺代党人。四人中夏兰德、迈尔西埃是真有其人，其余二人则为巴尔扎克虚构。

的治安法官。可怜的少妇死了，神甫的建议当然作罢。

比哀兰德留在祖父母身边。祖父母欠孩子四百法郎一年利息，不消说都花在孩子身上了。两老越来越不会做买卖，又遇上一个做事巴结、手段灵活的同行，他们却只会咒骂，一点不想办法应付。少校是两老的朋友兼顾问，在女朋友死后六个月也死了；或许是因为心里悲伤，或许是旧创复发，他身上有二十七处伤呢。可恶的邻居却是精明的商人，有心逼倒同行，消灭竞争。他眼看两个洛兰还不出钱，偏偏凭着洛兰的约期票借钱给他们；到他们晚年果然逼他们破产了。当初给媳妇而如今变了给孙女的抵押品，其实做不得准，因为那首先是洛兰老太太的法定抵押品；她为了免得丈夫老来挨饿，坚持自己的权利法国民法规定，丈夫在婚书上应指定一项财产押在妻子名下，丈夫亏累时不受牵连，以保障妻子生活，谓之法定抵押品。遇丈夫欠债而宣告清理时，此项法定抵押在法律上享有最优先的权利；即使此项产业另行抵押，亦不能侵害妻子的优先权。故洛兰给媳妇或孙女的抵押，实际上毫无作用。——但亦有妻子在丈夫破产时自愿放弃法定抵押品的权利，帮助丈夫还债。洛兰老太太坚持权利即是不肯放弃，而实际仍是为了抢救一部分产业，日后养活丈夫。南德的屋子卖了九千五，除去一千五费用，剩下八千法郎归洛兰老太太，她凭着人家的抵押品借出去，作为活命之本。南德有个女修士会办的救济院，叫作圣·雅各堂，和巴黎的圣德－贝利纳堂差不多性质。两个老人交了少数费用，在堂里有吃有住。可是一无财产的孙女儿不便留在身边，洛兰夫妇想起孩子还有洛格龙家的姨丈姨母，便写了封信去。那时普罗凡的洛格龙夫妻都已过世，洛兰写去的信照理是不知下落的了，不料世界上竟有一个帮上帝执行意志的机关，叫作邮政局。

邮政局的事业心远在一般人之上，尽管物质的收获不大，出起主意来便是心思最巧妙的小说家也自愧弗如。邮政局在一封信上所能收到的代价不过是三个到十个铜子，但若找不到收件人，为了挣那几个钱所表现的劲头，只有最顽强的债主可以相比。邮政人员在八十六个州内来来回回，拼命搜索。事情越难，越刺激办事人的天才，他们多半是些文人，寻访不知下落的收件人时，热诚不亚于经纬局中的数学家，会找遍国内所有的角落。只要露出一线希望，巴黎的各分局立刻重新动员。往往一封信到你手里，你会看了发愣，信封正反两面都密密麻麻涂满了字，说明那股始终不懈的办事精神着实了不起。邮局为送达那样一封信所做的工作，要你自己做起来，在旅行、时间、金钱方面势必花到上万法郎，结果仅仅收进十二个铜子法国自1848年起方始采用邮票制度，较英国（1839）为迟。据巴尔扎克描写，当时邮政乃是信件送到后收费的。真的，送信的比写信的聪明多了。

普罗凡的洛格龙死了已有一年，洛兰写给他的信便转到巴黎圣·但尼街，交给洛格龙的儿子，针线铺的老板。这一点就显出邮局的聪明。凡是承继人总多少心上有些牵挂，不知所得的遗产是否全部，有没有漏掉几笔放出去的债或是忘了什么破衣服烂东西。国库样样事情都猜得到，连人的性格在内。住在巴黎的洛格龙的儿子和洛格龙的女儿都是承继人，对于写到普罗凡去给他们死了的老子的信，准会感兴趣。这样国库就收进六十生丁①。

洛兰家两个老人既舍不得孙女离开而觉得伤心至极，又不能不向洛格龙家伸手求救；洛格龙姊弟俩便做了比哀兰德命运的主宰。因此这两人的履历和性格必须说明一下。

① 生丁：法国辅币，一百生丁合一法郎。

三　洛格龙家的历史

普罗凡的小客店老板，老奥弗莱的大女婿洛格龙老头，脸色通红，鼻子上布满血筋，腮帮好似被酒神贴了两张发红而有小疱的葡萄叶。虽是矮胖身材，大肚子，两腿粗壮，双手肥厚，却和瑞士的旅馆老板一样精明，长相也跟他们相像，仿佛一株被冰雹打过的大葡萄藤。当然洛格龙长得难看，可是老婆和他大同小异。夫妻要配得更相称是不可能的了。

洛格龙喜欢吃喝，叫漂亮姑娘侍候。他不但自私，而且举动粗野，只晓得满足嗜好，天不怕地不怕，想干什么就干什么。他贪得无厌，唯利是图，谈不到什么良心不安；为了图快活，尽量把赚来的钱吃在肚里，直到掉了牙齿为止；但吝啬的脾气依然如故。到晚年，他出盘了小客店，又像上文说的，差不多得了丈人的全部遗产，从填房的丈母娘，比哀兰德的外婆手里，三钱不值两文的买下广场上的小屋子，搬进去养老。

洛格龙夫妻俩每年大约有二千法郎进款，内中一部分是普罗凡四周二十七块田地的租金，一部分是小客店盘了二万法郎所生的利息。奥弗莱老头儿的屋子虽则破旧不堪，洛格龙住进去却是原封不动，好像动了会得瘟疫似的：所有的吝啬鬼都赛过耗子，越是墙壁开裂，到处破烂，越是心里喜欢。退休的小客店老板爱上了园艺，拿出积蓄来扩充园子，一直伸展到河边，辟成一个长方形，两旁砌着围墙，尽头用石子筑起一条堤岸，水生植物不用人工培养就大量繁殖，开着各式各样的花。

洛格龙结婚两年生了一个女儿，过两年又生一个儿子：不料一代不如一代，两个孩子长得奇丑。父母出了很少的钱送他们在乡下寄养。可怜的小家伙们回到家里，带回了乡村的坏习惯。法国农民的屋子又矮又潮湿；奶妈下田做活，把小娃娃关在房里，他们吃不到奶，老半天的大哭大叫。时间一久，嗓子叫坏了，脸上的线条变得粗糙了。妈妈看了觉得脸上无光，想纠正他们的坏习惯，手段的凶狠使老子的严厉反而近乎慈爱。两个孩子在院子里、马房里、小客店的下屋里跑来跑去，或者在城里闲荡；有时挨几顿鞭子；有时给送往外公奥弗莱家去住几天，外公也讨厌他们。这一点薄情使洛格龙夫妇后来把老混蛋的遗产大部分独吞的时候，更多了一个理由壮他们的胆。但洛格龙照样送儿子上学，买了手下一个推车的代替他的兵役。女儿西尔维长到十三岁，老子打发她上巴黎，进一家铺子去学生意。两年之后，走着老门路把儿子奚罗姆-但尼也送了去。遇到朋友们，运货的车夫们，或是小客店的老主顾们问他对两个孩子打什么主意，洛格龙三言两语说出自己的一套办法，倒比一般做老子的还坦白些。

洛格龙喝着酒，或者拿手背抹着嘴唇，回答朋友们："等他们大起来，懂了事，我朝他们屁股上一脚，叫他们自个儿找生路去！"

他挤挤眼睛装出一副精明样儿，又道：

"哎！哎！他们不见得比我饭桶。我爷当初踢我三脚，我只踢他们一脚；爷只给我一个路易法国旧货币，合二十至二十四法郎，我给他们十个：他们运气比我好多了。这个办法不错吧？说到我身后，剩下多少就是多少；公证人自会帮他们找出来。为着儿女省吃少穿才傻呢！……我生下他们，养大他们，又不要他们报答，我总不欠他们了吧？乡邻，你说是不是？我开场不过是个推车的，还不照样娶了老混蛋奥弗莱的女儿？"

老头儿出了三百法郎房饭钱，送西尔维·洛格龙到圣·但尼街去做学徒。铺子是普罗凡人开的。过了两年，西尔维升做小店员，工钱固然没有，爷娘可不必再付膳宿费了。这就是在圣·但尼街当小店员的待遇。那时西尔维的母亲每年供给她一百法郎零用。再过两年，西尔维拿到三百法郎薪水。从十九岁起，西尔维自食其力。到二十岁上，她在圣·但尼街于里阿店里当副领班，店号叫"蚕宝宝"，专卖成捆的丝。

姊姊的经历就是兄弟的经历。小家伙奚罗姆-但尼·洛格龙进了圣·但尼街最殷实的一家针线铺，叫作"三锭子"；老板也是普罗凡人，姓甘班。西尔维二十一岁才升为薪工一千法郎的领班小姐，奚罗姆-但尼机会好，十八岁就在甘班店里做到领班伙计，薪水一千二。

每逢星期日和节日，姊弟俩总在一起用经济办法玩儿，到巴黎郊外去吃一顿，逛圣克鲁、默东、美城区、凡塞纳。1815年终，两人把流着满头大汗挣来的资金合起来，一共有二万左右，从葛南太太手里盘进有名的"姊妹行"，针线零售业中的一家大铺子。姊姊管出纳、记账和来往信札；兄弟做老板兼领班伙计。西尔维开头一个时期也兼做领班小姐。

做了五年买卖，到1821年，针线业的竞争变得非常剧烈，姊弟俩勉强拨清盘店的本钱，好不容易的维持着老店的信用。当时西尔维四十岁，但长相的难看，一刻不停的劳动，天然的生气面孔，再加上心事，看起来像五十岁。三十八岁的奚罗姆-但尼愣头傻脑，顾客们在账台上碰到的嘴脸要算这副尊容最蠢了。扁平的脑门因为疲劳而陷了下去，刻着三道硬绷绷的皱裥。剪着平头，灰色的短头发有种说不出的冷血动物的蠢相。似蓝非蓝的眼睛既没有热情，也没有思想。一张扁圆脸绝对引不起好感，即使你喜欢拿形形色色的巴黎人作为研究的对象，看了那张脸也笑不出来，只觉得心里难受。他身材矮胖像父亲，可不像小客店老板没头没脑的发福，许多小地方都显出他身体虚弱得不像话。老子皮肤红得过分，他却白得像死人。凡是守在不通气的后店堂里，坐在装着铜栏杆的账桌后面，只会收账、付账，把线团拉出来、绕上去，不是作难伙计，便是对主顾像背书一般说着同样的话的人，就有这种特殊的皮色。姊弟俩的一点儿聪明全部用在本行的生意经上，只知道人欠、欠人，巴黎市场上特有的规矩和习惯；脑子里只记得针、线、缎带、别针、纽扣，裁缝用的东西，以及巴黎针线业所包括的无数商品。两人为了对付来往的信札、发票、清册，把全身本领都使尽了。一离开本行，他们简直什么都不知道，连巴黎都没见识过。在他们心目中，巴黎就是圣·但尼街那一带，狭窄的心胸只把自己的铺子作为活动的天地。他们最擅长跟男女伙计找麻烦，找错儿。要看到大家把货物搬出、收进，所有的手像小耗子的脚一般在柜台上忙个不停，姊弟俩才心中快乐。听见七八个青年人和售货小姐喊喊喳喳，满嘴都是应答主顾的老调，他们就觉得日子吉利，天气真好！等到巴黎天空碧蓝，巴黎人在街上蹓跶，想不到踏进铺子来的时候，糊涂老板就说：

“淡季来了，没生意做了！”

洛格龙的拿手本领是包扎；学徒们最佩服他扣绳子、解绳子、拆开、重打等等的手段。洛格龙能一边包扎一边望着街上看热闹，或者监督铺子里的工作，不管铺面有多少进深。他把纸包递给顾客，说着“太太还要什么别的东西么？”的时候，什么都没逃过他的眼睛。要没有他姊姊，这个蠢家伙准会弄到破产。西尔维很懂事，有做买卖的天赋。她指挥兄弟向厂家进货；为了在一样商品上赚一个子儿，不惜打发兄弟到偏远的内地跑一趟。女人家多多少少全有的一点儿精明，西尔维不用在感情方面，全用在生意上。盘进铺子的资金还没拨清呢！这个念头好比一个唧筒，鼓动那架机器拼命运转，忙得不亦乐乎。洛格龙始终是个领班伙计，不懂生意上的筋络。利益最能开人心窍，偏偏没法叫洛格龙有一点儿进步。西尔维料到某种商品快过时了，吩咐亏本出售；洛格龙看着目瞪口呆，事后又傻乎乎的佩服姊姊。他想不出好主意，也想不出坏主意，压根儿就是没有主意。他听从西尔维自有他的理由，可不是从生意上着眼。

“她是我姊姊嘛。”他说。

针线商脸上浑浑噩噩的表情，迟钝的脑子，痴呆的态度，在生理学家和哲学家看来，原因或许就在于生活的孤独，只限于吃喝睡觉，年轻的时候没有钱，不曾尝过快乐的滋味。姊姊一直不让他结婚，大概怕自己在家里失势，也想到娶进来的女人一定比她年轻，没有她那么丑，怕增加开销，弄穷人家。大抵痴呆愚蠢有两种表现：或者沉默，或者多嘴。不开口的愚蠢还可以忍受，洛格龙的愚蠢却是嘴碎得厉害。那零售商养成一种习惯，专爱埋怨伙计，向他们解释半批发半零卖的针线生意上的细节，穿插一些无聊的打趣，就是小商店里流行的那种俏皮话。千篇一律的打诨从前叫作油嘴滑舌①，如今时行军队里的俗语，叫作说死话。老板说起话来，铺子里的一小撮人不能不听，自鸣得意的洛格龙便慢慢凑成一套词汇。唠叨多嘴的家伙自以为能说会道，像个演说家呢。零售商平日需要向顾客说明他们想买的东西，刺探他们的意思，把他们不想买的向他们兜销，所以一开口总滔滔不绝。洛格龙久而久之学会一种本事，能说一套没有意义而讨人喜欢的字句。遇到他向主顾解释一些比较冷门的制造方法，当场还觉得自己比主顾高出一筹。但一离开他对铺子里一千零一样商品的一千零一样解释，他在思想方面就好比鱼躺在太阳底下的干草上。人家私下替洛格龙和西尔维起了个绰号，叫作机器人。他们没有那种能培养真正感情生活的感情，不管是潜伏的还是活动的感情。姊弟俩生性十分冷酷，肚子里疙瘩多得很；工作的繁重、生活的清苦、长时期做牛做马的学徒生活的回忆，使他们心肠越发变硬。姊弟俩不同情别人的苦难。对于处境困难的人，他们并非不肯原谅，而是不肯通融。在他们看来，所谓德行、荣誉、诚实，一切人情道义，只在于付清到期的票据。他们没有心肝，啬刻得不成体统，专门找人麻烦，在圣·但尼街的生意场中名气坏透。要不同普罗凡人来往，恐怕根本没有人肯到他们店里当学徒、做伙计。他们在能够歇业二三天的季节，一年回乡去三次。乡下总有些听父母安排，要吃生意饭的可怜虫；洛格龙老头替儿子女儿招揽下来，在普罗凡代做学徒交易。他还一味虚荣，向人夸耀两个小的如何如何发财。做家长的想到儿女在巴黎有人好好的教导，好好的监护，将来还有机会接替洛格龙儿子，不由得动

① 打诨（hùn）：开玩笑、逗趣。

了心，把家里嫌多的小孩送往两个单身人开的针线铺。可是花到三百法郎膳宿费的男女学徒，一有办法马上逃出那苦役监，逃出以后的那种高兴使洛格龙姊弟凶悍的名声越来越大。不怕烦的洛格龙老头却自会找新的替死鬼送来。西尔维·洛格龙从十五岁起，为了做买卖就惯会装腔，她有两副嘴脸：一副是售货员的眉开眼笑的嘴脸，一副是干瘪老姑娘原有的嘴脸。她用假装的面目做起戏来妙不可言，竟是满面春风，声音又甜又巴结，对顾客自有一种生意上的魔力。但那天早晨在半开的百叶窗中露出来的才是她的真面目，叫下着决心追求妇女的哥萨克兵见了也要望风而逃，而1815年代的哥萨克兵拿破仑第二次下台以后，各国联军进驻巴黎，俄国军队中就有哥萨克骑兵还是对各式各样的法国女人一律喜欢的呢。

洛兰老夫妇的信送到的时节，洛格龙正戴着老子的孝，承继了遗产，内中有从比哀兰德的外婆手里差不多抢来的屋子，有老头儿生前所置的田地，还有用高利放出去的押款；老酒鬼洛格龙以为农民好容易挣起来的几亩地，将来不能不向他抵债。巴黎的铺子才结清当年的账目，盘进“姊妹行”的资本已经全部拨清。洛格龙姊弟共有六万法郎左右存货、四万现款和有价证券，铺子本身的价值不在其内。姊弟俩在账台后面，坐在靠壁一张暗条子绿丝绒的长凳上，商量今后的计划。所谓账台是凹进在墙里的一小块地方，对面还有同样的一座是领班小姐用的。做买卖的个个希望升格做布尔乔亚。姊弟俩盘掉铺子大概可有十五万，父亲的遗产在外。出盘铺子的钱多半只能分期收回；就算这笔款项统统拿去装修老家的屋子，单单把能够调动的现金买进公债，各人每年也有三四千法郎收入。这样，他们可以回到普罗凡去住着自己的产业，一同过活了。店里领班小姐的父亲是陶纳马里地方的一个富农，有九个孩子；家私分做九股，各人所得也就有限，做老子的不能不替每个孩子找个职业。不料五年之内九个儿女死了七个，领班小姐马上成为一个出色的对象，洛格龙想娶她做老婆了；可惜试探了一下毫无希望。那位小姐对东家厌恶透顶，叫人一点儿手段都使不出来。西尔维非但不肯帮忙，还反对兄弟结婚，认为让那么厉害的一个姑娘接手他们的铺子倒很合适。她把洛格龙的亲事搁过一边，等回到普罗凡安了家再做道理。

某些小商人过着隐花植物凡植物不开花结果，只生孢子，或以分裂芽生法繁殖者，在植物学上总名为隐花植物，如羊齿植物、藓、苔、菌等皆是式的生活，没有一个过路人看得出他们的生命力在哪里。大家望着他们，心上想：“他们靠什么活着的？为什么活着的？将来怎么样呢？他们从哪儿来的呢？”你想加以解释，结果被一些小枝节弄糊涂了。要发现在那些头脑里抽芽，鼓动那些人生活的些少诗意，只消往下挖掘，很快就能找到关键所在。巴黎的小商人全抱着一个多多少少无法实现的希望，而没有那希望他们就活不了：有的想造一所戏院或者当戏院经理；有的巴望在区公所有个头衔；有的想在巴黎郊外十几里的地方有一所别庄，盖一个花园，有彩色石膏像，有喷泉，喷出来的水像一条游丝，却花了他们一笔惊人的款子；有的想在民团中当个高级的司令官。

两个针线商对人间乐园的普罗凡热烈崇拜，正如一切美丽的法国城市的居民崇拜他们的本乡一样。说句公道话，香巴涅一带普罗凡所隶属的州以及邻近几州，都在旧行省香巴涅地区之内的确值得喜爱。普罗凡是法国最可爱的城市之一，绝不比法朗奚斯丹近东的人称西欧为法朗奚斯丹，作者在此不知何指和加什米尔盆地逊色①；既有波斯大诗人萨迪12世纪的波斯诗人萨迪写过一部诗集，叫作《哥里斯丹》，又名《蔷薇园》所描写的诗情画意②，还有治病的药物在医学上不无贡献。十字军带回的奚里谷蔷薇作者用这个名字并不正确。奚里谷蔷薇是含生草的别名，并非真正的蔷薇。作者本意显然是指巴勒斯坦蔷薇，亦称法兰西蔷薇或普罗凡蔷薇在普罗凡风景秀丽的盆地上保存着原有的色彩，还多出一些新的特性。普罗凡不仅是法兰西的波斯，而且有矿泉，可能成为巴顿、爱克斯和巴斯这三个是德、法、英三国有名的温泉城一类的名城。

这个风景被两个针线商一年一年的看熟了，不时会在圣·但尼街泥泞的路面上出现。在费尔泰－戈谢和普罗凡之间，一片灰色的平原真像沙漠，可是物产丰富，种着一望无际的小麦；过了那个区域就登上一个山头，你突然看见脚下有个城市，城中有两条河，山岩之下展开一片青葱的盆地，起伏的线条柔媚可爱，四处的远景隐没在缥缈的烟霭中。倘从巴黎来，你看到的是普罗凡的侧面；千篇一律的公路在山坡下蜿蜒如带，有时横断山坡；路旁照例有瞎子，有化子，你遇到一个意想不到的秀丽的地方正预备细瞧一下，他们却哼哼唧唧的和你做伴。倘从脱洛阿来③，就从平地上入境，先望见古堡，老城和城墙，重重叠叠铺在山岗上。年代较近的市区坐落在山岗底下。普罗凡分作上城和下城两部：上城四面通风，街道

① 加什米尔盆地：今译克什米尔盆地，南亚克什米尔境内最大的河谷盆地。

② 萨迪（1208—1291）：中世纪波斯诗人，被誉为“波斯古典文坛最伟大的人物”。傅注“12世纪”，当作“13世纪”。

③ 脱洛阿：今译特鲁瓦，法国中东部城市。

洛格龙姊弟

陡峭，风景优美，四周是山涧式的凹下去的小路，像车辙似的布满在山脊上，长满胡桃树；上城幽静，整洁，气象庄严，高头是残废的古堡。然后是开设许多磨坊的下城，勃里地区的贺尔齐河跟丢尔丹河在城中穿过，水流细小迟缓，可是很深；小客店，商店，告老的布尔乔亚都集中在那里；班车、轻便篷车、运货车，都在下城经过。由两个部分合起来的这个城，有历史的遗物，有情调凄凉的古迹，有赏心悦目的山谷，斜沟中杂草丛生，百花盛开，河道两旁的园子像城上的雉堞①；怪不得地方上的子弟和奥凡涅人、萨伏阿人奥凡涅在法国中部偏南，萨伏阿在法国中部偏东，都是旧日的行省以及一切的法国人一样，尽管出外谋生，临了都要回到本乡。“死到老巢里去”这句俗语本是形容兔子和忠于乡土的人的，好像就是普罗凡人的格言。

因此，洛格龙姊弟一心想念他们心爱的普罗凡。弟弟卖线的时节，上城的景致历历在目。一边把钉满纽扣的纸板堆起来，一边想着山谷出神。把缎带拉开，卷起，好像看到了闪闪发光的河流。望着插账册的架子，仿佛自己在山沟里往上爬。小时候父亲一恼火，他总逃往那儿去捡胡桃，摘桑子吃。普罗凡的那个小广场，他尤其念念不忘：他打算把屋子翻新，梦想着将来改造过后的门面、卧室、客厅、弹子房、饭厅；菜园可以改为英国式的小花园凡是比较曲折幽深的园子，法国人都叫作英国式，铺上草皮，堆起假山洞，安置一个喷泉，放几座雕像。圣·但尼街上多半是七层楼三个窗洞的高房子，颜色黄黄的；姊弟两人的卧房就在这样一幢屋子的三楼上，只有一些必不可少的动用东西；可是巴黎没有一个人的家具比那针线商的更华丽。他每次上街，往往神气像鸦片烟鬼似的打量橱窗里摆的漂亮家具，做窗帘椅披用的花绸，他屋子里就堆满这些东西。回家老是对姊姊说：

“某某铺子里有一样客厅用的家具，对咱们再合适没有了！”

下一次洛格龙又买进一件新的，老是买个不停！上个月买来的，第二个月又卖出去。要是称他的心改动屋子，把全部收入花上去还不够：他见一样要一样，永远喜欢新花式。他望着新盖的屋子的阳台，有些窗外的装饰只是胆小的尝试，他研究之下，觉得那些嵌线、雕塑、花样，放在这儿糟蹋了。

“这些漂亮东西搬到普罗凡去才好呢！”他心上想。

针线店老板嘴里咀嚼着刚刚下肚的中饭，站在门口，靠着橱窗，呆呆的瞪着眼睛，做着光华灿烂的好梦：他看见一所奇妙的屋子，他在自己的园子里散步，听着喷泉洒落在石圆台上，明晃晃的像珍珠；他一忽儿打弹

① 雉堞（zhì dié）：城墙上掩护守城人用的矮墙。

子，一忽儿种花。要是他姊姊手里拿着笔，忘了埋怨伙计而转起念头来，也会发觉自己在招待普罗凡的布尔乔亚，戴着款式新奇的帽子对着她客厅的大镜子照来照去。姊弟俩开始觉得圣·但尼街空气不卫生了；中央菜场的泥浆味儿使他们想闻闻普罗凡的蔷薇香了。为了不得不卖完最后一段纱线丝线和最后一个纽扣，他们的思乡病和自溺狂受着抑制。两个希伯来人的确吃过长时期的苦①，针线业好比一片荒凉的沙漠，一路上弄得他们上气不接下气，相形之下，普罗凡那块"福地"愈加吸引他们了。

正想着那个美妙的远景出神的时候，来了洛兰家的信。两个针线商竟不大知道有比哀兰德这个表妹。小客店老板解决奥弗莱的遗产已经是多年以前的事，还在两个小辈刚开店的时期；洛格龙生前也很少提到他的产业。姊弟俩年纪轻轻就上巴黎，不大记得有一个洛兰姨母。直要把家谱讨论了个把钟点，才想起有个姨母是外公奥弗莱的续弦生的女儿，和他们的母亲是异母姊妹；而洛兰姨妈的娘就是倒了楣气死的奈罗太太。他们这才觉得外公的续娶对他们大大不利，奥弗莱的家私被后妻分掉了一半。再加洛格龙老头嘴皮刻薄，脱不了小客店老板的本色，当年怪怨老丈人的话，儿子女儿也听到过一些。

两个针线商凭着这些不利于比哀兰德的回想，考虑洛兰家的来信。招留一个孤儿，一个女孩子，一个表妹，万一姊弟两人都不结婚的话将来还是他们的承继人：这就有从长计议的必要。他们从各方面研究问题。第一，他们从来没见过比哀兰德。其次，照管一个姑娘总是件麻烦事儿。他们不是要对她负责吗？倘若不中意，又没法退回；再说，将来还得把她嫁人。万一在普罗凡待嫁的姑娘中，洛格龙找到了"合适的鞋子"，全部家私不是都应当留给自己的儿女吗？在西尔维心目中，对兄弟"合适的鞋子"必须是个又蠢，又丑，又有钱，肯让她一手摆布的姑娘。两个生意人决定不接受比哀兰德，由西尔维写回信。当时店务很忙，回信给耽搁下来，好在事情不急；不久老姑娘竟忘得干干净净，因为领班小姐答应谈判受盘姊妹行的价钱了。在布里谷出现之前四年，西尔维·洛格龙和兄弟两人回到了普罗凡。四年之后，因为布里谷来了，比哀兰德的生活才引起大家的注意。可是姊弟俩在内地的所作所为，和他们在巴黎的一段生活同样需要一番解释；因为普罗凡给比哀兰德的致命伤，不亚于表兄表姊过去做买卖的经历。

---

① 希伯来人：犹太人的祖先。

四　退休针线商的病理

从内地到巴黎去做小买卖的人，从巴黎回到内地必有些新观念带回去；然后他钻进内地生活，染上内地习惯，改良革新的一时之兴慢慢消沉，带回来的观念也不知去向。内地的连续而迟缓的小变化便是这样产生的；那些变化说明各州各府的城市怎样被巴黎铲去一层浮面，也指出告老的小商人必须经过一个过渡阶段，才能重新做一个彻底的内地人。这过渡阶段很痛苦，好比害一场病一样。做零卖生意的从整天唠叨变作无话可说，从巴黎的忙碌变到内地的一无所事，没有一个不感到苦闷的。那般好人挣了一份家业，回来花掉一部分钱满足他们酝酿多年的欲望，同时消耗一些精力，因为活动惯了，不能说停就停。凡是不迷着一样东西的人就出门旅行，或者在市镇上做政治活动；有的去打猎、钓鱼、为难他们的佃户或房客；有的放高利贷，像洛格龙老头；有的买股票，像多多少少的无名人士。洛格龙姊弟两个的主意，你们已经知道，是大兴土木，盖一所漂亮屋子。亏得他们有这个嗜好，普罗凡下城的广场上才有布里谷刚才打量过的门面。内部的房间经过重新分配，摆着豪华的家具。

包工的每敲一只钉子都得问过两个洛格龙，请他们在图样和估价单上签字，还得长篇大论，絮絮叨叨向他们解释每个项目的性质，制造的地方，有几等不同的价钱。倘若东西别致，那必定是蒂番纳先生，或者于里阿少太太，或者迦色朗市长用过的。只要一样东西和普罗凡有钱的布尔乔亚中任何一家所用的有些相近，争论的结果便是包工的得胜。

洛格龙小姐说："既然迦色朗先生府上用过了，就放上去吧。他眼光好，一定错不了。"

洛格龙道："西尔维，他建议在过道的壁带上面加卵形体。"

"你们管那个叫卵形体吗？"

"是的，小姐。"

"为什么？名字好古怪！从来没听见过。"

“东西总见过吧？”

“当然。”

“你懂不懂拉丁文？”

“不懂。”

“好吧，我告诉你：卵就是蛋，卵形就是像蛋那样的形状。”

洛格龙叫道：“你们这些建筑师真滑稽！大概就因为此，你们样样都要敲竹杠①！”

包工的问：“过道要不要油漆？”

西尔维道：“我看不用了，又是五百法郎！”

包工的说：“客厅和楼梯那么好看，不装饰过道就不相称。矮小的勒苏太太去年还叫人油漆过道呢。”

“其实她丈夫当着检察官，不见得会长住普罗凡的。”

包工的说：“嘿！他将来准是法院院长。”

“那么你叫蒂番纳先生当什么呢？”

“蒂番纳先生吗？他有个漂亮太太，我才不替他操心呢：他早晚要调到巴黎去的。”

“咱们的过道到底漆不漆呢？”

洛格龙道：“漆吧，至少让勒苏家看看咱们没有一样比不上他们。”

两个洛格龙在普罗凡安家的第一年，整个儿消磨在那样的讨论上面，消磨在高高兴兴的看工人做活上面，消磨在觉得样样新奇而问长问短上面，也消磨在费了不少气力想和普罗凡的几份大户人家来往上面。

洛格龙姊弟无论哪一等世面都没见识过，一向守着自己的铺子，在巴黎一个人都不认识，他们心痒难熬，只想尝尝应酬交际的乐趣。两个出门人回到本乡，发现城里住的有开“蚕宝宝”铺子的于里阿先生、于里阿太太和底下两代；有甘班一家或者说甘班一族，孙子还在巴黎做“三锭子”的老板；还有把“姊妹行”盘给洛格龙的葛南太太，三个女儿都嫁在普罗凡。于里阿、甘班和葛南三个大族满城都有亲戚，赛过爬在草坪上的移心草②：市长迦色朗先生是甘班先生的女婿；本堂神甫班罗先生是于里阿太太的亲兄弟；于里阿太太原是班罗家的小姐；法院院长蒂番纳先生是葛南太太的兄弟，葛南太太签起名来总把娘家的姓蒂番纳一齐写上。

---

① 敲竹杠：利用别人的短处或不利地位，从中渔利。

② 移心草：今译怡心草，是鸭跖草科植物。

城里的王后是美丽的蒂番纳少太太，有钱的罗甘太太的独养女儿；罗甘太太的丈夫从前是巴黎的一个公证人，可是大家绝口不提他的名字。蒂番纳太太文雅、漂亮，人又风趣；她母亲不要她留在身边，在结婚前几天才从私塾接回，特意把她嫁在内地。曼拉尼·罗甘觉得住在普罗凡等于充军，所以待人接物特别周到。她陪嫁丰富，日后还有大宗遗产可得。至于蒂番纳先生，年老的父亲因为给大女儿葛南太太预支了一大笔遗产，决定将来把离普罗凡二十里地的一处田产拨给儿子，年收八千法郎。蒂番纳夫妇一结婚，院长的薪俸和住的屋子不算，就有二万进款，以后还有二万一年收入。人家说起来："他们日子才好过呢！"美丽的蒂番纳太太只有一件正经事儿，就是要送丈夫进国会；他当了议员就好做巴黎的法官。到那个时候，蒂番纳太太打算把丈夫从初级法院很快的送进高等法院。因此蒂番纳太太尽量拉拢当地的人，讨好他们，而更了不起的是她居然做到了。每星期两次，她在上城的漂亮住宅里招待本地所有的布尔乔亚。尽管地位很难处，二十二岁的年轻太太还没走错过一步。她顾着每个人的面子，给每个人凑趣助兴：对老成的人做得老成，对姑娘们做得像个姑娘，遇到做母亲的就拿出一副做母亲的神气，遇到年轻妇女她轻松活泼、处处帮忙；而对所有的人都满面春风，一团和气。一句话说完，她是普罗凡的顶儿尖儿，为地方上增光的人物！她心里的话一句都不曾出口，普罗凡所有的选民已经打好主意，但等院长到了规定的年龄就提他作候选人。人人相信院长才能出众，认为他是自己人，当他靠山。啊！蒂番纳先生一定成功，他要做到司法部长，替普罗凡大大的出把力呢！

现在要讲一讲百事顺利的蒂番纳太太凭什么能在小小的普罗凡城内当领袖。蒂番纳先生的姊姊葛南太太嫁了女儿，自己再醮给收税官迦拉同先生。葛南家的大女儿嫁给检察官勒苏，第二个嫁给马德南医生，最小的嫁给公证人奥弗莱。勒苏、马德南、奥弗莱三家的太太和她们的母亲迦拉同太太，认为蒂番纳院长是家族中最有钱最能干的人物。检察官是院长的外甥婿，巴不得舅岳升到巴黎去，好让他来当普罗凡的院长。因此上面那四位太太，其中迦拉同太太最疼的就是兄弟，联合起来捧蒂番纳太太，事事向她请教，和她商量。于里阿先生的大儿子娶着一个富农的独养女儿，觉得院长夫人是巴黎天堂上谪降下凡的仙女，对她发生了一股动人的、突如其来的、讳莫如深的、纯洁的热情。狡猾的曼拉尼决不肯为一个于里阿给自己找麻烦，却有本领叫他始终扮着阿马提斯16世纪西班牙传奇中人物，忠于爱情的典型骑士。始终扮演阿马提斯的角色，就是说限于精神恋爱的角色，利用他的傻劲，劝他办一份报纸，由她在背后操纵。两年以来，于里阿受着如醉若狂的热情鼓动，在普罗凡办了一家班车行①、一份报纸。报纸名叫《蜂房——普罗凡报》，登载有关文学、考古与医学的文字，由小圈子里的几个人执笔。本区的广告费做了报纸的开销，二百个订户付的订报费便是盈余。报上发表一些感伤的、在勃里地区没有人懂的小诗，题目是《献给她》，后面加上三个惊叹号。年轻的于里阿夫妇到处宣扬蒂番纳夫人的好处，替葛南党拉拢了于里阿党。从此以后，院长府上自然成为当地第一个交际场所。普罗凡寥寥可数的几个贵族，只有上城的特·勃莱奥代老伯爵夫人主持一个沙龙沙龙原意为客厅，这里指的是私人家中定期招待宾客的集会。

两个洛格龙仗着跟于里阿、甘班、葛南三家的老关系上文提过，西尔维在于里阿开的铺子里当过学徒，做过领班；她的兄弟是在甘班开的三锭子铺子里学的生意。姊弟俩盘下的姊妹行原是葛南太太的产业，也仗着外公的侄曾孙奥弗莱和他们是亲戚，回乡以后最初六个月先受到于里阿老太太和迦拉同太太的接待，又经过相当周折，踏进了美丽的蒂番纳太太的大门。大家在接待两个洛格龙之前，不免先要把他们研究一番。普罗凡出身的人在圣·但尼街上做过买卖，现在回家享福，当然不便拒之门外。可是一切交际界的目的总是想集合一般财产、教育、生活习惯、知识、性格差不多的人。甘班、葛南、于里阿一帮人地位比较高，布尔乔亚的资格更老；不像洛格龙的老子是个放高利贷的小客店老板，过去的私生活和承继奥弗莱遗产的手段都不大体面。蒂番纳家出身的迦拉同太太的女婿，公证人奥弗莱，肚里清楚得很：洛格龙承继的事就是他的前任经手的。那般告老的商人回乡已有十二年，在教育、世故和举动方面已经达到普罗凡交际场中的水平；从蒂番纳太太出场以后，那个社会还染上一些巴黎色彩，多了一点风雅气息。大家沆瀣一气②，互相了解，会安排自己的举动言语，使得人人愉快。他们熟悉彼此的性格，相处惯了。

一朝被市长迦色朗先生招待过了，两个洛格龙觉得短时期内能交结到本地最上等的人物，高兴得很。西尔维学会了波斯顿③。洛格龙一样玩艺儿都不会，关于自己屋子的话说完了，只能坐在一边抓耳挠腮，把话往肚里咽；可是那些话好比丸药，吞下去很不受用，他站起身子，神气像要开

---

① 班车行：即驿车行。

② 沆（hàng）瀣（xiè）一气：讽刺臭味相投的人勾结在一起。

③ 波斯顿：当时的一种纸牌游戏。

口，又心里虚忒忒的重新坐下，嘴唇空扯一阵，样子很好笑。西尔维在牌桌上老实不客气本相毕露。她时时刻刻找人麻烦，输了钱嘀咕不停，赢了钱趾高气扬，叫人难堪；又喜欢动不动争论，捉弄人家，叫对手和合伙的都吃不消，成为应酬场中的厌物。十二家人家在城内赛过布着一张洞眼极密的网，到处都有面子关系、利害关系，新来的人一不小心就会冲撞别人或者自己栽在地下。洛格龙姊弟满肚皮都是又无聊又露骨的醋意，想挤进这样一个社会去当个角色。屋子的装修既然花到三万法郎，姊弟俩大概有一万一年的进款。他们自以为非常有钱了，逢人便说他们的新屋子将来多么豪华富丽，把狭窄的心胸、极端的无知、可笑的忌妒，一齐暴露出来。美丽的蒂番纳太太在迦色朗太太家、大姑迦拉同太太家、于里阿老太太家，早已打量过两个洛格龙；在自己家中第一次接待他们的晚上，等客人散尽，只有于里阿的儿子还没走的时候，那位本地王后当着院长对于里阿说出心里的话：

"那么你们都和两个洛格龙很投机了？"

普罗凡的阿马提斯回答说："你问我吗？我母亲见了他们心烦，内人见了他们头疼；三十年前西尔维小姐在我父亲手下学生意，我父亲已经受不住了。"

美丽的院长夫人伸出玲珑的小脚搁在壁炉的挡灰架上，说道："我真想要他们明白，我的客厅不是小客店。"

于里阿翻起眼睛朝着天花板，意思好像说："我的天！这话多风趣，多深刻！"

"我要我的客人都是第一流的人物；招待了洛格龙他们就完了。"

院长道："他们没有感情，没有头脑，也没有规矩。一个人卖了二十年针线，比如说像我姊姊……"

蒂番纳太太插嘴道："朋友，你姊姊在无论哪个应酬场中都不失体统。"

院长往下说："……倘若还是糊里糊涂，摆出一副针线商面孔，不晓得脱胎换骨，把香巴涅伯爵当做香槟酒账目香槟与香巴涅是一个字，国内以英文读音译为香槟已成惯例，故仍用旧译名。伯爵与账目两字完全同音，香巴涅伯爵是从前香巴涅地区的封建主。洛格龙姊弟是小商人，不知道历史，只知道香槟酒，像今天晚上两个洛格龙那样，那还是坐在家里不出来的好。"

于里阿道："他们叫人恶心。仿佛普罗凡只有他们一所屋子。他们想把我们统统压倒。其实他们的家私只够勉强过活。"

蒂番纳太太道："要是只有那个兄弟倒还罢了，还不打搅人。给他一个九连环什么的，他就安安静静呆在一边，整个冬天都有的玩了。可是西尔维小姐声音像伤风的斑条狗！一双手像龙虾脚！于里阿，外边可一字别提。"

于里阿走了，娇小玲珑的太太对丈夫道：

"朋友，我不能不招待的本地人已经很可观了，再多出这两个来，怎么吃得消！你要同意的话，不请他们也罢。"

院长答道："家里的事你做主就是了，不过咱们要招冤家的。两个洛格龙会投入反对派，至此为止反对派在普罗凡还有名无实。洛格龙他们已经同古罗男爵和维奈律师有来往了。"

曼拉尼笑道："好啊！那他们不是帮你的忙吗？没有敌人，哪有胜利？要是进步党暗中捣乱，或者来个秘密组织，有一场斗争，你名气就大了。"

院长望着他年轻的太太，佩服之中带些害怕。

下一天，在迦色朗太太家人人交头接耳，说洛格龙姊弟在蒂番纳太太府上不受欢迎，关于小客店的话轰动一时。蒂番纳太太过了一个月才回拜西尔维小姐。这种傲慢的态度在内地最受注意。西尔维在蒂番纳太太家玩波斯顿，为了打输一副满贯的牌跟老成的于里阿老太太闹得面红耳赤；西尔维说是她老东家不怀好意，有心和她捣乱。她喜欢耍弄别人，从来没想到别人会对她如法炮制。蒂番纳太太第一个想出办法，趁两个洛格龙未到之前，先凑好牌搭子，西尔维只能从这一桌溜到那一桌，看别人玩儿，别人用着刻薄的神气冷眼觑她①。于里阿老太太府上又挑了一种西尔维不会玩的牌，改打韦斯脱了②。老姑娘终于发觉受到排挤，不懂什么缘故，只道众人忌妒她。不久谁也不邀请两个洛格龙了；但他们照样上门。一般俏皮的人开他们玩笑，并非对他们有什么过不去，只是客客气气的逗他们胡说八道，说出他们新房子里的卵形体，普罗凡独一无二的小酒瓶架等等。洛格龙家的屋子终究装修完了。不消说，他们备着丰盛的酒席请了几回客：扰过别人的应当还敬，借此也夸耀一下家里的阔绰。客人却是为了好奇才赏光的。第一回请的是重要人物，内中有蒂番纳先生夫妇，其实姊弟俩从来没吃过他们一顿；有于里阿先生夫妇，父子婆媳都请了；还有勒苏先生、本堂神甫、迦拉同先生夫妇。按照内地排场，一顿饭从下午五点一

① 觑（qù）：看、瞧。

② 韦斯脱：今译惠斯特，一种桥牌游戏。

直吃到九点。蒂番纳太太在内地行出巴黎阔人家的规矩，有身份的客人一喝完咖啡就起身告辞。她推说家中有晚会，只能先走一步。洛格龙姊弟把他们直送到街上，回进屋子，正因为留不住院长夫妇而感到意外，没料到别的客人有心证明院长夫人确是漂亮人物的作风，学她的样一齐走了。客人散得这么早在内地着实叫人难堪。

西尔维道："咱们客厅掌灯以后的气派，可惜他们看不见了！"其实西尔维本人就需要靠灯光遮丑。

两个洛格龙早打算要给来客一个出其不意的印象。烜赫一时的屋子从来没有让人进去过①。那天蒂番纳太太府上的一般常客急煎煎的等着，要听她对洛格龙宫殿的评语。

娇小的马德南太太问院长夫人："啊！你见识过卢浮宫了②，详详细细说给我们听吧。"

"屋子同酒菜差不多，没有什么了不起。"

"怎么样呢？"

蒂番纳太太道："你们都看得见的大门首先叫人欣赏金漆翻砂的十字格子。大门进去是一长条过道，把屋子分隔得不大平均，因为右手临街只有一扇窗，左手倒有两扇。过道尽头，一扇玻璃门通往园子，石级下面铺着一块草地，摆一个有座子的斯巴达克思纪元前2世纪至1世纪时罗马奴隶反抗运动的领袖石膏像，漆作古铜色。厨房背后，包工的在楼梯台下安置了一个小小的伙食间，主人也没放过机会要我们观光。楼梯全部漆得像黄黑花纹的云石，螺旋形的盘上去，像咖啡馆里从底层通到中层雅座去的那一种。胡桃木楼梯轻巧得摇摇欲坠，扶手上镶着铜，在主人嘴里是世界新七大奇观之一。底下是通地窖的门。过道的另外一边，靠街是饭厅，靠园子是客厅，两间一样大小，中间开着双扇门，客厅的窗朝着园子。"

"那么是没有穿堂的了？"奥弗莱太太问。

蒂番纳太太回答："穿堂大概就是那一长条两头通风的过道。屋子里用的全是法国木材，表示他们爱国，顾着国家的利益，一脑子的进步思想和立宪观念。饭间是斜条子交叉的胡桃木地板。碗橱、桌子、椅子，也是胡桃木的。窗上挂着红镶边的白卡里谷布，用俗气的红绳子扣在壁钩上，

① 烜（xuǎn）赫：气势盛大。

② 卢浮宫：法国著名宫殿，宫中藏品极为丰富，现为法国国立美术博物馆所在地。此为对洛格龙家的讽刺。

壁钩大得惊人，形状像玫瑰花瓣，不磨光的部分涂着金漆，香菌头子衣帽钩、窗帘钩上凸出的部分叫作香菌头子在半红不红的底子上很凸出。挂那些漂亮窗帘的梗子，两头雕成形状古怪的棕榈叶；窗帘打裥的地方都吊一个狮爪形的刻花铜钩。一口碗橱后面的壁上有一只咖啡馆用的挂钟，上半段塑成餐巾模样，青铜质地，涂着金粉；两个洛格龙特别喜欢这一类花样，巴不得我赞几句，我想来想去只有一句话好对他们说：要是挂钟上用得到餐巾，在饭厅里当然最合适了。碗橱顶上摆两盏大灯，同大饭店账台上用的一样。另外一口碗橱高头挂一个晴雨表，做工复杂得不得了，似乎在两个主人的生活中占着重要地位：洛格龙瞧晴雨表的神气活像瞧他的未婚妻。

“两个窗洞之间，建筑师在壁龛里嵌一只白瓷火炉。壁龛的花哨简直可怕。壁上糊着耀眼的红底描金花纸，仍旧是饭店用的那一种，准是洛格龙就地挑选的。酒席上用白底描金的瓷器，宝蓝底绿花的点心盆；主人打开碗橱给我看到另外一套家常用的陶器餐具。每口碗橱对面有一个大柜子放着桌布餐巾之类。样样簇新、干净、油漆一新，叫人看了刺眼。我觉得那饭厅倒还罢了，总算成个格局：不管怎么俗气，却显得出主人的性格。可是五张黑不溜秋的版画实在受不了，只配给内政部做张贴告示的衬纸：题目是《波尼亚托夫斯基将军跃入埃尔斯特河》《保卫克利希关卡》以上都是拿破仑战役中的故事《拿破仑亲自开炮》，还有两张是马塞巴乌克兰哥萨克族的回教祭司马塞巴，为了爱一个贵族妇女而受罪的故事非常有名，成为诗人与画家常用的题材的故事；全部配着金漆框子，框子和图片同样恶俗，叫人看了对一切时行的东西不敢领教。相形之下，于里阿太太家的粉笔画，路易十五时代的精品①，不知要高明多少！画着水果，配上那舒服的古老饭厅才调和呢。灰色的护壁板虽然有些虫蛀，却是十足地道的内地风格，同家传的大件头银餐具、古式的瓷器，以及我们的起居习惯，非常相称。内地是内地，冒充巴黎就不伦不类。你们也许会对我说：你是巴黎人啊，怎么不说巴黎好呢？不过我宁可要我这间老客厅，还是蒂番纳老太爷手里布置的：绿白两色的绸窗帘，路易十五式的壁炉架②，略微凸出的护壁板，四周嵌小珠子的老式镜子，古色古香的牌桌；还有镶铜边的深蓝塞夫勒花瓶，花纹古怪

---

① 路易十五：法国国王（1715—1774），路易十四去世后，五岁便即位国王。

② 路易十五式：这是一种精巧而又随便的风格，与路易十四时刻板的巴洛克风格形成对比。

的座钟，洛谷谷式的水晶吊灯①，挑绣面子的家具：我喜欢这些，才看不上他们客厅里的那种阔绰呢。”

巴黎美人转弯抹角恭维内地的话，马德南先生听着很受用，问道：“他们的客厅怎么样呢？”

“他们的客厅可以说是满堂红，红得非常漂亮，跟西尔维小姐打输了满贯的牌，气得满面通红一样。”

院长道：“那就叫西尔维红。”这个词儿从此成为普罗凡人的口头禅。

“窗帘吗？……红的！……家具吗？……红的！壁炉架呢？……红底黄斑纹的云石！烛台和座钟呢？……红底黄斑纹的云石！古铜座子式样又普通又笨重。天花板上堆出罗马式的烛台花纹，加上希腊式的枝条叶瓣。座钟顶上蹲着一只好脾气的胖狮子，像两个洛格龙一样傻乎乎的瞧着你。那种所谓装饰狮子完全歪曲了真狮子的面目：脚下踩着一个大圆球，表现装饰狮子特有的生活习惯，它和左派议员一样老抓着一颗黑珠国会表决议案时赞成的投白珠，反对的投黑珠。王政复辟时代的左派是反对党②，即所谓进步党或立宪派，也许竟是立宪派的象征。座钟的面子式样古怪。壁炉架上的大镜子镶的石膏框虽然全新，却是猥琐得很，一派小家子气。家具商的天才尤其表现在壁炉前面的小屏风上，他把红呢叠成许多皱裥，中央用一个窗帘钩子扣起来：那是特地想入非非为两个洛格龙设计的，他们指给客人看的时候不知有多么得意呢。天花板正中挂一盏水晶吊灯，用绿布罩仔细罩着，倒正好遮丑，因为吊灯恶俗之至，古铜灯脚的颜色漆得非常刺眼，四面网络的暗黄漆尤其难看。底下一张喝茶用的圆桌，云石面子不用说也是红底黄斑纹；闪光的金属盘子里摆一套描花的瓷器茶杯，画的花真叫天晓得！杯子中间一个像煞有介事的水晶糖缸，边上镶着铜箍，四周的瓜棱像中世纪人穿的短袄，一把糖夹子恐怕是永远用不到的：将来咱们的孙女辈见了准会直瞪眼睛。客厅糊的是冒充丝绒的红花纸，四边镶上细铜条子，四角用一张极大的棕榈树做帽钉。每一块护壁板上叠床架屋挂一张彩色石印的画片，框子上笨重的堆花冒充我们精致的木雕，家具的木料是榆树根，钉着斜纹细呢面子，一共有两张长沙发，两张大单人沙发，六把大圈椅，六把

① 洛谷谷式：即洛可可式，1700—1750年间在法国占主导地位，其特征为均取曲线，比例偏于纤细。

② 王政复辟时代：指波旁王朝复辟时期，即拿破仑垮台后波旁家族在法国恢复统治、重建王朝。

单靠椅。半桌上供一个所谓梅迪契式的矾石花瓶①，套着玻璃罩；还有那赫赫有名，光彩夺目的小酒瓶架，我们早已听熟了：普罗凡只此一个！窗上挂一层华丽的红绸窗帘，一层薄纱窗帘；每扇窗下有一张牌桌。地毯是奥比松出品，两个洛格龙挑了普通图案中最俗气的一种，红底玫瑰花。客厅好似没有人动用的：书啊，画片啊，家具上面的小摆设啊，一样都没有。”蒂番纳太太说着瞧了瞧自己的桌子，放满着纪念册、时髦玩艺、人家送的各种有趣东西，“既没有鲜花，也没有经常调换的小玩艺。屋子冷冰冰的，干巴巴的，和西尔维小姐一般无二。蒲丰说得好：风格就是人品②。而凡是客厅都有一个风格。”

美丽的蒂番纳太太含讥带讽，一路描写下去。拿楼下的屋子做样品，不难猜到二楼上姊弟俩住的房间，他们也带客人参观了。可是聪明的包工撺掇两个洛格龙接受的那些可笑的讲究，凭你怎么猜想也想不出来。门上的嵌线，反面也有做工的护窗，壁带高头的装饰，颜色鲜丽的油漆，涂金粉的铜拉手，叫人的铃，能够吸掉烟灰的壁炉烟囱，避潮气的新设备，楼梯上油漆的细木嵌花图案，过分细巧的玻璃窗和锁钮：总之，凡是能提高屋子声价，讨布尔乔亚喜欢的无聊东西，不管三七二十一都用上了。

没有一个人愿意上洛格龙家应酬，他们的野心无法实现。谢绝的理由多得很：每天有晚会，不是迦色朗太太家，便是迦拉同太太家，不是于里阿太太家，便是蒂番纳太太家或是县长家，日程排满了。两个洛格龙只道摆几次酒就能召集一批常客，结果只招来一般打哈哈的青年和世界上到处都有的篾片③；正经人一个都不来拜访。西尔维为她心爱的家花了四万法郎一无收获，大吃一惊，决意省吃俭用，把那笔钱挣回来。家中要有一批常客在内地和在巴黎同样困难；西尔维眼见请人吃饭实现不了这个希望，反而花到三四十法郎一顿，酒还不算在内，便赶紧停止请客。她打发了厨娘，只雇一个乡下姑娘打杂。烧饭做菜由西尔维亲自动手，说是她喜欢烹饪。

回到普罗凡十四个月以后，姊弟俩变得一无所事，完全孤独。西尔维

---

① 梅迪契式：意大利梅迪契家族于16世纪在罗马修建了华丽的梅迪契别墅，1801年拿破仑购买下来，室内摆设奇特，后人称之为梅迪契款式。

② 蒲丰：今译布丰（1707—1788），法国博物学家、作家，著有演讲辞《风格论》，曾在法兰西学院宣读。

③ 篾片：豪门富家帮闲的清客。

被人从交际场中排挤出来，对蒂番纳、于里阿、奥弗莱、迦色朗，以及普罗凡所有的上流人物切齿痛恨，称他们为帮口①，跟他们的关系非常冷淡。她恨不得组织第二个集团和他们对抗，无奈身份较低的布尔乔亚全是做小买卖的，只有星期日和节日才得空闲；此外只剩下一些名声不好听的人，如维奈律师和奈罗医生之类，或者是没法招待的拿破仑党，例如男爵古罗上校。其实洛格龙不知谨慎，已经和他们有了接触，上层的布尔乔亚警告他也没用。因此姊弟两人只能呆在饭间的火炉旁边，回忆他们的买卖、老主顾的面貌和别的愉快的事。过完第二个冬天的时候，他们觉得百无聊赖，从早到晚不知怎么消磨光阴。临到睡觉，他们说："总算又过了一天！"两人早晨起来尽量拖时间，在床上多躺一会好一会，慢条斯理的穿衣打扮。洛格龙自己剃胡子，把脸色细细打量，看出什么变化就去报告姊姊。他和女佣人争论洗脸水的冷热；到园子去看种的花发不发；在河边蹓跶，那儿他盖了一个亭子。他检查门窗木料有没有涨缩，框子有没有开裂，图画嵌的是否牢固。回进屋子，他告诉姊姊一只母鸡病了，或是什么地方有霉点，叫他担心；姊姊一忽儿摆刀叉，一忽儿埋怨女佣人，装作十分忙碌。对洛格龙最有用的家具莫过于那个晴雨表，他无缘无故就走上去瞧一眼，像对朋友似的亲亲热热拍几下，说道："天气恶劣呢！"姊姊回答道："哦！是这个时令嘛。"有人上门，洛格龙少不得向他称赞那个仪表的许多妙处。中饭又花掉一些时间。两人每吃一口都嚼个半天，因此消化极好，不用怕生胃癌。他们看看《蜂房报》和《立宪报》，把时间捱到中午。巴黎报纸是和维奈律师古罗上校合订的。洛格龙亲自把《立宪报》送给上校。上校住在广场上马德南先生屋里，洛格龙最喜欢听他长篇大论的谈话，弄不明白上校究竟有什么危险。他不知轻重，向古罗提到城里人如何一致排斥他，拿帮口里议论古罗的话搬给他听。上校对谁都不怕，又是打枪击剑的高手，把蒂番纳的老婆和她的于里阿，还有上城里拥护官方的人，骂得体无完肤，说他们受外国津贴，为了钻谋差事什么勾当都干得出来，临到选举逞着自己的心意乱念当选人的姓名，还做下许多别的混账事儿。下午二点前后，洛格龙出门兜个小小的圈子。倘若有个小商人在店门口拦着他问："洛格龙老头，身体怎么样？"他就很高兴。他和人攀谈，打听城里的新闻，普罗凡的闲言闲语，他都听在耳朵里拿去传布。他一直走到上城，天气好的日子，还往山沟里小路上蹓跶。有时遇到几个和他一

① 帮口：借同乡或其他关系组成的小集团。

样出来散步的老人，那是他最得意的事了。普罗凡有些看破巴黎生活的人，也有些朴实的学者整天和书本做伴。读者不妨想象一下，那些人谈起话来，洛格龙在旁听着是怎样一副形景。助理推事台丰特里名为法官①，主要是个考古学家，他指着山下的盆地对医生的父亲，博学的老马德南先生说道：

“你倒替我解释一下看看，为什么欧洲的有闲阶级都赶到斯帕比利时的矿泉城去②，不上普罗凡来？法国医学界不是明明承认这儿的矿泉性质更好，包含的铁质，治疗的功能可以同咱们蔷薇花的药性并驾齐驱吗？”

那位博学的老先生回答：“有什么办法！世界上自有这一类无理可说的怪事。一百年以前，根本没人知道波尔多的葡萄酒。上个世纪最了不起的人物之一，法兰西的阿尔西拜提、黎希留元帅阿尔西拜提是纪元前5世纪希腊有名的将军，苏格拉底的门下弟子，天分极高，野心极大，但毫无道德观念。黎希留元帅即17世纪法国权相黎希留红衣主教的侄孙，生活放荡，但是一个很有才能的军人兼外交家，害过肺病，原因人人知道，在居耶纳法国古行省之一，首府即波尔多总督任内给当地的葡萄酒治好了。波尔多的收入马上增加到一亿，黎希留把波尔多的边界一直推到安古兰末③，推到卡奥④，周围一百六十多里！谁也不知道波尔多的葡萄园到哪儿为止。奇怪的是黎希留元帅在波尔多竟没有一座骑在马上的纪念像！”

台丰特里先生道：“啊！一二百年之内普罗凡要是发生这一类的事，我希望下城的小广场上或者上城的古堡附近，会立一座白石浮雕，塑上奥波阿克斯普罗凡出身的化学家，药物学家（1745—1840），著有关于普罗凡矿泉的专书先生的头像，纪念他提倡普罗凡矿泉的功劳！”

马德南医生的父亲道：“亲爱的先生，也许普罗凡根本没有复兴的希望。这个城已经破产了。”

洛格龙听到这里，睁大着眼睛叫起来：

“怎么？”

学者回答：“12世纪的时候，普罗凡是个首都，跟巴黎竞争过来，还占上风呢：香巴涅的那些伯爵在这儿设着宫廷，正如普罗望斯也有勒南王

---

① 推事：旧时法院的审判员。

② 有闲阶级：指生活富裕又多闲暇的人们。

③ 安古兰末：今译昂古莱姆，法国西南部城镇。

④ 卡奥：今译卡奥尔，在今法国南部南比利牛斯大区。

的宫廷。那个时代，文明、繁华、诗歌、风雅、妇女，社会的一切精华并不限于巴黎一处。城市一朝衰落了，和破产的商号同样不容易重整旗鼓。如今普罗凡只剩下一段光荣的历史、芬芳的蔷薇，还有区区一个县政府。”

台丰特里道：“唉！倘若所有封建时代的首都全部保存下来，法国就不是现在这样的面目了。蒂菩12至13世纪时统治香巴涅地区的封建主，封号是伯爵。上文所谓“香巴涅的那些伯爵”即指蒂菩一族家族又是诗人，又是战士，又是风流豪侠的贵族，岂是一般县长所能代替的？普罗凡在蒂菩治下的地位，不亚于过去法拉拉在意大利①，威玛在德意志的地位②，也是今日慕尼黑想要攀登的地位。”

洛格龙叫道：“普罗凡当初是个首都？”

考古学家台丰特里回答说：“难道你连这一点都不知道？”

他拿手杖在上城的地面上敲了几下，叫道：“你不知道普罗凡的这个部分，底下全是地下坟场吗？”

“地下坟场？”

“对啊！坟场的层数之多，范围之大，简直不可思议：像大教堂一样分成许多小堂，还有成堆的柱子。”

马德南老人看见助理推事谈到他心爱的题目，便道：“台丰特里先生正在写一部重要的考古著作，打算在书中说明那些古怪的建筑。”

洛格龙知道他的屋基早先是盆地，兴冲冲的回去了。两个单身人花了五六天功夫追究普罗凡的地下坟场，好几个黄昏都有话可谈了。洛格龙靠这种来源得到一些材料，回家讲给姊姊听，或是关于古代普罗凡的历史，或是东家和西家的婚姻关系，再不然是过时的政治新闻。因此他出去散步，一路总得问个上百遍，往往向同一个人也要再三询问：“喂，外面说些什么啊？”——“喂，有什么新闻啊？”回到家中，他倒在客厅的长沙发上，好像筋疲力尽，其实只是被笨重的身子拖累了。他在客厅和厨房之间来来回回，走上一二十次，开门，关门，看钟点，好容易盼到吃晚饭。姊弟俩还在外边串门的时期，上床以前总算不寂寞；自从不得不在家枯坐之后，消磨一个黄昏竟像横渡沙漠一般艰苦。有几回，一般人夜晚做客回来，走到小广场听见洛格龙家有人怪叫，仿佛兄弟在谋杀姊姊；原来是苦

① 法拉拉：今译费拉拉，意大利北部城市，曾是强大的公国和文化中心，1860年归属意大利。

② 威玛：今译魏玛，18世纪末19世纪初为德国文化中心。

考古学家的谈话

闷的针线商恶形恶状的打呵欠。两个机器人齿轮生了锈，没有东西好碾磨，只能大叫一阵。

兄弟说起要娶亲，可是一无办法。他觉得自己老了，身体不行，想到女人就害怕。西尔维明白家里必须添一个人才好，便想起他们的穷表妹来。普罗凡个个人以为娇小的洛兰太太和女儿两个都死了，从来没问过西尔维。西尔维却样样记在心上，像她那种地道的老处女是什么东西都丢不了的。因为要不露痕迹的和兄弟谈到比哀兰德，她装作偶然找到了洛兰家的旧信。兄弟想到屋里可能有个小姑娘，几乎高兴起来。西尔维给洛兰老夫妇写了一封半亲热半生意口吻的信，推说为了出盘铺子，搬回普罗凡，忙着安家，耽误了回信。她表示愿意招留表妹，声明万一洛格龙先生不结婚，比哀兰德日后有一万二千收入的遗产可得。

姊弟俩等洛兰表妹来的那份焦急的心情，只有两种人能体会：或者像尼布甲尼撒纪元前7至6世纪时的巴比伦王，曾发疯七年，和野兽一同生活一般变得近于野兽，关在植物园的铁笼子里，除了饲养员送来的生肉以外捉不到动物吃；或者是一个告老回家没有伙计好折磨的商人。信发出三天，他们已经在盘算表妹什么时候能到。西尔维以为行了这件善事，可以使普罗凡的上流社会为了她的表妹重新上门。蒂番纳太太要自己府上成为普罗凡第一个交际场所，显然瞧不起他们姊弟；西尔维却到她家里去大吹大擂，说他们的表妹比哀兰德，洛兰上校的女儿，要到普罗凡来了；她既同情表妹的不幸，也因为有一个年轻漂亮的承继人介绍给大家，表示很高兴。

蒂番纳太太气概不凡的坐在壁炉旁边的沙发上，含讥带讽的回答说："你怎么不早一些发现你表妹的呢？"

迦色朗太太趁发牌的当口，三言两语悄悄的讲了一遍奥弗莱老头的遗产故事。公证人奥弗莱又说出小客店老板的强凶霸道。

院长蒂番纳先生客客气气的问："她在哪儿呢，可怜的姑娘？"

洛格龙道："在布勒塔尼。"

检察官勒苏插了一句："布勒塔尼地方大得很呢。"

洛格龙道："她的祖父祖母写信给我们……姊姊，信什么时候来的？"

西尔维正在打听迦色朗太太的衣衫料子哪儿买的，没顾到说话的轻重，随口回答说：

"在我们出盘铺子以前。"

"而你们直到三天以前才回信！"公证人叫起来。

西尔维涨红着脸，像炉子里烧旺的炭一样。

洛格龙接着说："我们的信是写到圣·雅各堂去的。"

在座有个法官在南德当过助理推事，说道："不错，有那么个老人堂性质的机关；不过你们的表妹不可能在那儿，圣·雅各堂只收六十岁以上的老人。"

洛格龙道："她和她的祖母洛兰住在一起。"

公证人道："她有一笔小小的财产，八千法郎，是你父亲……不，是你外公留给她的。"公证人有心把话说错。

洛格龙听不出话中有刺，只傻乎乎的叫了声"啊"。

院长问："你对表妹的财产和境况，难道一点都不知道吗？"

法官口气很严厉的说："洛格龙先生要知道的话，就不会让她住在那种救济院性质的地方了。我现在想起了，洛兰先生和洛兰太太在南德的一所屋子被国家征用，卖掉了；洛兰小姐的产权已经落空，当时的手续是我经手办的。"

公证人又提到洛兰上校，说他要是活着，知道女儿住在圣·雅各堂，要不大吃一惊才怪呢。洛格龙姊弟觉得那些人恶毒透了，赶紧走出。西尔维心上明白，她的新闻并不受到欢迎；个个人瞧她不起，再要和普罗凡的高等社会交际是不可能的了。从那天开始，对普罗凡的一般大族以及他们的党羽，两个洛格龙不再隐瞒胸中的仇恨。古罗上校和维奈律师一向在洛格龙面前说的蒂番纳、葛南、迦色朗、甘班和于里阿家的闲话，弟弟也一下子搬给姊姊听了。

他说："喂，西尔维，我就不懂蒂番纳太太干么瞧不起圣·但尼街上的生意帮。她身上最体面的一部分还是从圣·但尼街来的呢。她的母亲罗甘太太和'猫咪打球'的老板琪奥默是表兄妹；你知道，琪奥默后来把铺子盘给女婿勒巴。蒂番纳太太的老子便是1819年卷了款子逃走，害皮罗多破产的那个公证人。可见蒂番纳太太的家私是抢来的。一个公证人的老婆听凭丈夫骗了人家的钱再倒账，自己却逍遥自在，应该算什么样的人呢？哼！干的好事！我看罗甘太太就为了跟银行家杜·蒂埃的关系，才把女儿嫁到普罗凡来的。亏他们还敢自命不凡！嘿！……上流社会就是这批东西。"

但尼·洛格龙和姊姊西尔维骂了普罗凡的帮口，反而不知不觉变为地方上的人物，快要有宾客上门了。当地被压迫的利益正缺少一个活动的舞台，不久就把他们的客厅作为一个中心，到了这一步，告老的针线商居然在历史上政治上有了地位；因为普罗凡的进步党本来只有一些游移分子，靠着洛格龙才力量集中、团结起来；当然，那在洛格龙完全是出于无心。内幕是这样的——

古罗上校和维奈律师意见相同，孤立的地位也相同，素来彼此接近；他们冷眼旁观，把洛格龙姊弟出门交际的那个阶段看在眼里。两人为了同样的理由标榜同样的爱国主义，就是说都想当个角色。但尽管他们有心做领袖，手下可缺少人马。普罗凡的进步党只有一个退伍军人出身的咖啡馆老板，一个小客店老板，和奥弗莱抢生意的公证人戈囊，和马德南竞争的奈罗医生，还有几个无党派的人，散在本区里的几个富农和从前承买公共财产的业主。上校和律师很高兴能拉拢一个糊涂虫，他的家私可以帮助他们活动，向他们的事业投资，在某些情形之下可以出面做发起人，家里的屋子正好给进步党做会议厅。他们便利用两个洛格龙对当地豪门派的仇恨。上校、律师和洛格龙为了合订《立宪报》已经略有接触，古罗上校不难把退休的针线商拉入进步党；至于洛格龙不懂政治，连迈尔西埃军曹事件都不知道①，还认他为同行等等迈尔西埃与法文中针线商一字完全相同，故洛格龙以为他是同行，都毫无关系。

外人既早想利用两个单身人的无知与愚蠢，不久比哀兰德一到，大家更垂涎欲滴，急于下手了。眼看西尔维挤进蒂番纳圈子的希望完全落空，上校便转起西尔维的念头来。老军人们跑的地方不少，丑恶的东西见得很多，在不知多少战场上看过不知多少狰狞可怖、赤身裸体的尸首，再难看的相貌也吓不倒他们的了；所以古罗拿老姑娘的财产作为瞄准的目标。上校又矮又胖，耳朵上已经有一大簇浓毛做装饰，还戴一副奇大无比的耳环。乱糟糟的花白鬓角在1799年代叫作鱼翅。通红的大阔脸带着黄褐色，像所有从勃莱齐那河勃莱齐那是白俄罗斯的一条河，1812年11月拿破仑从俄国败退下来，几乎在渡勃莱齐那河时全军覆没上逃出来的人一样。尖尖的大肚子底下成一个直角，那是老资格骑兵军官的特色。古罗当初带过第二轻骑兵团。灰色胡子遮着一张“血盆大口”：那个窟窿只有这句成语好形容。他东西不是吃进去，而是吞下去的！鼻子被大刀斫去一角②，因此说话声音很低，鼻音很重，像一般人形容的卡波桑派修士。一双小手又短又阔，的确是妇女们所谓恶棍流氓的手。同身体比起来，两条腿未免细弱了些。在那个肥胖而灵

① 迈尔西埃军曹事件：1823年3月迈尔西埃（即梅尔西爱）拒绝执行把曼努埃尔议员赶出议院的命令。

② 斫（zhuó）：砍、削。

活的身子里面有的是机灵的头脑，表面上装着满不在乎的军人派头，其实人生经验非常丰富，绝对不把社会的规矩约束放在心上。古罗上校得过荣誉团四等勋章，除了荣誉团津贴还有二千四百法郎退伍薪俸，全部家私就是这三千法郎一年收入。

个子瘦长的维奈律师除了进步思想别无本领，唯一的财源只有事务所里一些微薄的收入。普罗凡的诉讼代理人都自己出庭辩护。而且法院为了维奈的政治主张，对他的辩诉没有好感。便是最进步的农民打官司也不找维奈，宁可请教一个为法院信任的代理人。据说维奈在戈洛米埃附近勾引了一个有钱的姑娘，逼得她父母不能不答应他们结婚。他那老婆是夏日伯甫出身，勃里地区家世悠久的老贵族，祖上在圣·路易带领十字军东征埃及的时代当过骑士①，立了军功，传下这个姓氏。维奈太太为此得罪了父母；他们向维奈声明，所有的财产都留给他们的大儿子，将来只能由大儿子拨出一部分给外甥。维奈野心勃勃的第一着棋子失败了。不久他受着贫穷压迫，没法让老婆体体面面的过活，觉得难为情，想在检察署谋一个职位；不料夏日伯甫家有钱的房族不肯帮忙。那些保王党看重道德，不赞成这桩木已成舟的亲事；何况所谓新亲是个名不见经传的维奈！他们怎么能保举一个平民百姓呢？维奈想利用老婆在岳家方面活动，结果每一支每一房都给他碰了钉子。只有住在脱洛阿的一个夏日伯甫穷寡妇，身边有个待嫁的女儿，对维奈太太还表示关切。因此后来维奈会想起那位夏日伯甫太太接待他老婆的态度。他到处受人白眼，恨死了老婆的娘家，恨死了不给他差事的政府、对他闭门不纳的普罗凡的上流社会。他只能熬着贫穷的苦。心中的怨毒愈来愈深，给了他抵抗的力量。他算准他的运道必须依靠反政府派的胜利，便投入进步党。他在上城一所破旧的小屋子里潦倒度日，老婆也不大出门。那姑娘本来很有前途，嫁了维奈只能带着一个孩子守在家中，冷清清的无人来往。有些人的穷，穷得有骨气，心情也愉快；但维奈受着野心煎逼，又觉得对一个受他引诱的少女做了件亏心事，不由得憋着一肚子怨气，一天天放宽良心的尺寸，认为只要能向上爬，什么手段都使得。年轻的脸变了样子：扁脑袋、毒蛇脸、阔嘴巴，戴着眼镜，眼睛炯炯发光。有时人家在法院中看到这副嘴脸暗暗吃惊；又细又尖的声音直往你耳朵里钻，刺激得叫人难受。乌七八糟的皮色带着病态，黄一块青

① 路易九世（1214—1270）：被尊为“圣路易”，法国卡佩王朝第九任国王。曾经发起第七、第八次十字军东征。

一块，明明是无法施展的野心，连续不断的失意和不可告人的穷困在作怪。他口齿伶俐，专会无理取闹；说话既不缺少警句，也富有形象；既博学，又刁猾。他惯于用升官发财的欲望做一切计划的出发点，着实有资格当政客。只要逃过法网，任何手段在所不惜的人，是非常厉害的；维奈的力量就在这里。这位未来的国会辩论健将，宣布奥莱昂王室登台指1830年7月路易·腓列普的登台的人物之一，使比哀兰德的命运受到极残酷的影响。眼前他想在普罗凡办一份报纸做武器。他靠着上校帮助，远远的把两个单身人研究过了，决定派洛格龙的用场。这一回算盘没有打错。七年功夫，家中绝粮的事不止有过一次，如今苦尽甘来，悲惨的日子快结束了。那天古罗在小广场上告诉维奈，两个洛格龙同上城的高等布尔乔亚和官方的党羽决裂了，维奈拿胳膊肘子朝古罗腰里意义深长的碰了一下，说道：

“只要是女人，好看也罢，难看也罢，对你都无所谓，你应当和洛格龙小姐结婚，咱们可以在这儿干些事业出来。”

上校道：“我也这样想；可是他们把可怜的洛兰上校的女儿，他们的承继人，接到家里来了。”

“你不妨叫他们写一份遗嘱把家私传给你。嗨！现现成成一所漂亮屋子将来就是你的了。”

“至于那女孩子么，嗯，嗯，等咱们看过了再讲。”上校的说话带着开玩笑的神气，同时也不怀好意。一个心地像维奈那样的人看了，知道在那个老粗眼中，个把小姑娘根本算不得什么。

五　比哀兰德初见世面

比哀兰德的祖父母进了救济院，凄凄凉凉的过着待尽余年；年轻而有志气的孩子眼看自己靠着人家施舍过活，心里痛苦极了，听说还有两个有钱的亲戚，不由得感到高兴。她小时候的同伴，布里谷少校的儿子，在南德学木工，知道比哀兰德要出门了，捧出他的全部家当六十法郎，做学徒的辛辛苦苦挣来的酒钱，送给比哀兰德，让她能搭着车子上路。比哀兰德收下的时候那种毫不介意的态度非常了不起，显出他们是真正的朋友；反过来，要是比哀兰德帮助朋友而朋友道谢，她也要生气的。过去布里谷每逢星期日总到圣·雅各堂去安慰比哀兰德，陪她玩儿。对于我们不由自主看中的对象应当如何照顾，如何尽心出力，也是一种滋味无穷的学习，年轻力壮的工人已经把那一套学会了，两人常常星期日坐在园子的一角，为前途做着许多天真的打算：比哀兰德在家等着，小木匠骑着刨子去周游世界①，为她打出一个天下来。

1824 年 10 月，正当比哀兰德十一足岁的时期，两个老人和青年木工忍着悲痛，把比哀兰德送上从南德到巴黎去的班车，央求车夫到巴黎送上普罗凡的班车，托他一路照料。可怜的布里谷！他像一条狗似的跟在车后奔着，尽量望着他心爱的比哀兰德。布勒塔尼姑娘挥手叫他回去，他却跑出城外四五里地，直到筋疲力尽才停下来，眼泪汪汪对比哀兰德瞧了最后一眼。比哀兰德望不见布里谷了，也哭了；但她把头探出车门，发觉朋友还站在那儿，看着沉重的班车越去越远。洛兰老夫妇和布里谷毫无经验，布勒塔尼姑娘到了巴黎就一文不剩。车夫听孩子讲起有钱的亲戚，便代她付了巴黎的旅馆账，向脱洛阿的班车车夫领回垫款，托他把孩子送到普罗凡，向那边的亲戚收钱，完全像运货一样。

离开南德以后四天，一个星期一晚上九点光景，王家驿车公司的班车

① 刨（bào）子：用来刨直、削薄、出光、作平物面的一种木工工具。

比哀兰德初到表姊家

正在普罗凡的大街上卸下旅客和包裹，一个胖胖的老车夫经过当地办事处主任的指点，牵着比哀兰德的手，带着她的行李，统共只有两件袍子，两双袜子，两件衬衫，送到洛格龙小姐府上。

车夫道："小姐和各位都好！我把你们的表妹送来了；真的，她乖得很呢。你们欠我四十七法郎。尽管孩子没有带多少东西，单子上还得你们签个字。"

西尔维小姐和她兄弟又惊又喜，忙起来了。

车夫道："对不起，车子等着，请你们签了字，给我四十七法郎六十生丁……我跟南德的车夫，随你们给些酒钱就是了。我们一路照呼过来，当做自己的孩子一样：代她付了旅馆钱、饭钱、从巴黎到普罗凡的车钱，还付了些零碎账。"

西尔维道："怎么！直要四十七法郎六十生丁！……"

车夫叫道：你不见得要还价吧？"

洛格龙道："那么发票呢？"

"发票？账目都在单子上。"

"废话少说，照付就是！"西尔维吩咐兄弟，"你看除了照付有什么办法？"

洛格龙去拿了四十七法郎六十生丁。

车夫道："我跟我南德那个伙计就不该拿些酒钱吗？"

西尔维从装满钥匙的旧红丝绒袋里掏出两个法郎。

车夫道："算了，你留着吧。我们宁可看在孩子面子白当差的。"

他拿起单子走了，一路对胖老妈子说：

"摆什么臭架子！犹太人不一定都在犹太。"

西尔维听见了，说道："那些人粗野得不像话。"

女佣人阿但尔把两个拳头叉在腰里，回答说："哦，孩子也亏得他们照顾啊！"

洛格龙道："好在咱们又不同那种人一起过活。"

女佣人问："叫她睡在哪儿呢？"

比哀兰德就这样到了表兄表姊家，一进门就受到这样的接待，被他们愣头傻脑的瞧着。她像个包裹似的被人从圣·雅各堂扔出来，直接扔到表亲府上；和祖父母同住的房间十分破烂，这里的饭厅在她眼中像王宫一般。她手足无措，非常难为情。布勒塔尼姑娘的模样和那种装束，除了两个退休的针线商以外，没有一个人不觉得可爱：粗呢的蓝裙子，粉红竹布的围身，大鞋子，蓝袜子，白颈围，通红的手戴着红毛线白镶边的半截手套，还是车夫替她买的。地道布勒塔尼式的帽子在南德路上弄皱了，在巴黎浆洗过，托着那张快活的脸赛过神像背后的光轮。那顶本地风光的小帽用的是细竹布料子，四周镶着镂空的硬花边，钉一圈扁平的管子形叠裥，又朴素又有趣，值得细细描写一番。从竹布和镂空花边中透过来的光线，照在皮肤上半明半暗，十分柔和，特别显出少女的妩媚：这是画家们竭力追求的境界，雷沃博·劳倍画的一幅《收获者》，其中一个抱着孩子的母亲，相貌像拉斐尔的人物，就有这种风韵。脸蛋嵌在一片光晕中间，白里泛红，神气极天真，而且生气勃勃，说明比哀兰德身体好得不得了。娇美的耳朵、嘴唇，清秀的鼻尖，因为屋子暖和，都红红的上了火，使健康的皮色愈加显得洁白。

西尔维道："喂，怎么不和我们说话呢？我是你的洛格龙表姊，他是你表兄。"

洛格龙道："可要吃东西吗？"

西尔维问："你哪一天从南德动身的？"

洛格龙道："竟是个哑巴。"

胖老妈子解开比哀兰德的小包，还是用洛兰老头的一块手帕做的包袱，说道："可怜的孩子，竟没有衣衫。"

西尔维道："去亲你表兄。"

比哀兰德亲了洛格龙。

洛格龙道："去亲你表姊。"

比哀兰德亲了西尔维。

阿但尔道："孩子赶路赶得昏昏沉沉，说不定要睡觉了。"

突然之间，比哀兰德不由自主的觉得两个亲戚讨厌；过去她可从来不曾讨厌过人。西尔维和老妈子带比哀兰德上三楼去睡，就是布里谷看见挂白卡里谷窗帘的那一间。房内摆着一张单人床，蓝漆的杆子上吊一顶布帐子，一口没有白石面子的胡桃木五斗柜，一张胡桃木小桌子，一面镜子，一张底下没有门的难看的床几，还有三把破椅子。因为是顶楼，前面墙壁的上半段是只斜角，壁上糊着蓝底黑花的起码花纸。地砖涂过颜色，上过蜡，踏在脚下冷得很。地毯只有床前一块薄薄的草席。用普通云石砌的壁炉架，上面嵌一面大镜子，架上摆一对金漆的铜烛台，一只俗气的矾石杯子，两只鸽子蹲在两边喝水，代替提手，那是西尔维巴黎卧房里的东西。

表姊问："你觉得这里舒服么？"

孩子用清脆的声音回答："噢！美极了！"

女佣人喃喃说道："她倒好说话——要不要暖暖被窝呢？"

西尔维道："好吧，恐怕被单潮了。"

阿但尔送上汤婆子①，还拿来扣睡帽的带子。比哀兰德睡惯布勒塔尼的粗布被褥，想不到这里的布又细又软，诧异得很。孩子安顿完毕，睡下了；阿但尔一边下楼一边忍不住说：

"小姐，她的全副家当还不值三法郎。"

西尔维自从行出一套办法，节省开支以后，为了只点一盏灯，只生一处火，叫女佣人晚上坐在饭厅里；逢着古罗上校、维奈律师上门，阿但尔才退入厨房。那天比哀兰德到了，整个黄昏都不寂寞了。

西尔维道："明天就得给她里里外外做起衣衫来，她简直什么都没有。"

阿但尔道："她只有脚上一双大鞋子，倒有斤把重呢。"

洛格龙道："她那个地方就是这样。"

"小姐，她瞧她的房间的神气，您看见没有？老实说，那间屋子给小姐的表妹住还不够体面呢。"

西尔维道："得了吧，别胡说。你看她已经高兴死了。"

阿但尔掏空了比哀兰德的小包，说道："天哪！这样的衬衫！不要刺肉吗？真的，一样东西都穿不得了。"

男东家、女东家、女佣人，一直商量到十点钟：衬衫该用怎样的竹布，多少钱一尺的，袜子需要几双，衬裙用什么料子，要多少条，估计比哀兰德的内外衣衫总共要多少钱。

洛格龙对姊姊说："你少了三百法郎办不了。"他按着老习惯，记着每样东西的价钱，总数已经用心算加好了。

西尔维道："要三百法郎！"

"对，三百法郎！你算吧。"

姊弟两个从头再算一遍，果然要三百法郎，工钱在外。

西尔维上床的时候心里想："哎啊！一上手就是三百法郎！"一上手三个字倒把她当时的心思表现得活灵活现。

爱情浓厚的夫妻生的孩子，往往赋有爱情的特色：温柔、活泼、快活、高尚、热心。比哀兰德便是这样一个孩子，生来极敏感，至此为止还

---

① 汤婆子：是一种铜质或磁质的扁扁的圆壶，充满热水后放置被窝提高温度。

保留她原有的感情，也不曾有过一点儿不顺心的事，她看到两个表亲的态度，觉得心上受了压迫，痛苦得很。对她说来，布勒塔尼是个苦地方，可是充满温暖的情意。洛兰家的两老做起买卖来一无能力，但像一切没有心计的人一样，感情最丰富，脾气最爽快，待人最体贴。他们的孙女儿在邦霍埃只顺着她的天性发展，没有受过别的教育。比哀兰德可以随便在池塘里划船，在镇梢上和田野里跑来跑去，跟同伴雅各·布里谷在一起，同保尔和维奚尼18世纪末斐那登·圣比哀写过一部牧歌体小说，描写一男一女两个孩子，保尔和维奚尼，天真无邪的恋爱故事完全没有分别①。两个孩子竟是人人疼爱，个个喜欢。他们自由自在，整天忙着小孩子的各式玩艺：夏天不是去看钓鱼，便是捉虫、采花，种这样种那样；冬天或者溜冰，或者堆雪人、做雪宫、扔雪球打架。他们到处受人欢迎，看到笑脸。到上学的年龄，家里遭了变故。雅各死了父亲，没法生活，家属送他去学木工，师傅看他可怜，不收饭钱，像后来比哀兰德在圣·雅各堂一样。但即使在那私立的救济院中，可爱的比哀兰德也照样受到大家的怜惜、宠爱、照顾。孩子受惯这样的温情，连陌生人和班车上的车夫对她的神气、说话、眼风、态度，都不像对别人那样；如今在她迫切向往而又那么有钱的表亲身上反而看不见这些。所以除开新到一个地方大感惊奇之外，还有精神气氛的改变使她心情更复杂。人的心和身体一样会觉得忽冷忽热。可怜的孩子莫名其妙的只想哭；幸而她累了，睡熟了。

在乡下长大的儿童都起得很早，比哀兰德第二天比厨娘早醒两小时。她穿好衣服。在表姊头顶上的房间里走了一会，望望小广场，想下楼，看见楼梯那么漂亮，呆住了，把仿古的花纹，镶的铜皮，各种装饰品和油漆等等饱看了一会。走到底下，没法打开通往花园的门，只得退回楼上；等阿但尔醒了又下来，直奔园子。她称心如意的在园中走了一转，一直到河边，看见亭子怔了怔，走进去了；到表姊西尔维起来为止，她还在东张西望，觉得没有一样东西不新奇。吃早饭的时候，表姊对她说：

“原来是你，小家伙，天才亮就在楼梯上摸来摸去，闹出许多响声来。我被你吵醒了，就此没睡着。你应当非常安静，学得乖乖的，悄悄的玩儿。你表兄不喜欢吵闹。”

洛格龙道：“还得留心你一双脚。你穿着糊满泥巴的鞋子跑进亭子，把地下打满脚印。你表姊喜欢干净。你这么大的姑娘也应当懂清洁了。难

① 斐那登·圣比哀：今译贝尔纳丹·德·圣皮埃尔，法国18世纪作家。

道你在布勒塔尼不晓得干净吗？啊，不错，我从前去收买丝线看见那些野人，真作孽啊！”洛格龙拿眼睛望着姊姊说，“嗯，她胃口倒不错，好像三天没吃饭了。”

这样，比哀兰德一开头就觉得被表兄表姊的责备伤害了，为什么伤害，她不明白。她生来率直、坦白、天真未凿，根本不会用脑子。她弄不清表兄表姊在哪一点上不对，直要以后吃了许多苦才慢慢懂得。

表兄表姊发现比哀兰德处处表示惊讶，心中很高兴，想趁此机会让自己得意一下，吃过早饭便带她参观华丽的客厅，告诉她一切贵重物件都不能乱动。单身人因为生活孤独，精神上又不能不有所寄托，往往把虚构的感情代替天然的感情，喜欢猫、狗、金丝雀，有的喜欢女佣人，有的喜欢上司。洛格龙和西尔维两人没头没脑的喜欢他们的屋子和家具，他们为之花了那么多钱呢。西尔维发觉阿但尔不会擦抹家具，永远保存得簇新，便每天早上帮佣人收拾。这番打扫工作不久成为西尔维的正经事儿。因此家具非但不用折旧，反而更有声价！目的是要动用而不能用旧，不能弄脏，木料不能擦伤，漆水不能脱落。老姑娘不久为这件事着了迷。她柜子里藏着零碎的呢绒、油蜡、凡立水①，各种刷子，用起来和做紫檀木器的专家一样内行，她有专用的鸡毛掸子，专用的抹布；尽管擦洗打磨，决不碰伤皮肤，她身子才结实呢！目光像钢铁般又冷又硬的蓝眼睛，连家具底下也随时望得进去。所以要发现她真正的感情所在，比发现牧羊女脚下的羊还容易。

西尔维在蒂番纳家有话在先，就不能为着三百法郎退缩。第一个星期，西尔维从早忙到晚，比哀兰德也有连续不断的消遣：外面的衣衫要订做，要试样子；衬衣衬裙要裁剪，叫女工到家里来缝。比哀兰德不会做针线。

洛格龙道：“嘿！真是好教养！——小宝贝，难道你一样活儿都不会吗？”

比哀兰德只晓得有感情，听着表兄的话做了一个小姑娘家撒娇的手势。

洛格龙又问：“你在布勒塔尼一天到晚干些什么呢？”

“就是玩嘛，”比哀兰德天真的回答，“大家都跟我玩儿，爷爷和奶奶都有故事讲给我听。噢！他们真喜欢我呢！”

---

① 凡立水：英文名称 Varnish 的音译，清漆的俗称。

洛格龙道："啊！原来你充阔佬。"

比哀兰德瞪着眼睛，不懂那句圣·但尼街上的取笑话。

西尔维对鲍兰小姐说："她一窍不通，简直是块木头。"鲍兰小姐是普罗凡手艺最好的女裁缝。

"她还小得很呢！"女工望着比哀兰德回答。比哀兰德把小小的清秀的脸儿朝着她，神气怪俏皮。

比哀兰德喜欢女工们远过于表兄表姊；她对她们撒娇，看她们做活，说一些只有儿童会说的有趣的话，她见了洛格龙和西尔维已经吓得不敢说了；因为他们喜欢叫手下人战战兢兢，好像恐惧是对人有益的。女工们也挺喜欢比哀兰德。可是衣服完工之前，老姑娘少不得大呼小叫的吆喝几次。

"这小姑娘要叫我们大大的破财了！"西尔维对兄弟说。裁缝有些地方想替比哀兰德重量尺寸，西尔维在旁叫着："喂，孩子，安静一下好不好？见鬼！这是为你，不是为我啊。"——看见比哀兰德向女工问长问短，就说："别打搅鲍兰小姐，工钱不是你付的！"

鲍兰小姐问："小姐，这里要不要做钩针？"

"要的，越结实越好。这许多衣衫，我才不打算天天做一套呢。"

装扮表妹和翻造房屋一样。比哀兰德应当和迦色朗太太的女儿穿的一样讲究。蒂番纳太太的小姑娘穿着古铜色的时式小皮靴，比哀兰德也就有了古铜色的时式小皮靴。至于上等细纱袜子，做工最好的胸褡，蓝细呢的连衫裙，白塔夫绸里子的漂亮披风，都是为的和于里阿老太太的孙女比赛。西尔维最怕一般做母亲的眼光厉害，看得仔细，所以衬里衣衫不能不跟外面的相配。比哀兰德的漂白平纹细布衬衫做得非常好看。鲍兰小姐说县长太太的几位小姐穿着细竹布裤子，又有滚边，又镶花边，总之是最新的款式。比哀兰德便有了裤脚管钉花边的裤子。西尔维又替她订做一件白缎子衬里的蓝丝绒小外套，跟马德南家女孩子穿的差不多。这么一打扮，比哀兰德立刻成为普罗凡城中最俊俏的小姑娘。星期日望过弥撒，走到教堂门口，所有的太太们都过来拥抱孩子。蒂番纳、迦色朗、迦拉同、奥弗莱、勒苏、马德南、甘班、于里阿，那些人家的太太对可爱的布勒塔尼姑娘喜欢得如醉若狂。这一下的轰动使西尔维大为得意，原来她待比哀兰德好，心目中并无比哀兰德，只想为自己争面子。可是临了西尔维仍旧为着表妹出风头而生气，原因是这样的：人家请比哀兰德去玩，西尔维为了要压倒那些太太，答应了。比哀兰德被她们接去，和她们的女孩子一起玩儿，一起吃饭。比哀兰德到处大受欢迎，正好和两个洛格龙相反。西尔维只看见人家来把孩子接去，不见她们的孩子到她家来，心里为之不平。比哀兰德在蒂番纳、马德南、迦拉同、于里阿、勒苏、奥弗莱和迦色朗那些太太家非常开心，又是一片天真，回家不会隐瞒她的快乐，只觉得别人的好心好意和表兄表姊处处找麻烦的作风大不相同。做母亲的看见孩子快活，自己也会跟着高兴；无奈两个洛格龙收留比哀兰德是为自己，不是为孩子；他们非但毫无慈爱，还存着自私自利的念头，带着将本求利的生意眼。

漂亮的行头、节日的服装和家常衣衫，开始给比哀兰德带来灾难。想到什么做什么，随便玩儿惯的孩子，把鞋子、靴子、连衫裙，尤其是滚边的裤子，一眨眼就穿破了。母亲埋怨孩子只替孩子着想，说的话是温和的，除非孩子做错了事，气愤不过，才会粗声大气；但在衣着这个大问题上，表兄表姊着急的是他们的金钱；他们想的是自己，不是孩子。儿童对于管教他们的人的错处，感觉像猫一般灵敏，他们非常清楚人家是爱他们还是勉强容忍他们。纯洁的心灵觉得细微的区别比显著的对比更加难受。孩子还不懂得善恶，可是天生的分得出美丑，这个美感受到破坏的时候，他是知道的。比哀兰德受到的教训，不管是教她女孩子家的举动也好，要她学得端庄稳重也好，要她懂得节省也好，骨子里都从一个大题目出发，就是：比哀兰德是个花钱的无底洞。这些责备对比哀兰德是致命伤，同时把两个单身人引回到做买卖时期的老路上去；他们为了在普罗凡安家，一时离开了老路，但本性早晚要露出头来，一发不可收拾的。

洛格龙和姊姊两人惯于当家做主，批评指摘，对伙计不是发命令，就是狠狠的埋怨；没有人好折磨的时候简直难过日子。狭窄的头脑需要对人强凶霸道来刺激自己的神经，正如伟大的心灵必须受到平等待遇，感情才能活动。气量小的人虐待人也罢，行好事也罢，都能发挥本性；他们可以用残酷的方式或者施舍的方式控制别人，肯定自己的威势；究竟往哪方面走主要取决于他们的性情。懂得了以上的心理，再加上利害关系，多数人事纠纷的谜就能解答。从此表兄表姊的生活绝对少不了比哀兰德。她初来的时节，两个洛格龙为着做衣服忙个不停，而且多一个同居的人也觉得新鲜，可以使他们分心。一切新事，不论是新发生的感情还是新到手的权力，都会养成一套特殊的习惯。西尔维开头叫比哀兰德“我的孩子”，后来不叫“我的孩子”，直呼为比哀兰德了。埋怨的话先是半软半硬，后来变得尖刻难听了。姊弟俩一走上这条路就进步飞快，居然不再觉得无聊了！这并非阴险残酷的人设下的计谋，而是一种荒谬的专制，等于本能一样。姊弟俩自以为是比哀兰德的恩人，正如从前自以为是学徒们的恩人。比哀兰德的真实、高尚、过于灵敏的感觉，和两个洛格龙的麻木不仁正好处于极端，她最恨受埋怨，美丽明净的眼中会痛苦得当场冒出眼泪来。在外边多么讨人喜欢的天真活泼，她花着很大的劲硬压下去，只敢在小朋友们的母亲面前流露；可是到第一个月快完的时候，她在家里开始变得拘谨呆板。洛格龙问她是否病了。听到这句古怪的问话，她拔起脚来奔往园子，站在河边痛哭，簌落落的眼泪直往水里掉；可怜她将来整个儿都要掉入社会的惊涛险浪中去呢。有一天天气很好，孩子上蒂番纳太太家玩儿，尽管很小心，还是把那条漂亮的蓝呢连衫裙撕破了一块；想到回家非挨一顿臭骂不可，马上哭起来。一经盘问，她不免落着眼泪漏出一句两句，说到表姊的严厉。美丽的蒂番纳太太正好有同样的料子，亲自给她换了一幅。事情被西尔维知道了，说是那恶魔般的小姑娘有意跟她捣乱。从那时起，她就不再让那些太太们接比哀兰德去玩了。

比哀兰德在普罗凡过的新生活清清楚楚分做三个阶段。第一阶段大约有三个月，比哀兰德还算过着好日子：两个单身人对她有时亲热，有时呵斥；所谓亲热其实是冷冰冰的，而那些埋怨在比哀兰德听来倒是火辣辣的好不难受。等到西尔维推说孩子年纪大了，一切有教养的姑娘应该会做的事都该学起来了，不准再去看小朋友们的时候，比哀兰德在普罗凡的第一阶段便宣告结束，但是只有这个时期的生活比哀兰德觉得还能忍受。

六　穷表妹投靠阔亲戚的故事

洛格龙家来了比哀兰德以后的种种变动，维奈和古罗都研究过了；他们像狐狸打算闯进鸡棚一样谨慎，而且看到鸡棚里多了一个新角色不大放心。两人难得上门，免得西尔维惊慌；他们借各式各样名目和洛格龙闲扯，一步一步踏进他家里去，态度的稳重、手法的巧妙，便是了不起的太丢拂莫里哀在喜剧《太丢拂》中描写一个卑鄙狡猾的小人，名字就叫太丢拂，赚得富翁奥贡的信任，想骗取他的女儿，勾引他的女人，鹊巢鸠占，夺他的家私也要甘拜下风①。美丽的蒂番纳太太来接比哀兰德，被西尔维用尖酸的话回绝的那天晚上，律师和上校来拜访洛格龙姊弟，听到这件事彼此瞧了一眼，显出他们俩对普罗凡城里的内幕情形知道得清清楚楚。

律师道："蒂番纳太太老实不客气要你出丑。这种事情，我们早告诉洛格龙了。同那些人来往绝没有好处。"

上校捻着胡子打断了律师的话，说道："卖国的帮口干得出什么好事来？倘若我们劝你们同那些人断绝，你们或许疑心我们有什么私仇。可是小姐，你要喜欢打小牌玩玩，干么不在你自己府上夜晚来一局波斯顿呢？难道像于里阿家那几个笨蛋就没人代替得了么？维奈跟我都会玩波斯顿，再找一个搭子也不难。维奈可以把他的太太介绍给你，她脾气挺好，还是夏日伯甫出身。你也不会像上城那般臭婆娘，要一个管家的好媳妇儿穿扮得像公爵夫人。维奈太太的娘家伤天害理，逼得她在家里样样亲自动手，她像绵羊一般和顺，勇气像狮子一样。"

西尔维·洛格龙露出又长又黄的牙齿向上校笑了笑，上校不但受得了那副怕人的嘴脸，还装出奉承她的样子。

西尔维道："只有四个人，咱们的波斯顿不一定能每天成局。"

---

① 太丢拂：今译达尔杜弗。17 世纪法国戏剧家莫里哀（1622—1673）的名作《达尔杜弗》（又译《伪君子》）的主人公。

“像我这样的老兵，只管拿着养老金坐吃，会有什么事呢？律师到夜晚总是空闲的。”上校又用着含蓄的神气补上一句，“并且你自会有客人上门，我敢担保。”

维奈道：“你只消明目张胆反对普罗凡的政府派，跟他们顶下去，就能在地方上大得人心，有许多人捧你。你也好来一个沙龙同蒂番纳家打对台，气气他们。人家笑我们，我们照样回敬。何况那帮口的人根本对你不留余地！”

“怎么呢？”西尔维问。

内地自有一些传声筒会把这个圈子里的闲话送到另外一个圈子去。所有排斥两个针线商的人家批评洛格龙姊弟的议论，维奈全部知道。助理推事兼考古学家台丰特里不属于任何党派；他和别的几个超然派的人，按着内地的习惯把听到的话告诉别人，被维奈利用上了。那天晚上，阴险的律师搬出蒂番纳太太取笑的话，还加油添酱，说得更刻毒。他揭穿洛格龙和西尔维闹的笑柄，激恼他们，挑起他们的仇恨；两个冷血动物也正需要一些养料来培养他们在小事情上的意气。

过了几天，维奈把太太带来了。她文雅、胆怯，既不难看也不好看，性情十分温和，对自己的不幸感受很深。淡黄头发，穿着很朴素，管着一个寒酸的家，显得有些劳累。这样的女人，西尔维再中意没有了。维奈太太看着西尔维的架子不以为意，她屈服惯了，向西尔维低头也无所谓。从她凸出的脑门上，粉红的腮帮上，温柔而慢悠悠的眼神中，可以看出她很会沉思默想，像受惯委屈的妇女一般把事情看得很透，嘴里可绝对不说出来。上校明明是个老粗，偏要殷勤卖俏，讨好西尔维。他和刁滑的维奈在洛格龙家的影响，不久就对比哀兰德发生作用。那只美丽的松鼠关在家里，只有陪着老表姊才能出门，时时刻刻听见“这个动不得！——那个动不得！”的吆喝，还有一刻不停的管教她举动姿势。比哀兰德伛着胸脯，弓着背，表姊要她像自己一样站得笔直，好比小兵向长官行礼；有时还拍拍她背脊要她挺起来。在沼泽区长大的自由快活的孩子只得压制自己的动作，学做机器人。

有天晚上，正是比哀兰德的第二时期才开始的时节，三位常客整晚没看见比哀兰德在客厅里露面；直到睡觉之前她才出来招呼大家，跟表兄表姊拥抱。西尔维向可爱的孩子冷冷的伸出腮帮，仿佛不耐烦她亲吻；那表情太难堪了，比哀兰德不由得冒出眼泪来。

刻毒的维奈说道：“小比哀兰德，你可是刺痛了？”

西尔维厉声问道："什么事？"

"没有什么。"可怜的孩子说着去亲她的表兄。

西尔维道："没有什么？一个人不会无事端端哭起来的。"

维奈太太道："好孩子，你怎么啦？"

"有钱的表姊没有穷奶奶待我好。"

西尔维道："你奶奶夺了你的财产，你表姊将来会给你家私。"

上校和律师彼此偷偷瞧了一眼。

比哀兰德道："只要疼我，拿我的钱我也情愿的。"

"那么送你回去好了。"

维奈太太道："这惹人疼的孩子干了什么事啊？"

维奈向老婆恶狠狠冷冰冰的瞪了一眼，可见他素来霸道，绝对不许人违拗。可怜的奴隶赶紧拿起牌来。当初人家只看中她的家私，她既然没有陪嫁，只好永远受气。

"干了什么事？"西尔维猛的抬起头来，把帽子上插的黄花震得直跳，"她就是千方百计的捣乱：她打开我的表看机器，碰了轮盘，弄断了发条。小姐把我的话只当耳边风。我一天到晚叫她东西别乱动，只是白搭，我的话好像是和这盏灯说的。"

比哀兰德当着外人受到埋怨，老大不好意思，轻轻的出去了。

洛格龙道："这孩子真会淘气，不知道怎样才能制服她。"

维奈太太道："在她这个年纪，可以进私塾了。"

维奈又瞪了老婆一眼，不许她多嘴；他和上校俩算计两个单身人的计划当然不会让老婆知道。

上校道："收留别人的孩子就有这些麻烦！不过你或者你弟弟，你们自己还可以有孩子呢；干么你们俩一个都不结婚呢？"

西尔维满面春风的望着上校：这是她生平第一次碰到一个人觉得她还有希望出嫁。

洛格龙道："维奈太太说得不错。读了书，比哀兰德好安静一些。请个老师也费不了多少！"

西尔维一心想着上校的话，没有回答兄弟。

维奈对洛格龙道："我们说过想办一份反对党的报纸，只消你肯垫付保证金，就好请发行人来教你的小表妹。那个可怜的小学教师受着教士排挤，我们想找他来办报——内人说得不错，比哀兰德是一块需要琢磨的璞玉。"

占罗上校

屋内静默了一会，牌桌上的人个个在想心思；然后西尔维在发牌的时候问上校：

“听说你封过男爵是不是？”

“是啊，不过在1814年南奚战役以后封的，我一团人那一回创造了奇迹，当时我没有钱，没有后台，凭什么去向铨叙局登记呢①？1815年我还升了将军；这个军阶和爵位一样，都要经过一次革命才能到手的了。”

洛格龙想过一阵，回答维奈说：“要是你有不动产做抵押品，我可以垫保证金。”

维奈道：“这一点戈囊会想法安排。有了报纸，上校就好得势；你们的沙龙也能压倒蒂番纳家的沙龙和他们的喽啰了。”

西尔维道：“怎么呢？”

维奈趁老婆发牌的当口，把在普罗凡区办一份独立的报纸，如何能使洛格龙、上校和他维奈三人出头的道理解释了一遍。那时比哀兰德在房里哭做一团；她的感情和理智都觉得表姊的错处比她多。沼泽区的孩子凭着本能就懂得，做好事的恩主必然是专制的。她痛恨她的漂亮衣衫，痛恨一切特意为她做起来的东西。受人施舍的代价太高了。她因为做错事情，给人把柄，懊恼得痛哭流涕；可怜小小的孩子竟立下愿心，要自己的行为叫表兄表姊没法开口。她这才发觉布里谷送她积蓄多么了不起。她自以为不幸到极点，没料到客厅里还在设计划策，预备给她受新的苦难。

果然，不多几天，比哀兰德有了一个老师教她认字、写字、做算术。比哀兰德受教育的时期，在洛格龙家闯了许多祸。桌子、家具、衣衫，都弄上墨水；习字簿和笔尖到处乱丢；桌布坐垫沾着白粉当时没有吸水纸，写过字就在纸上洒粉；做功课的时候撕破书本，磨坏书角。表兄表姊已经用非常刺耳的字眼告诉她应当自食其力，不依靠别人。比哀兰德听着难堪的警告，喉咙里一阵阵的抽搐，心扑通扑通的乱跳，可是不敢哭出来；因为一掉眼泪，人家就要追问理由，认为她侮辱了两位宽宏大量的亲戚。

洛格龙却是得其所哉，日子好过了：他像从前埋怨伙计一样埋怨比哀兰德，在她玩得高兴头上去找她，逼着做功课，陪她温书，在可怜的孩子面前竟是个铁面无情的监课先生。西尔维也认为责任所在，应当把自己会做的一点儿女红教给比哀兰德。姊弟俩的脾气绝对谈不上和顺。两个胸襟狭小的人还觉得为难可怜的孩子真有一种乐趣，不知不觉从客气过渡到极

① 铨叙局：官署名，掌考核举荐官吏。

端严厉。他们说这是孩子不肯用功，自己讨来的；其实是开蒙太晚，脑子不容易接受。私人教育和公共教育不同的地方原是在于因材施教，无奈比哀兰德的几个老师不懂这一套。因此表兄表姊的过失远过于比哀兰德。她花很多时间学一些初步的东西。有一点儿小差池，就是荒唐啊，糊涂啊，愚蠢啊，饭桶啊，一连串的臭骂。她听不见一句好话，只看见冰冷的目光；无论什么行为都遭到批评、指责、歪曲，吓得她一动都不敢动，变得像羊一般痴呆混沌。事无大小，她只顺着表姊性子，等表姊命令，自己的念头她都闷在肚里，一味依头顺脑，听人摆布。红润的血色慢慢褪下去了，有时她也叫几声苦。表姊问她："哪儿不舒服？"可怜的孩子觉得浑身难受，便回答说：

"到处不舒服。"

西尔维道："哪有到处不舒服的？要是到处有病，你早已死了！"

专会挑眼儿的洛格龙道："一个人或是心口痛，或是牙齿痛，或是头痛，或是脚痛，或是肚子痛，从来没有到处痛的。什么叫到处？到处不舒服就是没有一处不舒服。你这是什么意思，知道不知道？你的话等于什么都没有说。"

比哀兰德说的女孩子家的天真话，正是知识初开的花朵，人家却用俗套滥调回答她；比哀兰德凭着天生的感觉知道可笑，以后干脆不开口了。

洛格龙还对她说："你嘴里叫苦，胃口好得像修道士①！"

只有胖老妈子阿但尔绝对不伤害这朵娇嫩的鲜花。阿但尔还给她暖被窝，可是瞒着主人，因为有天晚上，她正给东家的承继人安排这点儿小小的享受，被西尔维撞见了，受了一顿埋怨。西尔维说：

"对孩子应当严一些，才能养成他们刚强的性格。我和我兄弟，难道我们的身体就不如别人吗？像你这样只会弄得比哀兰德呜哩呜啦。"两个洛格龙造出这个古怪字儿形容多病好哭的人。

比哀兰德像天使一般可爱，但她一切娇憨的表情都被认为挤眉弄眼。感情的花多么鲜嫩、妩媚，在年轻的心灵中只想向外开放，却受着无情的摧残。比哀兰德心坎里最娇嫩的部分遭到最残暴的打击。要是用撒娇的态度去缓和两个铁石心肠的人，他们就说她别有用心。

洛格龙厉声喝道："要什么，赶快说出来。你不会无事端端来讨好我的。"

---

① 修道士：意为"独身者"，入天主教、东正教修道院过隐修生活的男教徒。

姊弟俩不讲感情，偏偏比哀兰德浑身都是感情。古罗上校只图讨好洛格龙小姐，有关比哀兰德的事总说西尔维有理。维奈听见两个洛格龙责怪孩子，也顺着他们说话；他们加在天使般的比哀兰德身上的一切坏事，维奈都归之于布勒塔尼人的固执脾气，说任凭你花多大力量，下多大决心，也是扭不过来的。两个马屁鬼奉承洛格龙姊弟的手段巧妙无比；洛格龙终究拿出《普罗凡邮报》的保证金，西尔维认了五千法郎股份。上校和律师四出活动，在买进公产的选举人中间——他们最怕进步党的报纸——在富农和所谓中立派人士中间，一共招募到一百股，每股五百法郎。他们无孔不入，活动的范围及于全州，有几个在别州边境上的乡村也被他们打进去了。凡是股东当然是报纸的订户。《蜂房报》的法律广告和别的广告被《邮报》分去一半。创刊号上发表一篇文章大捧洛格龙，形容得像普罗凡的拉斐德银行家拉斐德（1767—1844）在王政复辟时代是反对党的领袖之一。公众的舆论一有人指挥，就可看出下届选举必有一番剧烈的竞争。美丽的蒂番纳太太为之懊恼不已。她看了一篇攻击她和于里阿的文字，说道：

“怪我糊涂，忘了傻瓜旁边必有骗子，愚夫愚妇永远会吸引像狐狸一般狡猾的人。”

报纸在周围八九十里之内风行以后，维奈便有了一件新做的大褂，一双靴子、一件背心和一条裤子也像样了，头上戴着进步党人那种灰色帽子，堂而皇之露出内衣来了。老婆雇了一个女佣人，衣着打扮显出是要人的太太，也买起漂亮的帽子来。维奈打好算盘，面上做得有情有义，和朋友戈囊两个，就是跟奥弗莱抢生意而替进步党办事的公证人，替洛格龙当顾问，在两桩事情上大大帮了他的忙。洛格龙老子在1815年形势最恶劣的时代订的租约，快要满期。种花果蔬菜的事业近年来在普罗凡四周非常发达。律师和公证人代两个洛格龙改订新约，增加了一千四百法郎收入。为着五百株白杨和两个乡公所发生争执，维奈替洛格龙把官司都打赢了。当初买进白杨的款子是洛格龙姊弟的积蓄；他们三年来每年有六千法郎用重利放在外面，这时很巧妙的调动一下，买进好几块地。农民押给洛格龙老子的田产被维奈拿来抵债，他们拼着性命耕种，改良土质，想积起钱来料清债务，但是始终没办法。两个洛格龙为装修房子而动用的老本，大部分捞回了。他们的田产全在普罗凡四周；老子既是小客店老板，当然很精明，挑的都是好地，每块面积很小，最大的也不到五个阿尔邦法国古亩，每阿尔邦约合五百平方公尺；租户殷实，租金有不动产担保，他们差不多全有一些自己的田地。到1826年11月的圣·马丁节11月11日①，洛格龙家的产业一年有五千法郎收入；赋税归佃户负担，地上没有建筑物，不需要修理，也不用保火险。姊弟俩每人还有年息四千六百法郎的五厘公债，当时行市超过票面；律师劝他们抛出公债，买进田产，保证他们靠着公证人帮忙，调动之后在收益方面一个小钱都不会吃亏。

比哀兰德在这个第二时期的最后一段，生活苦不堪言。几位熟客的冷淡，两个表亲的毫无感情，咕哝埋怨的混账脾气，磨人磨得太厉害了；好像从坟墓中来的那股潮湿的冷气，感觉得太清楚了，比哀兰德竟想大着胆子，不名一文的走到布勒塔尼，回到祖父祖母身边去。可是有两件事情把她拦住了。先是洛兰老头死了。在普罗凡举行的家族会议派洛格龙做表妹的监护人。倘若死的是祖母，洛格龙听着维奈的主意，准会追讨比哀兰德的八千法郎，叫老祖父过不了日子。

维奈对洛格龙狞笑着说："你将来还能承继比哀兰德呢。谁知道哪个寿长，哪个寿短！"

洛格龙被这句话点醒了，逼洛兰老头的寡妇以生前赠送的名义把八千法郎的虚有权过在比哀兰德名下②，担保她欠孙女的债，应缴的税款由洛格龙负担。直到这个手续办妥了，洛格龙方始让洛兰寡妇太平。

祖父的死给比哀兰德刺激很大。她受到这个惨痛的打击的时候，表兄表姊正在安排她的初领圣体③，这是使她不能不留在普罗凡的第二件事。初领圣体原是必须经过而且是极简单的仪式，在洛格龙家却引起重大的变化。因为于里阿、勒苏、迦色朗等等的女孩子都由本堂神甫班罗先生指导教理，西尔维认为面子攸关，比哀兰德的导师非请班罗神甫手下的副堂长阿倍先生不可。阿倍据说是坚信会会员，对教会的事业非常卖力，表面上戒律极严，暗中抱着极大的野心，普罗凡的人都见他害怕。教士有个妹子，年纪三十岁左右，在城里办一个女子私塾。兄妹俩十分相像，都又瘦又黄，黑头发，性情抑郁。

迦特力教的仪式和诗意④，布勒塔尼姑娘是从小耳濡目染，熏陶惯的

---

① 圣·马丁节：圣·马丁的宗教节日，圣马丁649—655年任教皇，深得人心，一般基督教徒举行集会纪念，称为圣·马丁节。

② 法国民法理论中的虚有权是指所有权人在所有物上设定用益物权后对所有物的权利。

③ 初领圣体：年满七岁的公教儿童，都应到堂区参加主日学初领圣体班。

④ 迦特力教：即天主教。

旧教在布勒塔尼势力极大，教徒特别热诚。那庄严的教士说的话直钻进她耳朵，打到心里去。痛苦往往产生信仰，而少女们由于天性温柔，几乎都会倾向神秘主义，那原是宗教的最深刻的方面。副堂长播下的教理和《福音书》的种子，落在一块肥沃的土地上。他把比哀兰德的素质完全改变了。少女领圣体等于在精神上和耶稣结合；比哀兰德就用这种心情去爱耶稣，肉体上和精神上的痛苦从此有了一个意义；人家教她在所有的事情中看出上帝的意志。她在洛格龙家心灵受着残酷的伤害，又不能把罪名加在两个亲戚身上，便和一切受难的人一样逃入另外一个天地；靠信仰、希望、慈悲三大德行支持①。逃回家乡的念头打消了。西尔维看见比哀兰德经过阿倍先生指导，完全变了一个人，不由得感到诧异，动了好奇心。从那时起，阿倍先生一边指导比哀兰德做初领圣体的准备，同时把西尔维小姐迷失的灵魂带回到上帝身边。西尔维热心宗教了。那耶稣会会员可抓不住但尼·洛格龙；当时立宪思想对某些傻瓜的影响比教会的力量大得多，洛格龙仍旧忠于古罗，忠于维奈，忠于进步党。

不消说，洛格龙小姐结识了阿倍小姐，对她很有好感。两个老姑娘相亲相爱像姊妹一样。阿倍小姐提议让比哀兰德进她的私塾，省得西尔维为教育孩子费许多心，找许多麻烦；姊弟俩回答说没有了比哀兰德，家里太寂寞了。两个洛格龙舍不得小表妹的情感好像还有些过分呢。阿倍小姐一出场，古罗上校和维奈律师认为野心勃勃的副堂长为着妹子像上校一样打着攀亲的主意。

律师和退休的针线商说："你姊姊想叫你娶亲了。"

洛格龙道："娶谁呢？"

上校捻着灰白胡子嚷道："还不是那个当小学教员的老妖婆！"

"姊姊没跟我提过。"洛格龙好不天真的回答。

像西尔维那样专走极端的老处女，一相信宗教就进步很快。教士对这份人家的影响眼见要一天天大起来，旁边还有牵着兄弟鼻子走的西尔维支持。两个进步党人的惊慌不是没有根据，他们觉得阿倍小姐配洛格龙比上校娶西尔维合适多了，如果教士真有这心思，定会引诱西尔维守斋念经，对宗教入迷，还会送比哀兰德进修道院。古罗和维奈十八个月的努力，逢迎吹拍，干的许多无耻勾当，将来可能一无所得。他们对教士兄妹暗中咬牙切齿，可是为了寸步不离的盯着，不能不同阿倍先生、阿倍小姐和睦相

---

① 信仰、希望、慈悲（即爱）是基督信仰的三超德。

处。那两个会打波斯顿，会打韦斯脱，没有一晚不到。这一方面劲头十足，那一方面当然不甘落后。律师和上校觉得碰上了对手，而阿倍先生和阿倍小姐也有同感。这样的局面已经是一场斗争了。西尔维受到追求，终于认为古罗这个男人不辱没她的身份：这是上校做的功夫。同样，阿倍小姐也在用言语、眼神、亲热的态度包围洛格龙。双方都不肯拿出大政治家的作风，大大方方说一声："好，咱们来平分秋色吧！"各人都要俘虏自己的目的物。并且，普罗凡反政府派的势力愈来愈大，两只狡猾的狐狸自以为比教会更强，先动手开火了。

维奈为着自己的利益搜肠刮肚的盘算，动了知恩感德的念头，赶去把特·夏日伯甫母女接来。那两个妇女凭着二千法郎左右进款，在脱洛阿勉强过活。巴蒂尔特·特·夏日伯甫小姐是个姿容绝世的美人儿，一向认为婚姻一定要有感情，到二十五岁还没嫁人，才改变主张。特·夏日伯甫太太受着维奈怂恿，答应把自己的二千法郎和维奈办报以后一年三千法郎收入合在一起，搬到普罗凡去同住。维奈说巴蒂尔特可以在普罗凡嫁给一个姓洛格龙的瘟生①，凭着她的聪明才气不难和美丽的蒂番纳太太见个高下。特·夏日伯甫母女一住进维奈的屋子，一接受维奈的主张，进步党立即声势浩大。这个联盟使普罗凡的贵族和蒂番纳帮口着了慌。特·勃莱奥代太太看见两个贵族妇女走错了路，气坏了，请她们上她家去住。她为了保王党做事荒唐唉声叹气；听到母女俩在脱洛阿的处境，愤愤的怪怨那边的保王党。

她说："怎么！这样一个可爱的小姐竟没有一个乡下老贵族请教？她着实有资格进爵府去当主妇呢。大家让她关在家里虚度青春，现在自个儿送到洛格龙门上去！"

特·勃莱奥代太太把整个州府搜索遍了；娘家只有二千法郎进款，有力量娶这样一位小姐的贵族一个都找不到。蒂番纳一派和县长也着手寻访这样一个人物，可是太晚了。特·勃莱奥代太太痛斥那个弥漫全国的自私自利的风气，说祸根在于唯物主义，在于法律替金钱撑腰，弄得高贵的世家无人过问！美貌无人过问！连洛格龙和维奈这批家伙也胆敢出来同法国国王作对！

特·夏日伯甫小姐和阿倍小姐相比，不但容貌方面绝对占着优势，衣着打扮也占上风。先是皮肤白得耀眼。在二十五岁上发育完满的肩膀和美

① 瘟生：指不熟悉社会人情、上当受骗而又不知觉的人。

丽的身材,特别丰满可爱。脖子浑圆,各个部分都接合得天衣无缝;金黄的头发又浓又漂亮,笑容妩媚动人;头的形状很好看,额角很有样子,秀丽的眼睛地位长得合适;身体的线条和姿势,高雅大方的动作,柔软的腰身:浑身上下一切都非常调和。一双漂亮的手,一双小巧玲珑的脚。也许因为身体健康,有些小客店美女的气息,照美丽的蒂番纳太太说来,"在洛格龙眼中,那绝不是一个缺点"。

特·夏日伯甫小姐第一次出现,服装相当朴素。棕色的呢袍子钉着绿的绣花边,露颈袒胸;肩上披一条轻纱,里面用带子扣着,把肩膀、背脊、胸部一齐遮住,但前面仍旧半开半阖。在这层薄薄的纱网之下,巴蒂尔特更加娇艳迷人。她走进屋子,脱下丝绒帽和披肩,露出一对好看的耳朵,戴着金坠子的耳环。脖子里挂一个丝绒做的十字架,好比安哥拉种的白羊,经过自然界奇妙的安排,尾巴上长着一个黑圈。凡是待嫁的闺女的花招,她没有一样不会:明明头发卷儿一丝不乱,偏要忙个不停,拿手指去整理,还特意教洛格龙替她扣袖口的带子,露出手腕给他看;可怜洛格龙目眩神迷,竟态度硬绷绷的拒绝了扣袖带的差使;他只能假装冷淡来遮盖心中的激动。针线商大概一辈子就是这一回动了爱情,心虚胆怯的表现很像是讨厌人家。西尔维和赛莱斯德·阿倍都弄错了他的意思,可是瞒不过律师。在这些蠢货中间,律师本来高出一筹,上校早已成为同党,现在他的敌人只有那个教士了。

从那时起,上校对待西尔维的一套手法,同巴蒂尔特对待洛格龙毫无分别。他每天晚上换一件洁白的衬衫,外边是大氅的丝绒领,白衬衫的高领口撑着他的脸,正好托出他威武的相貌。他穿上十字暗花的白背心,做了一件新的蓝呢大氅,纽子洞上扣着荣誉团的红星,鲜艳夺目:这些打扮据说是为了尊重巴蒂尔特,不能不顾到外表。下午两点以后,他不再抽烟。花白的头发平铺在土黄色的脑壳上,梳成波浪式。他的外貌和姿态都摆出一副政党首领的架子,表示他预备把法国的敌人,就是说波旁王室,狠狠的收拾一下。

进步党人和特·勃莱奥代府上的一帮,认为特·夏日伯甫小姐比美丽的蒂番纳太太漂亮十倍。送这样一个美人儿到洛格龙家去,当然是跟阿倍先生和阿倍小姐捣乱;但阴险的律师和奸刁的上校还有更毒辣的一手对付他们兄妹。小城市里的两大政客慢慢散布空气,说他们的主张阿倍先生全部赞成。不久普罗凡人提到阿倍,口气当他是进步派的教士。阿倍马上被主教找去谈话,只得停止赴洛格龙家的晚会;但他的妹子照旧上门。从今以后，洛格龙家的沙龙正式成立，在地方上成为一股势力。

因此，那年五六月间洛格龙小圈子里的政治活动，紧张的程度不亚于婚姻的角逐。隐藏在心中的利害关系固然不惜性命相搏，公开的斗争更是攸关大局，轰动一时。大家知道，维兰尔内阁是被1826年改选那次国会改选是1827年11月，不是1826年的国会推翻的。公证人戈囊代维奈用赊账的方式买进一所产业，在普罗凡选区弄到一个进步党候选人的资格，差点儿压倒蒂番纳。院长仅仅多得了两票。出入洛格龙家的客人除了维奈太太、特·夏日伯甫太太、特·夏日伯甫小姐、维奈、古罗之外，有时还有戈囊和他的老婆，后来又加入奈罗医生；奈罗青年时期着实荒唐过来，如今收了心，据说很用功，进步党人认为他医道比马德南高明得多。两个洛格龙过去既不明白为什么受人排斥，此刻也弄不懂为什么大得人心。

美丽的巴蒂尔特受着维奈挑拨，把比哀兰德当做敌人，对她骄横傲慢，态度恶劣。大家的利害关系一定要叫可怜的牺牲品无辜受辱。各人肚里存的私心都极其坚决，不可动摇：这些情形维奈太太终于摸清楚了，但是无能为力，只能眼看孩子夹在中间让争权夺利的鬼把戏把她磨成齑粉①。要不是丈夫逼着，维奈太太真不愿意上洛格龙家看美丽的小东西受人虐待，使她痛心。比哀兰德也体会到维奈太太暗中照顾的心意，常常挨在她身旁，请她教某几种挑花的针子或者某种绣作。比哀兰德在这些地方的表现，说明只要人家对她和顺一些，她原来很聪明，做活很灵巧的。可是那圈子里已经用不着维奈太太，她以后不来了。西尔维还存心嫁人，觉得比哀兰德是个障碍：孩子将近十四岁，雪白的皮肤非常可爱；其实白得有些病态，而且还有别的症候，无知的老姑娘看了都不放在心上。西尔维想出一个好主意，打算叫比哀兰德做丫头，补偿她的消费。维奈为着夏日伯甫家的利益着想，还有阿倍小姐、古罗上校、一切说话有作用的熟客，都劝西尔维歇掉胖子阿但尔。难道比哀兰德不会烧饭，不会做家务活吗？活儿太多的时候，可以找上校的老妈子帮忙，她不但聪明能干，还是普罗凡有名的厨娘。照阴险的律师说来，比哀兰德应该学会做菜、揩抹、打扫、把屋子收拾干净、上菜场去知道各种东西的市价。

可怜的小姑娘不但气量大，而且忠心耿耿，竟自动开口了；在这份人家吃一口饭多么不容易，能够不白吃他们倒也心中高兴。阿但尔辞退了，唯一可能照顾比哀兰德的人走了。从此以后，比哀兰德虽则气力不足，精

① 齑（jī）粉：细粉；碎屑。

神和肉体照样受着压迫。两个单身人对她比对佣人还不客气，比哀兰德是属于他们的！为一点儿极小的小事，壁炉架的云石面子上或者玻璃罩上有一些灰土，就得挨骂。那些奢华的东西，比哀兰德从前赞叹不已，现在只觉得可恨。她一心想把事情做好，严厉的表姊老是认为做的不对，要重新再来。两年功夫，比哀兰德不曾受过一回称赞，不曾听到一句亲热的话。只要不受埋怨就算幸福了。她以天使般的耐性忍受两个单身人的坏脾气；他们完全不知道什么叫作温柔和顺，天天使比哀兰德感到受着管辖。小姑娘在两个针线商中间所过的生活，好比被老虎钳夹着，越发加重了她的病。她觉得身体内部骚动得非常厉害，忧郁的情绪发作起来非常突兀，结果是发育受到无可挽回的损害。比哀兰德暗中经过许多难以忍受的痛苦，慢慢的身体起着变化，最后就像童年的朋友在小广场上为她唱布勒塔尼情歌的时候所看见的样子。

布里谷的来到促发了洛格龙家的悲剧。但是我们先得说明那布勒塔尼青年住在普罗凡的根由，情节才能连贯；在这场戏里，布里谷好比一个不开口的角色。

那天早上布里谷溜走的时候，不但被比哀兰德的手势吓了一跳，还因为小朋友神色大变而吃了一惊：他险些儿认不出来，幸亏比哀兰德的声音、眼睛、手势，都使他想起小时候那么活泼、那么快活而又那么温柔的同伴。布里谷跑了一段路，和屋子离得远了，两腿索落落的直打哆嗦，背上火辣辣的发烧。他看到的不是比哀兰德，而是比哀兰德的影子。他满腹狐疑，担着心事，一直爬到上城，拣一个望得见广场和比哀兰德住家的地方歇下。他望着屋子好不难过，胸中涌起无数的念头，神思恍惚，好像掉进了无边的苦海。比哀兰德一定受着委屈，心里不快活，想念布勒塔尼！她怎么啦？布里谷翻来覆去想着这些问题，心都碎了；他这才发觉自己对这个异姓姊妹的感情如何深厚。男女儿童的爱情本来极少能持久的。这个奇怪的精神现象所引起的问题，便是保尔与维奚尼那个动人的故事，以及比哀兰德和布里谷的故事，都解答不了。

近代史上只有一桩有名的佳话算是例外。了不起的贝卡尔侯爵夫人和她的丈夫①，十四岁就由双方的父母定下亲事，他们相恋相爱，结了婚，在16世纪成为一个姻缘美满、幸福无比的榜样。侯爵夫人三十四岁做了寡妇，美丽、风雅，人人爱戴，还有帝王追求；可是她进了修道院与世诀

---

① 贝卡尔：今译佩斯凯尔，侯爵为查理五世手下大将，作战受伤，不愈身亡。

别，终身和出家的女子做伴。

布勒塔尼出身的穷工人突然之间动了这种倾心相与的爱情。当初他和比哀兰德曾经互相照顾，他送比哀兰德旅费又何等高兴，跟在班车后面没命的奔跑，差点儿累死，比哀兰德根本不曾知道！布里谷在三年艰苦的生活中，全靠这一点回忆使他凄凉的日子得到一些温暖。他为着比哀兰德求长进，为着比哀兰德学手艺，到巴黎去打算为比哀兰德挣一份家业。在巴黎住到半个月，忍不住想看看比哀兰德，从星期六夜晚走到星期一早上；他本来预备回去的，但一见小朋友那副动人的面貌，决意在普罗凡住下了。正当比哀兰德的眼睛被泪水蒙住的时候，布里谷也冒出眼泪来：他不知不觉受了奇妙的磁性感应18至19世纪时欧洲盛行一种唯心派的学说，叫作磁性感应，大致认为人的精神有交感作用，催眠术也以此种作用为根据。巴尔扎克最相信此种理论，常在小说中提到，在《于絮尔·弥罗埃》中尤有详细叙述的影响；这门科学虽则有那么多证据，至今受着排斥。在比哀兰德眼中，布里谷固然代表布勒塔尼，代表她最幸福的童年；在布里谷看来，比哀兰德竟和性命一般宝贵！布里谷十六岁，还不会打图样，不会画飞檐的侧影，许多技术不曾学会。但他做的活儿每天能挣到四五个法郎，尽可在普罗凡谋生；那就和比哀兰德靠近了，一方面拜一个当地最好的木匠做师傅，学完手艺，一方面可以保护比哀兰德。

布里谷一刹那间就打定主意。他赶回巴黎，算清账目，拿了手册当时工人用的一种证明身份的文件、行李、工具。三天以后，他投在普罗凡手艺最好的木匠，弗拉比哀手下做伙计。勤谨安分、不喜欢喝酒和喧闹的工人并不多，像布里谷那样的青年当然为师傅们欢迎。我们为了把布勒塔尼人的故事在此告一段落，只消知道他过了半个月在弗拉比哀店里升为大师兄，吃住归老板，跟师傅学计算和素描。木匠师傅住在大街上，离开长方形的小广场只有百来步路，洛格龙家就在广场的尽头。布里谷瞒着自己的爱情，绝对不露口风，只向弗拉比哀太太打听洛格龙家的历史。弗拉比哀太太告诉他，开小客店的老头儿当初用了怎样的手段夺得老奥弗莱的遗产。做过针线生意的洛格龙姊弟是怎样的性情脾气，也被布里谷问清楚了。他早晨在菜市上撞见比哀兰德陪着表姊，手里提着满满的一篮食物，叫他看着直打寒噤。星期日布里谷上教堂去，比哀兰德那时穿得非常漂亮。布里谷算是第一回发现比哀兰德像个洛兰小姐。比哀兰德也瞧见她的朋友，做了一个奇怪的暗号要他小心躲藏。这个记号和半个月以前叫他快快溜走的手势一样，不知包含着多少意思。

布里谷在十年之内不知需要挣起一份多大的家私才能娶他的童年女友！将来两个洛格龙传给她的遗产既有屋子，又有一百阿尔邦田地，一万二千进款，还有历年的积蓄。忠诚的布里谷没有把手艺学到家以前，不愿意随便出去碰机会。只要是限于理论方面，在普罗凡学和在巴黎学反正没有分别，他宁可住在比哀兰德近旁。他要比哀兰德知道他的计划，知道有他在此照应，凡事都可依靠他。并且比哀兰德连眼睛都变得苍白无神了，布里谷不揭破这个谜决不肯离开；因为人身上最后还能保持生气的就是眼睛。比哀兰德好像已经在死神的镰刀之下，弓着背，快要倒下去了：布里谷要弄明白她的痛苦从何而来。比哀兰德两次给他那种动人的暗号，不是否认彼此的友谊，而是要朋友格外小心，使布里谷看着心惊胆战。那是明明要他等待，切勿急于找她，否则对她有极大的危险。她走出教堂对布里谷瞅了一眼，布里谷发现比哀兰德含着一包眼泪。洛格龙家从布里谷来到以后所发生的事情，要布里谷猜出来还不如学会圆积法的计算来得容易些。

七　家庭中的专制

那天早上，比哀兰德惊醒过来见到布里谷，好像是梦中之梦；事后她离开卧房下楼，不由得提心吊胆，慌张得厉害。洛格龙小姐既然会起床，打开窗子，一定是听见了那支歌和歌中的字句，在老姑娘耳朵里那是很犯忌的。什么事情使表姊这样警惕的呢？比哀兰德完全不知道。西尔维可是有极充分的理由非起来赶往窗口不可。

大约八天以来，洛格龙圈子里几个主要人物，为了一些暗中发生的怪事和烦恼不堪的心情，弄得十分紧张。那些无人得知，彼此瞒得紧紧的事故，临了都压在比哀兰德身上，像一阵冰冷的大风雪。也许那一大堆隐秘的东西可以说是心中的垃圾，一切政治上、社会上，以至家庭中的大变化，探本穷源都是那些垃圾在作怪。但用文字叙述，内容虽然正确，形式并不真切。一个人的勾心斗角，用的字眼不像记载勾心斗角的历史那么露骨。有心计的人开出口来总是拐弯抹角，字斟句酌，说上一大堆，故意把意思弄得模糊不清；或者是甜言蜜语，冲淡某些恶毒的用意：这些情形倘想全部记录，势必要写成一部卷帙浩繁的大书，近于《克拉立萨·哈罗》18 世纪英国小说家理查逊写的著名的长篇小说——此处所谓诗篇乃是对一切特别动人的文学作品的通称那个美妙的诗篇①。

阿倍小姐和西尔维小姐嫁人的心同样急切。但赛莱斯德·阿倍比西尔维小十岁，她认为大势所趋，将来生的孩子可能承继两个洛格龙的全部家私；西尔维四十二岁，已经到了结婚有危险的年龄。两个老姑娘彼此诉说心事，希望对方赞成；赛莱斯德·阿倍有存心报复的教士在背后指使，趁此机会对西尔维说出她可能遭遇的危险。上校是个粗人，当过兵，身体结实，胖胖的个子，年纪不过四十五岁，他的生活方式准会做到像童话所说

① 理查逊（1689—1761）：英国小说家。其著名小说《克拉丽莎》（傅译《克拉立萨·哈罗》）长达七卷，此小说对卢梭、歌德都有很大影响。

的那种美满姻缘：两人白头到老，儿女满堂。西尔维听到这种福气直打哆嗦；她最怕死，所有的单身人全为着自己的寿命发愁。可是推翻维兰尔内阁的国会又得了一次胜利，国王任命玛蒂涅当时的进步党出来组阁了①。维奈一派在普罗凡扬眉吐气。维奈如今成了勃里地区最走红的律师，照一般人的说法，他经手的官司打一场赢一场。维奈变了要人。进步党人预言他不久就要上台，将来准是国会议员、检察署署长。至于上校，当普罗凡的市长绝无问题。啊！像迦色朗太太那样做当地的领袖，成为市长太太：这个希望西尔维怎么肯放弃呢？她打算请教医生，虽然可能被人耻笑。两个老姑娘都自以为能制服对方，牵着对方的鼻子走，居然想出了一个计策，那也是听教士指挥的妇女很容易想出来的。讨教和马德南竞争的医生，进步党人奈罗，当然不妥。赛莱斯德·阿倍提议让西尔维躲在盥洗室内，由她阿倍小姐出面为这个问题和私塾的特约医生马德南先生谈一谈。不管马德南是否和赛莱斯德串通，总之他回答说，便是三十岁的姑娘结婚也已经有危险了，只是危险性不大而已。

医生说到结尾，又道："不过像你这种体质绝对不用担心。"

"换了一个四十以上的女人怎么样呢？"赛莱斯德·阿倍小姐问。

"四十岁的女人，结过婚，生过孩子，当然用不着害怕。"

"倘若是一个安分的，非常安分的姑娘，比如说像洛格龙小姐那样，又怎么呢？"

马德南先生道："既然安分，事情就毫无疑问了：那种人靠天照应，平安分娩的事未始没有，不过难得碰到。"

"为什么？"

医生的回答全是病理方面的叙述，叫人听着发慌；他说明为什么年轻人的肌肉和骨头富于伸缩性，到某个年龄会丧失，尤其是由于职业关系长年坐在屋里的妇女，例如洛格龙小姐。

"那么一个规矩本分的姑娘，四十岁出头就不能结婚了吗？"

医生回答说："除非多等几年。不过那谈不上结婚，只是金钱的结合了；不是金钱的结合又是什么呢？"

总之，和医生谈话的结果，一个安分的小姐过了四十岁就不大应该结婚，这是清清楚楚的，事情很严重的，不但合情合理，还有科学根据。马

---

① 国王：即法国波旁王朝复辟后第二个国王查理十世。玛蒂涅：今译马尔蒂涅克内阁，1828 年 1 月组成，次年 8 月倒台。

德南先生走后，阿倍小姐发现洛格龙小姐脸上青一块黄一块，瞳孔睁得很大，模样儿好不怕人。

“那么你是非常喜欢上校了？”阿倍小姐问。

“我还存着希望。”老姑娘回答。

阿倍小姐明知道时间久了对上校不利，便假仁假义的说道：“那你就等一等再说吧！”

可是这样的婚姻是否与伦理没有冲突还成问题。西尔维上忏悔室去检查自己的良心。严厉的忏悔师说出教会的看法，婚姻只能以传宗接代为目的，教会反对第二次结婚，也指责与社会无益的爱情。西尔维听着彷徨无助，烦恼达于极点。内心的斗争使她的痴情越发加强，更加有一股莫名其妙的诱惑力；从夏娃起，一切禁忌的东西对女人都有这股力量。洛格龙小姐的苦闷逃不过律师那双尖锐的眼睛。

一天晚上，牌局散了，维奈走到他亲爱的朋友西尔维身边，拉着她的手坐在一张长沙发上，凑着耳朵问：

“你可是心中有事？”

西尔维闷闷不乐的点点头。律师让洛格龙先去睡觉，单独陪着老姑娘套出她心里的话。老姑娘把私下找人商量的经过统统说了，最后那一次的谈话尤其可怕。律师听着心上想：“哼！神甫，你来这一手！倒是便宜了我！”

司法界的老狐狸给西尔维出的主意比医生的更可怕；他主张西尔维嫁人，但为安全起见，只能在十年以后。律师暗暗发誓，两个洛格龙的家私将来非全部落在巴蒂尔特手里不可。特·夏日伯甫母女由佣人提着灯笼陪送，已经走在半路上；维奈搓着手，嘴边堆着狡猾的笑容，连奔带跑的追上去。阿倍先生是管灵魂的医生，维奈是管金钱的医生，维奈把阿倍的影响完全抵销。洛格龙对宗教毫不热心。所以吃教会饭的和吃法律饭的，两种穿黑袍的人物各胜一局，打成平手。西尔维既怕死，又舍不得做男爵夫人的乐趣，弄得不知如何是好；律师一知道阿倍小姐自以为能嫁给洛格龙，把西尔维打败了，觉得大可顺水推舟，把上校逐出战场。他很识得洛格龙的脾气，自有办法叫他娶美丽的巴蒂尔特。洛格龙早就受不住夏日伯甫小姐的进攻。维奈知道，但等没有旁人，只有洛格龙、巴蒂尔特和他三个人在场的时候，他们的亲事就好定局。洛格龙生怕情不自禁，对巴蒂尔特连望都不敢望，眼睛老盯着阿倍小姐。至于西尔维爱上校爱到什么程度，维奈刚才亲眼看见了。在一个热心宗教的老处女身上，那种痴情的作用有多大，维奈完全了解。不久他想出一举两得的办法，叫比哀兰德和上校同时倒楣，希望两人互相拖累，同归于尽。

下一天早上，维奈在法院出庭完毕，碰到上校和洛格龙正在按着每天的习惯一同散步。

每逢这三人碰在一起，城里必有许多闲话。这三巨头好比古罗马时代的护民官①，县长、司法当局、蒂番纳党都对他们深恶痛绝；普罗凡的进步党人却觉得有了他们，自己才有威风。维奈大权独揽，报纸归他一人编辑，不用说是党内的头脑；上校当着出面的经理，等于一条胳膊；洛格龙是出钱的老板，可以说是原动力，据说他是巴黎总部与普罗凡支部之间的桥梁。在蒂番纳一帮人嘴里，那三人老是在设计划策，跟政府作对；但进步党人认为他们保护民众的利益，表示钦佩。洛格龙吃饭的时间到了，正往广场方向走去；维奈上前拉着古罗的胳膊，不让他送针线商回家。

他说："喂，上校，你挑的一副担子，让我帮你卸下来吧。你要结婚，还可挑一个胜过西尔维的女人。应付得好，再过两年尽可娶比哀兰德·洛兰那个小姑娘。"

他把教士的阴谋对西尔维的作用讲了一遍。

上校道："这倒是一记杀手锏，而且是从老远来的！"

维奈一本正经的说道："上校，比哀兰德是个妙人儿，你好快活一世呢；你身体这么强壮，决不会像一般的老夫少妻那样感到苦闷。可是变苦水为甘露并不容易。要叫你的情人退居为配角是极其冒险的行动，拿你的本行做比喻，就像在敌人的炮火之下渡河。凭你当过骑兵团团长的那份儿聪明，你准会拿出与众不同的手段研究局势，采取行动。至此为止，我们一向比人家棋高一着，才有今日的地位。将来我当检察署署长，你来管辖一个州。唉！可惜当时你没有选举权，否则我们跑得还要快，我可以叫那两个公务员不用怕砸破饭碗，把两票收买过来，变成多数。那我就进了国会，和丢班、卡西米·贝里埃等等分庭抗礼了②。"

上校久已打着比哀兰德的主意，可是藏在肚里，瞒得紧腾腾的；他对比哀兰德态度粗暴只是故意装腔。单独碰到孩子的时候，他会像做爸爸的

① 护民官：又称"保民官"，古代罗马各种民政和军事官员的总称。

② 丢班：今译迪潘（1783—1865），著名律师。1832—1839 年任国会议长，后任检查署署长。卡西米·贝里埃：今译卡西米·佩里埃（1777—1832），银行家、政治家，曾于 1831 年出任内阁总理。

维奈上前拉着古罗的胳膊

一样摸摸她的下巴；孩子心里奇怪，为什么自称为她父亲的老伙伴平日待她那么凶。自从维奈告诉了古罗，西尔维小姐怕结婚怕得好不厉害，古罗便想法找机会和比哀兰德单独见面。那时蛮横的上校变得像猫一般和善：他说她的父亲多么勇敢，他死了，比哀兰德真是太不幸了！

布里谷未来以前几天，西尔维撞见古罗和比哀兰德在一起，她立刻妒火中烧，猛烈的程度不亚于修道士的妒忌。在所有的情欲里头，嫉妒是最多疑最轻信的一种，最容易受奇奇怪怪的幻想支配；但是决不会使头脑灵清，只能叫人糊涂。妒忌心引起西尔维许多想入非非的念头，她以为那个唱"新婚的太太"的人是上校。西尔维觉得自己猜的不错，准是上校私下和比哀兰德相会，因为一星期来古罗的态度似乎变了。在她孤单寂寞的生活中，对她表示关切的只有这个男人；因此她目不转睛，用足脑子观察上校；可是一忽儿希望无穷，一忽儿完全绝望，精神太集中了，到后来竟把事情看得天大，仿佛面对着海市蜃楼，越看越迷糊。俗语说的好：瞪着眼儿尽瞧，结果什么都没瞧见。她虚构出一个情敌来，但一下子又不承认有此想法，一下子又把这个想法完全推翻。她拿自己同比哀兰德作比较：她四十岁，头发已经花白；比哀兰德却是个雪白娇嫩的小姑娘，眼睛的温柔便是铁石心肠见了也会软化。她听人说过，五十岁左右的男人最喜欢比哀兰德一类的女孩子。上校不曾检束行为，和洛格龙家来往之前，有人在蒂番纳府上提到古罗和他的私生活，尽有些稀奇古怪的事儿，西尔维也是听见的。老处女往往像二十岁的女孩子，过分相信柏拉图式的恋爱①；缺乏生活经验的人都不免死抱着理论，不曾体会到有些不可抵抗的社会力量把那些美妙高尚的观念修改、摧残，甚至于一笔勾销。以西尔维来说，一想到上校不忠实就痛彻心扉。

有闲的单身人睡醒以后，总得在床上躺个半天再起来。西尔维在那段时间里盘算自己的事，也想着比哀兰德和刚才有"新婚"两字把她惊醒过来的那支情歌。不幸她是个笨姑娘，不从百叶窗里张望唱歌的人，偏偏打开窗子，给比哀兰德听见。只要她有暗中刺探的起码头脑，就会看到布里谷，而那幕才开场的悲剧也不至于发生了。

比哀兰德虽然身体虚弱，照样卸下厨房护窗的大木闩，打开护窗，用钩子钩好，又跑去打开过道里通花园的门。她拿着各式不同的扫帚扫地

---

① 柏拉图：希腊哲学家。所谓"柏拉图式的恋爱"即对所爱者只是精神和感情上的欣赏，不带占有欲。

毯、饭厅、过道、楼梯，到处收拾干净；没有一个女佣人，哪怕是荷兰老妈子吧，干起活来及得上她的细致和用心：因为她最恨受埋怨。等到表姊用她那无所不见的业主眼光，不知怎么比最精细的观察家还更尖锐的眼光，到处看过一遍，暗淡冷酷的小蓝眼睛里露出不是满意的表情，那是永远不会有的，而只是心绪平静，比哀兰德就觉得快活了。

比哀兰德打扫完毕，已经出了一身薄汗；接着她安排厨房，生起炉子，等会好替表兄表姊房里生火，送热水给他们洗脸，她自己是没有热水用的。她生好房间里的火炉，摆上吃早饭的杯盘。为了这些杂务，有时要下地窖去拿木柴，或是从阴凉的地方跑到热的地方，或是从热的地方跑到阴凉潮湿的地方。她逞着年轻人的干劲受那些忽冷忽热的变化，多半是为了不要听到难堪的话，或者是听从表姊们的差遣；但像她那种身体，这么一来情况更加恶化，弄得无可挽回。比哀兰德不知道自己有病，只觉得身上不好过；她有些稀奇古怪的口味，不敢说出来，喜欢生的青菜，瞒着人乱吃。天真的孩子哪知道她的情形是一种严重的病，需要小心调养才行。在布里谷未到之前，对她外婆的死不无内疚的奈罗医生要是告诉小姑娘，说她的病有性命之忧，她听了只会高兴：她活着太苦了，对于死，欢迎还来不及呢。可是从刚才起她忽然喜欢普罗凡了！因为她除了肉体的痛苦还害着布勒塔尼人的思乡病；这种心病是大家知道的，部队里的长官对布勒塔尼出身的士兵也照顾到这一点。看到那朵黄花，听到那支歌，见到童年的朋友，比哀兰德顿时有了生气，好比久旱之后的植物逢着甘霖又长了青枝绿叶。她想活下去了，还自以为没有病痛呢！

她怯生生的溜进表姊房间，生好壁炉，放下热水壶，和表姊说了几句话，又去叫醒她的监护人，下楼拿伙食店送来的牛奶、面包和各种食物。她在门口站了一会，希望布里谷会想到再来；但布里谷已经上路往巴黎去了。她把饭厅布置停当，正在厨房里做活，听见表姊在楼梯上走下来了。

西尔维·洛格龙小姐穿着棕色塔夫绸晨衣，戴一顶系着结子的纱帽，假头发没有戴好，晨衣外面套一件短褂，脚下穿一双拖拖拉拉的软底鞋。她先在各处巡视一遍，再去找表妹，表妹正等着她吩咐早饭菜。

“啊！多情的小姐，你在这里！”西尔维的声音一半像说笑一半像挖苦。

“表姊，你说什么？”

“你假惺惺的走进我房里，假惺惺的走出去；你明知道我有话跟你讲。”

“我……”

“今儿早上有人为你唱情歌，看不出你倒是个不折不扣的公主。”

比哀兰德叫道：“唱情歌？”

“唱情歌？”西尔维学着比哀兰德的腔调重复了一遍，“而你还有一个情人呢。”

“表姊，什么叫作情人？”

西尔维避而不答，只说：“小姐，你还是干脆否认吧，说今天并没什么男人到咱们窗下来跟你提到婚姻！”

奴隶也有奴隶的诀窍，比哀兰德经常受着折磨，学乖了，大着胆子回答：

“我不懂你的话是什么意思……”

“哎哟！我的小猫咪！”老姑娘口气非常尖刻。

比哀兰德赔着小心叫了声：“表姊。”

“你说吧，你也没有从床上起来，没有光着脚走到窗口去，哼，要不弄出一场大病来才怪！好吧！那是你活该。再说你也没有和你情人讲话吧？”

“没有，表姊。”

“我知道你缺点很多，没想到你还会扯谎。小姐，你仔细想一想吧！今天早上的事一定要向我，向你表兄，交代清楚；要不然你的监护人不能不采取严厉手段。”

老姑娘又嫉妒又好奇，心里难过死了，来一套这样的威吓。比哀兰德只能像痛苦不堪的人一样一声不出。一切被侵犯的可怜虫只有靠沉默取胜：不管妒忌的人来势多么凶狠，敌人的攻击如何野蛮，遇到对方死不开口，打到后来自己也要累倒的。沉默能给你完全而压倒一切的胜利。世界上还有什么比沉默更无隙可乘呢？沉默不依赖任何东西，岂不等于一种无穷无极的境界？西尔维暗中打量比哀兰德。比哀兰德脸红了，但不是整个儿红，而是腮帮上东一块西一块，红得很不规则，火辣辣的色调很特别。做母亲的看见这种病象，会立刻改变语气，把孩子抱在膝上盘问；而且对于比哀兰德清白无辜的许多证据早就领会到，也老早会发觉她的病，懂得原液旧生理学认为人身上有四种原液决定人的性情气质和血越出了正路，妨碍了消化，进入肺里去了。一块块的红晕意义很清楚，做妈妈的一见就知道孩子马上有生命危险。可是至亲骨肉的感情从来不曾在老姑娘心中觉醒过，她不知道孩子在童年时期的需要，青春时期的保养，她不曾经历过婚后的家庭生活，没有成百上千的琐碎事儿培养她的宽容与同情。艰苦生活对她的影响不是心肠变软，而是长了肉茧。

“她脸红了，她情虚了！”西尔维心上想。

她从最坏的方面解释比哀兰德的沉默。

她道：“比哀兰德，趁你表兄没下楼，咱们去谈谈。来吧。”她口气忽然缓和了一些，“去关上大门，有人来自会打铃，咱们听得见的。”

河面上罩着一层潮湿的雾，西尔维径自带了比哀兰德从细砂道上走去。小路在草坪中间弯弯曲曲通到水边；大块的天然石堆成的堤岸别有风光，长满着菖蒲和水生植物。老表姊换了手法，想用软功来引比哀兰德上钩。斑条狗预备扮做猫咪了。她说：

“比哀兰德，你已经不是小孩儿，快要跨进十五个年头了，有个情人也不算稀奇。”

“可是表姊，什么叫作情人？”比哀兰德说着，抬起温柔无比的眼睛望着表姊。表姊那张尖酸冷酷的脸装着一副售货员神气。

在一个受兄弟监护的孩子面前，西尔维没法把情人的性质又正确又文雅的解释出来。她听了这个问句非但不觉得孩子一片天真，叫人心疼，反而认为她作假。

“所谓情人，比哀兰德，是一个喜欢我们，打算和我们结婚的男人。”

比哀兰德道：“啊！要是两人彼此中意，我们在布勒塔尼把那个青年叫作未婚夫。”

“所以，孩子，你得记住：承认你喜欢一个男人并没什么不好。瞒着不说才是罪过。是不是这儿的客人里头有什么男人喜欢你呢？”

“我看没有。”

“你对他们也一个都不爱吗？”

“一个都不爱。”

“真的吗？”

“真的。”

“比哀兰德，把眼睛瞧着我。”

比哀兰德便瞧着表姊。

“今儿早晨不是有个男的在广场上唤你的名字么？”

比哀兰德把眼睛低了下去。

“你不是走到窗口去，开了窗，说了话么？”

“没有，表姊；我想看看天气，发现广场上有个乡下人。”

“比哀兰德，你自从初领圣体以后大有长进，变得听话，热心宗教，知道爱你的家属，敬上帝，我很高兴，一向不跟你说是免得你骄傲……”

可恶的老姑娘竟然把忍气吞声的屈服看做美德！受难者、殉道者、艺术家，在忌妒与仇恨的淫威之下，痛苦达于极点的时候，最甜蜜的安慰就是在平时受惯指摘与诬蔑的场合忽然听见赞美的话。比哀兰德抬起眼睛，非常感动的望着表姊，表姊给她的那么多痛苦，她差不多打算原谅了。

“……可是倘若你那些表现是假装的，倘若我发觉我胸口养着一条毒蛇，那你就是卑鄙无耻、十恶不赦的坏东西！”

意外的称赞突然变为斑条狗的狺狺狂吠①，比哀兰德听着心里一阵抽搐，说不出有多么难过，她说：“我觉得自己没有什么可责备的地方。”

“你可知道扯谎是该死的罪恶么？”

“知道，表姊。”

“好极了，现在你对着上帝！”老姑娘用庄严的手势指着园子和天空，“你替我发誓你不认识那个乡下人。”

“我不愿意发誓。”比哀兰德回答。

“啊！原来不是什么乡下人，你这万恶的小婆娘！”

比哀兰德被那个牵涉到良心的问题吓坏了，像受惊的小鹿一般穿过园子往外奔去。表姊大喝一声叫她回来。

“有人打铃。”她回答。

“喝！小东西多阴险！”西尔维心里想，“她刁得很。现在我可断定小狐狸精在勾引上校了。她听见我们说他是男爵。嘿！小混蛋想做男爵夫人！还是送她去当学徒，把她打发掉，越早越好！”

西尔维正想得出神，没发觉兄弟从小路上走来，瞧大丽花经过霜冻损坏得怎么样②。

“喂！西尔维，你在这儿想什么？我知道你在看鱼呢！有时候鱼会跳出水面来。”

“不是看鱼。”西尔维回答。

“你睡得怎么样？”

接着他讲他夜里做的梦。

“你不觉得我脸色乌糟吗？”

---

① 狺狺（yín yín）：狗叫的声音。

② 大丽花：原产墨西哥高原地区的危地马拉一带。

乌糟又是洛格龙的口头语。

自从洛格龙不是爱上特·夏日伯甫小姐，而是对她动了欲念以后，因为我们不能亵渎爱情这个字眼，他很担心自己的气色和身体。那时比哀兰德走下石阶，远远的报告早饭预备好了。西尔维一见表妹，面上立刻青一块黄一块，动了肝火。她瞧着过道，说地板怎么没有擦。

天使般的孩子回答说："等会我擦就是了。"她不知道这种活儿最能损害女孩子的健康。

饭厅收拾得整整齐齐，无可指摘。西尔维坐下来，一边吃早饭一边不断的要这样要那样，那是她心平气和的时候想都想不到的；每逢比哀兰德要上口吃东西，表姊就来个命令，目的无非要可怜的孩子接二连三的站起来。可是单单难为孩子还不够，西尔维只想借端骂她一顿，一时找不着题目，不由得暗中恼火。倘若早饭菜有白煮鸡子，她准会抱怨鸡子煮得太生或太熟。兄弟问她一些糊涂话，她不大回答，可是眼睛始终望着兄弟。她有心不瞧比哀兰德。比哀兰德对这种做作感觉很清楚。她端出早饭来，表兄表姊各人一只大银杯，牛奶是在银杯里隔水温的，还羼着奶油①；咖啡由西尔维亲自煮好，临时由姊弟俩自己倒在牛奶里，浓淡随各人口味。西尔维仔细把她美味的饮料调好，忽然瞧见一星咖啡末子，便拿腔作势从黄黄的漩涡中挑出来，瞧了瞧，又低下头去细看了一下，立刻大发雷霆。

"怎么啦？"洛格龙问。

"小姐在我咖啡里羼了灰。喝羼灰的咖啡，你想受用不受用？……那也难怪，一个人总不能兼顾两桩事情。她心上哪儿有什么咖啡！今天早上哪怕画眉飞进厨房②，她也瞧不见，何况是灰！何况是她表姊的咖啡！哼！她才不在乎呢。"

她用这种口气说着话，一边把滤斗里漏出来的咖啡末子同没有融掉的一些糖屑搁在碟子边上。

比哀兰德道："表姊，这是咖啡啊。"

"噢！是我扯谎？"西尔维大声叫着，怒气冲冲的眼睛闪着凶光，直瞪着比哀兰德。

没有被热情斫伤过的身体自有非常充沛的生命力可以支配③。洛格龙

① 羼（chàn）：搀杂。
② 画眉：鸟，身体棕黑色，腹部灰白色。
③ 斫：大锄；引申为用刀、斧等砍。

小姐冒起火来眼睛格外明亮，因为她从前开店的时候训练有素，常常拼命睁大眼睛，用威严的眼风吓唬底下人，仿佛恐惧是对伙计们有益身心的良药。

“像你这样只配在厨房里吃饭的人还想来批驳我！”

洛格龙嚷道：“你们俩怎么啦？今天早上动不动发毛。”

“为什么我生小姐的气，小姐肚里有数。我没有把事情告诉你，先让她想一想，打定主意。我客客气气对她，她可不配！”

比哀兰德不敢看表姊那双吓人的眼睛，只能从玻璃窗里望着广场。

“她压根儿不听我的，我就像跟这个糖缸说话！可是她耳朵灵得很，会在楼上同站在底下的人攀谈……她那种坏心肠简直没法形容，你千万别想她会做出什么好事来，听见没有，洛格龙？”

洛格龙问姊姊：“她干了什么要不得的事啊？”

老姑娘气得直嚷：“小小的年纪，谁想得到！倒是开场得早呢。”

比哀兰德起来把碗碟收下去，免得发僵；她坐也不是，立也不是，不知道怎么办。虽则那种话不是初次听见，她始终不习惯。表姊的发怒使她觉得自己犯了滔天大罪。她私下想，要是表姊知道了布里谷暗中闯来，更不知要生多么大的气，说不定会撵走布里谷。凡是奴隶所能有的又快又深刻的思想，一刹那间都在她脑子里闪过；她良心上认为布里谷来看她并没什么不好，便决意咬紧牙关，隐瞒到底。她听了多么难堪的猜测，多么尖刻多么恶毒的话，走进厨房胃里一阵抽搐，大吐了一场。她不敢叫苦，知道决不会得到照料。她面无人色的回进去说身子不好过，随即上楼预备睡觉，抓着楼梯的扶手一步一步的捱上去，只道马上要死了，心上想：

“可怜的布里谷！”

洛格龙道：“她病了！”

“病了！还不是装腔！”西尔维大声回答，故意要比哀兰德听见，“得了吧！今天早上她还好好的。”

比哀兰德受着这个最后的打击，手瘫脚软，掉着眼泪上床，只求上帝把她从这个世界上召回去。

已经有个把月，洛格龙用不着把《立宪报》送往古罗家；古罗特别客气，自己来拿，顺便和洛格龙谈谈天，逢着天晴还带他出去散步。西尔维知道等会准能看到上校，盘问他一番，便打扮得极有风情。她所谓风情只是穿上一件绿袍，围一条小小的红边黄开司米围巾①，戴一顶白帽子，上面插几根稀剌剌的灰色羽毛。上校快来的时候，姊弟俩都坐在客厅里，西尔维不管兄弟只穿着晨衣和软底鞋，硬把他留在楼下。

洛格龙听见上校沉重的脚声，便道："上校，今天天气很好。我还没换衣服，姊姊也许要出门，一直要我留在这里。请你等一等。"

洛格龙丢下上校和西尔维，走开了。

古罗对西尔维道："你要上哪儿去啊？哎唷！你打扮得像天神一样。"他已经注意到老姑娘那张肉疱累累的大阔脸神气一本正经。

"我本想出去；小姑娘病了，只能留下。"

"她什么病啊？"

"不知道，她只说要去睡觉。"

古罗自从和维奈联盟，看到联盟的结果以后，始终小心谨慎，几乎处处防着一着。事情很清楚，甜头都是维奈得的。报纸由维奈主编，由他当家，收入都归编辑部；上校虽是出面的发行人，只沾到一些小便宜。维奈和戈囊帮了两个洛格龙很大的忙，退伍的上校却没法报效。将来当国会议员的是谁？维奈。做国会选举人的是谁？维奈。人家请教的是谁？维奈！其次，美丽的巴蒂尔特·特·夏日伯甫小姐把洛格龙的痴情煽动到什么程度，大到什么范围，上校至少同维奈一样明白。上了年纪的男人动起情来多半昏天黑地，洛格龙就是这样。他一听见巴蒂尔特的声音就直打寒噤。他被情欲吞没了，可是紧紧瞒着，觉得高攀不上，不敢存此希望。上校试探过针线商，故意说他打算向巴蒂尔特求婚；洛格龙看见撞出这样一个可怕的情敌来，顿时脸色发白，对上校冷淡了，甚至于暗中怀恨。由此可见，维奈无论在哪方面都能支配两个洛格龙，而上校只仗着并不可靠的感情做联系，以他自己而论，这感情本是虚假的，至于西尔维，至今还不曾有所表示。维奈告诉他教士耍的花招，劝他放弃西尔维，掉过头去追比哀兰德，固然迎合古罗心意；但古罗把这个劝告真正的用意分析之下，再细细观察了周围的环境，认为他的盟友巴望他和西尔维闹翻，由维奈来利用老姑娘的恐惧使两个洛格龙的家私一齐落在夏日伯甫小姐手里。因此，洛格龙让古罗一个人陪着西尔维的时候，精明的古罗立即从西尔维的某些表情上看出她心神不定，也觉得她今天有心盛装以待，不要第三者在场。上校已经非常疑心维奈在阴损他，更以为这次谈话是恶讼师在背后挑出来

① 开司米：山羊绒的俗称，英文为 cashmere，是克什米尔的音译词。

的；他便加倍提防，仿佛在敌人阵地上刺探军情一般打起精神，眼观六路，耳听八方，手里紧紧捏着武器。他生平有个缺点，对女人的话一句都不信；所以老姑娘一提到比哀兰德，说她中午躺在床上，上校便认定是西尔维吃醋，特地把孩子关在房里。

"小姑娘越长越好看了。"上校神气很随便的说。

"大起来才漂亮呢！"西尔维回答。

上校又道："你该送她上巴黎去学生意了。她准会发财。如今帽子店里就喜欢要挺漂亮的女孩子。"

"你真的这样劝我吗？"西尔维声音有些紧张。

上校思忖道："对啦！我猜着了。维奈劝我将来娶比哀兰德，目的是要老妖婆恨我。"——他高声说："要不然你把她怎办呢？你不看见吗，像巴蒂尔特·特·夏日伯甫这样一个绝色的美人儿，世家贵族的小姐，有的是阔亲戚，结果还是个老姑娘，没有人肯娶她。比哀兰德一无所有，一辈子都嫁不出去。就拿我来说吧，年轻漂亮对我有什么作用？帝国禁卫军才成立，我就是骑兵连连长，欧洲哪一个京城没到过？什么美人儿没见识过？年轻、漂亮，有什么稀罕！相信那一套才傻呢！……还是别跟我提的好。活到四十八岁，"上校把自己的年龄加了几岁，"吃过莫斯科的败仗，在国内又打得好苦，我腰酸背疼，已经是个不中用的老头儿了。要一个像你这样的女人才会服侍我，照顾我；把你的家私和我可怜的三千养老金合起来，我尽可受用到老：比起娶一个装腔作势的女孩子来不知胜过多少倍！那才是自讨苦吃，将来我到六十岁，浑身闹着关节炎，她还只有三十岁，一心想着爱情！我活了这把年纪，总会打算了吧？而且我对你保证，我要结婚的话，决不想生儿育女。"

西尔维听着这一大篇议论，对上校始终眉开眼笑，而她接下去说的一句话愈加使上校相信维奈对他不老实。

她说："那么你不喜欢比哀兰德吗？"

上校叫道："啊！亲爱的西尔维，你不是疯了吗？难道一个人牙齿掉完了还想咬核桃不成？谢谢老天，我头脑清楚得很，我有自知之明。"

西尔维暂时不愿牵连进去，自以为很调皮，拉出她兄弟来。

"我弟弟倒有意思让你和比哀兰德结婚。"

"你弟弟不会有这样荒唐的念头。不多几天，我有心试探他秘密，对他说我爱巴蒂尔特，他面孔就白得像套领。"

西尔维道："他爱巴蒂尔特？"

“爱得发疯呢！当然罗，巴蒂尔特只是看中他的钱（上校心里想：哼，维奈！让我回敬你一下）。那么你弟弟怎么会谈到比哀兰德呢？不会的，西尔维（他抓着西尔维的手，意味深长的握着）；不过既然你说到这个题目（他把身子移过去挨近西尔维）……那么（他亲了亲西尔维的手，做过骑兵团团长的人当然有这点儿勇气）……请你相信我，除了你，我决不要别的女人做老婆。虽则这头亲事好像只讲门第财产，我可是对你真有感情。”

“不过我倒有心要你娶比哀兰德。倘若我把我的家私给她……嗯，上校，怎么样呢？”

“我可不愿意家庭不和，十年之后来一个于里阿那样的小白脸，跟着我老婆打转，写情诗登在报上。对这种事情我是男子汉大丈夫！年龄不相称的女人，我绝不会娶的。”

“好吧，上校，咱们以后正式再谈。”西尔维对上校飞了一个母夜叉似的眼风，自以为多情到极点。她咧着冰冷发紫的嘴唇，露出一排黄牙齿，算是微笑。

“我收拾好了。”洛格龙一边说一边带上校出门，上校挺殷勤的向老姑娘告辞。

古罗决意加紧进行他和西尔维的亲事，以便到洛格龙家去当家做主，利用他新婚期间对西尔维的影响，把巴蒂尔特和赛莱斯德·阿倍一齐打发掉。他散步的时候告诉洛格龙，上回的话只是开玩笑：他对巴蒂尔特毫无意思，他两手空空，怎么能娶一个没有陪嫁的女人呢？接下去说出他的计划，表示他久已看中西尔维，赏识她的许多好处，要是能做洛格龙的姊夫，他就觉得很荣幸了。

洛格龙叫道：“噢！上校！噢！男爵！倘若只等我一个人同意，那么满了法定期限法国民法规定，男女结婚之前必须向当地的乡（或村或镇或市）公所报告，由公所张贴“征询异议”的通告，满十天后方可举行婚礼：即所谓法定期限。此外尚须向教会报告，在教堂门外张贴征询公告，为期七天，你就好办事了！”洛格龙少了这个劲敌，心中很高兴。

西尔维整个上午在自己住的一套房间里转来转去，看有没有地方安顿一个家。她决意给兄弟添造一个三层楼面，把二楼好好装修一下，作为她和丈夫的房间。可是她脱不了一切老姑娘的怪脾气，打算先在各方面试试上校的心，看看他的品行，再做决定。她心里还在怀疑，要确实知道比哀兰德和上校毫无来往才行。

吃饭的时候，比哀兰德下楼来摆刀叉。西尔维不得不自己做菜，弄脏了衣服，骂了声："该死的比哀兰德！"倘若比哀兰德料理饭菜，西尔维的绸衣衫当然不会沾到这个油迹。

"啊，你来啦，呜哩呜啦的美人儿？你真像铁匠养的狗，整天在炉子底下睡觉，一听见锅子响就醒了！嘿，还要人相信你不舒服吗？你这个骗人精！"

这话骨子里等于说："今天早晨广场上的事，你不肯老实对我说，所以你每句话都是骗人。"从此西尔维拿这个意思当做锤子一般时时刻刻打在比哀兰德的头上和心上。

吃过饭，西尔维要比哀兰德去换衣服，晚上在客人前露面。比哀兰德听着大出意外。老姑娘起了疑心转起念头来，便是想象力最活跃的人也望尘莫及。在当时的情形之下，连政客、讼师、公证人、债主和守财奴都比不上西尔维。她把周围的形势打量了一番，预备同维奈商量。她要比哀兰德留在身边，从孩子的态度上看古罗说的是不是真话。特·夏日伯甫母女两人先到。巴蒂尔特听着堂姊夫的话，打扮得越发娇艳：穿一件挺好看的蓝灯芯绒袍子，照常披着浅色围巾；戴一副红宝石坠子的耳环，一连串的头发卷儿完全是英国式，脖子里挂一个十字架，格外显得妖冶；底下是灰色丝袜，轻巧的黑缎鞋；手上戴着瑞典货的皮手套，加上一副王后般的神气，还有那风情十足的姿态，大可以叫所有洛格龙一流的男人上钩。那母亲庄重沉着，像女儿一样带点儿贵族的傲慢；这股气息使母女俩还能保持体统，同时流露出她们的阶级意识。巴蒂尔特生来聪明绝顶，可是只有维奈，和她母女同住了两个月以后，能够看出她的才气。那位姑娘虚度了青春，辜负了美貌，气愤不平；又因为瞧不起当时的男人只崇拜金钱，脑子特别清醒。维奈没料到她心思那么深，不由得叫道：

"巴蒂尔特，我当初要娶了你，现在快做到司法部长了。我的姓可以改为维奈·特·夏日伯甫，在国会里坐在政府党一边。"

巴蒂尔特想嫁人的目的和一般人不同，既不是要儿女，也不是要丈夫，而是要取得自由，要一个出面的发行人①，要能称为太太，像人一样的自由行动。对她说来，洛格龙是块招牌；她打算捧脓包上台，叫他去当一个只管投票的议员，由她在背后牵线。族里的人冷淡她这个穷姑娘，这口气非出不可。维奈除了佩服她、赞成她之外，还进一步扩大并且加强她

① 出面的发行人：指妻子做的一切蠢事都由丈夫承担责任。

巴蒂尔特听着堂姊夫的话，打扮得越发娇艳了

的计划。他把妇女的影响和活动的天地解释给她听，说道：

“亲爱的小姨子，蒂番纳算是最没出息的人了，你以为他自个儿爬得上巴黎初级法庭的位置吗？他当选议员，能够到巴黎去，都是靠老婆的力量。蒂番纳太太的娘罗甘太太是个厉害角色，把那出名的银行家杜·蒂埃捏在掌心里，为所欲为。杜·蒂埃是纽沁根的同党①，两人和格莱弟兄通同一气。三家银号帮着政府的忙，也替最热心拥护政府的人出力；大小衙门同那批财阀打得火热，而且他们在巴黎交游广阔。蒂番纳将来不愁做不到州府的高等法院院长。我劝你嫁给洛格龙，等我在塞纳－玛纳州另外弄上一个选区之后，捧洛格龙出来做普罗凡的议员。那时你们好弄个税局局长来做，洛格龙只消签签字就行。要是反对派得势，我们就做反对派；倘若波旁家不下台，咱们就慢慢的转到中间去！再说，洛格龙不会长命百岁，你还能嫁一个有爵位的男人。总而言之，你得造成一个优越的地位，夏日伯甫的人自会来趋奉咱们。你以前像我一样吃足了苦，人是什么东西想必看穿了吧：一定要尽量利用他们，当做驿站上的牲口，不管男的女的，反正要他把我们送到一个站头才罢。”

维奈把巴蒂尔特训练成一个小型的凯塞琳·特·梅提契16世纪法国亨利二世的王后，出名的阴谋家。他让老婆留在家中，老婆守着两个孩子倒也高兴。他自己经常陪着夏日伯甫母女上洛格龙家，气概不凡，俨然是香巴涅地区的群众领袖。漂亮的金丝眼镜，丝背心，白领带，黑裤子，上等皮靴，巴黎做的大氅，金表，金链条。从前维奈苍白瘦弱，沉着脸，老是一副生气面孔；如今完全是政客风度了：走路的功架表示他前程远大，信心十足，因为是熟悉司法内幕的法院中人，特别流露出一种有恃无恐的神气；狡猾的小脑袋，头发梳得整整齐齐，胡子剃得精光，眉开眼笑，虽是冷冰冰的，也好像很和气，不过是罗伯斯比哀式的和气。当然他可以做一个出色的检察长，不但口才一等，而且随机应变，有本领致人死命；或者在国会里做一个演说家，和朋雅明·公斯当一样俏皮②。当年满腹的牢骚和仇恨，一变而为笑面虎似的软和。毒物变成药品了。

“亲爱的，你好？”特·夏日伯甫太太招呼西尔维。

巴蒂尔特一径走向壁炉架，脱下帽子照镜子，一只美丽的小脚搁在挡

① 纽沁根：巴尔扎克小说《纽沁根银行》主人公。

② 朋雅明·公斯当：今译邦雅曼·贡斯当（1767—1830），法国政治家、小说家，口才出众。

灰的铁栅上存心叫洛格龙欣赏。

“先生，你怎么啦?”她瞧着洛格龙说，“你不理我吗?人家特意为你穿起丝绒衣衫来……”

她走过去预备把帽子放在一张靠椅上，迎面碰到比哀兰德，让她接了帽子，仿佛那布勒塔尼姑娘天生是个小丫头。男人和老虎都以残忍出名；可是老虎也罢，毒蛇也罢，外交家也罢，吃法律饭的也罢，刽子手也罢，帝王也罢，即使最残酷的时候也比不上小姐们相互之间那种杀人不见血的恶毒，笑里藏刀的假殷勤，冷酷无情的轻蔑；而所有这些恶意无非是为了婚姻，为了争席位的上下，为了许许多多吃醋的事，自以为在出身、财产、风度方面比别人高出一筹。

巴蒂尔特对比哀兰德说的“谢谢你，小姐”，意义深长，不亚于一首十二章的长诗。

她叫作巴蒂尔特，对方叫作比哀兰德。她是夏日伯甫出身，不像洛兰的姓默默无闻！比哀兰德身子矮小，病病歪歪；巴蒂尔特身材高大，生气勃勃！比哀兰德靠人家做好事养在家里，巴蒂尔特和她母亲过着独立生活！比哀兰德只穿一件上半截绣花的哔叽衫①，不像巴蒂尔特的蓝灯芯绒袍子穿在身上一波三折！巴蒂尔特肩膀丰满，在一州内没人比得上，胳膊长得像王后的一般；比哀兰德的肩胛和手臂都瘦得可怜！比哀兰德是睡在灰堆里的丫头童话《玻璃鞋》中的女主角，被后母及姊妹虐待，终年关在厨房里，别号叫作桑特里翁，就是睡在灰堆里的意思，巴蒂尔特是天上的仙女！巴蒂尔特快结婚了，比哀兰德到死也嫁不出去！巴蒂尔特受人疼爱，比哀兰德没有一个人喜欢！巴蒂尔特头发梳得多么好看，趣味多么高雅；比哀兰德把头发塞在小帽子底下，一点不知道时行的款式！结论是：巴蒂尔特十全十美，比哀兰德一文不值。这首难堪的诗，心高气傲的比哀兰德完全懂得。

特·夏日伯甫太太老气横秋招呼比哀兰德：“你好，孩子。”老太太鼻尖瘪下去了，声音很特别。

她们这样欺负孩子，维奈还火上加油，瞧着比哀兰德叫道：“噢！噢！噢！”三个噢是三个不同的音调，“比哀兰德，你今晚多美啊！”

可怜的孩子道：“美?这个字儿应该对你姨妹说才对，我哪里当得起！”

律师道：“噢！我姨妹向来漂亮不是吗，洛格龙?”他转身向着主人，

① 哔叽（bì jī）：用精梳毛纱织制的一种素色斜纹毛织物。

拉着他的手拍了一下。

“是的。”洛格龙回答。

“干么要他说口是心非的话呢？他从来没赏识过我。”巴蒂尔特说着，直站在洛格龙面前，“你说是不是？干么不瞧我啊？”

洛格龙把她从头到脚欣赏了一遍，迷迷糊糊的阖上眼睛，好比猫儿有人给它搔头一样。

他说：“你太美了，太危险了，看不得的。”

“为什么？”

洛格龙望着壁炉里的木柴一声不出。那时来了阿倍小姐，后面跟着上校。赛莱斯德·阿倍如今成为大众的公敌，只能靠西尔维一个人偏护；但大家对她越是记恨，就越是礼貌周到，又敬重又亲热。她一方面受到这些关切，一方面听着哥哥的警告暗中提防。副堂长虽不露面，对洛格龙家的情形是完全料到的。他一看出妹子的希望归于泡影，就成为两个洛格龙的死对头。阿倍小姐即使不是私塾里威风凛凛的女主人，至少脱不了小学教员的气味；读者不难从这一点上想象出她是怎么一个人物。单说戴帽子吧，小学教员就另有一种款式。英国老婆子裹头巾有独得之秘，小学教员戴帽子也有独得之秘：帽坯子特别大，插的花简直看不见；而那些假花也假得可怜；帽子在衣柜里放久了，老是像新的，也老是像旧的，便是第一天戴在头上也是如此。这些姑娘拼命模仿画家用的木头人画家不用真人做模特儿时，也用木头人，穿上衣服，可任意摆出各种姿势来，坐在凳上身子发僵。你跟她们说话，她们不是掉过头来，而是整个上半身一齐扭过来。她们的衣衫悉索一响，你会当做木头人的弹簧出了毛病。阿倍小姐便是这种类型的代表：她眼神很凶，嘴巴四边全是皱纹，打裥的下巴底下扣着软嗒嗒的磨烊了的帽带，随着她的动作滑来滑去，脸上两颗棕色的痣非常刺眼，长着两根毛，像乱七八糟的仙人草。她还吸鼻烟，可是毫无吸烟的功架。

大家玩起波斯顿来。西尔维对面是阿倍小姐，上校坐在侧里，对着特·夏日伯甫太太。巴蒂尔特坐在母亲和洛格龙身旁。西尔维把比哀兰德安插在她和上校之间。洛格龙摆起另外一张牌桌，说不定奈罗和戈囊夫妇会来。维奈和巴蒂尔特像戈囊夫妇一样会打韦斯脱。从夏日伯甫娘儿俩——城里人都这样称呼她们——常到洛格龙家之后，壁炉架上座钟和烛台之间的两盏灯老是大放光明，牌桌上另外点着二法郎一斤的蜡烛，好在有抽头的钱，蜡烛和纸牌都有地方开销。

西尔维发觉表妹瞧着上校手上的牌，便装作和气的样子说：“喂，比哀兰德，你做你的活儿吧。”

她在外人面前老是装作待比哀兰德很好。正直的布勒塔尼姑娘最讨厌这种卑鄙的假戏，因此瞧不起表姊。比哀兰德拿起绣作，一边做活一边仍旧瞧着古罗的牌。古罗好像不知道女孩子在他身边。西尔维暗中打量，觉得他这个态度十分可疑。到了一个时候，老姑娘手中的牌正好做一副清一色的红心；篮子里筹码已经积了不少，还有二十七个铜子赌注。戈囊夫妻和奈罗医生都来了。助理老推事台丰特里也到了。司法部任命台丰特里做预审推事，明明是承认他有法官的才干，但要升做正式推事的时候，好像他永远能力不够；两个月以来，他离开蒂番纳的帮口转到维奈圈子里来了。他背对着壁炉，撩起后面的衣摆烤火，眼睛望着华丽的客厅，觉得屋内仝是夏日伯甫小姐一个人的光彩，客厅的大红装饰好像是特地为衬托这位美人儿设计的。屋内寂静无声。比哀兰德看着桌上那副满贯的牌，西尔维一心在牌上，也顾不到孩子了。

比哀兰德指着红心对上校说：“打这个。”

上校打出一连串的红心。十三张红心都在西尔维和上校两人手里，西尔维的爱司虽有五张小牌保护，也被攻下来了。

她说：“这个打法不公平，比哀兰德看了我的牌，上校听着她的话出牌的。”

赛莱斯德说：“可是小姐，上校发觉你有红心，自然要连着进攻了。”

台丰特里听着微微一笑西尔维与古罗正在为了婚姻而捉迷藏，赛莱斯德说的红心等于双关语；调皮的老人冷眼旁观，把普罗凡城中一切争权夺利的事都当做把戏看，他在当地所扮的角色赛过《房屋奖券》中的列谷登比卡编的独幕喜剧《房屋奖券》，1817 年在巴黎上演。剧中的列谷登是个驼子①，专门冷嘲热讽。

戈囊根本不知道是怎么回事，也跟着说：“上校的牌应当这样打。”

西尔维对阿倍小姐瞧了一眼，难看得要死，可是装得很甜。只有老姑娘望老姑娘才有这种眼风。

“比哀兰德，你看了我的牌。”西尔维瞪着表妹说。

“没有，表姊。”

研究考古学的法官说：“你们每个人的动作我都看在眼里，我可以证明孩子只望着上校。”

古罗听着慌了，说道：“啊！女孩子家偷看的本领真大。”

① 驼子：指驼背的人。

西尔维叫了声：“噢！”

古罗又道：“是啊，说不定她瞧了你的牌和你捣乱。是不是，漂亮的小姑娘？”

老实的比哀兰德说：“不，我不是这种人；要是看了，我就关心表姊的牌了。”

西尔维道：“你明明是骗人精，又是个傻丫头。有了今天早上的事，人家还能相信你的话吗？你是一个……”

比哀兰德不让表姊当着她的面把那句话说完。她料到底下准是一顿臭骂，便站起身来走出客厅，摸黑上楼。西尔维气得脸孔发青，含含糊糊说了一句：“非跟她算账不可。”

特·夏日伯甫太太道：“你输了这副牌，算不算账呢？”

台丰特里没有关上过道的门，比哀兰德出去撞在门上。

西尔维道：“撞得好！”

台丰特里问道：“她怎么啦？”

西尔维道：“是她活该。”

阿倍小姐道：“可是撞得不轻呢。”

西尔维想趁此机会赖掉那一牌，站起身来预备去看比哀兰德；特·夏日伯甫太太拦着她，笑道：

“付了账再去吧，回头你什么都记不起了。”

针线商出身的老姑娘逢到算赌账或者跟人吵嘴，经常赖皮，所以特·夏日伯甫太太要说那样的话，众人听了也一致赞成。西尔维重新坐下，把比哀兰德完全忘了，她对孩子这样漠不关心，没有一个人觉得奇怪。西尔维整个黄昏心事重重。九点半左右，波斯顿打完了，她坐在壁炉旁的大靠椅上发呆，直到客人向她告辞方始站起身子。她受着上校的折磨，弄不清他究竟是怎样的人。

她阖上眼睛睡觉的时候心上想：“男人真会作假！”

八　比哀兰德和布里谷的爱情

比哀兰德的头撞在门框上受了重伤，地位的高低跟耳朵差不多，正是女孩子家开始用纸卷儿卷头发的部分。第二天肿起一大块。

吃早饭的时候表姊和她说："这是上帝罚你的。你不服从，不愿意听我说话，我一句话没完，你站起身来就走，对我毫无规矩，应该吃这个苦。"

洛格龙道："可是还得用湿布敷着盐，包起来啊。"

比哀兰德道："噢！表兄，不要紧的。"

监护人的话，可怜的孩子已经觉得是关切了。

那个星期的结束同开始一样，只是连续不断的受罪。西尔维变得心思越来越巧，蛮横霸道的手段越来越细到，越来越凶狠。伊利那人、彻罗基人、马希康人三种都是北美的印第安族，白种人认为这些民族"最残忍"，大可向她请教。比哀兰德头里作痛，说不出的难过，只是不敢声张。表姊生气是因为她不肯招出布里谷来，比哀兰德偏偏拿出布勒塔尼人的固执脾气死不开口，这种沉默也很容易了解。孩子瞧着布里谷的时候是什么一种眼风，现在读者体会到了吧？她相信人家一发现布里谷，她和布里谷的关系就要断绝；但她的本能只希望朋友留在身边，知道他在普罗凡，心里很高兴。真的，她看到布里谷不知有多么快活！见着童年伴侣的面，她当时的眼神好比放逐的人远远望着家乡，殉道的人望着天国，他们凭着热情熬受毒刑的时候往往有这种奇妙的幻象。比哀兰德最后一个眼风是什么意思，布里谷完全懂得；他刨扳子，拉开两脚规，或者量尺寸，配木料的时候，老是搜索枯肠，要想个方法和比哀兰德通信。临了想出一个最简单不过的计策。更深夜静之后，只要比哀兰德从楼上放下一根绳子，他就好把信系在上面。比哀兰德头上的伤正在变成脓肿，身体的发育本来受着阻碍，双重的病使她痛苦不堪，幸亏她也转着和布里谷通信的念头，才能支持。两人心中抱着同样的愿望，虽则分离，彼此的心思完全一致。比哀兰德精神上每受一次打击，剧烈的头痛每发作一次，总是私下想：“布里谷在这里！”这么一想，她就熬着痛苦，一声不出。

在教堂里遇到比哀兰德以后的第一次赶集，布里谷在菜市上偷偷的等他的小朋友。比哀兰德脸色苍白，身子摇摇晃晃，像11月里快要脱离枝干的树叶。布里谷看了竭力定下心神，走过去和卖水果的女人还起价来，因为凶悍的西尔维也在和那个女的争多论少。他塞了一张字条给比哀兰德，传递的手法非常自然，一边照样和卖水果的说笑，像老奸巨猾一样镇静，若无其事的神气仿佛是一辈子干这个勾当的。其实他的血在心房里沸腾，静脉、动脉几乎都要爆裂；耳中只听见嘶嘶的声音。表面上他的坚决果敢不亚于老资格的苦役犯，内心却天真老实，直打哆嗦，完全像做妈妈的夹在两种危险、两座悬崖之间进退不得。比哀兰德和布里谷同样头昏目眩，把字条塞入围裙口袋，腮帮上一块块的红晕变成火辣辣的樱桃红。两个孩子当时精神上的激动，普通人便是经历十次爱情也不过如此。他们以后单单想到这一段时间就觉得心惊肉跳。西尔维听不出布勒塔尼口音，料不到布里谷是比哀兰德的情人，比哀兰德便带着宝贝回家了。

两个可怜的孩子的信，后来在一场丑恶的官司中成为重要文件；要不闹出可怕的事，那些信永远不会有人知道。下面就是比哀兰德晚上躲在房里看的字条——

> 亲爱的比哀兰德，半夜里大家睡觉的时候，我要为你熬夜，每天晚上守在厨房窗下。你从楼上放一根绳子下来，让我的手能够抓到；你有什么话，写下来缚在绳上，那不会有一点儿声音。我用同样的方法给你回信。听说你经过他们教导，已经认得字，会得写了。你的可恶的亲戚应当待你极好，偏偏待你极坏！比哀兰德，你是为国牺牲的上校的女儿，两个混账东西胆敢逼你替他们做饭！……你的鲜艳的皮色，强壮的身体，原来是这样送掉的！我的比哀兰德，你现在怎么样？他们怎样摆布你呢？我看得出你不舒服。噢！比哀兰德，咱们回布勒塔尼去吧！我挣的钱仅够供给你：你可以有三法郎一天，我每日挣到四五法郎，只花掉一法郎半。我重新见到你之后，就向老天爷祈祷，求他把你所有的痛苦给我，所有的快乐给你。你替他们干了什么，他们会收留你啊？你奶奶比他们好多了。两个洛格龙竟是两条蛔虫，弄得你生气全无。你在普罗凡走路的样子，跟你在布勒塔尼的时候不同了。咱们回家乡去吧！不管怎样，反正我留在这儿帮助你，听

你吩咐；你要什么，你说吧。你需要钱的话，我有六十银洋合一百八十法郎；可是我没法吻着你的手交在你手中，只能扣在绳上递给你。唉！比哀兰德，在我眼中，久已没有晴朗的青天了。自从送你上了那辆该死的班车，我没有快活过两小时；等到我重新和你相会，你又不是原来的面目，只剩一个影子了，那老妖精的表姊扰乱了我们的幸福。现在我们的安慰只有每星期日一同向上帝祷告，这样也许上帝更容易接受我们的要求。我不同你说再会，亲爱的比哀兰德，今天夜里等你。

比哀兰德读着信感动得不得了，看了又看，念了又念，直消磨了一个多钟点；想到手头没有纸笔，心里急起来。她马上在顶楼与客厅之间做了一次艰苦的旅行，拿了纸笔墨水，总算不会惊醒凶横的表姊。半夜前一会儿，她写成下面一封信，后来也在庭上宣读的——

我的朋友，噢！是的，我的朋友，只有你雅各和我奶奶是爱我的。但求上帝不要见怪，的确只有你们两个人，我不多不少，一样的爱。我年纪太小，记不得好妈妈，可是我爱你雅各，还爱我奶奶，还爱我爷爷——求上帝允许他进天堂，他活着的时候为了破产痛苦极了，而他的破产也就是我倒楣的根源——如今只剩你们两个，我爱你们的程度同我受罪的程度一样！所以要知道我多么爱你们，就得知道我多么痛苦，可是我不愿说出来，免得你们受不了。我们对狗说话也不像他们对我那么凶。他们简直不当我人看。我曾经像面对上帝一样盘问自己，也没找出对不起他们的地方。你不曾跑来唱那支新婚歌以前，我把所受的痛苦看做上帝的慈悲，因为我老是求告上帝让我离开世界，既然我病得厉害，准是上帝听见了我的祷告。可是布里谷，如今你来了，我就要同你回布勒塔尼去投奔我奶奶。她是爱我的，他们说她吞没我八千法郎，我也不在心上。我会有八千法郎么，布里谷？倘使有，你能不能打听出来？那一定是胡说：有了八千法郎，奶奶怎么会住在圣·雅各堂呢？奶奶是天底下最好的好人，我不愿她知道我的苦处，叫她活了这么大年纪还要牵肠挂肚：她晓得了会气死的。当初她倒楣之后我要帮她做活，她拦着我说："不用，不用，小宝贝，好好一双手别弄坏了！"现在人家叫她孙女洗碗，给她知道了还了得！唉！你没看见我的手指甲才干净呢！我常常买了粮食提不起篮子，从菜市上回家胳膊酸疼得要死。可是我不相信表兄表姊天性恶毒，只是喜欢一天到晚嘀咕埋怨，还认为我不能离开他们。表兄是我的监护人。有一天，我忍耐不住，想逃走，对他们老实说了，表姊回答说警察会把我抓回的，监护人有法律撑腰。我完全明白，表兄表姊代替不了爸爸妈妈，正如圣者代替不了上帝。可怜的雅各！叫我拿了你的钱干什么呢？还是留着，将来咱们作旅费吧。噢！我多么想念你，想念邦霍埃，想念大池塘！咱们的好日子在那边过完了，因为我身体一天不如一天。雅各，我病得厉害。头疼的时候真要叫起来，还有骨头疼，背脊疼，不知为什么腰酸得要命；只想吃古古怪怪的东西，像草根树叶之类；也喜欢闻印刷品上的油墨味儿。没有人的时候，我哭了；因为他们不让我有一点儿自由，连掉眼泪都不许。我们所谓伤心原是上帝赐给我们的恩典，但我要对上帝淌眼泪也得躲在一边才行。你会有那个好主意，到我窗下来唱新婚歌，不是受了上帝的启示吗？啊！雅各，表姊听见你的歌，说我有一个情人。倘若你想做我的情人，就得好好的爱我。我永远像过去一样的爱你，做你忠实的仆人。

比哀兰德·洛兰

你永远爱我的，是不是？

比哀兰德在厨房里拿了一个面包头，挖了一个洞，把信嵌在里头，使绳子有个重心。半夜里她小心翼翼打开窗子，吊下面包和信，碰到墙或者百叶窗都没有声音。她感觉到绳子被布里谷抓住了。布里谷拉断了线，蹑手蹑脚的慢慢走开。他走到广场中间，比哀兰德才趁着星光模模糊糊的看见他。布里谷借着屋内的烛光打量比哀兰德。两个孩子呆望了一个钟点。比哀兰德挥手要布里谷回去，布里谷走了，比哀兰德仍旧站在窗口；布里谷回到老地方，比哀兰德又叫他回去。这样的戏做了好几次，直到比哀兰德关了窗，躺上床去吹了蜡烛才罢。她一上床，虽则浑身难过，也快快活活的睡着了，枕头底下放着布里谷的信。她那一觉睡得像受难者一样，天使们把她的梦装点得花团锦簇，金光闪闪，充满异国情调，还有拉斐尔所看到而表现出来的那些天国的景致①。

精神作用对这个体质娇弱的孩子影响极大，比哀兰德第二天起来像云雀一般轻松愉快，容光焕发，说不出的高兴。这变化当然逃不过表姊的眼

---

① 拉斐尔：意大利杰出画家，与达·芬奇、米开朗基罗并称意大利文艺复兴三杰。

睛；她这一回不骂比哀兰德了，只像喜鹊那样把她细细打量。她哪儿来的这许多得意呢？西尔维这个想法不是由于霸道，而是由于嫉妒。要不是一心在上校身上，西尔维就会像从前一样对孩子说："比哀兰德，你太吵闹了，人家和你说话，你只当耳边风！"现在她决意拿出老姑娘刺探秘密的手段来刺探比哀兰德。那天屋子里无声无息，沉闷得很，好比大雷雨以前的一刹那。

吃饭的时候，西尔维说道："小姐，你可是不难过了？"她不等比哀兰德回答，大声对兄弟说："我不是告诉你么，她闹来闹去无非要我们不得安宁！"

"表姊，我还是不舒服，好像在发烧……"

"发什么烧？你开心得像小雀子，大概又同什么人相会过了吧？"

比哀兰德浑身一震，低下眼睛望着菜盆。

西尔维嚷道："太丢辨！十四岁已经这样了！哼！什么性格！这样下去，将来不变做一个下流东西才怪！"

"我不懂你的意思。"比哀兰德说着，抬起一双好看的眼睛亮晶晶的望着表姊。

表姊说："今晚你替我点一支油蜡，坐在饭间里做活。客厅里没有你的位置，我不要你看了我的牌替你心爱的人出主意。"

比哀兰德听着眉头都不皱一皱。

"假惺惺！"西尔维说着走出去了。

洛格龙听着姊姊的话莫名其妙，只是对比哀兰德说：

"你们俩怎么啦？比哀兰德，你得想法讨表姊喜欢。她气量大，性子好，要是对你生气，准是你不对。你们干么要吵架呢？我喜欢安静。你该看看巴蒂尔特，拿她做榜样。"

比哀兰德无论什么都能忍受，半夜里布里谷准会送回信来，这个希望使她能挨过白天，可是剩下的一些精力为此消耗完了。她熬着不睡，听外面的大钟一小时一小时的敲着，只怕闹出声响来。终于敲了十二点，比哀兰德轻轻的开了窗，这一回是用好几根线连起来做的绳子。她听见布里谷的脚声，便放下绳去，吊上信来，她念着信快乐极了——

亲爱的比哀兰德，既然你这样不舒服，就不应该再等我，把你累坏了。以后我学鸱枭叫①，包你听得见。幸亏我跟爸爸学会那种鸟儿的声音。倘若连叫三声，就表示我来了，要你放下绳子。可是这几天我不会来。我希望能报告你一个好消息。噢！死吗？比哀兰德，你真的想死吗？我心都发抖了，想到这一点，好像我自己已经死了。不，比哀兰德，你不会死的，你会快快乐乐的活下去。不久就能从虐待你的人手里释放出来。为了救你，我现在用的办法要不成功，我就告到法院去，我要对着天，对着地，说出两个卑鄙的亲戚怎样待你！你只消再受几天的罪，这是我有把握的；耐着性子等吧，比哀兰德！你该记得，当年咱们滑在池塘里，两人几乎一齐送命，我把你从大窟窿里拖出来，现在和那时一样，你仍旧有布里谷保护。再见了，亲爱的比哀兰德，只要上帝保佑，几天之内咱们就幸福了。只有一件事情使我们不能结合，我可不敢告诉你。不过上帝是喜欢我们的！要不了几天，我能自由自在，毫无顾虑的看到比哀兰德了，没有人出来阻拦了，因为我真想看见你啊，比哀兰德！比哀兰德竟然肯爱我，并且对我说了。是的，比哀兰德，我要做你的情人，但是要等我挣起一份家业来，不辱没你的时候；在此之前，我只想做你忠心的仆人，让你来支配我的生命。再会了。

雅各·布里谷

布里谷没有告诉比哀兰德他写了一封信到南德去给洛兰太太——

洛兰太太，你的孙女不堪虐待，你要不来领回去，她就要死了。我差点儿认不得她。附上比哀兰德给我的信，你看了可以估计她的处境。此地的人说你拿了孙女的财产，你应当把这个名声洗刷干净。总之，只要可能，你快快来吧，我们还能有快乐的日子；再拖下去，比哀兰德不会在世界上了。

你的恭敬的忠诚的仆人　雅各·布里谷

住普罗凡城内大街，木工弗拉比哀先生家

布里谷唯恐比哀兰德的祖母死了。

比哀兰德一片天真称为的情人，这一次的来信对比哀兰德简直是个猜

① 鸱枭：猫头鹰。

不透的谜，但她信心很强，绝对相信布里谷的话。她仿佛沙漠中的旅客远远望见了水井四周的棕榈。她的苦难几天之内就可以完了，这是布里谷告诉她的，她把童年伴侣许的愿当做定心丸。可是她拿两封信叠在一起的时候有个可怕的念头，被她形容得好不凄惨。

“可怜的布里谷，”她心上想，“他哪知道我落在虎口里呢！”

西尔维听见比哀兰德的响动，也听见窗下布里谷的响动，起来赶到窗口，从百叶窗里张望，看见月光之下有个男人走到上校住的屋子前面站住了。老姑娘轻轻开了房门上楼，发觉比哀兰德房内有灯光，十分诧异，从锁眼里望进去什么都看不出。

她叫道：“比哀兰德，你可是病了？”

比哀兰德吓了一跳，回答说：“没有，表姊。”

“那么干么半夜三更点着火？开开门。我要瞧瞧你做什么来着。”比哀兰德光着脚开了门。她没防到有人撞来，搁在旁边的绳子不曾收好，表姊看见了，抓着绳子问：

“你拿这个干什么？”

“不干什么，表姊。”

“不干什么？好！老是扯谎！这样你将来可进不了天堂。快睡吧，要着凉了。”

西尔维不再往下追问，走了。比哀兰德不懂表姊为什么这样客气，心中怕得要死。西尔维忽然打定主意不马上发作，而要把上校和比哀兰德一齐捉住，当场拿到他们的信，叫两个欺骗她的情人无地自容。比哀兰德感觉到危险，用布包着两封信缝在胸褡的夹层里。

比哀兰德和布里谷的爱情故事至此为止。

布里谷决定暂时不来，比哀兰德非常高兴：没有了材料，表姊尽管猜疑也是白搭。果然，西尔维一连三夜没睡觉，从黄昏起就暗暗注意那毫不相干的上校，可是不论室内室外或者比哀兰德房里，都看不出两人沟通的痕迹。她打发比哀兰德去忏悔，趁此把孩子的卧室全部搜了一遍，那种老练和细到不亚于间谍和巴黎税卡上的关员。结果一无所得。她气恼到极点，要是比哀兰德在场，准会被她痛打一顿。像西尔维这种性格的老姑娘，忌妒不像一种情欲，而是一种消遣，让她精神有所寄托：有了忌妒，她才觉得自己活着，心在跳动，感到从来未有的紧张兴奋。一有什么风吹草动，她就醒着不睡，哪怕是极细微的声响，都仔细听着。她憋着一肚子怒火，聚精会神的打量比哀兰德。

她对自己说："该死的丫头把我的命都要送掉了！"

西尔维对表妹的严厉变成细磨细琢的残忍，使比哀兰德严重的病势愈加恶化。可怜的孩子经常发烧，头越来越疼，简直无法忍受。八天以后，洛格龙家的常客都看得出她满面病容，只要大家不是利欲熏心，看了那样子也会表示同情。可是奈罗医生一个多星期没有出现，也许是受了维奈的嘱咐故意不上门。上校受着西尔维猜疑，生怕破坏自己的亲事，不敢对比哀兰德露出一点儿关心。巴蒂尔特认为孩子的变化是青春期应有的现象，没有什么危险。一个星期日晚上，比哀兰德终究受不住那么多痛苦，在客厅里当着许多客人晕过去了，上校第一个发觉，过去抱着她放倒在一张长沙发上。

"她是故意的。"西尔维望着阿倍小姐和牌桌上别的客人说。上校道："你表妹的确病得厉害。"

西尔维狞笑着回答上校："她让你抱着不是很好吗？"

特·夏日伯甫太太道："上校说得不错。你该请个医生来瞧瞧。今天早上从教堂里出来，个个人都在谈论洛兰小姐身体不好，那已经一望而知了。"

比哀兰德叫了声："我要死了。"

台丰特里唤西尔维替表妹解开衣服。西尔维一路走过去一路说：

"装腔！"

她解开比哀兰德的袍子，正要摸到胸褡，比哀兰德忽然用足力气硬撑起来，叫道：

"不用！不用！让我去睡吧。"

西尔维已经摸过胸褡，觉得里头有纸张。她让比哀兰德溜走了，对大家说：

"哎！你们对她的病还有什么话说？完全是假戏！你们才想不到这孩子多么坏呢。"

客人散后，西尔维留着维奈。她气愤极了，非报复不可。上校向她告辞，她态度十分恶劣。上校恶狠狠的把维奈瞪了一眼，好像威吓他要取他性命，连子弹打在他肚子上什么地方都决定好了。

西尔维要维奈留下。只有他们两人的时候，老姑娘说道：

"我一辈子也不嫁给上校，死也不嫁给他！"

维奈道："既然你对这件事打定了主意，我可以说话了。上校是我的朋友，但我同你们的交情比跟上校的深得多：洛格龙帮我的忙，我永远忘不了。我能做一个势不两立的冤家，也能做一个极好的朋友。不用说，一朝我进了议院，大家就看得出我能爬到什么地位，凭我的势力，洛格龙一定能当上税局局长……不过你先得发誓，咱们今天谈的话永远不说出去！”

西尔维点点头表示同意。

“第一，这位了不起的上校是个大赌棍！”

西尔维叫了声：“啊！”

律师接着说：“要不是吃这个嗜好的亏，说不定他已经做到法兰西元帅了。所以你的家私会给他败光的！不过他是个厉害家伙。你别以为结了婚要不要生孩子可以随你的便：那完全操在上帝手里，后果怎么样，你早已知道了。你要结婚，等我进了国会再说，那时台丰特里老头可以升到法院院长，你不妨嫁给他。你想报仇，眼前就让你兄弟和夏日伯甫小姐结婚，她那方面由我去说不会不同意。她有二千法郎进款，你们也能像我一样攀上夏日伯甫了。相信我的话，早晚有一天，夏日伯甫族里的人要来跟咱们认亲戚的。”

西尔维回答说：“古罗爱比哀兰德呢。”

维奈道：“很可能，也可能在你身后和比哀兰德结婚。”

“倒是如意算盘。”她说。

“我刚才不是告诉你吗，他那个人狡猾得像魔鬼！还是让你兄弟娶亲，只说你打算终身不嫁，把财产留给侄儿侄女，那就一举两得，把古罗和比哀兰德一齐打中了，他要不哭丧着脸才怪！”

“啊！不错。”老姑娘叫道，“他们逃不出我手掌。我送比哀兰德进铺子去当学徒，分文不给，让她赤手空拳，像我们从前一样自个儿挣饭吃！”

维奈把他的计划装进了西尔维的头脑，走了。西尔维脾气执拗，他素来知道。老姑娘慢慢儿会把这计划当做自己想出来的。维奈走到广场上看见上校抽着雪茄等他。

古罗道：“慢点儿走！你拆我的台，可是倒下来的砖瓦石子尽可把你活埋。”

“上校！”

“别假惺惺！我要对你不客气了，第一，叫你永远当不成议员……”

“上校！”

“我手中有十票，选举的结果要靠……”

“上校，你听我说啊！单单是为了西尔维那老姑娘吗？我刚才还替你洗刷呢。她一口咬定你写信给比哀兰德，说看见你半夜里走出屋子到她窗下去。”

“故事编得不错!”

“她要让兄弟和巴蒂尔特结婚，把她的一份产业留给兄弟的孩子。”

“洛格龙会生孩子吗?”

维奈道：“事情是这样。可是我答应你替你找一个年轻漂亮的女人，给你十五万法郎陪嫁。你不是糊涂吗？咱们俩怎么能吵架？我尽了我的力量，事情还是变得对你不利。唉！你还没认识我是怎样一个人呢。”

上校道：“对，应当弄弄清楚。选举之前，你得介绍我一个女人，要有十五万陪嫁；要不然对你不起！我不喜欢睡样儿恶劣的人，被窝都被你一个人卷过去了。再见。”

“将来必有分晓，你瞧着就是了。”维奈说着，好不亲热的和上校握手。

九　家族会议

半夜过后一点光景，广场上响起三声清楚嘹亮的鸱枭叫，学得再像没有。比哀兰德发着高烧睡着，听见了，浑身汗湿的起床，打开窗子看见布里谷，立即丢下一个丝线团，让布里谷扣上字条。西尔维一则当晚出了事，二则打不定主意，心中烦躁，睡不着觉，以为真是鸱枭叫。

“讨厌！这种鸟最不吉利了。咦！比哀兰德起来了！什么事啊？”

西尔维听见顶楼上开窗，赶紧跑到窗口，只听得布里谷的纸条在百叶窗上擦过，便系上衬衫带子赶快上楼，走进比哀兰德卧房，发觉她在解着丝线拿信。

“啊！这一回可给我捉住了。”老姑娘嚷着扑向窗口，正好看到布里谷拔脚飞奔。她对比哀兰德说：“把信给我。”

“不，表姊。”比哀兰德回答。她受着少年人巨大的热情鼓舞，靠着精神的力量支持，英勇非凡的表示抵抗了。某些民族陷于绝境的时候，历史上就有这种令人钦佩的表现。

“嗯！你不肯？……”西尔维怒容满面，杀气腾腾的走近表妹。

比哀兰德退后几步，从线团上拿下字条，用足气力捏在手里。西尔维看她这样，伸出龙虾爪似的手掌抓住比哀兰德娇嫩洁白的手，想挖开她手指。当下展开了一场恶斗，残酷无比的恶斗，正如一切侵犯到思想的斗争一样。思想原是受到上帝保护，不让任何势力触犯的宝物，上帝特地留着这条路让世界上的可怜虫能和他暗中沟通。那两个女的，一个气息奄奄，一个精神抖擞，互相瞪着眼睛，比哀兰德望着她的刽子手，一副眼神好比寺院派的骑士在漂亮腓列普面前胸部挨着锤子时的眼神 11 至 12 世纪有一个半宗教半军事性质的团体，称为寺院派，有财有势，终于被法王腓列普四世（俗称漂亮腓列普，1285—1314 年间的法国国王）借端迫害，将成员用火刑烧死；团体亦于1312 年被教皇勒令解散，当时腓列普也受不住那气势猛烈的目光，觉得浑身震动，走开了。西尔维既是女人，又是妒火中烧，自有一种凶光闪闪的眼风和比哀兰德动人心魄

当下展开了一场恶斗

的眼风对抗。两人一声不出，屋子里静得可怕。比哀兰德握紧拳头，硬得像钢铁一般，对付表姊的攻击。西尔维扭着比哀兰德的胳膊，死命扳她的指头扳不开，无可奈何的把指甲掐到她肉里去。西尔维愤恨交加，拿比哀兰德的拳头拉到嘴边，想咬她手指，使她痛极了不能不松开。比哀兰德始终用清白无辜的威严的眼风抗拒。老姑娘火气愈来愈大，竟然失去了理性，抓着比哀兰德的胳膊，拿她的拳头往窗口的栏杆上、壁炉架的白石面子上乱碰乱砸，好像我们想砸破一个核桃似的。

比哀兰德嚷道："救命啊！救命啊！"

"好！你嚷！半夜里跟情人相会，被我捉住了，你还嚷……"

她说着把比哀兰德的手拼命乱砸。

"救命啊！"比哀兰德的拳头已经在流血了。

那时只听见楼下一阵猛烈的打门声。表姊妹俩都筋疲力尽，停了下来。

洛格龙从梦中惊醒，心慌意乱，不知道是怎么回事，起来跑到姊姊房里，一看没有人，吓了一跳，下楼打开大门，险些儿被布里谷撞翻，还有一个鬼影似的人跟着布里谷进来。正在那个时候，西尔维瞥见比哀兰德的胸褡，想起摸到过纸张，便像饿虎扑食似的冲上去，撕下胸褡卷在手里，对比哀兰德扬了扬，冷冷一笑，正如伊利那人把敌人抽筋剥皮以前的笑容。

比哀兰德跪在地下叫道："啊！我要死了！谁来救救我啊？"

"我来救你！"一个满头白发的女人冲进来说。比哀兰德只看见一张老人的脸，皱得像羊皮纸，一双灰色眼睛闪闪发光。

"啊！奶奶，你来得太晚了！"可怜的孩子嚷着，眼泪簌落落的直掉下来。

比哀兰德过去倒在床上，气力全无，病人经过这样一场恶斗，完全瘫痪了。高大干瘪，赛过鬼出现似的老婆子，像保姆抱小娃娃一般把比哀兰德抱在怀里，由布里谷陪着走出房间，对西尔维一句话都不说，只用悲痛的眼神瞪了她一眼，表示庄严的控诉。威风凛凛的老人，一身布勒塔尼打扮，头上的披风像一件黑呢大氅；她的出现，再加狠巴巴的布里谷跟着，吓得西尔维魂不附体，当是催命鬼来了。老姑娘走下楼去，听见大门关上的声音，劈面撞见了兄弟，兄弟问她：

"他们没有伤你性命吗？"

西尔维道："你去睡吧。该怎么办，明儿早上再谈。"

她上了床，拆开胸褡，一看布里谷的两封信，怔住了。她没睡着之前只觉得心乱如麻，可没想到她的行事会惹出一场大祸来。

布里谷给洛兰寡妇的信寄到的时候，洛兰寡妇正在高兴，说不出有多么快活，没想到布里谷的来信扰乱了她的快乐。可怜那七十多岁的老人身边没有了比哀兰德，伤心得要命，唯一的安慰是想到自己的牺牲是为着孙女的利益。她人老心不老，能够用牺牲精神来支持自己，鼓励自己。她的老男人只有见了孙女才快活，对比哀兰德想念不已，每天在身边找她。老年人往往在这种痛苦中讨生活，结果为之而死。所以我们不难想象，住在老人堂里的可怜的老婆子，一知道那种少有的，但在法国还会见到的行事，会快乐到什么程度。高里南商行的主人法郎梭阿-约瑟·高里南，遭了横祸，带着孩子们上美洲去了。他心高气傲，眼看自己在南德倾家荡产，信用扫地，害得许多人吃苦，不愿再住在本乡。1814年至1824年中间，勇敢的商人靠着孩子们和出纳员帮助，重新挣起一份家业来。出纳员对他忠心耿耿，借钱给他做开业的资本。高里南千辛万苦的经营，终于事业成功了，到第十一年上把海外的铺子交给大儿子掌管，亲自回南德申请复权复权是法律名词，商人破产后丧失的许多权利（包括出入交易所的权利），必须将所欠债务全部偿清，经法院检定后方能恢复。他在圣·雅各堂找到了邦霍埃的洛兰太太，亲眼看见被他拖累的人中最不幸的人，听天由命的在救济院里熬苦受难。

老婆子和他说："但愿上帝原谅你！我没进坟墓之前，你居然使我能够让孙女儿过到好日子。可是我永远没法替可怜的丈夫复权第二章内提到，洛兰的铺子当时也是破产的的了。"

高里南按照生意上的利率，连本带利还她四万二千法郎。别的债主都是有钱的商人，聪明、活跃，吃了高里南破产的亏还能对付过去，唯有洛兰两夫妇的不幸，老高里南觉得无法挽回，便答应洛兰寡妇代她丈夫追补复权手续，好在只要多花四万法郎，就能偿清洛兰欠人的全部债款。南德交易所得悉高里南补偿债主如此慷慨，想在兰纳高等法院裁定以前提早接待他，他却谢绝了这个荣誉，不愿违反商法的规定。布里谷的信寄到的前一天，洛兰太太正好收进四万二千法郎。她在收据上签字的时候第一句话就是：

"我能够和比哀兰德住在一起了，将来让她嫁给布里谷；他拿我的钱去做资本，一定能挣一笔家私。"

她兴奋得坐立不安，只想动身往普罗凡去。念完了两封消息恶劣的信，她更像疯子一般冲进城内，打听有什么方法能风驰电掣的赶到普罗凡。听说邮车是政府办的，走的最快，她就搭上邮车。在巴黎换了脱洛阿的班车，夜里十一点半到了弗拉比哀家。布里谷看见布勒塔尼老太太愁眉不展，又气又急，便三言两语告诉她比哀兰德的情形，答应马上把她孙女儿带来。祖母听着吓坏了，迫不及待，跟着赶到广场。比哀兰德一叫救命，布勒塔尼老婆子和布里谷一样痛彻心扉。要不是洛格龙惊慌之下跑来开门，他们会把所有的居民都闹醒的。小姑娘绝望的叫喊使祖母恐怖得不得了，突然之间有了力气，把心爱的比哀兰德一径抱到弗拉比哀家。弗拉比哀的女人匆匆忙忙收拾起布里谷的卧室，预备安顿比哀兰德的祖母。病人就给放在那寒酸的房里，床还没完全铺好，她躺下去就昏迷了；受着伤，流着血，皮肉被指甲掐过的手还捏着拳头。布里谷、弗拉比哀、弗拉比哀的女人、老祖母，都一声不出的望着比哀兰德，说不出的诧异。祖母的第一句话是："为什么手上全是血呢?"

比哀兰德消耗了那么多精力，只想睡觉，又知道不会再受攻击，便松开手指，掉下布里谷的信，好像是对祖母的回答。

布里谷跪下去捡起字条，说道："原来人家要抢她的信。"他在信里要他的小朋友悄悄的从洛格龙家出来。他心里又敬又爱，吻着受难者的手。

那时洛兰老太太像庄严的鬼影一般站在孩子床头，叫两个木工看着惊心动魄。皮色赛过发黄的象牙，无数的皱裥中间闪出恐怖和报复的火焰。脑门上稀稀朗朗剩着一些花白的头发，有一股义愤填胸的表情。她来的时候一路想着比哀兰德，此刻凭着快死的老年人常有的直觉，体会到比哀兰德的全部生活。她猜到她的宝贝孩子害着少女们特有的病，生命遭到了威胁。她一生吃了许多苦，眉毛和眼睫毛都脱光了，灰白的眼睛里好容易冒出两大颗眼泪，结成两颗痛苦的珠子，使眼睛有一种怕人的光彩；泪珠愈来愈大，滚在干枯的腮帮上。

临了她合着手说："他们把她的小性命送掉了。"

她跪了下去，一双膝盖硬绷绷的碰在地砖上。她准是向布勒塔尼最有威力的保护神，奥莱的圣女阿纳祈祷。

她说："布里谷，到巴黎去请个医生来，赶快!"

她抓着小木匠的肩膀，用威严的手势推他走。

接着又叫他回来，说道："我本要到这儿来；我有钱了，你瞧!"

她解开胸前的带子，从上衣的双叠襟内掏出一个纸包，里头放着四十二张钞票。她说："要多少尽管拿！替我请巴黎最有本领的医生来。"

弗拉比哀道："你收起来吧。这个时候没有地方兑钱：我有零的，等会班车经过这里，准有位置。不过先向马德南先生请教一下，要他介绍一个巴黎的医生，不是更好吗？车子还得一个钟点才到，咱们还来得及。"

布里谷跑去叫醒马德南，把他请来了。医生听说洛兰小姐在弗拉比哀家，好生奇怪。布里谷告诉他刚才洛格龙家的事。医生听了心中忧急的情人一阵子唠叨，才弄清楚那幕家庭活剧，可是还想不到范围之大，情形之惨。马德南给了名医荷拉斯·皮安训的地址。布里谷听见班车声音，和师傅一同出门了。比哀兰德手伸在床外，马德南坐下来先察看手上的青肿和伤痕，说道：

"她这些伤不会自个儿弄出来的！"

祖母说："当然不是。我倒了楣，把孩子交托给那可恶的姑娘，被她这样糟蹋。可怜的比哀兰德喊救命的声音，叫刽子手听了也会软心的。"

"为了什么事呢？"医生说着替比哀兰德按脉，拿床边的蜡烛移近去瞧了瞧病人的脸，"她病得厉害。恐怕不容易救转来。她一定痛苦得很，不懂人家怎么不给她医治的。"

祖母说："我要告到法院去。他们写信来问我要孙女，自称有一万二千进款。他们可有权利叫孩子做烧饭丫头，干那些重活？她怎么吃得消？"

马德南先生说："在女孩子们常犯的一些病痛里头，这是最容易发觉的一种，需要小心调理才好。难道他们闭着眼只做不看见吗？"

弗拉比哀太太拿蜡烛照着病人的脸，让大家看得更清楚；比哀兰德受着亮光刺激，再加恶斗过后的反应，头痛欲裂，醒了。

"啊！马德南先生，我痛得好厉害啊！"她用她那好听的声音说。

医生问道："小朋友，哪儿不舒服啊？"

她指着头部说："这儿，在左眼睛上面。"

医生老半天摸着她的头，问了比哀兰德头痛的情形，说道："唔，有个脓肿！孩子，你得把经过情形一齐说出来，我们才好替你治病。你的手怎么会这样？这些伤你不会自己弄出来的。"

比哀兰德天真的说出她跟表姊的打架。

医生吩咐老祖母说："你想法逗她说话，把所有的事情盘问清楚。等巴黎的医生到了，再请医院的外科主任来会诊。我觉得病情严重。回头我叫人送一瓶安神的药水来，你给小姐喝了睡觉，她需要休息。"

只有祖母和孙女两人的时候，布勒塔尼老太太把什么都打听出来了，一则孩子信任她，二则她告诉孩子，现在家私足够养活她们三个人，以后布里谷可以和她们住在一起。可怜的孩子诉说受难的经过，想不到会引起一场什么性质的官司来。两个没有感情的人一点不懂家庭中的情义，行事的残酷给祖母看到许许多多意想不到的苦难，正如进入美洲大草原的第一批旅客想象不出野蛮人的生活习惯。比哀兰德服了药，肉体镇静下来，想到祖母来了，以后好和祖母同住，心也定了，睡着了。布勒塔尼老婆子守在孙女旁边，吻着她的额角、头发、手，好比虔诚的妇女在基督下葬的时候吻着基督。

早上九点马德南先生就赶往法院院长家，报告隔夜西尔维和比哀兰德的争吵，还有平时两个洛格龙对被监护人身心的折磨，种种的虐待，以及由虐待所致的两种致命的病。院长派人去请公证人奥弗莱，他是比哀兰德母系方面的亲戚。

那时，维奈派和蒂番纳派的斗争到了高潮。洛格龙和他们的党羽在普罗凡大肆宣传罗甘太太和银行家杜·蒂埃的私情，那原是大家知道的；还讲起蒂番纳太太的老子卷款潜逃的经过，说他是个骗子：诸如此类的话都是揭发阴私，不是凭空造谣，因此对蒂番纳派的打击特别有力。这些阴损直刺到人家心里，伤害对方的利益。当初把美丽的蒂番纳太太和她朋友们的刻薄话搬给洛格龙姊弟听的人，又把洛格龙圈子里的闲话说给蒂番纳一帮人听，培养双方的仇恨，而且从此以后，仇恨中间还夹着政治因素。特别激烈的党派成见，当时在法国弄得人心烦躁，到处都像普罗凡那样，党派的成见总跟受威胁的利益、受到伤害而好斗的人，牵连在一起。每个帮口遇到能破坏敌对帮口的机会，无不兴高采烈的利用。对于一些芝麻绿豆的琐碎事儿，党派之间的仇恨也会和面子问题发生同样作用，闹得不可收拾。某些纠纷，在全城激动的情形之下，往往扩大范围，成为政治上的轩然大波。蒂番纳院长认为普罗凡地方上反对君主政体的计划、反对政府的报纸，都是在洛格龙沙龙中策动的；如今出了比哀兰德和洛格龙姊弟的案子，正好借题发挥，叫那个沙龙的两个主人名誉扫地，出乖露丑，从此不得翻身。

检察官被请来了。勒苏先生、比哀兰德的副监护人奥弗莱先生、法院院长，加上马德南先生，开了个秘密会议，讨论进行的步骤。商量下来，决定由马德南去通知比哀兰德的祖母，要她向副监护人告发。副监护人随即召开家族会议，根据三个医生的诊断，提议撤销原监护人。这样一来，事情到了法院，勒苏先生就好想法交付侦查，把那桩纠纷变成刑事案子。

中午，洛格龙家隔夜出的事成为离奇的新闻，在普罗凡城里闹得沸沸扬扬。比哀兰德的叫喊曾经隐隐约约传到广场上，但时间很短，没有一个人起来，大家只在第二天互相探问：

“一点钟光景的响声和叫喊，你听见没有？什么事啊？”

七嘴八舌的议论把那幕丑恶的活剧越来越夸大，引得许多人挤在弗拉比哀铺子前面争着打听；忠厚的木匠形容小姑娘到他家里时的情形，说拳头上全是血，手指都断了。下午一点左右，皮安训医生的包车在弗拉比哀家门口停下，医生旁边坐着布里谷。弗拉比哀的老婆忙去医院通知马德南先生和外科主任。城里的闲话因之完全证实。大家说两个洛格龙存心欺侮表妹，她受尽虐待，性命难保了。消息传到法院，维奈立刻丢下一切，赶往洛格龙家。洛格龙刚好和姊姊吃完饭。西尔维三心二意，不敢对兄弟说出隔夜遇到的失意事儿，兄弟一再盘问，她只回答一句：“跟你不相干。”她一忽儿上厨房，一忽儿上饭厅，免得和兄弟多口舌。维奈进来，西尔维正好一个人在场。

律师问道：“难道你没听见风声吗？”

西尔维回答说：“没有。”

“比哀兰德的事这样发展下去，你要吃刑事官司了。”

洛格龙撞进来说道：“刑事官司！为什么？怎么回事啊？”

律师望着西尔维说：“第一，你得把昨天夜里的事像对着上帝一样老老实实讲出来，人家说比哀兰德的手要锯掉的了。”

西尔维听着面无人色，浑身发抖。

维奈道：“那么真的出了事了？”

洛格龙小姐说出吵架的经过，还想替自己撇清；可是被维奈紧紧追问之下，只得承认打架的确打得很凶。

“倘若只扭断她的手指头，你不过上轻罪庭；倘若要锯掉手，你就有资格上重罪庭。蒂番纳他们准会想尽办法，逼你到那个田地。”

吓得半死不活的西尔维这才说出她的嫉妒，而更难堪的是还得承认她的猜疑完全落空。

维奈道：“哎哟！这样的官司！你和你兄弟可能就此完事大吉；即使官司打赢，许多人也要和你们断绝来往。要是输了，非离开普罗凡不可。”

洛格龙大吃一惊，说道：“噢！亲爱的维奈先生，你是个了不起的大律师，替我们出出主意吧，救救我们吧！”

手段高明的维奈先叫两个脓包吓得魂不附体，一口咬定特·夏日伯甫太太和特·夏日伯甫小姐不便再上他们家。这两位女士一朝不理他们，就等于最严厉的谴责。他的精彩把戏玩了个把钟点，然后得出一个结论：要维奈肯出头救两个洛格龙，必须让地方上看到他为了重大利益不能不替他们撑腰。因此，洛格龙和特·夏日伯甫小姐的亲事当晚就得宣布。教堂的公告下星期日就该贴出来。婚书马上要在戈囊事务所签订，洛格龙小姐必须亲自到场，表明为了兄弟的婚姻，愿意放弃自己一份产业的虚有权，作为给兄弟的生前赠予。维奈向洛格龙姊弟解释，婚书上的日期要填在出事之前两三天，使夏日伯甫母女在外人眼中没有退缩的余地，以后继续到洛格龙家来也不怕没有借口了。

律师说："只要你签了这婚约，我担保你太平无事。当然那是一场剧烈的斗争，不过我会拿出全副精神来对付，你们过后还得重重的酬谢我呢。"

"啊，当然罗！"洛格龙回答。

十一点半，律师做了洛格龙的全权代表，订立婚书和进行诉讼都归他主持。中午，院长收到一张要求紧急审理的状子，维奈指控布里谷和洛兰寡妇，诱拐未成年女子洛兰脱离监护人的住处。无耻的维奈竟先下手为强，使洛格龙处于无懈可击的地位。法院里就有这种说法。院长决定下午四点开庭。

小小的普罗凡城为这些事骚动到什么程度可以不必多叙。院长知道几个医生的会诊大约三点钟完毕，希望代祖母说话的副监护人能够拿了医生的文件出庭。洛格龙娶美丽的巴蒂尔特·特·夏日伯甫，以及西尔维赠送他们产权的消息一传出去，洛格龙姊弟立刻得罪了两个朋友：阿倍小姐和上校的希望都完了。表面上两人照旧和洛格龙姊弟很好，为的是阴损起来更有效果。马德南先生才说出被两个针线商虐待的小可怜儿头上有个脓肿，赛莱斯德和上校立即提到有天晚上西尔维如何逼比哀兰德走出客厅，撞在门上，洛格龙小姐说了如何狠心和刻毒的话；也讲起一些事实，说明在两个洛格龙监护之下的孩子害了病，老姑娘漠不关心。因此，朋友们表面上代西尔维姊弟辩护，其实是承认他们的行为岂有此理。这些风波早在维奈意料之中，可是他眼看洛格龙的家私就要归夏日伯甫小姐掌握，不出几星期，夏日伯甫小姐就能住进广场上的漂亮屋子，维奈和她两人可以在普罗凡耀武扬威了；因为他为自己的野心着想，已经在考虑和勃莱奥代家打成一片。

从中午到下午四点，蒂番纳派所有的妇女，迦色朗、甘班、于里阿、迦拉同、葛南几家的太太，还有县长太太，都派人来探问洛兰小姐的病情。比哀兰德完全不知道她的事闹得满城风雨。她有了两个最心爱的人，祖母和布里谷陪着，便是在剧烈的痛楚中也感到说不出的快乐。布里谷老是眼泪汪汪，祖母对宝贝孙女百般疼爱。比哀兰德在洛格龙家的生活，祖母连细枝小节都向孩子问明了，一丝不漏的讲给三个医生听。

荷拉斯·皮安训打抱不平，说了许多愤慨的话。他觉得这样惨无人道的行为简直骇人听闻，要求把当地别的医生一齐请来。奈罗先生也在被请之列；因为是洛格龙家的朋友，人家要他对诊断书有什么异议尽管提出。诊断书把病情说得非常严重，而且经过全体医生一致同意，对两个洛格龙更不利。外边早已认为比哀兰德的外婆是被奈罗气死的，此刻奈罗处的地位也就十分尴尬，被调皮的马德南利用上了；马德南巴不得打击洛格龙姊弟，同时叫和他竞争的同行受累一下。诊断书后来也成为案子里的一宗文件，内容不必照抄了。莫里哀戏中用的医学名词固然丑陋不堪，现代医学的长处却是说话清楚明白，因此比哀兰德害的虽是普通的，不幸也是普遍的病，经过医生的解释，听起来着实可怕。

会诊有荷拉斯·皮安训那样大名鼎鼎的医生作证，毫无批驳的余地。当天的案子审完了，院长看见比哀兰德的祖母已经到场，便不再退庭；陪祖母来的有奥弗莱先生，有布里谷，还有一大堆群众。维奈只是孤零零的一个人。这个对比使旁听的人看着很触目，而那天看热闹的人也特别多。维奈本来穿着公服，他把架在绿眼睛上的眼镜扶正了，抬起一张冰冷的脸朝着院长，用他刺耳的尖嗓子发言，说有两个陌生人半夜闯入洛格龙先生和洛格龙小姐家，拐走未成年的女孩子洛兰；监护人主权所在，不能不要求追回被监护人。奥弗莱先生以副监护人身份站起来要求发言。

他说："庭长只要看了这份诊断书，由巴黎最高明的一位医生，会同普罗凡全体内外科医生签发的诊断书，就知道洛格龙先生的要求多么无理，同时庭上也能明白女孩子的祖母在何等紧急的形势之下把孩子从刽子手家中抢救出来。事实是这样：从巴黎请来急诊的一位名医和本地全体医生会诊的结果，一致认为女孩子近乎致命的病状确是洛格龙先生和洛格龙小姐的虐待造成的。按照法律规定，我们要在最短期间召开家族会议，讨论是否应当撤销原监护人。我们主张比哀兰德·洛兰不能回到监护人家里，请庭长在洛兰的家族中另派一人照料。"

维奈还想答辩，说诊断书应当给他一份副本，好让他提出反驳。

"诊断书副本用不着给维奈的当事人，"院长很严厉的回答，"也许倒要送检察署。本案现在审理完毕。"

维奈只是孤零零的一个人

院长随即在申请状上批道——

鉴于本地诸位医生和巴黎医学院医学博士皮安训的诊断，一致认为监护人洛格龙要求追回的未成年女子洛兰身患重病，形势危险，且系在监护人家中待遇恶劣，备受洛格龙之姊虐待所致，本院特裁定在副监护人不久即将召开的家族会议未有决定以前，未成年女子洛兰不应回至监护人家中，应即迁入副监护人家中居住。

又鉴于未成年女子的目前状况，以及诸位医生在其身上检定的伤痕，本院指定普罗凡医院内科主任与外科主任负责诊视。倘或虐待罪证确凿，本院得将案件移送检察署处理，届时副监护人奥弗莱仍可进行民事诉讼，不受任何约束。

蒂番纳院长当场宣读这份措辞严厉的判决书，声音又响亮又清楚。

维奈道："干么不马上判徒刑呢？哼，为一个小姑娘同一个小木匠勾勾搭搭，大做文章！"他又态度蛮横的嚷道，"案子这样处理，我们要请求移转管辖，派别的法官审问了。"

维奈离开法院，跑到他党内一些重要机构去解释洛格龙的事，说洛格龙对表妹连一根汗毛都没动过。法院主要不是当他比哀兰德的监护人看待，而是当做普罗凡的国会选举人看待。

照他的说法，蒂番纳派完全是小题大做；尽管他们闹得天翻地覆，将来还不是一场空！西尔维明明是个又安分又虔诚的姑娘，她发觉受兄弟监护的女孩子勾搭一个布勒塔尼的小木匠，叫作布里谷。那坏蛋知道小姑娘快要得祖母的一份家私，想把她诱拐出去。（维奈竟有面孔提到诱拐两字！）洛格龙小姐并没像蒂番纳帮口说的犯什么大错；暴露小姑娘品性恶劣的信就捏在她手里。西尔维拦下信来的时候，被布勒塔尼人的倔强脾气惹恼了才动手的；并且即使西尔维动武，也扯不到洛格龙头上！

这么一来，案子在律师口中变为党派的倾轧，有了政治色彩。从那天夜晚起，地方上的舆论就有了分歧。

一般聪明人说道："一面之词不可尽信。你听见维奈怎么说吗？他把事情解释得头头是道。"

弗拉比哀的屋子声音嘈杂，刺激比哀兰德的头痛，不宜再住；她在医疗上和在法律上同样需要搬往副监护人家。移动病人的措施郑重得了不得，目的是要激动人心。比哀兰德躺在担架上，下面垫着厚褥子，由两个男人抬着，仁爱会的一个女修士捧了一瓶以太在旁看护①，后面跟着祖母、布里谷、奥弗莱太太和她的贴身女仆。一路都有人在窗口、门口看队伍经过。当然，比哀兰德的病状、白得像快要死过去似的脸色，一切都使反对洛格龙的一派占很大便宜。奥弗莱夫妇要全体居民都看到院长的判决多么确当。比哀兰德和祖母给安顿在奥弗莱家的三楼上。公证人和他老婆照顾周到，有心做得很阔气。病人由老祖母服侍。马德南和外科医生当夜就来出诊。

可见从那天晚上起，两方面都开始夸大其词。洛格龙家宾客满堂。维奈为这件事在进步党内着实做了一番功夫。夏日伯甫母女在洛格龙家吃饭，当夜就要签订婚书，白天维奈已经要求市政府张贴宣布婚事的公告。他认为比哀兰德的案子根本无关紧要。他说倘若普罗凡法院有偏心，高等法院一定会实事求是，奥弗莱他们绝不敢贸贸然打这样一场官司。

洛格龙和夏日伯甫的婚姻对某些人影响极大。在他们心目中，洛格龙姊弟俩白璧无瑕，比哀兰德却是阴险透顶，人家养了她被她反咬一口。在蒂番纳太太客厅里，大家被维奈党恶口毒舌，说了两年坏话，正好借此报仇，认为两个洛格龙是吃人的野兽，将来监护人非上重罪庭不可。据广场那边的人说起来，比哀兰德活蹦乱跳，康健得很；照上城方面的说法，比哀兰德必死无疑。洛格龙家的人说，比哀兰德不过手腕抓伤了一些；蒂番纳太太家的人说，她断了手指，不久就要锯掉一只。第二天，《普罗凡邮报》登出一篇措辞巧妙的文字，不但指桑骂槐，充满了暗示，还夹一些有关法律的议论，简直是篇杰作，替洛格龙开脱罪名。晚两天出版的《蜂房报》若要批驳，不免变成毁谤，只能回答说这样的事情最好让法院去决定。

家族会议的成员由法定主席普罗凡区的治安法官指派：先是近亲洛格龙和两个奥弗莱，然后是比哀兰德外婆的侄子西泼雷。另外还请阿倍先生和古罗上校参加，一个是比哀兰德的忏悔师，一个素来自称为洛兰少校的老伙伴。大家称赞治安法官办事公正，因为普罗凡个个人认为阿倍和古罗是洛格龙家的好朋友，现在都参加了家族会议。

洛格龙鉴于形势严重，要求在家族会议中由维奈律师协助。这个计策明明是维奈教唆的，使洛格龙能够把家族会议拖到十二月底举行。那时国会开会，院长夫妇到巴黎去了，住在罗甘太太家。普罗凡的政府党变得群

① 仁爱会：天主教女修会。因从事慈善事业，故自称“仁爱会”。

龙无首。院长本来有心把案子弄成刑事官司，维奈防到这一着，早已拉拢好预审推事台丰特里老头。维奈在家族会议中做了三小时的辩护，证明布里谷和比哀兰德有勾搭，不能怪洛格龙小姐严厉，他说监护人托姊姊管教一个未成年的女孩子完全合情合理，又强调他的当事人对于西尔维的一套教育并未参加。尽管维奈花尽气力，家族会议仍旧一致通过撤销洛格龙的监护权，指定奥弗莱先生为监护人，西泼雷先生为副监护人。出席家族会议作证的有老妈子阿但尔，指责老东家行为不对；有阿倍小姐，讲到那天晚上大家听见比哀兰德猛撞之后，洛格龙小姐说的刻毒话；还有夏日伯甫太太指出比哀兰德病容满面，需要医治的话。布里谷交出比哀兰德写给他的信，证明他们俩完全清白。事实证明，未成年的女子落到这个悲惨的田地确是由于监护人不加照料所致，而监护人对被监护人的一切本来都有责任。所有的人，连不相干的外人在内，听了比哀兰德的病情都很震动。因此，洛格龙虐待的罪名无法推翻。案子要变为刑事官司了。

洛格龙听着维奈的主意，反对法院批准家族会议的决定。检察署看到比哀兰德的病日重一日，出来干涉。这桩古怪案子虽则在法院的受理册上很快的登记了，直到 1828 年 3 月才手续齐备。

那时洛格龙已经和特·夏日伯甫小姐结婚。西尔维搬上三楼，为了安顿她和特·夏日伯甫太太，三楼的房间重新改装；二楼全部归洛格龙太太使用。从此美丽的洛格龙太太接替了美丽的蒂番纳太太。他们的亲事在地方上影响极大。现在大家不是上西尔维小姐的沙龙，而是上美丽的洛格龙太太的沙龙了。

靠着丈母撑腰，再加保王党银行家杜·蒂埃和纽沁根帮忙，蒂番纳院长有机会替政府出了一番力，成为中间派最受重视的一个国会演说家，调到巴黎去当塞纳州初级法院推事。他想法让外甥女婿升为普罗凡法院院长。这个任命发表以后，台丰特里不大高兴，看来那位考古学家只能永远当一名助理推事的了。司法部长派了手下一个亲信来填补勒苏的位置。蒂番纳的高升因此并没在普罗凡提拔一个人。维奈抓住这一点，很巧妙的利用了一下。他早就对普罗凡人说过，他们只是给狡猾的蒂番纳太太做升官发财的垫脚石。院长完全是玩弄他的一般朋友。蒂番纳太太骨子里瞧不起普罗凡，她永远不会回来的了。果然，蒂番纳老先生死了，儿子承继了法伊那边的田产，把上城的漂亮住宅卖给于里阿先生。屋子的出让说明他没有意思再回普罗凡。维奈说得不错。维奈料事如神。这些变化对洛格龙关于监护权的诉讼大有影响。

两个专制的脓包用粗暴蛮横的手段给比哀兰德的迫害，使马德南取得了皮安训医生同意，采用危险的穿骨手术。可是丑恶的惨剧一朝缩小为司法事件以后，就陷入法院所谓规章制度那个垃圾堆里。每个手续都有期限，上一个手续的期限未满，不能进行下一步手续，程序的复杂赛过一堆头绪纷繁的乱麻，再加一个可恶的律师千方百计、迂回曲折的从中阻挠，那场官司愈加拖延时日。另一方面，比哀兰德受着污蔑，一天比一天憔悴，痛苦的残酷便是在医学史上也绝无仅有。所以我们在回到她苟延残喘，终于死在里头的卧室之前，不能不把舆论如何莫名其妙的转变，法院的行动如何颟顸等等①，先解释清楚。

① 颟顸（mān hān）：糊涂而马虎。

一〇　判　决

比哀兰德和祖母都品性极好，不多几天就赢得马德南先生和奥弗莱一家的好感。沼泽区的老太太活像普卢塔克传记中的人物①：情感、思想、举动，都带着罗马人的古风。马德南决意要抢救小姑娘，不让死神带走，因为从第一天起，巴黎和内地的两个医生已经认为比哀兰德没有希望。马德南仗着比哀兰德年轻，竭力和病魔抵抗，那种斗争只有做医生的能领会，万一成功，报酬既不在于诊费，也不在于病人的感激，而是在于欣然自得，心中感到满足，获得一种精神上的无形的胜利，像真正的艺术家完成了一件杰作一样。艺术家追求的是美，医生追求的是健康，督促他的是一种高尚的心情，就是我们所谓道德。尽管维奈派和蒂番纳派勾心斗角，给人许多无聊的刺激，马德南却每天忙着与病魔战斗，不受影响，正如大难当前的人急于克服困难，没有心思顾到别的琐碎事儿。

马德南先生最初想在巴黎开业，但京城里生活过于紧张，病人既多，凶险的病症也多，弄得医生都变作麻木不仁；马德南天性柔和，生来只配过内地生活，见了巴黎害怕。何况他还迷着美丽的故乡，割舍不得。于是他回到普罗凡，结了婚，安顿下来，差不多怀着亲切的心意替本地的居民治病，把他们当做一个大家庭看待。在比哀兰德病中，他从头至尾避免提到这个病人。大家问他可怜的孩子情形怎样，看他极不愿意回答，甚至表示厌恶，慢慢的就不再打听，在他心目中，比哀兰德是一首奥妙深刻的诗，包含着无边的痛苦；做医生的经历多半很凄惨，往往会遇到类似的情形。他对那娇弱的姑娘暗中钦佩，可是绝对不愿意告诉一个人。

医生对病人的这份感情，和一切真实的感情一样，感染了奥弗莱夫妇。在比哀兰德借住的时期，他们的家始终温暖、安静。孩子们从前和比

① 普卢塔克（约46—120）：古罗马帝国时期的希腊传记文学作家，其主要作品有《道德论》《希腊罗马名人比较列传》。

哀兰德玩得挺高兴，此刻拿出儿童的情意来自愿不吵闹、不淘气。他们因为比哀兰德有病，觉得一定要安分老实才对。奥弗莱的住宅坐落在上城，在古堡的废墟之下，地基是旧日的城墙拆毁以后的空地。屋子有个小小的果园，四周砌着厚实的围墙；在园中散步的时候，居高临下，可以望到普罗凡的盆地。伸在园子外面的墙基差不多接着前面屋子的屋顶。沿着平台有条小路，一径通到奥弗莱先生书房的玻璃门。另外一头有个葡萄架，有一株无花果树，葡萄架下放着一张绿漆圆桌、一条凳子、几把椅子。比哀兰德的卧室在新任监护人的书房楼上。洛兰太太搭一张帆布床睡在孙女旁边。比哀兰德从窗中可以远眺风景优美的普罗凡盆地，过去她不大看到，因为在倒楣的洛格龙家出门的机会太少了。天气晴好的日子，比哀兰德喜欢让祖母扶着，慢慢的走往葡萄架。布里谷不做工了，每天三次来看他的小朋友；他痛苦得昏昏沉沉，对生活方面的一切都失去了知觉，只是像猎狗一般机灵的盯着马德南先生，和他同来同去。每个人为疼爱的小病人做的一些疯疯癫癫的事，简直难以想象。

祖母伤心绝望达于极点，可是决不流露，在孙女前面依旧装着她在邦霍埃时期的笑脸。为了满足自己的幻想，老人把比哀兰德戴着到普罗凡来的帽子收拾起来，替她戴上，觉得这样一打扮，小病人更像她本来的样子。比哀兰德脑后像光轮似的围着一圈细麻布，镶着浆过的镂空花边，叫人看了更觉可爱。面色白得像饼干，饱尝痛苦的结果，脑门上颇有近乎深思的表情，病中的清瘦使线条越发细腻，眼睛转动很慢，有时竟定着不动：总之比哀兰德的一切都是表现忧郁最精彩的画面。大家迷着这孩子，觉得她那么和顺，那么温柔，感情那么丰富！马德南太太把自己的钢琴搬往妹妹奥弗莱太太家，替比哀兰德解闷，比哀兰德也常常为着音乐出神。听着韦白、贝多芬或者埃洛的曲子①，一声不出，朝上抬着眼睛，大概在惋惜她为日无多的生命：那神态的确充满诗意。两个安慰她的教士，本堂神甫班罗和阿倍先生，都佩服她听天由命，皈依上帝的精神。凡是被死神看中，烙着红印，像树林中做过记号的小树一般的青年男女，往往十全十美，近于天使。这个事实不是非常凸出，既值得思想家注意，也值得对精神生活漠不关心的人注意吗？无论是谁，对于死得如此庄严的例子只要见过一个，就不会再怀疑上帝的存在。那种人仿佛在呼吸中散出一股天国的

① 韦白：今译韦伯（1786—1826），德国作家曲、钢琴演奏家。埃洛：今译埃罗尔德（1791—1833），法国作曲家、钢琴家，以喜歌剧最出色。

香气，眼睛的表情等于和你提到上帝，便是说的无关紧要的话，声音也特别动听，往往像奏着天上的乐器，吐露未来的秘密。有时医生规定的治疗很麻烦，比哀兰德居然做到了。马德南赞她几句，她眼中带着意味深长的表情当着众人回答说：

"亲爱的马德南先生，我巴望活下去主要不是为我自己，而是为了祖母，为了布里谷，为了你们大家，免得我死了害你们难过。"

11月圣·马丁节那天，阳光明媚，比哀兰德第一次出来散步，全家的人都陪着她，奥弗莱太太问她是否累了，她说：

"现在只有上帝赐给我的痛苦，那是我能够担当的。有人爱我，我就有力量受苦。"

在洛格龙家受的残酷的虐待，仅仅这样暗示过一次；平日她绝口不提，而且对她多么难堪的事也没有一个人提。

有一天中午，在平台上眺望阳光遍地的山谷，到处点缀着暗红的秋色，比哀兰德对奥弗莱太太说："亲爱的太太，我在你们家熬受临终痛苦，比最近三年的日子幸福多了。"

奥弗莱太太瞧了瞧她的姊姊马德南太太，凑着她耳朵说："你看她感情多重!"

的确，比哀兰德的口气、眼神，使她说的话格外动人。

马德南先生和皮安训医生经常通信，每一项重要的治疗都先征求他同意。马德南希望先恢复身体的正常发展，然后想法让头部的伤化了脓从耳中排泄。比哀兰德越痛得厉害，医生越存着希望。在第一点上他略微得到一些效果，那已经是大大的成功了。几天之内，比哀兰德胃口转好，滋补的菜，以前因身体反常而见了厌恶的，现在要吃了，脸上也有了血色，可是头部的病势非常恶劣。马德南要求他的顾问医生下乡。皮安训来了，在普罗凡耽搁了两天，决定动手术；可怜的马德南的热心感染了皮安训，亲自去邀请著名的台北兰。所以手术是由古往今来最了不起的外科医生做的；但这位可怕的预言家带着他心爱的学生皮安训动身的时候，对马德南说：

"你的病人只有奇迹才能挽救。皮安训早和你说过，骨头上已经开始生疽。在这个年龄上骨头嫩得很呢。"

1828年3月初动了手术。一个月之内，马德南看着比哀兰德剧烈的痛苦，急坏了，上巴黎去了好几次，同台北兰和皮安训商量，甚至提议做一种和切除膀胱结石相仿的手术，用一样凹陷的器械插入头部，引进猛烈的药物，不让骨疽发展。马德南无可奈何想出来的办法，便是大胆的台北兰也不敢冒险尝试。

医生最后一次从巴黎回来，朋友们看见他垂头丧气，郁闷不堪。到了一个完全绝望的晚上，当着奥弗莱夫妇、洛兰太太、忏悔师和布里谷的面，马德南宣布医学对比哀兰德已经无能为力，她能否得救完全操在上帝手里。大家听着心惊肉跳，呆住了。祖母发了一个愿，央求本堂神甫每天清早在比哀兰德起来之前做一台弥撒，由她和布里谷去祈祷。

官司仍在进行。两个洛格龙的牺牲品快死了，维奈还在庭上污蔑她。法院批准了家族会议的决定，律师立即声明上诉。新任的检察官提起公诉，把案子交付侦查，洛格龙姊弟俩免得扣押，交了现金保。侦查的程序必须讯问比哀兰德。台丰特里先生来到奥弗莱家，比哀兰德已经进入弥留阶段，床头站着忏悔师预备给她受临终圣体。家族都在场，比哀兰德正在要求他们和她一样原谅她的表兄表姊，她极明事理，说这一类的事只能由上帝裁判。

她说："奶奶，你把你的家私统统留给布里谷吧。"（布里谷听了哭作一团。）又道："你还得送一千法郎给阿但尔，她一片好心，偷偷的替我暖被窝。要是她留在表姊家，我就不至于送命……"

复活节前的星期二①，一个天朗气清的日子，下午三点，那天使般的孩子受罪受完了。刚强勇敢的祖母一定要和教士们一同守夜，用她僵硬的手亲自把孙女缝入尸衣。傍晚，布里谷从奥弗莱家出来，到弗拉比哀家。

师傅道："可怜的孩子，我用不着开口问你，一看就知道了。"

"不错，老爹，她是完了，我的事可没有完。"

小木匠睁着又抑郁又尖利的眼睛瞅着铺子里的木料。

弗拉比哀老头说道："布里谷，我懂得你意思。"他指着一堆两寸厚的橡木板说，"你要的材料在这里。"

"先生，你别帮忙，"布里谷说，"我要从头至尾一个人做。"

布里谷整夜的刨板、配料，做比哀兰德的棺材，好几次把洒满泪水的木花一刨子刨下来。弗拉比哀抽着烟看他工作，直到徒弟把四块板拼拢的当口才说了两句话：

"盖板还是做成活络的好：那些该死的亲戚不会让棺材马上钉起来

① 复活节：基督教重大节日，纪念耶稣在十字架上受刑死后第三天复活。每年春分第一次月圆后的第一个星期天为"复活节"。

的……”

天亮了，布里谷去买钉在棺材里的白铁皮。事情再巧没有，买白铁皮的钱不多不少，正好同他给比哀兰德从南德到普罗凡的旅费相等。布勒塔尼人尽管勇气十足，忍着剧烈的悲痛，一边温馨着过去的一切，一边替心爱的童年伴侣做棺木，对这一点巧合却是支持不住：他手瘫脚软，拿不动白铁皮了。铅皮匠陪他一同出门，答应等尸身下棺以后帮他把面上的白铁皮焊好，布勒塔尼人把刨子和工具一齐烧了，和弗拉比哀算清账目，道了再会。可怜的小伙子凭着壮烈的精神不但和祖母一样料理比哀兰德的后事，还在千钧一发之际出来干涉，不让两个洛格龙变本加厉，再下一次毒手。

布里谷和铅皮匠赶到奥弗莱家，不早不晚，正好用他们俩的武力解决了一个丑恶而残酷的法律问题。两个工人看见停尸的房里挤满了人，有个意想不到的场面。洛格龙姊弟狰狞的面目，又在他们的牺牲品的尸身旁边出现，比哀兰德死了，他们还要给她受一次毒刑。可怜的孩子陈放在祖母的帆布床上，美丽极了。她双目紧闭，头发往两边对分，身上裹着粗棉布的尸衣。

床前跪着洛兰老太太，披头散发，伸着手，满面通红的嚷着：

“不行，不行，我不答应！”

床前围着监护人奥弗莱先生、本堂神甫班罗和副堂长阿倍。蜡烛还没有熄。

站在老祖母前面的是医院的外科医生和奈罗先生，还有那笑面虎维奈在场替他们助威。另外有一个法院的执达吏。外科医生穿着手术服，一个助手打开器械包，正拿了一把解剖刀递给医生。

布里谷走在前面，和铅皮匠一同抬着棺材进来，发现洛兰老太太跪着哭喊，吃了一惊，不由得把棺材扑通一声撂在地下，惊动了屋内的人。

“什么事啊？”布里谷站到老祖母身边问，手里捏着带来的剪刀像抽筋一般的牵动。

“布里谷，”老太太说，“他们要破开孩子的身体，劈开她脑袋，活的时候戳碎了她的心，死了还要来剜她的心。”

“谁？”布里谷大吼一声，几个吃公事饭的差点儿给他震破耳膜。

“两个洛格龙。”

“该死的东西！……”

奥弗莱先生看见布勒塔尼人舞动剪刀，忙道：“慢点儿，布里谷！……”

布里谷脸色和死了的姑娘一样白，说道："奥弗莱先生，我还听着你，因为你是奥弗莱先生；可是现在我再也不听……"

奥弗莱道："别忘了法律！"

"还有法律吗？"布勒塔尼人叫起来，"法律在这里！"他拿着在阳光中发亮的剪刀指着律师、医生和执达吏。

本堂神甫道："朋友，洛格龙先生担的罪名很重，这是他的律师向法院要求的。被告要洗刷，你可不能拒绝。洛格龙先生的律师认为，只要孩子的死是由于头部的溃疡，她从前的监护人就不负责任；因为据说比哀兰德把头上撞的伤瞒了很久……"

布里谷道："别多说了！"

维奈道："我的当事人……"

布里谷嚷道："你的当事人！他入地狱，我上断头台。你当事人害死了孩子，谁要再敢碰她一下，医生要不收起他的家伙来，我当场要他性命！"

维奈道："这不是造反吗？咱们去报告法官。"

五个外人一齐退出去了。

老太太从地下爬起来，搂着布里谷的脖子说："噢！我的孩子！赶快把她放进去，他们还会来呢！"

铅皮匠道："棺材封了口，大概他们不敢再动手了。"

奥弗莱先生赶紧去见他的连襟勒苏先生，想法了结这件事。维奈正是求之不得。关于监护人的案子既不曾宣判，比哀兰德死了，可以不了了之，没有人能再出来指摘洛格龙姊弟的是非：事情就变成悬案，没有结论。要求解剖的后果，精明的维奈料得一点不错。

中午，台丰特里先生把侦查的经过报告上去，法院根据充分的理由，宣告不予起诉。

城里的人都来送比哀兰德下葬，洛格龙不敢露面。维奈劝他到场，可是退休的针线商怕引起公愤。

布里谷看着比哀兰德坟上盖好了土，便离开普罗凡，走往巴黎。他写了一份请愿书给太子的妃子①，要求看在他父亲面上允许他进王家禁卫军。他的要求马上批准了。远征阿尔及利亚的时候，他又上书妃子请求参

① 太子的妃子：指路易十六的女儿，德·昂古莱姆公爵（即路易十七）的妻子。路易十八死后，德·昂古莱姆成为王太子。

加。他本是军曹①，菩蒙元帅发表他在作战部队中当副排长。他的行动好像有心要死在战场上，偏偏死神至今不来侵犯布里谷，最近几次的出征，他都立了功，却不曾受过一次伤。现在他是作战部队中的营长，没有一个军官比他更沉默，品行更好的了。下班以后，他差不多是哑巴，常常一个人散步，过着机械生活。每个人都猜到而且体恤他心里藏着隐痛。他有四万六千法郎财产，是1829年死在巴黎的洛兰老太太留给他的。

维奈在1830年的选举中当选为议员，替新政府出的力换来一个检察长的职位。如今他势力雄厚，议员尽可连任下去。洛格龙在维奈任职的城里做税局局长；而事有凑巧，当地的高等法院院长便是蒂番纳先生，因为那法官毫不踌躇，投靠了七月王朝即1830年7月革命后登台的奥莱昂家。以前的美丽的蒂番纳太太和美丽的洛格龙太太感情很融洽。维奈和蒂番纳院长也相处极好。

洛格龙那个脓包说过这样的话："路易－腓列普要能封一批新的贵族，才够得上称为真正的王上！"

这话明明不是他自己想出来的。他身体虚弱，洛格龙太太有希望不久嫁给蒙德里伏将军，蒙德里伏又是侯爵，又是贵族院议员，带领本州的驻军，对洛格龙太太十分殷勤。维奈从来不信世界上有冤枉的被告，遇到案子总是振振有词的要求把被告判处死刑。在法院的管辖区内，那位标准检察长被认为最和气的一个人物；在巴黎的交际场中，在国会中，他同样风头十足；在宫廷里又是一个逢迎吹拍的能手。

按照维奈许的愿，男爵古罗将军，我们的光荣部队指拿破仑时代的军队留下来的老军人，娶了龙巴街上一个药材商的女儿玛蒂法小姐，二十五岁，带来十五万法郎陪嫁。维奈的预告果然不错，古罗在巴黎邻近的一个州内带领驻防军。他在卡西米·贝里埃内阁镇压群众运动中的表现，使他当到贵族院议员。攻占圣·美利教堂的几位将军中就有古罗男爵在内②；那些军人受了十五年老百姓的气1815年以前，法国的军人气焰高涨，拿破仑失败以后，民间对军人远不及以前的敬畏，甚至怀有敌意，有机会揍他们一顿真是太高兴了。政府拿荣誉团最高勋章酬劳了古罗的热情。

对比哀兰德的死多多少少担些干系的人没有一个感到良心不安。台丰

---

① 军曹：指军队的下级军官。

② 指圣梅利修道院街事件。1832年6月5—6日，共和党人发动起义，在圣梅丽修道院街和政府军展开激烈的街垒战。

特里先生还在考古；维奈检察长为了要自己连续当选，想法使他升了法院院长。西尔维在家自有一小帮人来奉承巴结；她替兄弟管理财产，一年的家用花不到一千二。

偶尔有个普罗凡出身的子弟离开巴黎住到本乡来，在洛格龙小姐家应酬完了走到小广场，听见一个以前的蒂番纳党羽说：

“当初洛格龙姊弟为了监护一个未成年的姑娘，有过一桩不光鲜的事儿……”

台丰特里院长回答说：“那是党派的倾轧。有人硬是说得惨无人道。他们一片好心收留了一个小姑娘，叫作比哀兰德，长得还好看，没有一点儿财产。她在发育的年龄上和一个小木匠勾搭，光着脚跑到窗口和小木匠谈话，小木匠就站在那个地方，看见没有？两个情人用一根绳子传递情书。那姑娘本来没有血色，哪里经得起在10月、11月中光着脚跑来跑去，自然把身体弄坏了。洛格龙姊弟俩行事再好没有，不曾提出要求分小姑娘的遗产，统统让祖母拿了去。唉，朋友们，这件事的教训还不是做了好事，魔鬼就来跟你捣乱！”

“啊！事情不是这样的。弗拉比哀老头跟我讲的完全不同。”

洛格龙小姐家另外一个常客说：“弗拉比哀老头喝得醉醺醺的，还记得什么！”

“可是阿倍老先生也……”

“噢！这个家伙！你知道他的底细没有？”

“没有。”

“他那时想把他妹子嫁给税局局长洛格龙先生。”

只有两个人，马德南医生和布里谷少校，天天想着比哀兰德，只有他们俩知道可怕的真相。

这种事情要是扩大范围，时代换了中世纪，舞台换了一个风云变幻的罗马，你就可想到俾阿特利斯·生契的悲剧。那个英勇卓绝的少女受尽毒刑，遭到惨死，背后的原因和黑幕同断送比哀兰德的差不多。替俾阿特利斯·生契辩护的只有一个画画的艺术家。到了今日，根据琪杜·雷尼画的肖像，历史和社会的舆论一致谴责教皇，认为俾阿特利斯是党争和卑鄙的情欲的最壮烈的牺牲者这是16世纪末有名的惨案，情节复杂，至今未完全弄清。俾阿特利斯是一个罗马旧世家的女儿，被教皇下令处死时只有十六岁。琪杜·雷尼（1575—1642）是意大利画家①。

总之，我们之间不妨这样说：要没有上帝的话，法律倒是为非作歹的人极好的保障。

1839年11月　作

1961年2月　译

① 俾阿特利斯·生契：今译贝阿特丽丝·桑西，是一个乱伦与弑父的罗马传奇的主人翁。历史上有很多艺术家表现过这个罗马传奇，如雪莱创作的《桑西一家》、意大利小说家莫拉维亚的《贝阿特丽丝·桑西》等。琪杜·雷尼：今译基多·勒尼（1575—1642），意大利巴洛克画家，领衔波伦亚画派。

搅水女人

第一部 两兄弟*

* 巴尔扎克生前印行的各种版本，本书第一部标题时有时无。兹为全书面目分明起见，仍将标题列入。

一　台戈安家和罗日家

1792年，替伊苏屯的布尔乔亚治病的有个姓罗日的医生，出名的为人阴险。他老婆是当地最漂亮的女人，但据某些大胆的人说，罗日待老婆很坏。说不定那女的也有点儿傻。虽然朋友们多方刺探，闲人们议论纷纷，嫉妒的人飞短流长，这个家庭的内幕，外边还是知道很少。大凡对罗日那种人，社会上一向有句老话，说“他不是个好惹的人”。因此罗日活着的时节，大家绝口不提他的事，见了他也客客气气。

女的姓台戈安，出嫁之前身体就很虚弱，据说医生倒是看中这一点才娶她的。她开头生一个儿子，又生一个女儿，事有凑巧，一男一女相隔十年，人家还说罗日虽是医生，也没料到会生第二个孩子。那很晚出世的女儿名叫阿迦德。这些小事太简单太平凡了，似乎不值得史家作为一个故事的开场，但不说明在先，像罗日那种性格的人可能被认为忍心害理、灭绝人性的父亲，其实他只不过逞着坏脾气行事。许多人把这坏脾气用一句可怕的老话掩盖，说什么“男子汉非有烈性不可！”这句刚强的格言害不少女人受罪。医生的丈人、丈母台戈安夫妻做的是贝利的金羊毛生意贝利是法国古行省，包括今日的希尔与安特尔二州，伊苏屯即在贝利地区之内。作者说金羊毛，因为贝利的羊毛特别好，而且羊毛生意能赚大钱，代业主卖出，代商人买进，两面拿佣金。他们靠此营生变得又有钱又啬刻：不少人的处世之道都是这样。

台戈安的儿子，罗日太太的兄弟，不喜欢住在伊苏屯，到巴黎去另谋出路，在圣·奥诺雷街盘下一家油酒杂货铺。这一下台戈安可倒了楣。可是有什么办法呢？油酒杂货商喜欢油酒杂货的程度，同艺术家讨厌油酒杂货的程度正好相等。促成各式各样志趣的社会因素，还没有人深入研究。我们不比埃及人，儿子不一定要继承父亲的行业，那么究竟是什么原因使一个人不开面包店而开纸店呢？这是一个很有兴趣的问题。何况台戈安的志趣还受爱情推动。老板娘漂亮得很，他为之神魂颠倒，眼睛望着她，心里千思百想，其中有个念头是：“好吧，让我也来开一家杂货店！”凭着耐性跟父母寄给他的一点儿钱，他和老东家皮克西沃的寡妇结了婚。1792年，人家都说台戈安的营业很好。那时两老还活着，他们把羊毛生意收歇了，拿资金买进政府没收下来的产业大革命后，凡流亡贵族及教会产业均由政府没收，陆续拍卖，价钱很便宜：而这又是一种金羊毛！他们的女婿罗日医生，差不多算准自己快断弦了①，把女儿送往巴黎的舅子那里，一方面让她见识见识京城，一方面对她也不怀好意。巴黎的台戈安没有儿女，台戈安太太大丈夫十二岁，身体壮健，但胖得像葡萄收割过后的画眉。狡猾的罗日医生医道还高明，料定台戈安夫妻正和童话上的说法相反，两口子尽管日子过得快活，却绝不会生儿育女。他们很可能疼爱阿迦德。罗日医生存心不给女儿遗产，能送她到外地而达到自己的目的，好不得意。阿迦德是伊苏屯最美的姑娘，长得既不像父亲，也不像母亲。为了她的出世，罗日医生和他的好朋友罗斯多先生闹得友谊破裂。罗斯多过去做按察使的代办，不久以前从伊苏屯搬走。在伊苏屯那么山明水秀的地方上出生的人，看见一家人家肯脱离本乡，当然觉得奇怪透顶，要追问原因了。一般嘴皮刻薄的人说，有仇必报的罗日曾经大声嚷过，罗斯多将来一定由他送终。这话从一个医生嘴里说出来，作用跟炮弹一样。国民议会一撤销按察使代办的职位，罗斯多便离开伊苏屯，从此没有再来。

罗斯多家搬走以后，罗日太太老是在奥勋太太身边消磨日子：奥勋太太是前任按察使代办的同胞姊妹，也是阿迦德的干娘，罗日太太的苦处只向她一个人诉说。因此关于美丽的罗日太太的事，伊苏屯人所知道的一星半点全得之于好心的奥勋太太，而且是在医生死后说的。

罗日太太一听到丈夫要送阿迦德去巴黎，就说：

“我从此看不见女儿了！”

老成的奥勋太太讲到这里，加上一句按语说：“唉！这话竟被她说中了。”

于是可怜的妈妈脸色黄得像木瓜。据说罗日有心用文火慢慢儿烤她；看她神气，此话倒也并非虚谣。她的脓包儿子的态度叫受了冤枉的娘更加伤心。那家伙事事糊涂，父亲既不管教，或许还加以鼓励，所以儿子对娘应有的孝顺和规矩完全谈不到。约翰－雅各·罗日长相像爷②，并且像他坏的方面；而医生本人，无论品行相貌都已经不大体面了。

① 断弦：指死了妻子。

② 爷：此指父亲罗日医生。

他和老东家皮克西沃的寡妇结了婚

可爱的阿迦德到了台戈安家，对舅舅并不吉利。一个星期之内，或者应当说一旬法国于1792年9月21日宣布共和，新政中有一项是以一旬代替一星期之内，因为那时已经宣布共和，夫几埃－丹维尔当时革命法庭的检察官凭着罗伯斯比哀一句话①，把台戈安抓进监狱。台戈安先是不聪明，认为当时的大饥荒是出于虚构，又糊涂透顶，相信真有什么言论自由，一边侍候主顾一边说出自己的意见。罗伯斯比哀住在一个木匠家里，木匠的女人杜北莱替伟大的公民收拾屋子。也是台戈安合该倒楣，女公民大革命时期废除先生太太的称呼，改称为公民与女公民杜北莱偏偏照顾贝利佬的生意。她认为杂货店老板的想法侮辱了玛克西米里安一世罗伯斯比哀名叫玛克西米里安，作者这里是使用罗伯斯比哀的信徒的口吻称之为玛克西米里安一世。她看了台戈安夫妻俩的生活本来就不顺眼，加上她是雅各宾俱乐部的信徒，常在群众法庭上一面打毛线一面听审，觉得台戈安女公民的姿色大有贵族意味；便把台戈安的议论搬给她的温和厚道的东家听，还添油加酱，把话说得更恶毒。杂货店老板的被捕是为了囤积，那是当时极普通的罪名。台戈安坐了牢，老婆便四下奔走营救。但她手段非常笨拙，向一般掌权的人说的话，在老于世故的人听来竟以为她有心要断送丈夫。台戈安太太认识内政部部长洛朗手下的一位秘书，也是以后几任内政部长的得力助手，姓勃里杜。勃里杜帮她活动，救杂货店老板。按说世界上总有些了不起的傻子，真正做到一清如水，所以那廉洁的科长决不向操台戈安生杀之权的人行贿，只求他们秉公办理！无奈要求那时的人秉公办理，等于要求他们让波旁王室复辟。吉伦特党的部长正和罗伯斯比哀明争暗斗②，他对勃里杜说：

"你管什么闲事呀？"

老实的科长到处说情，到处听到那句冷酷的回答："你管什么闲事呀？"勃里杜乖乖的劝台戈安太太安静下来；可是她非但不去交结罗伯斯比哀的老妈子，反而把告密的女人恶口毒舌咒了一顿。她去见一位国民议会的议员，那议员自己还怕性命难保，嘴里却回答道：

"我会跟罗伯斯比哀说的。"

漂亮的杂货店老板娘听了，赛过吃了定心丸；那位保护人当然守口如瓶，一字不提。其实只要送杜北莱女公民几斤糖，几瓶好烧酒，就能救出

---

① 罗伯斯比哀：今译罗伯斯庇尔（1758—1794），法国大革命时期雅各宾政权的领袖。

② 吉伦特派：18世纪法国资产阶级革命时期代表大工商资产阶级利益的政治派别。

台戈安。这一点小枝节证明在革命时期为保住脑袋而请托规矩人，跟请托坏蛋一样危险：你只能靠自己。台戈安性命是完了，不过上断头台有安特莱·希尼埃法国诗人，最初参加革命，1794年上断头台做伴，也算沾到一些光荣。没有问题，杂货和诗歌那一回是破题儿第一遭在真人身上结合，因为不论过去将来，诗歌和杂货暗里始终有关系法国文艺复兴期的七星派诗人用轻蔑的口吻称某些小诗为“油酒杂货”。台戈安的死比安特莱·希尼埃的死更加震动人心。直要三十年之后，大家才看出死掉安特莱·希尼埃对法兰西的损失，远过于死掉一个台戈安。罗伯斯比哀的措施至少有一点好处，就是到1830年为止，杂货商都吓破胆子，没有敢再过问政治。台戈安铺子和罗伯斯比哀的住家近在咫尺。接手杂货铺的人营业亏本，把店基盘给有名的花粉商赛查·皮罗多。但是台戈安上断头台的晦气好像会传染似的，“女苏丹两用雪花膏和润肤水”这是皮罗多赖以发迹的两种化妆品，详见巴尔扎克另一小说《赛查·皮罗多盛衰记》的发明人也在那屋子里弄到破产①。这个问题只能让占卜星相一类的学问去解答了。

内政部的科长勃里杜拜访过几回倒楣的台戈安的老婆，看了阿迦德·罗日那种恬静的、冷冰冰的、纯朴的美，印象很深。寡妇悲痛万分，没有心肠把第二个亡夫的买卖继续下去。科长去安慰寡妇，结果是不出十天，但等阿迦德的父亲一到——而他也来的很快——就把可爱的姑娘娶过去了，医生发觉事情发展到这一步，喜出望外，因为从此他的老婆变为娘家唯一的承继人了。他急忙赶到巴黎，主要不在于参加女儿的婚礼，而在于按照他的意思订立婚书。勃里杜只有一片痴情，念头不在金钱，听凭居心不良的医生一手摆布。医生如何利用女婿的盲目，看了这故事的下文就知道。

台戈安老夫妇相隔两年，先后过世。所有的动产、不动产，全归罗日太太承继，就是说归了医生。后来医生太太也敌不过丈夫，到1799年初死了。罗日又有葡萄园，又买进农庄，又买进铁铺，还有羊毛出卖！他的宝贝儿子一无所能，好在老子替他安排的前途不过做个现成的业主，让他痴癔癔的在金钱堆里长大②，断定孩子至少会把日子混到老死，在这方面不一定就比世界上最博学的人差到哪里。1799年代，伊苏屯一般精明人已经派定罗日老头有三万法郎收入。老婆死后，医生照旧荒唐，不过把生活调整了一下，关起大门躲在家里作乐。1805年，性格那么刚强的医生

---

① 《赛查·皮罗多盛衰记》叙述了一个农民出身的商人发迹和破产的故事。

② 痴癔癔（yì）：此指迷迷糊糊、糊里糊涂。

死了。那时伊苏屯的布尔乔亚可不知说了他多少坏话，关于他腐败的私生活，传来传去的故事也不知有多少！约翰－雅各·罗日后来被老子看出糊涂没用，管得很紧；他始终没有娶亲，没娶亲的原因很严重，我们这部小说有许多笔墨就是说明这一点。以后你们会发觉，他的独身一部分也错在医生。

现在应当看看父亲拿女儿出气的后果。他认为女儿不是自己生的，其实千真万确是他生的。生育方面有些为科学说不出所以然的怪现象，伊苏屯可没有一个人注意到。阿迦德像罗日医生的母亲。一般人认为痛风症会跳过一代，由祖父传给孙子；性情脾气和痛风症一样跳一代的情形也并不少见。

例如阿迦德的大孩子相貌像娘，品性完全像外公罗日医生。这又是一个难题，还是留给20世纪去解答吧，也许咱们的子侄辈会用一套微生物学上的好听的术语，对这个奥妙的问题跟现在的学术界写出一样多的谬论来。

二　勃里杜家

阿迦德·罗日的那种脸，像圣母玛丽亚的一样①，结了婚还保持童贞的气息，所以人人称赏。她的肖像至今挂在勃里杜画室里，一张鹅蛋脸洁白无瑕，头发虽则金黄，皮肤上可没有一个红斑；额角清秀，嘴巴细巧，鼻子长得轻灵，耳朵有模有样，眼睫毛很长，深蓝的眼睛不知有多少温柔，整个的脸有一股恬静的气息。今日不少艺术家看了画都要问勃里杜以上两次提到的勃里杜是指阿迦德的儿子，下一代的勃里杜："是不是临的拉斐尔?"当年科长想娶这个姑娘可以说是福至心灵。凡是内地出身，从来没离开过母亲而会当家的主妇，要算阿迦德最合乎理想了。信教而不着迷，除了教会给女人的一些知识之外，没有受过别的教育。在世俗的眼光中，她是十全十美的好妻子；另一方面，她因为不了解人生而种下的祸根也不在少数。从前一个有名的罗马女子，碑文上说她只管绣花，看守门户；这两句用来形容阿迦德的纯洁、朴素、安分的生活，再贴切没有。从执政时期起，勃里杜就死心塌地跟着拿破仑。1804 年，罗日医生过世的前一年，拿破仑升他为司长，年俸一万二千法郎，还有为数可观的津贴。有了这样的进款，虽然伊苏屯清算遗产的结果极不公平，阿迦德一个子儿没拿到，勃里杜也不放在心上。罗日老头未死之前六个月，把一部分产业卖给儿子，余下的一份也给了他：这既是儿子应得的名分，也是父亲的优先赠予。在父母双方的遗产项下，阿迦德只在立婚书的时节以预支的名义到手十万法郎。勃里杜对皇帝崇拜得五体投地，像帮口里的死党一般卖力，帮那个现代的天神实现他的壮志雄心；因为拿破仑看到法国疮痍满目，有心要百废并举。司长从来不嫌工作太多，计划书、备忘录、报告书、意见书，不管多重的差事都接受下来，能够为皇帝效劳真是太高兴了。他爱拿破仑的人品，又敬重他是国家的元首，不容许人家对元首的行事和计划有一言半语

---

① 圣母玛丽亚：基督教《圣经》故事人物，耶稣的母亲。因圣灵感孕而生耶稣，所以始终是童贞女。

批评。1804 年至 1808 年间，司长在服尔德河滨道住着一个宽敞华丽的公寓，跟内政部和蒂勒黎宫都近在咫尺①。勃里杜太太全盛时代，家里也只雇一个厨娘，一个男当差。阿迦德老是第一个起床，带着厨娘上中央菜场。男当差收拾屋子，阿迦德在厨房里料理中饭。勃里杜总得十一点左右才到部里去。他在世的时期，阿迦德始终高高兴兴的给他预备一顿精美可口的中饭，勃里杜也只有这一餐吃得称心满意。一年四季，不问天气如何，只要勃里杜出去办公，阿迦德总在窗口望着丈夫，等他在杜·巴克街上拐了弯才缩进头来。然后她亲自收拾饭桌，在各间屋里巡视一遍；然后穿扮齐整，在丈夫回家之前跟孩子们玩儿，或是带他们出去散步，或是在家接待客人。司长倘有紧急公事带回家，她便在书房里靠近他的书桌坐着，像雕像一般寂静无声，一面编毛线一面看他办公，陪他熬夜，只比他早几分钟睡觉。夫妻俩偶尔去看一次戏，坐着部里的包厢。逢到这些日子，他们就在外边吃饭；勃里杜太太像没有见识过巴黎的人一样，永远觉得饭店里的景致新鲜有趣。勃里杜在内政部主管一个部分，人家往往预备了场面阔绰的宴会请司长夫妇，勃里杜对这些应酬照样体体面面的回敬；阿迦德既不能不到场，也就按照当时的风气打扮起来，但她回家脱下华丽的衣衫，换上内地妇女朴素的装束，倒反满心欢喜。每逢星期四，勃里杜在家招待朋友；四旬斋前的星期二开一个盛大的跳舞会②。以上的寥寥几句把夫妇俩的生活包括尽了，他们从头至尾只有三桩大事：先是生了两个孩子，中间隔开三年，然后是勃里杜的死。1808 年，拿破仑正打算发表他做署长兼参议官，封他为伯爵，他却熬夜过度，辛苦不过，死了。那个时期拿破仑特别关心内政，交给勃里杜的工作特别繁重，把不辞劳苦的公务员的身体弄坏了。勃里杜从来不曾有所请求，拿破仑私下打听他的生活和财产，听说除了官俸之外一无所有，才知道他是个一清如水的廉吏，这批人都是为他的政府增光，有裨官箴的③。拿破仑有心出乎勃里杜的意外，重重的赏他一下。司长想在皇帝出征西班牙以前赶完一件规模极大的工作，不料得了炎症，死了。

拿破仑回国在几天之内准备了 1809 年的战役，知道勃里杜去世，便

① 蒂勒黎宫：今译杜伊勒里宫，法国巴黎的宫殿之一。1564 年兴建，第一帝国时期为皇宫，1871 年部分被毁，1882 年被拆除。

② 四旬斋：指四旬节，是基督教的宗教节日，举行于复活节前的 40 天中，其间（除星期日外）需斋戒和忏悔。

③ 官箴（zhēn）：作官应遵守的准则。

说："有些人出了缺就没有人补得上！"忠心耿耿的官吏不像有功的军人能得到显赫的奖赏；拿破仑发觉这一点，决意仿照为军人设立荣誉团的办法，替文官创立一个报酬优厚的勋位。勃里杜的殉职使他想起办"联合团"，但他来不及把这个贵族团体完全办成功。昙花一现的勋位早已在大众的记忆中消失①，多数读者一定要问那个团的勋饰是什么：原来是蓝缎带。拿破仑称之为"联合团"，存心把西班牙王室的金羊毛勋章和奥地利的金羊毛勋章混合为一。后来有个普鲁士的外交官说："这桩亵渎的事没有做成，也可见天意所在。"

拿破仑叫人调查勃里杜太太的境况。两个孩子都给送进帝国中学，全部教育费由皇帝的私库开支。勃里杜太太年支四千法郎抚恤金，至于两个儿子的家业，大概拿破仑打算将来再照顾。

勃里杜太太从出嫁到守寡，和伊苏屯毫无来往。她母亲死的时候，她正要生第二个儿子。她知道父亲不喜欢她，而父亲的过世又碰上拿破仑加冕②，勃里杜忙得不可开交，阿迦德不愿离开丈夫。她的哥哥约翰－雅各·罗日，从她走出伊苏屯没有给她写过一封信。阿迦德被娘家不理不睬的一脚踢开，心里很难过，但人家既把她置之脑后，她也难得想到他们了。她每年收到干娘奥勋太太一封信，她回信只写些俗套。一片好心而虔诚的老太太屡次暗示阿迦德，阿迦德从来不加考虑。

罗日医生临死以前不久，奥勋太太去信告诉干女儿，要不寄一份委托书给奥勋先生，她应得的一份父亲的遗产势必完全落空。阿迦德不忍心为难哥哥。或许勃里杜体会到侵占的行为正合乎贝利的风俗习惯，或许这个清廉正直的男人在金钱方面和妻子一样高尚，一样满不在乎，所以也不听公证人罗甘的劝告。据罗甘的意思，勃里杜大可利用自己的地位，对于父亲剥夺女儿遗产的行为提起诉讼。

可见勃里杜夫妇俩都同意当时伊苏屯的处置。但罗甘的话叫司长不能不考虑到妻子的利益，觉得她已经吃了亏。这个品性高尚的男子想着自己身后老婆生活没有保障。他查了查账，发觉罗日老人给女儿的五万现款，从1793年到1805年，已经被他们夫妇俩花掉三万，便把余下的二万买进公债，行市是四十法郎，阿迦德一年可以收二千法郎左右利息。

因此，勃里杜太太守寡以后有六千法郎一年收入，尽可体体面面过日

---

① 勋位在1811年设立，1815年被废除，故称昙花一现。

② 拿破仑加冕：1804年12月2日拿破仑正式加冕，加冕大典在法国巴黎圣母院大教堂举行。

子。她始终是个内地妇女，打算歇掉勃里杜的男当差，只留下厨娘，换一个公寓。但她的好朋友台戈安太太老是以舅母自居，卖掉家具，退掉屋子，搬来和阿迦德同住，把勃里杜旧时的书房改做卧室。两个寡妇拿收入合在一处，总共有一万二。这个办法似乎入情入理，再简单没有。但人生最要提防这些好像毫无问题的问题，对于非常的事故，谁都知道谨慎小心，所以像诉讼代理人、法官、医生、教士等等有经验的人，都把挺简单的事看得极重。旁人只觉得他们认真过分，不知古人就对处世之道留下一个很有意思的比喻，叫作“鲜花之下，要防毒蛇”。糊涂虫倒了楣，往往对人对己辩解说：

“事情太简单了，谁碰上了都要上当的！”

一向瞒着年龄的台戈安太太，1809 年时正好六十五岁。她当年号称为油酒美人，像那些极少数的女子一样不受岁月侵蚀，得天独厚，到老姿色不衰，不过也经不起细看了。台戈安太太中等身材，又胖又嫩，肩膀很好看，皮肤带点儿粉红。淡黄头发近乎栗色，遭了台戈安的变故还是没有花白。她非常贪吃，喜欢做些精致的菜给自己享受；除了烹饪，同时也爱看戏，还有一样谁都不让知道的嗜好，买彩票！达那伊特水桶的神话阿哥斯王达那伊特在地狱里罚做苦工，要把一个无底的桶倒满水不就是指这种无底洞么①？台戈安女人——对一个赌彩票的人只配这样称呼——或许在衣着上花的钱太多一些，正如一般运气好，长期不衰老的女人一样。除了这些小小的缺点，和她一起生活倒是最愉快的，她总顺着你的意思，不得罪人，老是心情欢畅，叫别人也跟着高兴。她尤其有一项巴黎人的长处能吸引退休的职员和老年的商人：就是说懂得诙谐说笑的风趣！……她没有第三次嫁人多半是受时代影响。在战争频繁的帝政时期1804 年至1815 年为拿破仑称帝时期，要结婚的男人娶个年轻貌美的富家女太容易了，念头不会转到六十岁的女人身上。台戈安太太要逗勃里杜太太快活，带她上戏院，坐马车，替她做几样精致的饭菜，甚至想劝阿迦德和她的儿子结婚。她为此把她自己，她过世的丈夫和她的公证人都紧紧瞒着的秘密，告诉了阿迦德。原来年轻漂亮，自称三十六岁的台戈安女人，竟有一个三十五岁的儿子。他姓皮克西沃，已经断弦，属于战斗部队第二十一团，从少校升到上校，在特累斯顿

① 达那伊特水桶：今译达那伊得斯，指希腊神话中利比亚工达那俄斯的五十个女儿，分别嫁给埃及王埃古普托斯的五十个儿子。新婚之夜，除一个女儿外，其余四十九人均奉父命将丈夫杀死，因而这四十九人死后被罚在地狱里往一只无底洞的木桶注水，由此产生达那伊得斯水桶的典故，意为“永远填不满”。

战役中阵亡①，只留下一个独生子。台戈安女人一向只敢偷偷摸摸的看孙子，对外只说是第一个丈夫的前妻生的儿子。她为了谨慎不能不向阿迦德透露秘密，因为皮克西沃上校的儿子也在帝国中学念书，有一半公费。孩子在中学里就很调皮，好捉弄人，后来成为一个素描家和绝顶聪明的人物，名气不小。阿迦德对人生已经一无留恋，只疼着两个孩子，只想为孩子而活下去；从理智上说，从她对亡夫的感情说，都不愿意再嫁。可是做良母不比做贤妻来得容易。寡妇有两个互相冲突的责任：既要做慈母，又要做严父。很少女性能懂得而且贯彻这个双重的使命。可怜的阿迦德虽然贤惠，仍旧无意之间种下不少祸根。她既不够聪明，又像好心的人一样惯于轻信人，竟做了台戈安太太的牺牲品，弄得苦不堪言。台戈安女人追着三连号买彩票的花样极多，三个连出的号码叫作三连号。始终买同一号码叫作“追”的彩票，而彩票公司是不让股东巴尔扎克在《人间喜剧》中经常暴露一般小股东被企业家剥削之事，同时嘲笑小市民受人愚弄，执迷不悟，赌彩票的人送冤枉钱给彩票公司，等于永远为公司增资，故称彩票迷为股东赊账的。台戈安女人利用当家的机会拿日常开支的钱去做赌本，一心希望替自己的孙子皮克西沃，替她疼爱的阿迦德和两个小勃里杜发一笔财，结果是逐渐背了债。亏空到一万法郎，她下着更大的赌注，只盼望追了九年没中彩的三连号能弥补一切。从此债务很快的加上去。到了二万法郎，台戈安女人慌得没了主意，而她的三连号还是没有中彩。她想抵押自己的财产，偿还外甥女，可是公证人罗甘告诉她这个老实的办法行不通。罗日老头在舅子台戈安去世之后得了舅子的遗产，只在约翰－雅各·罗日的产业项下拨出一笔收益归台戈安太太。那时放一分钱的机会多得很，对于没有主权而只能收四千法郎利息的抵押品，没有一个放高利贷的肯拿出二万法郎借给一个六十七岁的老婆子。有一天台戈安女人便扑在外甥女脚下，哭哭啼啼说出真情，勃里杜太太没有半句埋怨的话，打发了男当差和厨娘，卖掉多余的家具，抛出四分之三的公债，付清所有的欠账，把屋子退租了。

---

① 特累斯顿战役：今译德累斯顿，是拿破仑战争后期，法军与俄普奥联军的一次重要战役。拿破仑重创联军，联军遭到毁灭性打击。

三　两个倒楣的寡妇

学士院后面，从甘南谷街起到和塞纳街会合的一段玛萨里纳街，可以算得上是巴黎最凄凉的一个区域。红衣主教玛萨兰捐给巴黎市的四省学院和图书馆①，后来便是法兰西学士院的会址②，四周全是灰色的高墙，把这一带街道布满了冷冰冰的阴影；难得照到阳光，经常刮着尖利的北风。可怜的勃里杜寡妇破财以后，在这个潮湿、阴暗、寒冷的地区租了一个四层楼上的公寓。屋子前面矗立着学士院的大厦，那时大厦里头还容纳一批凶猛的野兽，布尔乔亚称之为艺术家，在工作室里做“拉班”“拉班”是法国艺术学生及青年艺术家的俗称，他们生活清苦，又自由散漫，喜欢闹事。年轻人在学校里是“拉班”，毕业出来可能是国家派往罗马的留学生。每年举行会试的时节，参加竞选的学生都关进一间间的考棚，社会上也得为这件事大叫大嚷的吵一阵会试结果往往引起报刊及文艺界的剧烈争论，不是指摘录取的学生成绩平庸，便是代落选的作品叫冤。这种论战直至20世纪30年代尚成为一年一度的重大事件。考试的内容是学雕塑的要在一定限期之内用黏土塑成一座雕像的模型；学画的制作一幅画，那些作品如今都陈列在美术学校；学音乐的作一支清唱曲；学建筑的设计一个大型建筑的草图。我写这部小说的时候，那动物园已经从这些阴沉寒冷的屋子搬往近边很漂亮的美术宫去了。

从勃里杜太太家的窗口可以望见装着铁栅的考棚，景色凄凉得很。学士院的大圆顶挡住北面的远景，只有停在玛萨里纳街上段的一排出租马车是唯一给人消遣的景致。勃里杜太太在窗下挂三只木箱，装着泥土种花；这一类的空中花园不但违犯警章，植物的繁殖还夺去人的阳光和空气。屋子坐落在玛萨里纳街和塞纳街会合的尖角上，背后另外有屋子朝着塞纳

---

① 红衣主教：“枢机主教”的别称，因穿红色礼服得名。天主教的最高级主教，由教皇直接任命。

② 法兰西学士院：法国的学术机构。1635年成立，设院士40人。1793年曾被革命委员会解散，1803年恢复。

街，所以进深很浅，楼梯作螺旋形。四层楼已是最高的一层。三个窗洞，三间屋子，包括一间餐室，一间小客厅，一间卧房。楼梯台对面有一个小小的厨房，厨房顶上有两间单身汉的卧室和一大间空着的阁楼。勃里杜太太挑这个公寓有三个理由：一则房租便宜，每年只要四百法郎，因此她订下九年租约；二则孩子上学方便，帝国中学就在附近；最后，她仍旧在住惯的区域之内。公寓内部跟屋子外表很调和。饭间壁上糊着小幅黄地绿花的纸，红的地砖并不上蜡，只有一些必不可少的木器：一张桌子，两口碗橱，六把椅子，全是从老房子搬来的。客室铺一张奥比松法国织造地毯有名的地方的地毯，还是当初内政部换家具的时节人家送给勃里杜的礼物。勃里杜太太放进一套普通的桃花心木的桌椅，有埃及人头做装饰，绿花绸上织着白玫瑰。这是雅各·台玛戎当时有名的家具商兼设计家1806年时大批制造的出品。

客厅里首先惹人注目的是挂在长沙发上面的一幅粉笔画，那是一个朋友替勃里杜画的肖像。虽则画家的技术不大到家，无名英雄的刚毅之气却是一望而知。眼神又和善又英俊，清明恬静的气息都给表现出来了。曾经被拿破仑称为“刚强正直之士”的神情、爽朗的笑容、清秀的嘴唇上显出的机智，即使画得不甚精彩，至少表达得很正确。我们看了肖像，知道那是一个始终尽职的人。共和政府颇有几个公认的清官，勃里杜的相貌就表现出那种廉洁的性格。

对面墙上，牌桌子上面，光彩奕奕的挂着一幅皇帝的著名肖像，是凡尔奈的手笔①：拿破仑骑在马上匆匆忙忙走过，后面跟着卫队。阿迦德养着两大笼子鸟儿，一个笼子是金丝雀，一个笼子是热带鸟。勃里杜的死对她和对大众都是不可补救的损失，从那时起，她就爱上了这种小孩子的玩艺儿。

至于寡妇的卧房，从住了三个月起，直到她又倒了楣不得不离开的那一天为止，永远乱七八糟，无论怎样描写也理不出一个头绪来。大靠椅变做猫儿的床铺，有时金丝雀放出笼子，把所有的家具画满标点符号。好心肠的寡妇到处放着喂鸟的粟子和菜叶。缺角的碟子里摆着猫儿的点心。衣服鞋袜四下乱丢。满屋子都是一派内地气息和追念亡人的气息。勃里杜的遗物全部郑重其事的保留下来。对于他文房用具的重视，不亚于中世纪骑士的寡妇对待亡夫的刀剑。我们单看一桩小事就能领会这个女子的心意多

---

① 凡尔奈：今译卡尔·韦尔内（1758—1835），法国版画家、军事家画家，曾画过《马德里城下的拿破仑》，成为拿破仑军队的军事画家。

么动人。她包起一支笔，加了封，外面批上一句："我亲爱的丈夫用的最后一支笔。"他喝最后一口水的杯子供在壁炉架上，用玻璃罩罩着。这一类供奉遗物的玻璃罩上面，以后还堆上睡帽和假头发。勃里杜过世之后，三十五岁的年轻寡妇就不再修饰，更没有什么女性的风韵。阿迦德唯一熟悉、敬重、心爱的男人从来没有给她受过气，丈夫一朝撒手而去，阿迦德便忘了自己是个女人，对样样东西都无所谓，也不再打扮了。夫妇生活的幸福、女人家的风情，都放弃得干干净净。有些人为了爱情会把自己的生命移在另一个人身上，失掉这个人就活不下去。阿迦德只能为了孩子而活着，如今眼看自己破了财要害他们吃苦，心里不知有多么悲伤。她一搬到玛萨里纳街，面上另有一幅凄凉的情调，令人感动。她的确对皇帝有所指望，但拿破仑除了已经帮的忙以外，也不能多出什么力：他的私库既负担两个孩子的学费，还补助每人六百法郎一年。

光彩奕奕的台戈安女人在三层楼上住着一个和外甥女一样的公寓。她出一张凭据给勃里杜太太，从她没有产权的收益项下每年拨还三千法郎。公证人罗甘把手续办妥，但直要七年功夫才能弥补损失。罗甘受着委托，替勃里杜太太恢复一千五百法郎一年的收入，按期把台戈安女人归还的款子拨在勃里杜太太名下。台戈安女人只剩一千二百法郎，和外甥女俩过着清苦的生活。两个又老实又懦弱的妇女雇一个只做上半天的老妈子。台戈安女人喜欢下厨房，夜饭由她去做。晚上有几个朋友是从前勃里杜荐到部里去的公务员，来陪两个寡妇玩纸牌。台戈安女人始终追着三连号的彩票，她说那三连号闹别扭，硬是不出来。她希望迫不得已借外甥女的钱能一下子还清，对两个小勃里杜比对嫡亲孙子皮克西沃还疼爱，一则害他们吃苦，觉得过意不去，二则佩服外甥女厚道，便是最痛苦的时候对她也没有半句怨言。因此约瑟和腓列普两个孩子被台戈安女人当做心肝宝贝。一个人染上了不良的嗜好总希望人原谅，法兰西帝国官办彩票公司的老股东不时给孩子们弄一些好菜。再过几年，约瑟和腓列普向她讨零用钱是最方便不过的：小的拿去买木炭、铅笔、纸张、版画；大的买苹果酱松饼、弹子、花绳、小刀。台戈安女人的嗜好逼着她把日常开支减到五十法郎一月，以便拿余下的钱去做赌本。

勃里杜太太为了顾到孩子，也不让生活费超过这个数目。她因为信托人吃了亏，有心惩罚自己，一些零星享受都忍痛牺牲。正如一般胆小而不大聪明的人一样，只要自己任何一种善良的心意碰了钉子而开始猜疑，便尽量发展另外一个缺点，临了那缺点竟会像德行一般坚强。她想皇帝或许会忘记勃里杜家，也难免在战场上出事；她的抚恤金又只限于她活着的时期。看到孩子们可能一文不名的流落在世界上，她不由得心惊胆战。罗甘向阿迦德解释，台戈安太太每年拨还的三千法郎过了七年可以买回她的公债，阿迦德听着不甚了了：她既不相信公证人，也不相信舅母，也不相信国家；她只相信自己和刻苦省俭的一套。每年在抚恤金项下省出三千法郎，十年就有三万，能替一个孩子挣到一千五百法郎利息。她目前三十六岁，再活二十年大概不成问题：这个办法可以给每个孩子留下一笔最低限度的活命之本。

因此两个寡妇的生活从空头的富裕变成自愿刻苦，一个是为嗜好所迫，一个是自命为从美德出发。我这个故事的取材不过是人生极普通的利害关系，但影响恐怕反而更深远；以深刻的教训而论，以上那些琐琐碎碎的细节一桩都不能忽视。现代法国画派最大的一个画家约瑟·勃里杜，小时候看到美术学校的考棚，一些“拉班”在街上的喧闹；潮湿的区域远景那么沉闷，只能望着天空消遣，经常接触那幅业余画家的肖像，虽则功夫不到家，人物的精神和伟大的气魄都很充沛；屋子里温暖安静，色彩丰富，古色古香，非常和谐；还有吊在楼窗口的花草，清苦的生活，母亲对大儿子的偏心，不赞成小儿子的兴趣：总之，构成这个故事的开场白的一切事故，一切形势，也许就包含着约瑟·勃里杜成为大画家的原因。

四　志　　趣

勃里杜两个孩子中大的一个名叫腓列普，长相跟娘一模一样。虽是淡黄头发，蓝眼睛，一副爱淘气的样子看上去倒很活泼、勇敢。当初和勃里杜同时进内政部的克拉巴龙老人，也是晚上来陪两位寡妇打牌的一个老朋友，每个月总有几次摸摸腓列普的腮帮，说道：

“好小子将来气魄可不小！”

孩子受着鼓励，要充好汉，越发装出一种狠巴巴的神气。他有了这个倾向，变得对一切体力活动都很拿手。中学里的打架把他锻炼得胆子很大，不怕肉体痛苦，一般所谓军人的勇敢就靠这两点养成；但对书本不消说是讨厌之极，体育与智育同时发展的难题原非学校教育所能解决。腓列普仅仅是相貌像娘，阿迦德却以为品性也跟自己一样，深信自己的厚道早晚会在腓列普身上出现，再加上男子的气魄，将来品格更伟大。阿迦德搬进玛萨里纳街那个凄凉的公寓的时候，腓列普十五岁，正是儿童最可爱的年龄，所以更证实了母亲的信念。

约瑟小腓列普三岁，像父亲而更难看。第一，密密麻麻的黑头发不管怎么梳理永远乱七八糟；他哥哥虽然活泼，却老是漂漂亮亮的。其次，约瑟不知倒了什么楣，衣服总没法穿得干净，倒楣的次数太多了竟成为一种习惯：新衣服一上身马上变做旧衣服。腓列普可是爱面子，会当心衣着。母亲不知不觉的专门埋怨约瑟。要他看哥哥的榜样。而阿迦德对两个孩子的脸色也就往往有所分别，上学校去接他们，提到约瑟就说：

“不知他身上又弄成怎样了？”

这些小事叫为娘的越来越偏心。

和两个寡妇来往的杜·勃吕埃老头、克拉巴龙老头、特洛希的父亲，全是极平常的人，其中没有一个，连阿迦德的忏悔师陆罗神甫在内，发觉约瑟有喜欢观察的倾向。未来的善用色彩的画家只顾他的兴趣，对切身东西全不在意；这种气质使他小时候显得懵懵懂懂，父亲还为他担过心。脑袋大得异乎寻常，额角宽广，最初竟叫人疑心他害脑水肿。脸孔歪歪扯扯，年轻时期的表情好像老是在生气。一般人不懂相貌所表现的精神，看到特色只当做丑恶。直要后来才发展的线条，在约瑟脸上好像拧在一起，再加孩子常常聚精会神看东西，皮肉的抽搐更厉害。腓列普替为娘的争足面子，约瑟没有使母亲受到半句夸奖。腓列普有些精彩的话、巧妙的对答，大人听了觉得孩子日后必是个出众的人物；约瑟却一声不响，只会出神。母亲断定腓列普会做出一番轰轰烈烈的事业，对约瑟完全不存希望。

启发约瑟的艺术天赋的是一桩极平常的事：1812 年的复活节假期内，他跟着哥哥和台戈安太太从蒂勒黎散步回来，看见一个学生用粉笔在墙上画一个教员的漫画，表情挖苦得厉害，约瑟看得津津有味，竟舍不得走开。第二天，他靠着窗口看许多学生走进玛萨里纳街上的校门，便偷偷下楼溜入学士院的长天井；里面摆着不少雕像、半身像、凿了一半的云石，还有陶器和石膏的作品，约瑟看着兴奋得不得了；他的本能觉醒了，天生的志趣使他激动起来。矮矮的一间教室，门开了一半，他闯进去，看见十来个青年正对着一座雕像描画，他们马上跟他开玩笑。

第一个发现他的学生拿面包瓤从前没有橡皮，只用面包瓤擦去木炭或铅笔的痕迹搓成小丸子丢在他身上，叫道："嗨！小家伙！小家伙！"

"谁的孩子？"

"天哪！多难看！"

一刻钟之内，约瑟在大雕塑家旭台的教室里成为众矢之的。等到学生们把他取笑够了，看他不肯走，又对他的相貌发生兴趣，便问他来干什么。约瑟回答说想学画，于是大伙儿都鼓励他。孩子听他们口气和善，又说出自己是勃里杜太太的儿子。

教室里四面八方嚷起来，说道："噢！只要你是勃里杜太太的儿子，你就可以做个大人物了。勃里杜太太的儿子万岁！——你妈漂亮么？看你这副嘴脸，她也不见得出色吧。"

年纪最大的一个学生离开座位，过来捉弄约瑟，说道："啊！你想做艺术家？可是你知道不知道，做艺术家先要有狠劲，经得起折磨？有些考验会扭断你的胳膊和大腿。屋子里这些癞蛤蟆没有一个不受过考验的。你瞧，那家伙曾经七天不吃东西！我们来考你一下，看你能不能做艺术家。"

他举起约瑟一条胳膊，要他悬空擎着，拿另外一条摆做拔出拳头打人的姿势，对他说：

"这个我们叫作打电报。你要能一动不动把这个姿势保持一刻钟，就算狠将。"

另外几个学生说："好，小孩儿，拿出勇气来。本来么，做艺术家就得吃苦。”

十三岁的约瑟一片天真的相信他们，大约支持了五分钟，所有的学生都一本正经的朝他望着。

一个说：“噢！你胳膊低下来啦。”

另外一个说：“喂，别动啊，该死的！”还有一个学生指着旭台塑的出色的拿破仑像说：“你瞧，拿破仑皇帝就是这样站一个月呢。”

拿破仑拿着皇帝的杖站在那里；这座雕像作为华表的结顶再合式没有，可是在1814年上被人推倒了旭台（1763—1810）塑的拿破仑像原来放在王杜姆广场的华表顶上，1814年被联军拿下，把铜熔化，铸了一座亨利四世的像①。约瑟撑到十分钟，额上冒出了亮晶晶的汗珠。那时走进一个矮小秃顶、脸色苍白、带点病态的男人，教室里顿时鸦雀无声，肃静下来。

“喂，孩子们，你们干什么啊？”他望着教室里的受难者问。

“小家伙来做我们的模特儿！”替约瑟摆姿势的那个年纪大一些的学生回答。

“你们难为一个可怜的孩子，好意思吗？”旭台说着放下约瑟的胳膊，亲热的拍拍他的腮帮，问道：“来了多久啦？”

“一刻钟。”

“谁带你来的？”

“我要做艺术家。”

“你住哪里？从哪儿来的？”

“从妈妈那儿。”

“嘿！妈妈！”学生都叫起来。

旭台喝道：“静下来画画！——你妈妈是干什么的？”

“她叫勃里杜太太。我爸爸死了，从前跟皇帝是朋友。您要肯教我画画，要多少钱皇帝都会拿出来的。”

旭台忽然想起一件事来，说道：“哦，他父亲从前是内政部的司长——你这么小就想做艺术家了么？”

“是的，先生。”

“你喜欢来尽管来吧，他们会跟你玩儿的！——喂，给他一张纸板，几支铅笔，几张纸，让他画画。”雕塑家又道，“告诉你们，坏东西，他

---

① 王杜姆广场：今译旺多姆广场，巴黎著名广场之一。由于旺多姆公爵（亨利四世私生子）府邸坐落于此，广场因而冠此名。亨利四世（1553—1610）：法国国王，波旁王朝的奠基人。

我要做艺术家

父亲帮过我忙。来，吊桶美术学校的学生往往有奇奇怪怪的绰号，此处原文是“井里吊桶的绳子”去买些点心糖果来。”他把钱交给那捉弄约瑟的学生，又摸着约瑟的下巴颏儿说：“等会看你的吃相，就知道你是不是艺术家。”

然后他查看每个学生的作业，孩子跟在后面看着听着，拼命想了解。糖果买来了。整个教室的学生，连他们的教授雕塑家旭台在内，都和孩子一块儿大嚼起来。刚才大家把孩子百般耍弄，现在对他百般亲热。这一幕给孩子的印象非常深刻；艺术家的感情和爱打趣的脾气，约瑟天生能领会。雕塑家旭台受着拿破仑赏识，已经开始出名，可惜中途夭折了；他那天的出现对约瑟是个极有力的暗示。孩子回家对母亲一字不提，但每逢星期日和星期四法国中小学星期四下午不上课，总在旭台教室里呆上三个钟点。台戈安女人素来对两个小宝贝百依百顺，供给约瑟各色铅笔、图画纸、画片。未来的艺术家拿中学的老师和同学做速写的对象，把寝室的墙壁乱涂，在图画班上极其用功。中学的图画教师勒米尔不但注意到约瑟的兴趣，更奇怪他的进步之快，特意去拜访勃里杜太太，告诉她孩子的天赋。阿迦德是十足地道的内地妇女，只懂家务，不懂艺术，听了大起恐慌。勒米尔一走，寡妇哭了。

她看见台戈安女人进来，便说：“唉，我完了！我本想叫约瑟当个公务员，内政部的路子现现成成摆在那里，靠他父亲的老面子，二十五岁就好当上科长。谁知他要做画家，干一门没饭吃的行业。我早料到这孩子只会叫我伤心气恼。”

台戈安太太承认她已经有好几个月纵容约瑟画画，星期日星期四偷偷去美术学校也是她给包庇的。她带约瑟上沙龙法国一年一度的美术展览会简称为“沙龙”，小家伙竟会那样聚精会神的看画，简直了不起。

台戈安太太对阿迦德说：“亲爱的，你家约瑟十三岁就懂得画，准是个天才。”

“是啊，你看他爸爸有了天才结果怎么样？还不是四十岁上就做得筋疲力尽，把性命送掉了！”

秋天将尽，约瑟正要跨进第十四个年头，阿迦德不听台戈安女人劝阻，径自去见旭台，要求别带坏她的儿子。旭台穿着蓝布工作服正在塑他的最后一座雕像。从前他遇到一次难关，亏得勃里杜帮助，此刻对勃里杜的寡妇倒反不大客气。旭台元气已经动摇，苦苦挣扎的狠劲好像要把几个月都难以完成的工作在短时期内赶完；在艺术上长期摸索的东西终于找到了，他性急慌忙的挥动刀子，捏着黏土，一窍不通的阿迦德看了他的动作只当他有神经病。旭台若是换了一种心境，可能对阿迦德一笑了事；但那个做母亲的诅咒艺术，怪人家硬叫她儿子挑这个职业，要求旭台不让约瑟再进教室，旭台可动了真气，嚷道：

“我受过你丈夫好处，想报答他，鼓励他的儿子，在你的小约瑟刚踏进一个最伟大的前程的时候扶他一把。是的，太太，你要是不知道，我就讲给你听：一个大艺术家等于一个国王，比国王还强；先是他更快乐，无拘无束，可以随心所欲的过活；其次他能支配一个幻想世界。你的儿子前程远大：像他那样的天赋是少见的，只有在乔多、拉斐尔、铁相、卢本斯、牟利罗一等人身上才出现得那么早①；因为我觉得他将来是画家，不是雕塑家。天哪！我要有这样一个儿子，真像拿破仑看见他儿子做到罗马国王一般高兴呢！不过孩子是你的，他的命运操在你手里。好吧，太太，你去叫他做一个俗物，做一个只会吃饭睡觉，整天钻在公文堆里的可怜虫吧！那你就是刽子手。可是我希望不管你怎么办，他还是能成功一个艺术家。志趣比一切人为的阻力都强。所谓志趣是上帝的号召，只有上帝看中的人才会有志趣！你的反对只能使孩子痛苦！”

他把多余的黏土往桶里使劲一扔，吩咐他的模特儿说：“今天不做了。”

阿迦德抬起眼睛，看见教室的一角坐着一个裸体女人；阿迦德刚才没有朝那边望，当下吓了一跳，抽身就走。

旭台对学生们说：“以后你们不能再收留小勃里杜，免得他母亲生气。”

阿迦德带上教室的门，学生都一片声的“嘘”起来。

可怜的妈妈觉得所见所闻可怕极了，心上想：“约瑟竟然到这种地方来！”

各个雕塑班和油画班上的学生一知道勃里杜太太反对儿子学艺术，就把勾引约瑟到他们教室去当做开心事儿。孩子被母亲逼着，答应不再上学士院，但仍旧常常溜进勒饶勒饶（1754—1829）为法国画家，美术学校教授的教室，在大家鼓励之下画起油画来。寡妇跑去抗议，旭台的学生回答说，勒饶先生的事跟旭台先生不相干，他也没有把小少爷托他们看管，诸如此类挖苦的话说了一大堆。缺德的“拉班”还拿勃里杜太太做题目，编了一支一百三十七节的歌谣。

---

① 乔多：今译乔托，意大利文艺复兴初期画家、雕塑家。铁相：今译提香，意大利文艺复兴晚期画家。卢本斯：今译鲁本斯，17世纪佛兰德斯画家。牟利罗：17世纪西班牙巴洛克宗教画家。

阿迦德碰了一鼻子灰，当天晚上不愿意打牌，坐在大靠椅上只顾伤心，美丽的眼睛不时还冒出眼泪。

克拉巴龙老人问道："勃里杜太太，你怎么啦？"

台戈安女人回答说："她以为儿子学了画将来没有饭吃了。我家皮克西沃前妻生的儿子也热心画画，我可不替他发愁，男人天生会打天下的。"

古板的特洛希虽然能干，始终没当上副科长；他接口道："这话不错。我还算运气，只生一个儿子，要不然我薪水只有一千八，我女人代卖官契的铺子勉强收入一千二，叫我怎么得了？我把孩子送到诉讼代理人事务所去当小书记，每月拿二十五法郎，还管一顿中饭，我再补贴他二十五法郎；晚饭在家吃，睡也睡在家里：这就行啦。他非这样不可，将来他会出头的！我给他安排不少工作，即使在学校里念书也不过如此，日后他好当个诉讼代理人。我偶尔让他看一回戏，他就乐死了，过来拥抱我。嘿！我管他才管得紧呢，零用都要报账。你对两个孩子心太软。我看你的儿子要是愿意喝西北风，尽管由他；他会成个角色的。"

新近退休的老司长杜·勃吕埃说道："我的孩子只有十六岁，他妈妈宠得厉害。可是出现得这样早的志趣用不着当真，只是小孩儿的空想，一时的兴致，慢慢会淡下去的。我的意思，男孩子应当由大人指导……"

阿迦德说："唉，先生，你有钱，又是一个男人，只有一个儿子。"

克拉巴龙接口道："我觉得孩子是我们的魔王（我说的是心啊名叫波斯顿的纸牌戏，挑花色时互相对叫，所谓心就进红心，叫"独立"就是打赌可以赢六把——小独立成七把——大独立。克拉巴龙一边打牌一边谈天，夹入打牌的术语，恰好与谈话内容有双关意味！），我那个宝贝把我气坏了，弄得我变了穷光蛋，临了只能撒手不管。谁知他反而高兴，我也乐得清静（好，独立！），他可怜的妈一半是被他气死的。如今他做了掮客①，正好配他胃口，他回家脚还没跨进门，已经想出去了，老是静不下来，一样都不肯学。我只求老天别让他在我活着的时候出乖露丑，丢我的脸！没有儿女的人不知有儿女之乐，可是也不会尝到有儿女之苦。"

"这些都算是做父亲的呢！"阿迦德心里这样想着，又哭了。

"亲爱的勃里杜太太，我跟你那么说，无非劝你让孩子去画画；要不然，你只有白费时间……"

生性严厉的特洛希说："你要是能管教，我就劝你反对他的兴趣；不过看你对他们这样软弱，还是让他去东涂西抹吧。"

---

① 掮（qián）客：替人介绍买卖，从中赚取佣金的人。

“完蛋啦！”克拉巴龙道。

“怎么完蛋啦？”可怜的母亲直嚷起来。

“是啊，我这一手独立的红心完蛋啦；要命的特洛希老是叫我倒楣。”

台戈安女人道：“阿迦德，别发愁，约瑟将来准是个大人物。”

那次讨论和所有的讨论差不多，寡妇的朋友们临了都意见一致，而这个意见并没能使寡妇安心。他们劝阿迦德让约瑟发展他的志趣。

对阿迦德特别殷勤的杜·勃吕埃道：“如果他不是天才，再叫他当公务员还来得及。”

台戈安女人送三个老公务员到楼梯台上，说他们出的主意挺好，把他们叫作希腊的哲人。

杜·勃吕埃道：“她这是自寻烦恼。”

克拉巴龙还说：“儿子自愿拣一条路走，她正应该高兴才对。”

特洛希道：“只要上帝保佑皇帝多活几年，他自会提拔约瑟的。急什么？”

台戈安女人回答：“为着孩子，她样样害怕。”——“好孩子，”她回到屋内对阿迦德说，“你瞧，他们都是一样说法；你干么还要哭？”

“啊！换了腓列普，我就不操心啦。你才不知道画室是怎么回事呢！艺术家竟然收留裸体的女人。”

台戈安女人道：“他们总该生个火吧，我想。”

五　家庭中的大人物

过了几天，从莫斯科溃退的倒楣事儿发生了①。拿破仑回国组织新军，向法兰西再要一批人马去做牺牲品。可怜的母亲便另有一番烦恼。腓列普早就不乐意念中学，一心要投军，替皇帝出力。拿破仑在蒂勒黎举行最后一次检阅，腓列普看了兴奋得如醉若狂。那个时代，军队的烜赫的场面、军人的服装、肩章的威风，对某些青年有一股不可抵抗的魔力。腓列普自以为在军事方面的天赋不亚于兄弟在艺术方面的天赋，瞒着母亲写了一份申请书给皇帝：

> 陛下，我是陛下旧臣勃里杜的儿子，今年一十八岁，身高五尺六寸这是旧尺度，合今一点七八六公尺，脚腿轻健，身体结实，愿意替陛下当一名小兵。伏望陛下成全，准予入伍……

二十四小时以内，皇帝把腓列普从帝国中学调往圣·西尔军校②；过了半年，1813 年 11 月，拿破仑把他编入一个骑兵团，军阶是少尉。当年冬天，腓列普在后方留了一个时期，等到学会了骑马，立即兴高采烈的出发。在联军侵入法国的几仗中有一次前哨战，腓列普奋不顾身救出他的团长，因此升到中尉。在番尔－香北诺阿士一役中，皇帝提升他为上尉，派充御前传令官。腓列普受到这样的提拔，又在蒙德罗一仗立了功③，得了奖章。他参加了拿破仑在枫丹白露的告别式1814 年 4 月 4 日拿破仑下野，在巴黎附

① 1812 年 6 月，拿破仑率军侵入俄国。9 月法军占领莫斯科，仅一天后，莫斯科全城烧起大火，拿破仑大军从莫斯科撤退。

② 圣·西尔军校：法国陆军的一所军事专科学校。该校由拿破仑始创于 1803 年，是法国最早的培养步兵和骑兵军官的职业军事教育院校。

③ 蒙德罗：指蒙德罗之战。拿破仑大军与反法联盟军队于 1814 年 2 月 18 日在蒙德罗进行的一次战斗。

近的枫丹白露与部下告别，万分感动，不愿意替波旁家服务。1814 年 7 月回到家中，发觉母亲生活成了问题。约瑟的公费在暑假里被取消了，勃里杜太太的抚恤金原归皇帝私库支拨，现在要求内政部拨付，不得批准。

约瑟对绘画越来越入迷，遭到这些变故反觉高兴，央求母亲让他进勒饶教室，说不久就能自立。他自认为二年级法国中学以一年级为最高班，分为文理二科，二年级以下不分科的成绩很好，无须再进文学班。

腓列普十九岁，已经当了上尉，得了勋章，在两次战役中做过皇帝的传令官，大大的满足了母亲的虚荣心。因此他虽然举动粗俗，爱吵闹，除了大兵的血气之勇别无长处，但在为娘的心目中到底是个天才；不像约瑟个子矮小，身体虚弱，老是可怜巴巴，一面孔的孤独相，只求清静，梦想着艺术家的荣誉，在母亲说来，只会叫她烦恼和操心。

1814 年到 1815 年的冬天，约瑟运气不错，台戈安女人和她的孙子皮克西沃私下帮着他；皮克西沃拜在葛罗葛罗（1771—1835）为法国浪漫派的先驱者，门下弟子极多门下，把约瑟也介绍去了。那个有名的画室培养出不少面目不同的人才，约瑟在那边交上希奈，和他很亲密。3 月 20 日的事件 1815 年 2 月 16 日，拿破仑逃出厄尔巴岛，3 月 20 日回到巴黎，开始所谓"百日时期"爆发了①，勃里杜上尉到里昂去迎接皇帝，跟他回到蒂勒黎，当上禁卫军的龙骑兵营营长。滑铁卢一仗，他受了伤，虽则伤势轻微，也得到荣誉团四等勋章。事后他随同达胡元帅驻扎在圣·但尼，没有参加洛阿部队；他的军阶和荣誉团勋章，靠着达胡元帅的力量都给保留下来，不过变了退伍将校。

那个时期，约瑟着急自己的前途，拼命用功，在大局变动最剧烈的期间病倒过好几次。

阿迦德对台戈安太太说："他的病都是颜料的气味害他的。那一行对他身体这样不相宜，应该放弃才对。"

当时阿迦德牵肠挂肚，全是为了那个当中校的儿子。1816 年，他回到家里。帝国禁卫军龙骑兵营营长的薪水一年大约有九千法郎，退伍以后减到三百法郎一月。母亲拿出一部分积蓄，装修厨房顶上的阁楼，安顿儿子。腓列普经常出入朗布兰咖啡馆，成为最顽强的拿破仑党人；那个咖啡馆原是立宪派的培奥提培奥提为古希腊的一邦，风俗粗野，不喜文艺。拿破仑下台以后，

---

① "百日时期"：1815 年 3 月 20 日，拿破仑从厄尔巴岛逃到法国，集结军队，把刚复辟的波旁王朝推翻，再度称帝；6 月 18 日，因滑铁卢战役的失败，拿破仑再被流放至圣赫勒拿岛，波旁王朝再度复辟。拿破仑重返帝位总共 101 日，史称"百日王朝"，即此处所说"百日时期"。

不少旧部自称为立宪派，反对波旁王室；其中又多为举动粗鲁的人，故以培奥提人作比。腓列普在那儿染上退伍军人的习惯、态度、作风和生活，并且和所有二十一岁的青年一样做得更过火，对波旁家真的咬牙切齿，没有妥协的余地；有过几次机会可以保持中校的军衔进常备军，他都拒绝了。在母亲眼中，这是大义凛然的表现。

她说："他父亲遇到这种情形也不过如此。"

退伍军人的薪俸仅够腓列普花用，不破费家里一个钱，约瑟的生活却完全靠两个寡妇支持。

从那时起，阿迦德对腓列普的偏心流露出来了。过去她的偏袒还藏在心里；可是眼看一个对皇帝赤胆忠心的人遭到迫害，想起疼爱的儿子受的伤，而他对眼前的逆境又处之泰然，虽则逆境是他自己造成的，阿迦德却觉得那是腓列普人格高尚的表现：在这种情形之下，怎么能叫母亲不格外怜惜呢？"他多倒楣"这句话，说明对这个儿子样样该多照顾一些。约瑟是艺术家，而艺术家年轻的时候心地都特别单纯，他又从小佩服哥哥，所以对母亲的偏心非但不生气，还认为理所当然；对一个在两次战役中替拿破仑传过命令的英雄、在滑铁卢受过伤的战士，他和母亲同样的崇拜。约瑟亲眼看见过腓列普穿着禁卫军龙骑兵绿色铺金的漂亮军服，带着队伍站在五月广场上：怎么会不相信这个老大哥的确高人一等呢？

再说，阿迦德尽管偏心，毕竟是个慈爱的妈妈：她也疼约瑟，只是不盲目罢了，不了解他罢了。约瑟非常爱母亲，腓列普只是让母亲爱他。龙骑兵在母亲面前固然把大兵的粗鲁收敛一些，但并不掩饰他对约瑟的轻视，不过是用的亲热的方式。看着兄弟脑袋那么大，用功得把身体都磨瘦了，到了十七岁还虚弱得很，腓列普把他叫作"小家伙"。要不是艺术家生就一副满不在乎的脾气，哥哥那种卖老的样子真会叫人难堪；约瑟却以为当兵的总不免急躁蛮横，心肠是挺好的。可怜这孩子还不知道真有才干的军人跟别的优秀人物一样和善，一样有礼。行业尽管不同，天才的品德并无分别。

腓列普对母亲提起兄弟，总说："可怜的孩子！别难为他，让他玩玩吧。"

这种轻蔑的口吻，母亲听了只当是手足的情谊。

她想："腓列普永远会疼兄弟、照顾兄弟的。"

1816 年，母亲答应约瑟把他卧房隔壁的阁楼改做画室，台戈安女人给他一些钱置办画家必不可少的"吃饭家伙"；在两个寡妇的心目中，绘画不过是一门手艺。约瑟既有天赋，也有热情和巧思，寒伧的画室样样由他亲手布置。业主被台戈安太太说通了，派人在屋顶上开了一扇天窗。约瑟把大房间漆成巧克力色，壁上挂几张画稿，阿迦德心里很勉强的给他一只生铁火炉。这样，约瑟就能在家工作，同时在葛罗和希奈那儿学习。

立宪派当时特别受到退伍军校和拿破仑党人拥护；尽管谁也不想要什么宪章，立宪派却以维护宪章为名常在国会附近闹事，还搞过几次阴谋。腓列普混在中间，遭到逮捕，又因证据不足而释放；但陆军部长取消了他的半俸作为惩戒。腓列普在法国住不下去了，迟早会被暗探煽动，落入圈套的。关于暗探煽动的事，外边有很多传说。腓列普在人品混杂的咖啡馆里打弹子，经常用各种烧酒来消磨时间；阿迦德却为着家中这位大人物提心吊胆，吓得要死。三位希腊的哲人天天晚上走着老路，踏上两个寡妇家的楼梯，看她们俩等着他们，急于打听当天的局势：这一切都成了习惯，没法戒掉，所以他们老是到那间绿色小客厅里来打牌。内政部经过1816年的改组，没有开掉克拉巴龙的差事。他跟有些人一样胆小如鼠，轻声轻气的告诉你一些政府公报上的消息，可马上补充一句："千万别连累我！"特洛希在杜·勃吕埃老人退休以后，不久也被勒令告老，还在争养老金。三位朋友看见阿迦德急得无可奈何，劝她打发上校从此以后，作者常常把腓列普的军阶提升一级，称为上校出门。

"大家说有人想造反，凭你儿子那种性格，准会卷进什么案子去做牺牲品。私通敌人的奸细有的是。"

"嘿！他那种料在皇帝手里可以做到大元帅，"杜·勃吕埃老人低声说着，向四周望了望，"他不应该丢开本行。不如劝他到东方或者印度的军队里去……"

阿迦德道："我们能不顾他身体么？"

特洛希老头道："干么他不谋个职位呢？此刻私人兴办的事业不知有多少！我但等养老金解决了，就进一家保险公司去当主任。"

"腓列普是军人，只喜欢打仗。"阿迦德忽然有了尚武精神。

"那他就该安分守己，申请服役……"

"替这般人服役么？"寡妇叫起来，"我才不劝他呢。"

杜·勃吕埃接口道："太太，你错了。我的儿子新近由特·拿华兰公爵安插了一个位置。对于真心归附的人，波旁家倒也很慷慨。你的儿子有希望以中校资格进部队。"

台戈安女人道："骑兵部队只欢迎贵族，他要进去，永远升不到上校。"

阿迦德心里怕得厉害，竭力劝腓列普上国外去投军，外国对一个当过拿破仑传令官的人决不亏待。

腓列普气愤的叫道：“要我替外国人当差么？”

阿迦德听着大为感动，拥抱着儿子说：

“真像他爸爸。”

约瑟道：“他说得不错。法国人是有骨气的，决不肯到国外去卖身投靠。况且拿破仑还会回来也说不定。”

腓列普讨好母亲，想出一个好主意，预备上美洲去投奔拉勒芒将军，参加“海外居留地”1815 年拿破仑失败后，他的旧部拉勒芒将军逃往美洲，在德克萨斯建立一个“海外居留地”，招纳六万多名拿破仑党人及其他反复辟分子垦荒。后来法国去的难民越来越多。1818 年终，前帝国州长台博德在法国为“居留地”筹募基金，范围追及全国；1819 年 7 月募捐结束时，募得基金只有九万五千法郎。“海外居留地”不久亦无形解散的建设。海外居留地原是一个从来未有的大骗局，为了向全国筹募基金出名的。阿迦德拿出一万法郎积蓄，又花掉一千法郎送儿子到勒阿弗尔港上船。1817 年底，阿迦德只靠六百法郎的公债利息过活，但她念头转得不错，马上把剩下的一万积蓄存入国库，一年多了七百法郎收入。

约瑟看见母亲牺牲，也想从旁出一把力：他衣服穿得像执达吏的助手，粗皮鞋、蓝袜子、不戴手套；在家只烧泥炭，只吃面包、牛奶和勃里乳饼。可怜的孩子只得到台戈安老妈妈和皮克西沃两人鼓励。皮克西沃是他中学同学，也是画室里的同学，在某个部里当个小差使，画的漫画很精彩。

后来约瑟·勃里杜讲起当年的艰苦，常说：“1818 年的夏天来到的时候，我真是说不出的高兴：天气暖和了，用不着再买煤炭。”

那时他用色彩的本领已经和葛罗不相上下，再去看老师不过是请他批评批评。他凭着充沛的创造力和想象力，有心和古典画派决裂，冲破希腊传统的束缚，把整个现实作为艺术的园地。因此约瑟养精蓄锐，准备未来的斗争；而从 1823 年他的作品选入沙龙的时候起，那个斗争就没有停过。

那一年情形特别恶劣：台戈安太太和勃里杜太太的公证人罗甘逃走了；七年来台戈安女人拨还的款子已经可以收二千法郎利息，被罗甘吞没了。这桩乱子才出了三天，纽约寄来一张腓列普上校的一千法郎借票，要母亲归还。可怜的小伙子和许多人一样受了骗，在“居留地”把钱弄得精光。腓列普在信中说起在纽约欠的债还是一般遭难的同胞做的保人。阿迦德、台戈安女人和约瑟，念了信直掉眼泪。

“当初是我逼他上船的呀！”可怜的母亲很天真的把儿子的过失揽在自己身上。

台戈安老妈妈对外甥女说："以后你可别叫他常常做这一类的旅行了。"

台戈安太太真讲义气，每年照旧给勃里杜太太三千法郎，但始终追着她的三连号，从1799年起一直没有中过。那时她也有些怀疑彩票公司作弊了。她埋怨政府，认为政府说不定在摇彩箱中取消那三个号码，叫买彩票的人越追越狠。两个寡妇匆匆算了算账，觉得不出卖一部分公债决计筹不出一千法郎，她们打算抵押银器、一部分被褥或多余的桌椅。

约瑟听到这个计划慌起来，把情形告诉日拉日拉（1770—1837）是与葛罗齐名的画家①。那位大画家向内廷事务部托了人情，叫约瑟临两张路易十八的肖像，每张五百法郎。手面不大阔绰的葛罗也带着学生上颜料店，吩咐把约瑟用的颜色记在他账上。但是一千法郎要交出临画才到手。约瑟就花十天功夫赶出四幅小画卖给画商，得了一千法郎交与母亲还债。过了八天，上校又来一封信，报告他立即动身回来，船长答应路费到法国再付。腓列普说在勒阿弗尔港至少还要一千法郎才能上岸。

"行！"约瑟对母亲说，"那时我的肖像临好了，你可以带一千法郎去。"

阿迦德流着泪拥抱他，叫道："亲爱的约瑟！上帝保佑你。那么你也是疼他的了？可怜他受尽欺侮。他是咱们的光荣，咱们将来全靠他一个人。年纪这么轻，这么勇敢，运气这么坏！样样都对他不利。咱们三个人至少得一齐帮助他。"

约瑟道："你瞧，画画毕竟还有点儿用处吧？"他因为母亲终于允许他做一个大艺术家，快活极了。

勃里杜太太赶去接她的宝贝儿子腓列普上校。她在勒阿弗尔天天到法朗梭阿一世造的圆塔外面去等那条美国客船，越来越牵肠挂肚，担着沉重的心事，这一类的苦恼会怎样的激起母爱，只有为娘的知道。1819年10月，一个天朗气清的日子，客船靠岸了，一路风平浪静，没有受到一点儿损害。呼吸到本国的空气，见着亲娘的面，便是最凶横的人也不能无动于衷，尤其在外边落魄以后。因此腓列普热情洋溢，阿迦德看了心上想："啊！他多爱我啊！"不幸那军官在世界上只爱一个人，就是他自己。他在德克萨斯吃了苦，在纽约流浪过一个时期，眼看那儿的投机事业和个人主义发展到最高峰，赤裸裸的利害关系养成一种毫无廉耻的人生观，每个

---

① 日拉：今译热拉尔。拿破仑垮台后，他很快做了路易十八的宫廷画师。此处安排热拉尔出现，大概是因为约瑟所临路易十八肖像，原作为热拉尔手笔。

人处在孤独无助的环境中，不得不靠自己的力量，凡事没有公道，都得自己出头，人与人间毫无礼貌可言，总之，外面大大小小的经历把当兵的坏倾向在腓列普身上尽量发展：他变得蛮横、自私、无礼；他纵酒、抽烟；生活的潦倒和肉体的痛苦使他完全堕落了。并且上校还自以为受着欺侮。有了这种想法，没有头脑的人更变得胸襟狭窄，只想折磨别人。

在腓列普看来，世界的范围只从他的脑袋开始，到他脚底为止，太阳只为他一个人发光。纽约的形形色色，被他这个专讲实际的人一解释，使他在道德方面再没有一丝一毫顾虑。这等人只会走两条路：或者信宗教，或者不信宗教；或者一丝不苟，规矩到极点，或者不顾一切，只问需要；而他们惯于把极细微的利益和心血来潮的欲望一齐当做生活的必需。凭着这个作风，他们可以无所不为。上校单单在面上保留着军人的爽直、坦白、随便，所以他是危险透顶的人物：外貌像儿童一般天真，骨子里只想着自己，无论做什么都先盘算过怎么应付，像精明的检察官遇到被告耍诡计一样；他说话不当一回事，只要你相信，他指天誓日，发多少愿都可以。上校打枪的本领一等，击剑的技术比得过最高明的武术教师，加上生死置之度外，所以格外镇静。他言行不一致的时候，若是你冒冒失失胆敢不接受他的解释，他为一句不大客气的话就会向你算账。平日他已经有一副随时会动武、动过武还不肯甘休的神气。雄赳赳的躯干，腰围粗起来了，脸孔在德克萨斯晒成古铜色；说话简短，口气斩钉截铁：在纽约肆无忌惮，非如此不可。腓列普这种外表，朴素的衣着，因为吃过苦而受了锻炼的身体，在母亲眼中活脱是个英雄；其实他是变了平民嘴里的所谓“浪人”。勃里杜太太看见心疼的儿子吃尽当光，大吃一惊，在勒阿弗尔替他做起里里外外的衣服来。听他讲着落难的情形，阿迦德没有勇气阻止他拿出从“海外居留地”回来的派头大吃大喝，尽量玩儿。当时叫帝国部队的残兵剩卒去开发德克萨斯，当然是极好的主意；事业的失败不在于缺少物资而在于不得其人；否则今日的德克萨斯怎会在别人手里成为一个前程远大的共和邦呢①？在王政复辟的时代，那次进步党人的实验充分证明他们是为了自私，而不是为了民族的利益，心目中只有政权，没有别的。那时既不缺少人才，也不缺少土地，不缺少想象力，不缺少忠诚，就是得不到那个骗人的政党援助，他们有的是大宗款子，偏偏对开拓一个殖民地那样的事业一毛不拔。

① 德克萨斯州原属墨西哥。墨西哥独立后，是其科阿韦拉－特哈斯州的一部分。1836 年 3 月，德克萨斯宣布独立。1845 年加入美国，成为美国的第 28 个州。

像阿迦德一类的家庭妇女自有她们的本能，会看破这种政治骗局。可怜的妈妈根据儿子的叙述，窥见了事情的真相。在他流亡国外的时期，阿迦德为了关心儿子，曾经听过立宪派报纸大吹大擂的宣传，注意那次赫赫有名的筹募基金运动，原来需要五六百万，结果勉强筹到十五万。进步党的首脑们很快的发觉，把咱们烜赫一世的军队的残余送往国外，等于帮路易十八的忙；他们便放弃计划，把一般最忠实、最热情、第一批参加海外居留地的人丢开不管。腓列普不是受迫害，而是受欺骗，但阿迦德不会向儿子解释这个道理。她一味相信她的偶像，只怪自己不懂事，认为腓列普受了时代的打击。不错，至此为止，腓列普的吃苦不是他的过失，而是由于他的刚强果敢，由于皇帝的下台，由于进步党人的欺骗，波旁家对拿破仑党徒的仇恨，拿他做了牺牲品。母子俩在勒阿弗尔住了一星期，开支浩大；当下阿迦德也不敢劝儿子归附王室，去见陆军部部长。等到她只剩下路费的时候，想法要儿子离开勒阿弗尔回巴黎，已经大费周折了。

六　玛丽埃德

台戈安女人和约瑟在王家驿车公司的院子里接流亡的腓列普回家，发现阿迦德脸色大变，暗暗吃惊。

正在彼此拥抱，等车上卸下两口箱子的时节，台戈安女人对约瑟说：“你娘两个月功夫老了十岁。”

“台戈安老太婆，你好。”算是上校招呼杂货店老板娘的好听话儿，约瑟却一向很亲热的叫她“台戈安姥姥”。

阿迦德声音悲戚戚的说道：“我们没有钱雇马车了。”

青年画家回答说：“我有。”他见了腓列普，赞道：“哥哥脸色好看极了！”

“是呀，我变了老枪，黑不溜秋的像烟膏。小家伙，你倒没有变。”

约瑟二十一岁，已经有几个朋友赏识他，在艰苦的日子中得到他们支持，他对自己的力量和才能也颇有自信。当时有一般献身于科学、文学、政治和哲学的青年，组成一个小团体，约瑟在小团体中代表绘画。所以哥哥的轻蔑的口吻使他很难堪，何况腓列普还有举动表现出来：拧着他的耳朵，当他小娃娃看待！阿迦德发觉台戈安女人和约瑟开头一片热情，后来倒反冷淡了，便提起腓列普流亡在外、受尽苦楚的话，把局面挽回过来。台戈安女人背后轻轻的把腓列普叫作浪子，她有心在浪子回家那天热闹一下，想尽办法做好一顿讲究的晚饭，请了克拉巴龙和特洛希两个老头儿。晚上所有的朋友都要来，而且都来了。约瑟约了小团体里的朋友：雷翁·奚罗、大丹士、米希尔·克雷斯蒂安、费尔扬斯·里达、皮安训①。台戈安女人告诉她所谓亡夫前妻的儿子皮克西沃，等会小伙子们凑一局“调牌”纸牌戏的一种。特洛希的儿子在严父督促之下已经考取法学士，也来参

① 此五人是巴尔扎克另一作品《幻灭》中小团体的成员。雷翁·奚罗是一位哲学家；大丹士、费尔扬斯·里达是作家；米希尔·克雷斯蒂安是一名共和党人；皮安训为医生。

加晚会。杜·勃吕埃、克拉巴龙、特洛希和陆罗神甫打量腓列普，觉得他的眼神、粗野的态度举动、因为酗酒而发嗄的声音、不登大雅的谈吐，都很可怕。约瑟忙着布置牌桌，几个最贴心的朋友围着阿迦德问：

"你打算叫腓列普干什么呢？"

她说："我也不知道；他还是不肯替波旁家当差。"

杜·勃吕埃老人道："要在国内找个位置很不容易。倘若他不回部队，一时可进不了机关。听他谈话，就知道他不像我儿子能靠编戏剧吃饭。"

看阿迦德望着他们的眼神，大家明白她为腓列普的前途多么着急，朋友中既没有人拿得出办法，也就不作声了。腓列普、小特洛希和皮克西沃三人凑了一桌"调牌"，当时最风行的玩艺儿。

约瑟走到热心的台戈安女人身边，咬着她耳朵说："姥姥，哥哥没有赌本呀。"

王家彩票公司的老主顾去拿了二十法郎给约瑟，约瑟偷偷递给他哥哥。客人到齐了。一共有两桌"波斯顿"，场面热闹起来。腓列普赌品很坏。他先是大赢，后来输了，到十一点光景欠着小特洛希和皮克西沃五十法郎。波斯顿桌上一般安静的客人都在暗中留意腓列普，"调牌"桌上的喧闹和争执好几次传到他们耳朵里。流亡归来的家伙表现的品性恶劣透顶，最后和小特洛希吵起来，他也不是好脾气。特洛希老头明知道儿子没有错，仍旧说他不是，不许他再赌。台戈安女人也叫孙子皮克西沃退出。皮克西沃已经在挖苦腓列普了，但是话说得很巧妙，腓列普竟没有听懂，要是那些带刺的箭有一支射进了上校迟钝的脑袋，嘴皮刻薄的皮克西沃说不定要吃大亏呢。

阿迦德凑在腓列普耳边说："你累了，去睡觉吧。"

上校和勃里杜太太一走开，皮克西沃微笑着说："青年人出过门就成熟了。"

约瑟起得早，睡得早，没有看见晚会的结局。第二天早上，阿迦德和台戈安女人在穿堂里弄早饭，心里都在想，倘若腓列普照台戈安女人的说法老是玩这一套，夜晚的开销可不得了啦。

台戈安老太太那时七十六岁，提议出卖自己的家具，退掉三楼的公寓，房东也还求之不得呢，她打算睡在阿迦德的客厅里，把穿堂改为客厅兼饭间。这样省下来的七百法郎，可以在腓列普赋闲期间供给他五十法郎一月。阿迦德接受了这个牺牲。

上校下楼来，母亲问他睡的小房间怎么样。两个寡妇告诉他家里的境况。台戈安女人和阿迦德的收入一共有五千三，其中四千法郎是台戈安女

约瑟在小团体中代表绘画

人终身年金的利息。半年来台戈安女人已经承认皮克西沃是她的孙子；她每年给孙子六百法郎津贴，也给约瑟六百法郎；余下的进款和阿迦德的收入都作为全家的开支和生活费。过去的积蓄已经花完了。

中校人物的军阶在原文中往往不统一说：“放心，我想法去谋个差事，不会要你们负担的；眼前只求吃一口饭，有一个窝。”

阿迦德拥抱了儿子；台戈安女人塞给腓列普一百法郎还隔夜的赌账。出售家具，退还公寓，调动阿迦德家的房间等等，十天之内一齐办妥了；只有在巴黎事情才干得这样快。那十天间，腓列普总是吃过中饭出去，回来吃晚饭，晚上又出去，半夜才回家睡觉。

赋闲的军官不知不觉养成一些习惯，很快的生了根：他出门不走艺术桥，省下两个子儿艺术桥建于1803年，当时对每个行人收两个铜子的过桥费在新桥附近擦靴子；擦完靴子上王宫市场，一边看报一边喝两盅烧酒，捱到中午；然后穿过维维安纳街，踅往进步党人的活动场所①，弥纳佛咖啡馆，和一些退伍军官打弹子，不论胜负如何，总得陆续灌下三四盅各色烧酒，在街上来回闲荡的当口还得抽上十支雪茄；晚上他先在荷兰烟馆抽几筒板烟；十点光景上赌场，茶房给他一张纸板，一支针纸板和针是给赌客记轮盘中彩的门类与次数用的，他向老资格的赌客问了问红与黑中彩的情形，候着机会押十法郎，输也罢，赢也罢，只赌三次。他差不多老是赢的，那就叫一碗杂合酒，喝了回阁楼睡觉，一路上自言自语，说要揍死保王党，揍死王上的卫队，在楼梯上唱着《保卫帝国》在《马塞曲》以前最流行的爱国歌曲。可怜的妈妈听了，说道：

“腓列普今晚兴致很好。”

她走上阁楼拥抱儿子，闻到一股杂合酒、烧酒和烟草的臭味，没有一句埋怨的话。

正月将尽，腓列普说：“好妈妈，你该对我满意了吧？我过着世界上最有规律的生活。”

腓列普和旧时的弟兄们在饭店里吃过五顿饭。据说有人正在造一艘潜水艇预备救出皇帝。他们谈论这个计划的希望，也谈着各人的私事。在久别重逢的弟兄中，腓列普最喜欢禁卫军龙骑兵营的一个老上尉，姓奚罗多，腓列普最初就编在他的队伍里。那龙骑兵替腓列普在烧酒、雪茄、赌钱之外又加上女色一门：拉伯雷所谓魔鬼的装配，这一下算是色色俱全了。2月初的一天晚上，奚罗多和腓列普吃过夜饭，上快乐剧场。奚罗多

---

① 踅（xué）：来回地走；中途折回。

的外甥斐诺办着一份小型戏报，奚罗多在报馆里管账、办文书、填写和核对定户的地址；小报馆在快乐剧场有一个不出钱的包厢。两人按照立宪派拿破仑党人的款式，穿一件方领大腰身的外套，纽子一直扣到下巴颏儿，衣摆拖到脚跟，胸前钉着一颗红星红星是荣誉团勋章的徽号，铅球结顶的藤杖系着一根辫子式的皮带吊在手里；两个大兵照他们的说法"塞饱了肚子"，一边踱进包厢，一边说着知心话儿。奚罗多灌了多少瓶葡萄酒和多少盅烧酒之后，醉眼朦胧，指着台上一个矮矮胖胖、动作灵活的跑龙套叫腓列普看。她名叫佛洛朗蒂纳，奚罗多得到她的好感和看白戏的包厢一样是靠报纸的力量。

腓列普道："她对一个像你这样头发花白的老兵，能多情到什么程度呢？"

奚罗多道："嘿！咱们这个英名盖世的部队有个老规矩，我从来没有在女人身上花过两个子儿。"

"怎么？"腓列普一个手指遮着左眼，眯着右眼向台上细看。

奚罗多道："一点不假。可是老实告诉你，这些事多半还靠报纸。明儿我们在文章里带上一笔，要经理让佛洛朗蒂纳单独来个节目。真的，亲爱的孩子，我受用得很呢。"

腓列普心上想："老成的奚罗多年纪已经四十八岁，脑袋跟我的膝盖儿一样光滑，挺着个大肚子，脸像个种葡萄的，鼻子长得像番薯，连他都交上一个跑龙套，我还不该弄一个巴黎的名角儿么？"接着问奚罗多："上哪儿去找呢？"

"今晚我带你去看看佛洛朗蒂纳的家。我的杜西南堂·吉诃德把一个乡下姑娘当做绝世佳人，叫她杜西南。现在这名字成为青年的理想情人的代名词在戏院里只拿五十法郎一月，可是有个从前做丝绸生意的加陶每月送她五百法郎，所以还穿的光鲜。"

腓列普好不眼红，说道："可是……"

奚罗多道："哎！真正的爱情都是盲目的啊。"

看完戏，奚罗多带腓列普去看佛洛朗蒂纳；她住在克吕索街，离戏院只有几步路。

"咱们要放正经一些，"奚罗多吩咐他，"佛洛朗蒂纳还有娘；你知道我没力量养一个老婆子去管束她，所以那女的是她真正的娘，看门出身，人还聪明，叫作加皮洛尔，她要人叫她太太，你就叫她太太吧。"

那天晚上佛洛朗蒂纳有个女朋友在家，名叫玛丽·高特夏，跟天使一样的美，跟舞女一样的冷，原是凡斯德利凡斯德利一家几代都是18至19世纪有名的舞蹈教师的学生，凡斯德利预言玛丽将来准是舞蹈明星。高特夏小姐想用玛丽埃德做戏名在全景剧场下海；还预备找一个内廷侍从长做靠山，凡斯德利早就答应替她介绍了。那时凡斯德利还精神健旺，认为学生的舞艺还不够高深。野心勃勃的玛丽·高特夏，后来竟把玛丽埃德这个名字弄得妇孺皆知；但她的用意着实令人佩服。她有个兄弟在但尔维事务所当书记。姊弟俩没爷没娘，穷得要命，可是两人相亲相爱，在巴黎尝过人生的滋味。兄弟只花十个铜子一天过活，立志要当诉讼代理人，替姊姊挣一份陪嫁；姊姊却胸有成竹，决心进戏院当舞女，一方面靠两条大腿，一方面靠姿色，替兄弟盘进一个事务所。除了手足之情，除了他们的利益和共同的生活，他们像古时的罗马人和希伯来人一样，对其余的东西都不看在眼里，不放在心上，甚至抱着敌意。这股出于至诚而始终如一的友爱，可以使熟悉玛丽埃德的人对她有所了解。

姊弟俩在修院街住一个九层楼面。玛丽埃德从十岁起学跳舞，现在十六岁：披着一条兔子毛披肩，穿着打铁掌的鞋子，印花布的衣衫七零八落。因为没有打扮，她的含苞未放的姿色只有专找女工和落难美女的巴黎人才能辨别。

腓列普爱上了玛丽埃德。在玛丽埃德眼中，腓列普是个二十七岁作者把腓列普的年纪加了好几岁，照上文（约瑟生于1799年，腓列普比约瑟大三岁）推算，1820年时应当是二十四足岁或二十五虚岁的青年，堂堂禁卫军龙骑兵营的营长，皇帝的传令官，显然比奚罗多高出一等，可见她玛丽埃德的身价也高出佛洛朗蒂纳，她为此暗暗得意。奚罗多和佛洛朗蒂纳，一个是要朋友快活，一个是要替朋友找个保护人，都撺掇玛丽埃德和腓列普结个“露水夫妻”，这句巴黎俗话的意思和形容帝王们降低身份的婚姻差不多。腓列普到了门外把自己的窘况告诉奚罗多。奚罗多那个老风流大大安慰了他一番。

“我托外甥斐诺替你想办法，”奚罗多说，“告诉你，腓列普，如今是平民的天下，是咬文嚼字的世界，咱们得顺着潮流走。现在样样靠文字。墨水代替了火药，说话代替了子弹。老实讲，那些当编辑的癞蛤蟆心思巧得很，人也挺随和。明儿你上报馆来看我，我先跟外甥谈谈你的情形。不消几天，包你在一家报馆里弄到一个位置。你别做梦，玛丽埃德这时肯要你，因为她一无所有，既没有主顾，也登不了台，而且我对她说过，你不久就要像我一样进报馆。回头玛丽埃德说真心爱你，你准会相信！可是我劝你照我的办法，只让她当个跑龙套，越长久越好！当初我爱得昏天黑地，听见佛洛朗蒂纳说一声想独当一面，我就要斐诺跟戏院去说，斐诺回答：‘她舞艺高强是不是？那么好极了，一朝她正式上了台，就会把你一脚踢开。’斐诺这个人就是这样。好家伙精明得很，明儿你自己瞧吧。”

第二天下午四点光景，腓列普到了小径街，看见奚罗多在小小的中层楼法国屋子往往在底层与二楼之间另有一层，特别低矮，有个特别名称，故译为“中层”上赛过猛兽关在一个开着小洞的鸡笼里。屋内摆着一只小火炉，一张小桌子，两把小椅子，一堆木柴。房门上漆着“订报处”几个黑字，作用和魔术师念的咒语差不多；铁丝网上挂一张手写的纸板，写着“账房”两字。上尉办公处的对面，靠壁有一条长凳，一个锯掉一只胳膊的残废军人正在那儿吃饭，奚罗多叫他“苦葫芦”，大概因为他皮色像埃及人。

腓列普打量着房间，说道：“唔，漂亮得很！你是当年跟夏倍上校在埃洛打过冲锋的人，你在这儿干什么？该死！真该死！没想到一个上级军官落到这个田地！……”

“对啦对啦！——上级军官在这里写订报收条。”奚罗多说着，按了按他的黑绸小帽，“不但如此，我还是这些捣乱东西的发行人呢。”他指着报纸说。

残废军人道：“还有我呢，我到过埃及，如今却要我上印花税局去完税。”

奚罗多喝道：“苦葫芦，别多嘴，你不知道这位先生在蒙米拉伊当过皇帝的传令官呢。”

苦葫芦答道：“是，上尉！——我的胳膊也是在那儿受伤的。”

“苦葫芦，别走开；我看外甥去。”

两个退伍军人走上五楼，在甬道尽头的一间阁楼里看见一个青年人，脸色惨白，眼神冷冰冰的，躺在一张破旧的长沙发上，见了客人并不起身，只给了舅舅和舅舅的朋友每人一支雪茄。

奚罗多低声下气的说道：“朋友，这位就是帝国禁卫军的营长，我跟你提过的。”

“唔？”斐诺把腓列普浑身上下打量了一番。腓列普对着新闻界中的外交家，和奚罗多一样失去了威风。

“亲爱的孩子，”奚罗多尽量想拿出舅舅面孔，“上校才从德克萨斯回来。”

“啊！你也相信德克萨斯那一套，相信那海外居留地么？你年纪轻轻，不像一个回家种田的老军人啊。”

回家种田的老军人正好说明拿破仑和他手下一般好汉的命运，采用这个题材的版画、屏风、时钟、铜像、石膏像，曾经泛滥全国，最后还给编了好几本戏。能回想到这种情形的人才懂得斐诺的话挖苦得多厉害。那个题材至少给人做了一百万生意。现在还能在偏僻的内地看见糊壁纸上画着归田的老兵。说话的青年要不是奚罗多的外甥，腓列普准会打他两个嘴巴。

腓列普勉强苦笑了一下，回答说："是的，我也相信了，送掉一万二千法郎，还白白糟蹋了我的时间。"

斐诺道："你现在还拥护皇帝么？"

腓列普回答："他是我的上帝。"

"你可同情进步党？"

"我永远站在反对政府的一面。噢！福阿！玛奴埃！拉斐德！才是真正的人！他们会把跟着外国人回来的混账东西赶走的。"

斐诺冷冷的说道："倒了楣就该想法翻本，你上了进步党的当，知道不知道？你要是愿意，喜欢进步思想也没关系；可是得威吓进步党，说要揭发他们德克萨斯的荒唐事儿。国内募的基金，你一个小钱都没拿到，是不是？那你就占着上风，要他们公布基金的账目。你知道威吓的结果怎么样？有些左派议员正在筹备一份反对政府的报；你可以进报馆当出纳员，三千法郎一年薪水，这个饭碗永远丢不了。你只消张罗二万保证金，有了二万法郎，八天之内就能把位置弄到手。我会劝他们给你差事，堵住你嘴巴；可是你非嚷不可，嚷得越凶越好！"

腓列普连连道谢，告辞下楼；奚罗多故意落后几步，对外甥说：

"喂，这算哪一门呢？……你把我留在这儿只拿一千二百法郎……"

斐诺道："那份报撑不到一年的。我有更好的出路给你。"

腓列普对奚罗多说："你外甥的确不是傻瓜。我倒没想到利用我的处境。"

当晚腓列普上校在朗布兰咖啡馆、弥纳佛咖啡馆大骂进步党，说进步党到处募捐，把人送往德克萨斯，假仁假义的宣传什么退伍归田等等，让一般英雄好汉在外边潦倒，见死不救，还吞没他们二万法郎，叫他们白白奔波了两年。

"我要跟他们算居留地的基金账。"他对弥纳佛咖啡馆的一个常客说，常客把话告诉了左派的新闻记者。

腓列普当夜不回玛萨里纳街，跑去报告玛丽埃德，说不久要进一家报馆，报纸有一万订户，玛丽埃德想在跳舞界出头，一定能得到热烈的支持。阿迦德和台戈安女人在家等他，吓得心惊肉跳，那天特·贝利公爵正好遇刺身死。第二天，吃过中饭不久，上校回家看见母亲一脸焦急的神气，不由得冒起火来，质问母亲他算不算成年了。

"岂有此理！我来报告你好消息，你却哭丧着脸像个棺材罩。你不是说特·贝利公爵死了么？再好没有！总算去掉了一个。我么，我要进报馆去当出纳，一年三千法郎薪水，从此不拖累你了。"

阿迦德道："真的么？"

"真的，假如你能给我二万法郎保证金。你只消把公债券押在报馆里，每季利息照样拿。"

两个月来，两个寡妇千方百计打听腓列普在外边的行动，寻思怎样替他找事，上哪儿去找；现在看到这远景快活极了，竟忘了时局的险恶。晚上，杜·勃吕埃老人、身体快撑不下去的克拉巴龙、性格刚强的特洛希，三个希腊的哲人异口同声劝寡妇替儿子作保。那份报幸亏是在特·贝利公爵被刺以前组织的，逃过了特卡士对报界的打击①。勃里杜寡妇拿一千三百法郎利息的公债作为保证金；腓列普当上了出纳。好儿子立即答应每月给两个寡妇一百法郎房饭钱，大家认为他是孝子贤孙。说过他不长进的人向阿迦德道喜，说道：

"我们把他看错了。"

可怜的约瑟不愿落在哥哥之后，想法自立，居然办到了。上校能吃能喝，一个人的胃口抵得上几个，自以为出了饭钱，多方挑剔，两个寡妇为此不得不增加买菜的钱。三个月过去了，上校没有掏出一个子儿。母亲和台戈安女人顾他面子，不愿提起他说过的话。高士兰高士兰（1803—1866）为法国小说家，喜剧作家，也写过一部关于巴尔扎克的回忆录（1865年）有一句深刻的话，把钱叫作"五个爪子的老虎"。一年终了，腓列普口袋里的"五个爪子的老虎"没有派过家用；并且上校也不必为此觉得亏心，因为他难得在家吃夜饭。

母亲说："他终究快活了，安分了，有了一个差事！"

皮克西沃、斐诺和奚罗多的朋友中有个凡尔奴，主编一份报纸的副刊；玛丽埃德靠这副刊撑腰，进了戏院，但不是前景剧场而是圣·马丁门戏院，跟在贝格朗当时跳芭蕾舞有名的女子，就在圣·马丁门戏院登台后面红起来了。戏院的几位经理中间有一个爱摆阔的富翁，将官出身，迷着一个女演员，为了她而去当戏院经理。巴黎老是有人迷着女演员、女舞蹈家、女歌唱家，为了爱情而做戏院经理。那将军认识腓列普和奚罗多，有了斐诺和腓列普的两份小报做后盾，玛丽埃德下海的事在三个军人之间很快的安排定当；只要为了痴情，彼此都痛痒相关，乐于帮忙。

① 特卡士：今译德卡兹（1788—1860），法国政治家。

刁钻促狭的皮克西沃不久告诉他的祖母和生活严肃的阿迦德，说出纳员腓列普，顶天立地的好汉，爱上了圣·马丁门戏院的红舞女玛丽埃德。这桩过时的新闻对两个寡妇好比晴天霹雳。先是阿迦德热心宗教，觉得凡是女戏子都是十恶不赦的坏人；其次她们俩认为那种女人吃的是黄金，喝的是珍珠，天大家私都要被她们败光的。

"怎么！"约瑟对母亲说，"你以为哥哥是傻瓜，会送钱给玛丽埃德么？只有财主才会在这种女人身上倾家荡产。"

皮克西沃道："外边已经传说歌剧院要聘请玛丽埃德了。勃里杜太太，你别担心，外交界常去圣·马丁门戏院，那美人儿和你儿子要好的日子不会长的。听说有位大使迷上了玛丽埃德——还有一桩新闻！克拉巴龙死了，明天下葬；他儿子做了银行家，在金银堆里打滚，只给老子定了最起码的丧礼。这家伙真没有教育。中国就没有这样的事！"

腓列普看见玛丽埃德生财有道，起了贪心，提议和她结婚；但高特夏小姐快进歌剧院，把他一口回绝了，或许是她猜透上校的心思，或许觉得为了前途，身体必须自由。那年最后一个时期，腓列普每月至多回家两次，看看母亲。他在哪儿呢？在报馆里呢？在戏院里呢？还是在玛丽埃德身边？玛萨里纳街的老家完全不知道他的行动。奚罗多、斐诺、皮克西沃、凡尔奴、罗斯多，只看见腓列普优哉游哉过着寻欢作乐的生活。在歌剧院挂头牌的多丽阿、在圣·马丁门戏院补玛丽埃德缺的佛洛朗蒂纳、佛洛丽纳和玛蒂法、高拉莉和加缪索等等有什么局面，腓列普无有不到。他从下午四点离开报馆起，一直玩到半夜，不是赴宴会，就是有牌局，或者吃宵夜，都是上一天约好的。那时腓列普真是如鱼得水。但十八个月的狂欢节中间也不是没有心事。美人儿玛丽埃德 1821 年 2 月在歌剧院一登台，就收服了路易十八宫廷中一个最有头脸的公爵。腓列普竭力跟公爵斗法。虽然有时赌运不错，到了 4 月初头，为爱情所迫也不能不挪用报馆的公款了。5 月中，他亏空到一万一。在这个倒楣的月里，歌剧院在勒·班勒蒂埃街的旭阿水府中盖临时剧场，玛丽埃德趁此机会上伦敦向爵士们敲竹杠去了。伤心的腓列普像某些男人一样，虽则玛丽埃德公然对他不忠实，倒是真正爱上了玛丽埃德。玛丽埃德却一向当他是个粗鲁的军人，毫无风趣，只好作为进身之阶，暂时利用一下。她料到腓列普的钱快花完了，早已交结好一般报界的朋友，无须再依靠腓列普。不过像玛丽埃德这等女人，对于第一个帮她们在可怕的戏剧生涯中冲破难关的人，自有一番感激的心情。

七　腓列普顺手牵羊

眼看威势十足的情妇上伦敦而自己不能同去，腓列普只得像他自己所说的“缩回营里过冬”，回到玛萨里纳街的阁楼上。他起身和睡觉的时候不免有些郁郁闷闷的念头。他觉得要改变一年来的生活是办不到的。玛丽埃德家的享用，各处的饭局和半夜餐，在戏院后台的鬼混，风雅人物和记者们的豪兴，四周围闹哄哄的声音，感官和虚荣心在这种环境中所得到的满足：这种为巴黎所独有而每天不无新鲜刺激的生活，在腓列普不仅成为习惯，而且像他的烟草和烧酒一般绝对戒不掉了。没有那些终年不断的享乐，他觉得活不下去。他脑子里浮起自杀的念头，倒不是因为怕人发觉他挪用公款，而是因为不能和玛丽埃德在一起，不能像上年那样在花天酒地中鬼混。他憋着一肚子这一类的苦闷，破题儿第一遭踏进兄弟的画室，发现他穿着蓝色工作服，正在替画商临一张古画。

腓列普搭讪道：“画画原来是这样的？”

约瑟回答说：“这不是画画，是临画。”

“人家给你多少报酬呢？”

“唉！老是出不足的，只给二百五十法郎。不过我借此研究大师们的手法，学到不少东西，得到画画的诀窍。”他拿画笔指着一张颜色还没干的稿图，说道，“那才是我的作品。”

“现在你一年能进账多少？”

“可怜我只在画家圈子里有人知道。希奈给我撑腰，帮我接下普雷斯勒古堡的画件，10月里我要去画些图案，壁上的框框，室内的装饰；特·赛里齐伯爵肯出高价。靠着这种起码作品和画商们的订货，从今以后，除去开销，一年能挣到一千八到二千法郎。等下一届展览会，我拿这幅画去出品，要是受到赏识，我就出头了，朋友们对这件作品很满意。”

“我可是全盘外行。”腓列普的声音特别柔和，约瑟听了不由得抬起头来，看见哥哥脸色发白，便问他：

“什么事啊？”

“我想知道替我画一张像要多少时间。”

“一口气画下去，遇到晴天，光线充足，三四天就完工了。”

“那太久了，我只有一天的时间。可怜的妈妈多爱我，我想留一张肖像给她。既然这样，不谈了。”

“怎么？难道你又要出门了？”

“这一去可永远不回来了。”腓列普假装嘻嘻哈哈的神气。

“哎哟！腓列普，你怎么啦？要有什么大事，我是男子汉大丈夫，不是脓包，不怕性命相搏；倘要我保守秘密，也没有问题。”

“真的么？”

“拿人格担保。”

“对谁都不说么？”

“对谁都不说。”

“那么告诉你，我要送命了。”

“你！你要跟人决斗么？”

“不是决斗，是自杀。”

“为什么自杀？”

“我在报馆银箱里拿了一万一千法郎，明儿就要交账。我的保证金得赔掉一半；可怜的妈妈只剩六百法郎收入了。这还不要紧，将来我能挣一笔家私来还她。可是我名誉扫地，怎么还能活在世界上！”

“还了钱就没有什么不名誉，不过你丢了差事，只剩荣誉团的五百法郎津贴，五百法郎也能过日子啊。”

腓列普不愿再听，说了声再见，急急忙忙走了。

约瑟离开画室，下楼到母亲屋里吃中饭；可是听过腓列普的心腹话，饭吃不下去。他把台戈安女人拉往一边，告诉她可怕的消息。老太太大叫一声，倒在椅子上，把手里的牛奶锅子掉在地下。阿迦德跑过来，你一声哎哟，他一声唉啊，倒楣事儿终于给母亲知道了。

“他！他不老实！勃里杜的儿子会盗用公款！”

寡妇四肢发抖，睁大着眼睛一动不动，坐下来直掉眼泪。

她一边哭一边嚷：“他上哪儿去了？说不定已经投了塞纳河啦！”

台戈安女人道：“别这么难过。可怜的孩子碰上了坏女人，把他带坏了。我的天！这是常有的事。腓列普回国之前遭了多少难，没有快活过，也得不到女人的爱，难怪他迷上这个婆娘。一个人对无论什么东西着了迷，都要乱来的！这一类的毛病，我也犯过一次，不过我相信自己还是规矩人！做错一次不能算堕落！要不犯错，除非一事不做。”

阿迦德伤心绝望，受的打击太大了，台戈安女人和约瑟不能不把腓列普的过失说得轻一些，告诉她无论哪个家庭都免不了这一类的事。

阿迦德叫道："他已经二十八岁，不是小孩子啦。"

这句沉痛的话说明她对儿子的行为左思右想，转过不知多少念头了。

约瑟道："妈妈，他现在只想着你的痛苦，觉得对你不起。"

"噢！天哪！只要他回来，只要他肯活下去，我样样原谅他！"可怜的妈妈叫着，脑子里看见腓列普的尸身从水里捞起来的样子，凄惨极了。

屋子里阴森森的静了一会。整整一天在提心吊胆中过去。听见一点儿声响，三个人一齐扑向客室的窗口，做着种种猜测。全家正在那里焦急，腓列普却不慌不忙结清账目，交上去的时候竟敢说为了防意外，一万一千法郎存在他家里。下午四点，坏东西又拿了银箱里五百法郎，若无其事的踱进赌场。自从有了职业，他没有去过，因为他很明白当出纳员的人不能出入赌场。这家伙心计很深，后来的行事也证明他性格像外公罗日而不像他一生清白的父亲。在军队里他或许有资格做一个很好的将军，但在私生活中他是极阴险的坏蛋，会利用合法的外表和家属的包庇，遮盖他的阴谋和丑事。那天他去孤注一掷的时候非常镇静。他先赢到六千法郎；忽然心中一动，想把不上不下的局面一下子解决。听说轮盘一连出了十六次黑，就离开二十点四十点轮盘赌除了三十六门及单双之外，还有红黑两门——二十点四十点是赌场里另外一种用纸牌的赌博的赌台，在红上押了五千法郎；不料黑出了第十七次。上校随即把一千法郎一张钞票丢在黑上，赢了。他虽则碰巧着了一下，脑子已经疲倦，他自己也感觉到，但偏偏要赌下去。赌客往往依靠闪电似的触机，而腓列普的那个看门路的器官已经迟钝。这个器官的机能只要略微停顿一下就完事大吉。清醒的神志和太阳的光线一般，只有笔直照下去固定在一点上才有作用，要猜中路子，绝对不能眨一眨眼睛，否则瞬息万变的形势马上叫你头脑糊涂。腓列普把钱输光了。经过这样剧烈的刺激，任凭你多么冷静多么勇猛，也不免精神涣散。腓列普回家的路上完全忘了他说过要自杀的话，尤其因为他根本不想自杀。他既不想到丢了饭碗，也不想到保证金受到损失，既不想到母亲，也不想到他的祸根玛丽埃德，只是像木头人一样往前走着。他一进家门，淌眼抹泪的母亲、台戈安女人和约瑟，一齐扑上来勾着他的脖子，亲啊吻啊，如获至宝似的拉他到火炉旁边。

他暗暗想道："呦！预告有了效果啦。"

没有心肝的禽兽在赌场里受过大风浪，正好装出垂头丧气的样子。可怜的妈妈看见狠心的宝贝儿子面无人色，不由得跪在他面前，吻着他的手，拿来按着自己胸口，眼泪汪汪的对他瞧上半天。

“腓列普，”她呜呜咽咽的说道，“答应我不要自杀；所有的事，我们一笔勾销。”

兄弟在旁边动着感情，台戈安女人含着一包眼泪。腓列普看了，心上想：

“他们都是老实人！”

于是他搂着母亲，扶她起来坐在膝上，紧紧的抱着，一边亲她一边咬着她耳朵说：

“你又给了我一次生命！”

台戈安女人想尽办法弄了一顿好饭，加上两瓶年代悠久的葡萄酒和一些上品的好烧酒，还是她以前铺子里的老存底。

吃到饭后点心，台戈安女人说：“阿迦德，让他抽一支雪茄吧！”

她给了腓列普雪茄。

两个可怜的妇女以为让腓列普称心如意，就会呆在家里不出去，因此她们对于平素痛恨的雪茄烟味也硬叫自己习惯。这么重大的牺牲，腓列普根本没有发觉——第二天，阿迦德老了十岁。惊慌过后，不能不转念头，可怜她愁肠百转，一夜不曾合眼。赔了腓列普的亏空，她的公债利息只剩六百法郎了。台戈安女人像所有贪吃的胖子一样，老是咳个不停，手脚已经笨重，走在楼梯上的脚声赛过劈柴；她随时可以死，她一死，四千法郎就跟着完结。再说，指望这笔收入也太可笑了。那么怎么办呢？将来怎么了局呢？阿迦德宁可出去看护病人，不愿叫孩子们负担她的生活；因此她不是替自己着急。可是腓列普单靠荣誉团的五百法郎怎么过得了呢？十一年来台戈安女人每年拿出三千法郎，欠的债已经差不多加倍还清，而她还继续拿孙子的利益为勃里杜家牺牲。一丝不苟的阿迦德固然对腓列普闯的祸感到痛心，但还是想：

“可怜的孩子，这能说他不是么？他对皇帝忠心到底。我不让他结婚是不应该的。我要替他娶了亲，他就不会搭上那个跳舞女人了。他身体多强壮！……”

做买卖出身的老太太夜里也在想怎么挽救一家的名誉，天一亮便起来，到阿迦德房里对她说：

“这件尴尬事儿不能由你或者腓列普去办。咱们的两个老朋友杜·勃吕埃和克拉巴龙固然死了，但还有特洛希老头，他头脑很清楚，我今天早上就去找他。特洛希可以说，腓列普上了一个朋友的当；他有轻信别人的缺点，不相宜做出纳员。今天出的事难保将来不再发生。腓列普宁愿辞职。这样他就不是被人开差了。”

阿迦德觉得这套好听的谎话至少在外人眼中顾全了儿子的名誉，拥抱了台戈安女人。台戈安女人便出去料理这桩丑事。腓列普却是心安理得，睡得像死人一般。

阿迦德向儿子解释为什么中饭误了时间，腓列普听着笑道：“老太婆倒机灵得很！”

特洛希老人是两个妇女的最后一个朋友了，他虽然生性严厉，可始终没忘了自己的差事当初是勃里杜荐的，便拿出老练的外交家手腕，把台戈安女人交给他的疙瘩事儿办妥了。他到勃里杜家来吃晚饭，通知阿迦德下一天到维维安纳街的国库去签字，把一部分公债过户，同时领回六百法郎息金的凭据。家里的人都很难过；老公务员临走以前叫腓列普签了一份申请书，要求陆军部把他重新编入部队。特洛希答应两个女的想法叫陆军部的科室公事办得快一些，再利用那位公爵在玛丽埃德身边占了腓列普上风，要他大人帮忙。

“不出三个月，腓列普可以进特·莫弗利原士公爵的团部当个中校，那时你们就脱累了。”

两个女的和约瑟千恩万谢送走了特洛希。那份报纸不出斐诺所料，两个月以后就停刊。所以腓列普出的乱子在外边毫无影响。只是阿迦德那颗为娘的心大大的受了伤害。她对儿子一失去信心，就老是战战兢兢，不得安宁，只有看到心中害怕的事没有发生才松一口气。

像腓列普那样肉体方面很勇敢，精神上却极其懦弱卑鄙的人，眼看自己做下一桩丧尽人格的事而过后一切照常，家属或朋友的宽容对他们就等于一种鼓励了。他们有恃无恐，以为永远能逍遥法外：思想走上了邪路，情欲得到了满足，他们便进一步研究社会的法网是怎样被他们逃过的，从此变得奸刁恶毒，手段更巧妙。过了半个月，腓列普又像从前一样有闲、无聊，自然而然恢复了他的咖啡馆生活，东灌几盅，西灌几盅，老半天的打着弹子，喝着杂合酒，夜里混在赌场里，候机会下一笔小小的赌注，赢几个钱来供他挥霍。他表面上很俭省，为了要母亲和台戈安女人信任，故意戴着滑腻腻的帽子，四周和边缘的绒毛都倒下去了，穿着补过的靴子，破旧的外套，纽孔上的荣誉团红星日子久了变成棕色，加上烧酒和咖啡的污迹，几乎看不见了；似蓝非蓝的麂皮手套不知要戴多久①，缎子衣领直要只剩一簇毛才换新的。他只爱过玛丽埃德一个女人，舞女丢了他倒反使

---

① 麂（jǐ）皮：是一种野生动物麂的皮，是加工绒面革的上等皮料。

腓列普恢复了他的咖啡馆生活

他心肠硬了许多。偶尔在赌场里赢了一笔意外的钱，或者和老伙计奚罗多一同吃过宵夜，腓列普只照顾一般马路天使，而且态度粗暴，摆出一副瞧不起女性的神气。平时他很有规则，总在家里吃中饭，吃晚饭，半夜一点左右回来。可怜的阿迦德看他过了三个月这种腐败生活，倒略微放心了一些。

约瑟正在制作他日后因之出名的那幅画，整天呆在画室里。台戈安女人相信孙子的话，认为约瑟必有成名的一天，对他像对儿子一般，早上把中饭端给他，代他跑腿、擦靴子。画家只有吃晚饭才露面，晚上和小团体的朋友们在一起。他也看很多书，真正求一些切实而高深的学问；那种学问本来只能靠自己，一切有才能的人在二十岁至三十岁间都用过这番功夫的。阿迦德难得见到约瑟，对他又无须操心，所以只为腓列普一个人活着，只有腓列普使她忽而担惊，忽而放心，好歹也算一种感情生活，那对母爱跟对男女之爱同样是必不可少的养料。特洛希大约每星期来看一次老上司兼老朋友的寡妇，带给她一些希望：特·莫弗利原士公爵已经要求把腓列普派到他团部去，陆军部长叫人打了一份报告；警察局和法院的案卷中都不曾有过腓列普的名字，大概腓列普下一年年初会得到批准，重新入伍。特洛希为这件事托遍所有的熟人；他在警察总署打听到腓列普每夜进赌场，觉得应当把消息通知台戈安女人，要她监视未来的中校，免得出了乱子，前功尽弃。眼前陆军部长不会问到腓列普是否爱赌钱；可是一朝回到部队，中校因为无聊而染上的那个嗜好，非戒掉不可。阿迦德晚上再没有客人上门，坐在火炉旁边念经；台戈安女人用纸牌起课、详梦，拿巫术的一套应用在彩票上。这个固执的赌客从来没错过一次开彩的机会。她还在追她的始终没出过的三连号。那三连号快满二十一岁，要成年了。彩票公司的老股东觉得这个重要关头大有希望，有一个数目字从彩票公司创办起就留在匦子底里没有动①，因此台戈安女人对这个数字，以及三个数字配搭起来的所有的门子都押着重注。老太婆床上最下面的一条褥子是她储藏积蓄的地方：她把省吃俭用攒下来的金洋用纸包妥，拆开褥子放进去，重新缝好。她打算等那年巴黎最后一次摇彩，把全部积蓄拿去博她喜欢的三连号和那个三连号配搭出来的门子。对于彩票的疯魔，到处有人谴责，从来没人加以研究。谁也没看出那是穷人的鸦片，彩票不是世界上最有神通的仙女，能给人最美好的希望么？轮盘的转动固然叫赌客看到金山银矿，其乐无穷，但时间只有电光似的一闪，彩票那道五色斑斓的闪光却亮

① 匦（guǐ）：匣子。

到五天之久。试问今日之下，社会上有哪一种力量，能让你花上四十铜子快活五天，做着好梦享尽文明世界之福？烟草专卖的不道德远过于赌场，又伤害身体，又摧残智力，使整个民族痴呆迟钝。这一类的害处，彩票一样都没有。况且对彩票的疯魔还受到约束，每次开彩都隔着一些日子，买彩票的主顾又各有各的专匭当时法国的彩票公司在全国五大城市设有分匭，独立开奖。台戈安女人只买巴黎的彩票。她只盼望抚育了二十年的三连号中奖，平时拼命刻苦，以便凑足本钱买当年最后一期的彩票。她做的梦并非每一个都扯得上彩票的数字，但有了奇妙的梦就去告诉约瑟。只有约瑟一个人愿意听她的，非但不埋怨她，还对她说些中听的话；艺术家往往会这样安慰人的痴心梦想。一切伟大的天才对于真正的痴情都肯尊重，都能理解，认为根源不是在于思想方面，便是在于感情方面，不难解释。在约瑟眼里，哥哥爱烟酒，妈妈爱上帝，台戈安姥姥爱三连号，小特洛希爱打官司，特洛希老头爱钓鱼；据他说，个个人都有所爱好。他自己呢，他在每样东西上爱理想的美：爱拜伦的诗，日里戈的画，洛西尼的音乐，华尔特·司各特的小说①。

他说："姥姥，各有各的嗜好。不过你那个三连号推三阻四，时间拖得太久了。"

"我的三连号一定会出来，那你就有钱了，我的小皮克西沃也有钱了！"

"统统给你的孙子好了，"约瑟回答，"不过你爱怎么办就怎么办吧。"

"只要中彩，数目大得很，个个人都分得到。先是你，你可以有一个漂亮的画室，不必为了付模特儿的工钱和颜料账，不上意大利剧院了。"她又道，"可是，孩子，你叫我在这幅画上扮的角色并不体面啊。"

约瑟画一个老太婆送一个年轻的妓女去给威尼斯的参政员。那是近代绘画的一幅杰作，连葛罗都承认比得上铁相，正好使一般青年画家在1823年的沙龙中肯定约瑟的才能，承认他比别人高明。约瑟为了省钱，叫台戈安女人做了模特儿。

他笑嘻嘻的答道："认识你的人都知道你，不认识你的人，你又何必计较？"

---

① 拜伦（1788—1824）：英国浪漫主义杰出诗人。日里戈（1791—1824）：今译籍里柯，法国浪漫主义画派的主要代表。洛西尼（1792—1868）：今译罗西尼，意大利歌剧作曲家。华尔特·司各特（1771—1832）：今译瓦尔特·司各特，英国浪漫主义时期诗人和小说家。

台戈安女人近十年来皮色熟透，好比复活节前后的癞皮苹果。丰满的肉起着皱裥，变成冷冰冰的、软绵绵的。生气蓬勃的眼睛似乎还受着一股年轻活泼的精神鼓动，看上去像贪心，因为爱赌的人总免不了一个贪字。厚墩墩的脸上有一种城府很深，藏着什么心事的痕迹；她对彩票的疯魔本来需要保守秘密。嘴唇的动作流露出她的贪嘴。因此你尽管知道她规矩老实，是个一等好人，一眼之间仍会错看她的；而约瑟想在画上表现的老婆子，用她做模特儿也再合式没有。勃里杜那幅画的造意，得之于一个姿容绝世的女演员高拉莉，她是勃里杜的朋友诗人吕西安·特·吕庞泼莱的情妇，年纪轻轻就死了。人家指责这件优秀的作品，说是模仿古人，其实是三幅肖像的绝妙的配合。小团体中另外一个青年米希尔·克雷斯蒂安，相貌像共和党人，做了参政员的模特儿；但约瑟既加强台戈安女人的表情，也把克雷斯蒂安的脸画得更成熟些。

这幅大画后来引起许多争论，替约瑟招来许多仇恨、许多嫉妒和许多赞美，那时已勾好稿子，但为了生活不能不常常放下，给画商临些古画，借此也学到许多前人的手法，使他成为一个技巧最精湛的画家。他凭着艺术家的直觉，不让母亲和台戈安姥姥知道他近来的收入，觉得她们俩都有一个无底洞：一个是腓列普，一个是彩票。约瑟眼看当兵出身的家伙闯了祸那么镇静，又打听出他假装自杀而背后还有计谋，想起了他犯了许多过失，丢了他不应丢的本行，总之，哥哥大大小小的行事擦亮了约瑟的眼睛。画家多半眼光深刻：整天守在静悄悄的画室里，工作的性质给思想还有一些自由活动的余地，他们近乎女人，脑子会在生活琐事上打转，辨别出隐藏的意义。

约瑟早先买进一口旧雕花柜，制作极精，当时那一类东西还无人赏识。约瑟放在画室的一角做陈设，闪烁的阳光照着柜上的浮雕，正好托出16世纪工艺美术杰作的美。柜内有个隐蔽的地方，约瑟藏着一笔小小的积蓄，以备不时之需。柜子的搁板上摆一个骷髅，里头放他每个月的零用。真正的艺术家都不会提防人。但从哥哥回家以后，骷髅里的钱老是与约瑟的开支不符。每月规定的一百法郎去的意想不到的快。有一回他只花了四五十法郎，骷髅里就空无所有，他破题儿第一遭想道：

“莫非我的钱生了翅膀飞了？”

第二回约瑟记着用掉的数目，可是数来数去像戏文里的劳贝·玛盖尔一样，十六加五得二十三；他弄糊涂了。第三回差的数目更大，便把这难堪的事

1823年至1824年巴黎上演过两出戏，都有这个角色，但并没巴尔扎克说的故事。劳贝·玛盖尔是名演员腓特烈·勒迈特（1800—1876）演得出色的一个舞台人物，以荒唐与欺骗著名

告诉台戈安姥姥。他觉得台戈安姥姥对他像慈母一般，温柔、热烈，绝对相信他；母亲虽好，却缺少这种爱，而一个初出道的艺术家正需要这种感情，好比羽毛未丰的小鸡不能缺少老母鸡的照顾。他的极不愉快的猜疑只能向台戈安姥姥诉说。他的朋友个个规矩老实，台戈安姥姥又决不会拿他的钱去赌彩票。姥姥听了他的话，搓着手紧张起来：只有腓列普会在家里干这种小偷的勾当。

“他干么不向我开口呢？”约瑟一边说一边在调色板上蘸颜色，不知不觉把所有的色调搅成一团糟，“难道我会不肯么？”

台戈安太太满面怒容，叫道：“这简直是抢劫小孩子！”

约瑟道：“那倒不能这样说，他可以拿，他是我哥哥，我的钱就是他的钱，但也该和我说一声啊。”

台戈安女人道：“你再放几个钱，不要动用；我会知道谁进你画室。倘若只有他一个人来过，事情就明白了。”

下一天早上，约瑟就证实了哥哥的不告而取。腓列普趁约瑟不在，走进画室拿了那个小数目。约瑟想到自己另外藏的钱，不由得心里发慌。

他对台戈安女人笑着说：“好！让我来捉住他，这家伙！”

“对，对；咱们得教训他一下，我的钱有时也数目不符。不过可怜的孩子要抽烟，他上了瘾啦。”

约瑟道：“可怜的孩子！可怜的孩子！我倒差不多跟费尔扬斯和皮克西沃一般想法：腓列普时时刻刻拉我们的后腿；一会儿参加暴动，要送他上美洲，花了妈妈一万二；他在新大陆的丛林里什么也没捞到，回家的钱花得和出门一样多。腓列普借口替拿破仑向什么将军传过两句话，自以为了不起的军人，非向波旁家装腔作势不可。可是他做了些什么来着？玩儿、旅行、游历。什么落难吃苦，一派花言巧语，我才不信呢。看他那副神气，还不是到处享福！好好荐了他一个差事，他却跟一个歌剧院的舞女花天酒地，挪用报馆的公款，叫咱们妈妈又损失一万二。我么，我不在乎这些；但腓列普将来会叫妈妈睡草垫呢。他把我看得一文不值，因为我不曾当过禁卫军的龙骑兵！哼！可怜的好妈妈说不定老来还得我来养呢；至于他这个大兵，这样下去我真不知道是怎么个下场。皮克西沃和我说：你哥哥真会捣乱！唉，你孙子的话一点不错：腓列普准会干出一些混账事儿，丢我们的脸，还得再给他张罗一万或是一万二法郎！他没有一夜不进赌场，有几回醉得人事不知，回来把记轮盘红黑的纸板掉在楼梯上。特洛希老头四处奔走，想让腓列普回部队，可是我敢打赌，腓列普心里还一百个不愿意呢。好好一个小伙子，蓝眼睛多秀气，多明净，神气活像巴耶骑士15至16世纪时法国有名的勇将，谁想到他会变成这样下流！”

腓列普连本带利滚上去的赌注，虽则押得小心谨慎，非常冷静，也常遇到赌鬼所谓“赤脚”的情形。每天晚上既非有十法郎赌本不可，腓列普便在家里掳掠，不是拿兄弟的，就是拿母亲的，或者台戈安女人没有收起的零钱。已经有过一次，可怜的阿迦德才睡下，亲眼看见一桩痛心的事，腓列普走进卧房把她衣袋里的钱掏空了。阿迦德假装睡着，过后哭到天亮，现在她看清楚了。台戈安女人说：“做错一次算不得堕落。”但经常干着坏事不是堕落是什么？阿迦德不能不承认，自己最喜欢的一个儿子既没有心肝，也没有廉耻。发觉了那桩丑事的第二天，吃过中饭，阿迦德在腓列普出门之前拉他到房内，用央求的口气叫他要钱尽管向她开口。从此他接二连三的开口，过了半个月，阿迦德的积蓄给榨干了。她弄得一文不剩，想找工作，和台戈安女人商量了几个黄昏用什么方法挣钱。可怜的母亲已经上百货商店讨挑绣的活儿，一天大概可以挣二十铜子。想靠女红挣钱的理由，虽然外甥女绝口不提，台戈安女人早已猜着。先是阿迦德脸上的变化瞒不过人：娇嫩的脸蛋干瘪了，太阳穴和腮帮上只看见骨头，脑门上起着皱裥，眼神不明朗了：显见她心里有一股火在烧，常常在夜里哭；但最伤身体的是不能把痛苦和忧虑说出来。只要腓列普没有回家，阿迦德就睡不着觉，还上街去等。她研究儿子口音和脚步的变化，手杖拖在石板上的表情；她样样弄得明明白白，知道腓列普醉到什么程度，听见他在楼梯上跌跌撞撞就直打哆嗦。有一夜他在楼梯上摔跤，阿迦德捡到他掉在地下的金洋。腓列普倘若喝醉了，赢了钱，就声音发嗄，手杖在地下拖着；赌输的日子，脚步便干脆、急促，火气很大，唱起歌来嗓子嘹亮，把手杖举在空中像士兵行敬礼。赢了钱，下一天吃中饭就高兴，对人也近乎亲热了，说笑打趣，态度粗野，但总算跟母亲、跟约瑟、跟台戈安女人有说有笑；赌输了就相反：沉着脸，说话简短、暴躁，眼睛恶狠狠的带着郁闷的神气，叫人害怕。生活既如此荒唐，又有酗酒的习惯，从前多么漂亮的相貌一天天的变了。脸上布满血筋，线条粗糙，眼睛干巴巴的，眼睫毛逐渐脱落。再加腓列普身上不再收拾，发出一股小咖啡馆里的臭气和靴子沾满烂泥的味儿，陌生人一闻就知道他生活腐化。

12月初有一天，台戈安女人对腓列普说：“你的衣服从头到脚该重新做过了。”

“谁给钱呢？”腓列普的口气充满了牢骚，“可怜的妈妈没有钱；我一年只有五百法郎。做衣服要花我一年津贴，而我已经把三年的津贴押出去了……”

“为什么押呢?”约瑟问。

“还债吆。奚罗多向佛洛朗蒂纳拿了一千法郎借给我。我身上穿的不光鲜，我知道；不过想到拿破仑关在圣赫勒拿，还卖银器过日子，那么对他赤胆忠心的军人光着脚走路也是应该的了。”他说着跷起没有后跟的靴子。

然后他出去了。

阿迦德道：“这孩子其实不坏，心肠还很好呢。”

约瑟道：“对皇帝忠心不一定要衣衫不整。他要是收拾一下，穿得干干净净，也不至于像个瘪三了!”

阿迦德道：“约瑟，对你哥哥该担待一些。你，你爱怎么就怎么，他可是挂在空中，没有着落。”

约瑟道：“他有他的位置，为什么离开呢？只要国旗是法国料子，管他绣的是路易十八的臭虫，还是拿破仑的布谷鸟法国帝政时代的军旗，左右两下角绣有老鹰，约瑟以说笑口吻称为布谷鸟。复辟时期的军旗，四周绣着小花，远望如臭虫！法国总是法国！我么，要我替魔鬼画画也行。真正的军人只晓得打仗，只爱他的本行。他要安安分分留在军队里，早已做到将官了……”

阿迦德道：“你这话对他不公平。你父亲是崇拜皇帝的，他在世的话，准会赞成腓列普的行动。再说，腓列普已经答应回部队；还觉得对不起拿破仑，心里不知多么难过呢。”

约瑟站起身来预备回画室，阿迦德抓着他的手说：

“你该哀怜你哥哥，他多倒楣!”

台戈安女人跟在约瑟后面劝他别刺激妈妈，说她近来脸色大变，可见她内心多痛苦。他们走进画室看见腓列普，不由得大为奇怪。

腓列普漫不经意的说道：“约瑟，我手头紧得厉害。真要命！我欠了烟店三十法郎雪茄，不付清不敢再走过那该死的铺子。我已经约期约了十来次了。”

约瑟道：“你这样，我才痛快；就在骷髅里拿吧。”

“昨天吃过夜饭我都拿了。”

“总共有四十五法郎呢……”

“是啊，我就需要这个数目，我就拿了，”腓列普回答，“这算我不对么?”

约瑟道：“哪里哪里，你要有钱，我照样拿；不过我要先问你一声对你合式不合式。”

腓列普道：“要开口多难为情。我宁可你像我一样不声不响的拿，更显得不分彼此。部队里一个弟兄快死了，穿着双好靴子，你自己靴子破了，就跟他换一双。”

“对，不过他活着的时候没有人拿他的。”

“噢！这样斤斤计较，多小气！”腓列普耸耸肩膀，“那么你是没有钱了?”

约瑟不愿泄露他藏钱的地方，回答说：“没有了。”

台戈安女人道：“再过几天，咱们就有钱了。”

腓列普道：“啊！你，你相信你的三连号25日会在巴黎中彩。你要我们个个人都发财，还得放上一大笔本钱呢。”

“二百法郎单押一门三连号，中了就是三百万，两连号和别的附奖还不算在内。”

腓列普叫道：“一赔一万五，不错，你正需要押二百法郎!”

台戈安女人咬咬嘴唇，知道自己一不留神露了口风。

八　为娘的心怎么冷下来的

果然，腓列普走在楼梯上想道：

“老妖怪买彩票的钱藏在哪儿呢？那明明是白送的，给我派用场多好！五十法郎一道，连本带利博下去，可以赢到二十万！还不是比中三连号有把握一些？”

他在心里揣摩台戈安女人可能藏钱的地方。节日上一天，阿迦德在教堂里呆的时间特别长久，大概在忏悔，预备领圣餐。那天正是圣诞前夜，台戈安女人准要上街买半夜餐的食品，说不定同时去买彩票。全国一共有五个摇彩匭，分设在包尔多、里昂、里尔、斯特拉斯堡和巴黎；每个地方的摇彩都相隔五天，巴黎每逢25日开彩，彩票卖到24日半夜为止。腓列普把这些情形全部考虑到了，就私下留神。他中午回家，台戈安女人果然不在，钥匙也带走了。这可容易得很。腓列普推说忘掉东西，烦看门女人到近边甘纳谷街找铜匠来开了门。大兵的第一个念头是床铺：他抖开被窝，不敲床柱，先试褥子；翻到最下面的一条，摸出了纸包的洋钱。他赶紧拆开包布，拿到二十个拿破仑帝政时代铸的金洋有拿破仑像，俗称拿破仑，每枚值二十法郎，不耐烦再缝褥子，只把被单仔细铺好，不让台戈安女人看出痕迹。

赌鬼脚腿轻便的溜走了，他打算去赌三次，中间隔三小时，每次只赌十分钟。从1786年赌场成立起，真正的赌客，精明的赌客，从来不用第二个办法；用赌场的术语说，他们就是这样“吃到”庄家的钱，叫赌场老板害怕的。但直要你送掉多少家私，才学到这个经验。庄家稳赢的道理是在于他的银箱始终不受赌局影响，点数相同还能吃进一半赌注，政府允许庄家不公道，或吃或赔都有机动性。总而言之，赌博的玩艺儿不吃大户，不吃头脑冷静的赌客，单吃那些固执愚蠢、卷在漩涡中昏天黑地的人。在三十点四十点的赌台上，发牌的人动作差不多和轮盘一样快。腓列普总算学到了大将的冷静，尽管大风大浪，照旧眼睛雪亮，头脑清楚。凡是神经相当强，每天晚上望着悬崖峭壁不会头晕，因此能靠赌吃饭的人，巴黎大概有上千个，都有一套高明的赌经；腓列普也到了这个程度。他那天决意要凭四百法郎发一笔大财；二百法郎藏在靴筒里做后备军，二百法郎放在口袋里。下午三点他走进赌场。庄家都在那儿备足本钱等着，地方就是现在的王宫剧场。过了半小时，腓列普走出来，身上有了七千法郎。他上佛洛朗蒂纳家还掉五百法郎，约她散了戏上仙岩饭店吃宵夜；回来走小径街，到报馆去通知朋友奚罗多参加饭局。六点钟，腓列普赢到二万五，按照预定的时间，赌了十分钟就离开。晚上十点，他赢到七万五。吃过菜肴丰盛的宵夜，他醉醺醺的，信心十足。半夜里又回到赌场，这一回他不遵守自己的规则，赌了一小时，赢的钱加了一倍。几个庄家被他用这种方式刮去十五万，用好奇的目光瞧着他，彼此递了个眼色，意思是说：

“看他走还是不走？不走就完啦。”

腓列普自以为手气极旺，呆下去了。早上三点光景，十五万法郎又回进赌场的银箱。他一边赌一边大喝柠檬烧酒，已经醉得不成模样，走到街上冲着寒气，马上倒下。赌场里的一个当差跟在后面，扶他起来，送往门灯上写着“宿夜”两字的那种恶心地方。腓列普身上分文不剩，当差付了寄宿费，把他和衣放倒在床上，一直睡到圣诞节夜晚。赌场经理对常客和豪客素来有这点儿照顾。腓列普下午七点醒来，满嘴腻嗒嗒的好不难过，脸孔虚肿，发着神经性的高烧。他仗着身体结实，居然还能走回家；家里却已经被他无意中布满了伤心、绝望、穷困和死亡的阴影。

上一天下午，晚饭端整好了，台戈安女人和阿迦德差不多等了腓列普两小时，到七点才吃夜饭。阿迦德平日十点睡觉，那天要望半夜弥撒，吃过夜饭立即上床。派作各种用场的小客厅里，只有台戈安女人和约瑟两个坐着烤火。老太太要约瑟代她算一算，这一回对三连号下的空前的、惊人的大赌注，可以赢到多少钱。她一个机会都不肯放过，除开三连号，还要押两连号和别的小彩。她为这一下的大赌特赌着实得意了一番，向她心疼的孩子形容发财以后的美景，把做过的梦一个一个告诉他，证明这一回必中无疑，她只怕受不住中彩的快乐，从半夜等到第二天早上十点的心焦等等。约瑟听来听去只不知道四百法郎的赌本在哪儿，忍不住问她。老太太堆着笑容，带他到以前的客厅，她现在的卧房，嘴里说：

“你等着瞧吧！”

台戈安女人急匆匆的抖开被窝，找好剪刀预备拆线；她戴上眼镜，一看褥子已经拆开，便放了手。约瑟只听见她胸口升起一股气，叹了一声，好似瘀血冲心，就赶紧张开手臂，把彩票公司的老主顾放倒在椅子上，一边嚷着叫母亲。台戈安女人昏过去了。阿迦德披着睡衣赶来，借着油蜡的光来一套照例的急救，用科隆水擦太阳穴，在脑门上泼凉水，凑着她鼻孔烧了一根羽毛，台戈安女人终于醒过来了。

她说："今天早上还在；是他拿的，这畜生！"

约瑟道："你说什么？"

"我褥子里藏着二十金洋，我两年功夫的积蓄。除了腓列普，没人拿的……"

可怜的母亲吃了一惊，问道："什么时候拿的呢？他吃了中饭没有回来过。"

老太太嚷道："但愿我是冤枉他。不过今天早上，我在约瑟画室里提到买彩票的钱，就觉得预兆不好；只怪我没有当场拿了钱交出去。我本是这样想的，不知被什么事岔开了。噢！天哪，我是去买雪茄送他的！……"

约瑟道："可是家里的门是锁上的啊。再说，事情太卑鄙了，我没法相信。要说腓列普刺探你的行动，拆开你的褥子，样样出于预谋……那不会的！"

"今天吃过中饭铺床，我还摸过的呢！"台戈安女人重复了一遍。

阿迦德失魂落魄的下楼，查问腓列普白天是否回来过，看门女人把腓列普编的故事告诉了她。为娘的心上重重的挨了一棍，回到楼上模样儿全变了，脸像她衬衫一样白，走路的姿势好比我们想象中的鬼魂，声息全无，脚步很慢，像有股神秘的力量把她推着，动作几乎像木头人。手里的蜡烛劈面照着她，照着她那双吓得一动不动的眼睛。她的手无意之间在脑门上抹了一下，披头散发的样子在凄厉中显出一种悲壮的美。她变了一座表现悔恨、恐怖和绝望的石像，约瑟看着怔住了。

她说："舅母，我有六副刀叉，你拿去吧，正好抵你的数目。你的钱是我拿了给腓列普的，本想不等你发觉就归还原处。噢！我难过死了！"

她说完了坐下来。干巴巴的发呆的眼睛，这时才凄凄惶惶的转动了一下。

台戈安女人轻轻对约瑟说："事情到底是他干的。"

阿迦德抢着回答："不是的，不是的。你把我的刀叉拿去卖了吧，我用不着了，我们可以用你的。"

她到房里去拿刀叉匣，觉得很轻，打开一看，只有一张当票。可怜的母亲不禁惨叫一声。约瑟和台戈安女人赶来，望了望匣子，做娘的那个了不起的谎话当场拆穿。三个人一声不出，彼此望都不敢望一下。阿迦德像疯子似的把手指放在嘴唇上，要求保守秘密，事实上也没有人愿意泄漏。

他们回到客室的火炉旁边。

台戈安女人说道："孩子们，这一下我受了致命伤了。我的三连号一定中彩；我是有把握的。我现在不想我自己，只想到你们两个！"她对外甥女说："腓列普是个禽兽，你为他做了多少牺牲，他心中却根本没有你这个人。你再不提防，那混蛋一定叫你穷得没有饭吃。你得答应我把你的公债卖掉，改作终身年金。约瑟干的那一行是有出息的，他能够活命。孩子，你把钱这样调度好了，将来不至于拖累约瑟。特洛希要帮他儿子成家立业；小特洛希今年二十六岁，已经找到一个事务所，他会收下你的一万二千法郎作终身年金。"

约瑟抓起母亲的烛台急急忙忙回到画室，捧着三百法郎下楼。

"台戈安姥姥，"他把自己的积蓄送到她面前，说道，"我们不管你的钱派什么用场，反正我们欠了你，现在还你一个差不多的数目。"

"叫我拿你这份小家当么？你为了攒这几个钱，苦熬苦省，我看了心里多难受，还能收你的么？约瑟，你别发疯！"法国王家彩票公司的老股东显然矛盾得很，一方面死心塌地相信她的三连号，一方面觉得拿约瑟的钱去赌彩票简直是忍心害理。

阿迦德看见自己真正的儿子有这个举动，不禁冒出眼泪来。她对舅母说："是你的钱，你爱怎么办就怎么办吧。"

台戈安女人捧着约瑟的头，亲着他的额角，说道："孩子，别引诱我了。唉，我还不是把钱白白送掉？什么彩票！完全是骗人！"

一般家庭里尽管有些隐秘的戏剧，可从来没人说过这样悲壮的话。这岂不是感情战胜了根深蒂固的嗜好么？那时半夜弥撒的钟声响了。

"况且时间也来不及了。"台戈安女人补上一句。

约瑟道："噢！号码在这里。"

热心的艺术家抓起单子，奔下楼梯去买彩票。约瑟一走，阿迦德和台戈安女人都哭了。

台戈安女人道："好孩子，他竟去了。不过钱是他的，中的奖也得全部归他。"

不幸得很，约瑟不知道卖彩票的铺子在哪里。当时巴黎只有老主顾才认得彩票行，正如现在只有抽烟的才知道哪儿有烟店。约瑟像傻子一般看着一盏盏的门灯。他问过路人，说是关门了，只有王宫市场的贝隆行有时收市晚一些。艺术家飞也似的奔到王宫市场，可是也关了。

市场门前本有一批兜销现成彩票的小贩，直着嗓子叫："二法郎变一千二！"其中一个小贩对约瑟说："早两分钟就赶上了。"

约瑟借着街灯和圆顶咖啡馆的灯火，翻了翻小贩手里的现成彩票，看是否碰巧有台戈安姥姥要的号码，结果一个都没有。为了满足老人家的心愿，约瑟把自己所能尽到的力量都尽了，可是没用，只得万分懊丧的回家，把不顺利的情形告诉老人。

阿迦德和舅母俩上圣·日耳曼·台·泼莱教堂望半夜弥撒。约瑟上楼睡觉。半夜餐法国风俗，圣诞前夜差不多家家户户都吃半夜餐没有吃。台戈安女人是气糊涂了，阿迦德心上开了一个永远不会好的伤口。下一天，两个女的起床很晚。过了十点，台戈安女人才勉强起来弄中饭，十一点半才弄好。那时彩票行门上挂出长方牌子，中彩的号码揭晓了。台戈安女人倘若买到票子，九点半就会上小田园街去听消息。摇彩在财政部隔壁一所屋子里举行，现在一部分做了戏院，一部分变了王达杜广场。每逢开彩的日子，屋子门口总挤着一群老婆子、厨娘、老头儿，形形色色，跟发放公债利息的日子排在国库前面的队伍一样有意思。

台戈安女人正在津津有味喝她的最后一口咖啡，特洛希老头闯进来嚷着："哦，你这一下可大大的发财了！"

阿迦德叫道："怎么?"

"她的三连号出来啦！"特洛希老头把写着号码的小纸条递过去。这一类号码单，伙计们在彩票行柜台上的木碗里放好一大堆呢。

约瑟看了单子，阿迦德也看了单子。台戈安女人没有看，却像中了霹雳一样。特洛希老人和约瑟看她脸色不对，又听见她的叫声，立刻抱她上床。阿迦德忙着去请医生。可怜的老婆子得了中风，昏迷了，到下午四点才醒。她的老医生奥特莱说，尽管她神气好一些，还是应当预备后事和宗教仪式。她只开口说了一句：

"三百万！……"

特洛希老头从约瑟嘴里知道了经过情形，当然一部分还瞒着他；他讲出好几个例子，都是买彩票的不知怎么忘记了付款，错过了财运；但特洛希也懂得，一个连续追了二十年彩票的人是受不住这个打击的。五点钟，小公寓里寂静无声，约瑟和母亲一个坐在床头，一个坐在床脚，守着病人；特洛希老头通知皮克西沃去了，病人正等着她的孙子，楼梯上忽然响起腓列普的脚步和手杖的声音。

"是他！是他！"台戈安女人猛的坐起来，瘫痪的舌头居然能活动了。

病人气愤到浑身激动的样子，阿迦德和约瑟看了大吃一惊。他们等腓列普回家的时候心里已经说不出的难过，如今腓列普的形象果然不出他们所料：歪歪扯扯的脸颜色发青，走路晃来晃去，眼睛围着一个很深的黑圈，黯淡无神，却又闪出一道凶光；身上发着高热，直打哆嗦，牙齿也在打战。

他嚷道："简直像流落在普鲁士！面包、面条，一样都没有，我喉咙干得像火烧——喂，怎么啦？家里老是出鬼么？台戈安老太婆躺在床上，对我直瞪眼睛，张得像碟子那么大。"

阿迦德站起来喝道："别说了，先生，闯了祸至少态度放尊重些。"

"噢！先生？……"他瞪着母亲说，"我的小妈妈，你这是不对的呀，难道你不爱儿子了么？"

"你配吗？你昨天做的好事，难道忘了不成？你另外找个地方去，不能再住在这里了……"她又补上两句，"从明天起，因为看你这副样子，没法……"

腓列普接口说："没法马上赶走，是不是？啊！你们在做戏？做一出《逐子》1815年在巴黎上演的一出三幕剧，腓特烈·丢伯蒂-曼雷编？哦！哦！原来你们是这样看事情的。告诉你，你们都是糊涂蛋。我做错了什么事？我把老太婆的褥子清理了一下，钱不作兴塞在羊毛堆里，我拿了出来有什么大逆不道？她还不是拿过你二万法郎？我们不是她的债主么？我不过讨还一部分债，有什么大不了？……"

"天哪！天哪！"快死的老婆子只会合着手祷告。

"住嘴！"约瑟叫着，冲过去拿手堵着哥哥的嘴。

"左转弯，开步走！你这小子！"腓列普举起沉甸甸的手抓着约瑟的肩膀，推着他打了一个转身，倒在一张大靠椅上，"你好大胆，对一个帝国禁卫军龙骑兵营的营长，竟敢随便捋他的胡子！"

阿迦德站起来，满面怒容的叫道："她欠我的钱都还清了。而且这是我的事，跟你不相干。你害了她性命。你出去。"她使尽气力做了一个手势，"我永远不要再看见你，你是个畜生。"

"我害了她性命？"

约瑟道："你偷了她买彩票的钱，她的三连号出来了！"

醉鬼道："那么她送命是因为错过了三连号，怪不得我。"

阿迦德道："你还不走！你把我气死了。你做尽了坏事！……天哪，这还能算我的儿子么？"

台戈安女人喉咙里隐隐有痰厥的声音，阿迦德听着更气愤。

腓列普回答说："我处处倒楣，祸根全在你一个人身上；我还当你亲娘，还爱你呢。你却在圣诞节上赶我出门，还说圣诞节是……是……那个人叫什么？……叫耶稣，还说是耶稣的生日！你对外公罗日，你自己的

别说了，先生，闯了祸至少态度放尊重些

爹，做了什么事，惹得他赶你出来，不给你家私的？你要不得罪你爸爸，我们不是有钱了么？我又怎么会这样潦倒？你自命清白，你对你爹做了什么事来着？你明知道我可以好好做人，偏偏赶我出去，忘了我是一家的光荣。”

“是耻辱！”台戈安女人叫道。

“你要不走就杀了我吧！”约瑟大喝一声，像狮子般向腓列普猛扑过去。

“天哪！天哪！”阿迦德叫着，站起来想把弟兄俩扯开。

皮克西沃和奥特莱医生正好进门。约瑟制服了腓列普，把他按在地下，说道：

“真是只野兽。不许开口，要不就……”

腓列普像牛叫似的吼道：“好！我记得你。”

皮克西沃道：“家务纠纷，是不是？”

“扶他起来，”医生说，“他跟老太太病得差不多呢。替他脱掉衣服，打发他去睡觉，把靴子脱下。”

皮克西沃道：“哼！说说容易；腿肿成这样，怎么脱靴子？”

阿迦德拿了剪刀来。当时的款式，男人都把窄腰身裤子的裤脚管塞在靴筒里。阿迦德剪开靴筒，掉出十块金洋在地砖上骨碌碌的打滚。

“噢！噢！这不是她的钱么？”腓列普咕噜着说，“怪我糊涂，忘了还有一笔准备金。好好一个发财机会，我也错过了！”

腓列普热度升高，胡言乱语，失去了理性。特洛希老头刚好赶来，帮约瑟和皮克西沃把混账东西抬进卧房。腓列普说的热话越来越凶，再加暴跳如雷，人家怕他自杀；奥特莱医生写条子给普善医院，借来一件制服疯人的硬衬衫给腓列普穿上。晚上九点，屋子里安静下来。陆罗神甫和特洛希竭力安慰阿迦德，阿迦德坐在舅母床头哭个不停，听着人家的劝慰只顾摇头，一句话都不说。她内心的伤口，只有约瑟和台戈安女人知道那个深度和范围。

特洛希老头和皮克西沃走了。约瑟说：“妈妈，他会改好的。”

阿迦德回答：“腓列普说的不错：我受过父亲的诅咒，没有资格教训儿子……”她把约瑟的三百法郎和在腓列普身上找到的二百法郎合在一起，对台戈安女人说：“你的钱在这里。”又吩咐约瑟：“去看看你哥哥要不要喝水。”

台戈安女人觉得神志快昏迷了，便对阿迦德说：“你对一个临死的人许的愿，将来能做到么？”

“一定做到，舅母。”

“那么我要你发誓，把你的资金存在小特洛希那儿做终身年金。我的收入，眼看你要拿不到了。听你刚才的口气，你每个小钱都要被那畜生榨光的……”

“我就对你起誓，舅母。”

12月31日，台戈安女人死了，从特洛希老头无意之间给了她打击起，刚好五天。家里仅有的五百法郎勉强抵挡了丧葬费。台戈安女人只留下一些银器和家具，勃里杜太太卖了钱交给她的孙子。

小特洛希决定盘进一个“光头的”，就是说没有主顾的事务所，收下阿迦德的一万二千法郎，给她八百法郎一年终身年金。阿迦德把四层楼退还房东，卖掉多余的家具。过了一个月，腓列普开始复原，阿迦德冷着心肠告诉他，现钱在他病中用完了；她从此只能靠做活糊口，她苦口婆心劝儿子回军队，想法自立。

腓列普满不在乎，冷冷的瞧着母亲回答：“你这套说教大可不必。我知道你和弟弟都不爱我了。现在我变了一个人在世界上，倒也痛快！”

可怜的母亲听了痛彻心扉，说道：“只要你争气，好好做人，将来我们还是会爱你的。”

“废话少说！”腓列普打断了娘的话。

他拿起手杖，歪戴着四边脱毛的帽子，吹着呼哨下楼。

母亲忍不住掉着眼泪叫道：“腓列普，你身边没有钱，上哪儿去呀？……来！……”

她伸着手托着一个纸包，里头是一百法郎金洋。腓列普回上几步接了钱。

“怎么，不来拥抱我么？”阿迦德说着，眼泪簌落落的直掉下来。

他抱了抱母亲，一点没有感情流露，只做了个亲吻的形式。

阿迦德问：“你上哪儿去呢？”

“找奚罗多的相好佛洛朗蒂纳去。那才是朋友！”腓列普恶狠狠的回答。

他下楼了。阿迦德回进屋子，两腿抖个不停，眼睛发黑，胸口揪紧。她扑在地下祷告，求上帝保佑这个毫无天性的孩子；她自己算是卸下了为娘的重担。

九　腓列普的最后几手

1822 年 2 月，勃里杜太太把从前厨房顶上腓列普的卧房改做自己的寝室。楼梯台对面是约瑟的房间和画室。约瑟看见母亲落到这个地步，想尽量使她舒服一些；哥哥走后，他帮母亲布置阁楼，多少留下些艺术家的气息。房内铺一张地毯；床铺弄得简单、大方，像修道院一般朴素。壁上糊着廉价的布，可是挑得很好，颜色跟翻新过的木器刚好调和，房间因此更显得干净素雅。约瑟在楼梯台上装了门，里面又加一扇小门。窗外装着遮阳，光线柔和。可怜的母亲过的是巴黎女子最寒伧的生活，但靠着约瑟的力量，至少比同样境况的人舒服得多。约瑟免得母亲为家务中最麻烦的事操心，每天晚上带她到蒲纳街去吃包饭①，每月花九十法郎饭钱；那边的主顾全是上等妇女、国会议员和有头衔的男人。

阿迦德只管一顿中饭，和儿子同住以后恢复了她从前陪丈夫的习惯。晚饭要花到上百法郎一月，约瑟为了孝心，瞒着母亲，但后来她也知道，觉得这笔开支太大，又想不到儿子画些裸体女人会挣到很多钱，便托她的忏悔师陆罗神甫谋到一个差事。从前鸱枭党大革命时期，布勒塔尼和诺曼地一带有些贵族勾结落后农民武装反抗大革命，称为鸱枭党。巴尔扎克有一部小说就用这个题材的一个头目的寡妇②，鲍望伯爵夫人手里有一个彩票行，阿迦德到她行里去做事，一年支七百法郎薪水。

凡是有大佬帮忙的寡妇往往能弄到一个彩票行，代售彩票的利润一般都能养活一个家。王政复辟时代，替王室出过力的人都需要酬劳，而立宪制的政府并没许多位置安插，所以对某些清寒的贵族妇女不止分派一个彩票行，而是分派两个，大约有六千到一万法郎收入。在这个情形之下，一个将军或贵族的寡妇没法亲自照管，必须出钱另请掌柜。掌柜倘是单身汉，他又不能不再雇一个伙计；因为彩票行从早上开到半夜，财政部规定

① 包饭：按月支付固定费用的饭食。

② 鸱枭党：今译舒昂党。巴尔扎克此题材小说为《舒昂党人》。

的文件表格又数量极多。鲍望伯爵夫人听陆罗神甫讲了勃里杜寡妇的遭遇，答应一朝掌柜出缺，把勃里杜太太补上去，眼前先要她的掌柜给阿迦德六百法郎薪水巴尔扎克忘了他上面说的是七百法郎。阿迦德早上十点上班，连吃夜饭的时间都很局促；晚上七点回彩票行，要半夜才下班。两年之内，约瑟没有一晚不去接母亲回玛萨里纳街，有时还去接她吃晚饭；不论在歌剧院、意大利剧院，还是什么人才济济的交际场所，朋友们老是看见约瑟中途退席，在半夜以前赶到维维安纳街。

不久，阿迦德的单调而有规律的生活成了习惯。受过剧烈痛苦的人精神上多半靠这种生活做依傍。早上她收拾自己的卧房，鸟儿、猫儿那时全没有了；在壁炉架旁边弄好中饭，端到画室去和儿子同吃；然后打扫儿子的卧室，把自己屋里的火熄掉，到画室里坐在生铁火炉旁边做活，约瑟有朋友或模特儿来了，她就走开。虽然她对于艺术和制作方法一窍不通，却很喜欢画室的清静。她在艺术方面毫无进步，也不冒充风雅假装懂得；听人家对色彩、构图、素描那么重视，只觉得非常奇怪。遇到小团体里的朋友或是和约瑟来往的画家，如希奈、比哀·葛拉苏、雷翁·特·洛拉①，那时还是很年轻的“拉班”，绰号叫弥斯蒂格里，遇到这班人辩论，阿迦德往往过来把作品细瞧，可始终看不出有什么东西值得夸大其词，争得这么热烈。她替儿子缝内衣、补袜子，甚至洗画板、收集揩画笔的破布、收拾画室，样样弄得整整齐齐。约瑟看见母亲关心这些小事，也对她格外体贴。母子俩在艺术方面尽管隔膜，感情却很融洽。原来母亲自有母亲的计划。

等到阿迦德把儿子笼络好了，有一天早上约瑟正在起稿画一幅大画，画成以后不受了解的作品，母亲故意大声自言自语：

“天哪！他在干什么呢？”

“谁？”

“腓列普！”

“嘿！这家伙喝西北风也过得了日子。他会锻炼出来的。”

“他已经落魄过了，说不定就因为潦倒才变的。要是他生活安乐，一定是个好人……”

“好妈妈，你以为他在国外吃苦么？你想错了，他在纽约跟在国内一样寻欢作乐。”

“不过他在我们身边吃苦，我总觉得难受……”

---

① 三人均为巴尔扎克《人间喜剧》中多部作品里出现的人物。

约瑟道："要我给他一些钱倒还愿意，就是不愿意见他。可怜台戈安姥姥一条命就送在他手里。"

阿迦德道："这样说来，你是不愿意画他的像了？"

"为了你，妈妈，我就受一次罪吧。我可以忘了一切，只想到他是我哥哥。"

"可是画他骑在马上，穿着龙骑兵营营长的装束么？"

"行，我这里有一匹出色的马，照葛罗的那匹定做的，正没处用。"

"那么你去找他的朋友，打听他怎么样了。"

"好，我去罢。"

阿迦德站起身子，把剪刀等等一齐掉在地下，过去抱着约瑟的头亲吻，还落了两滴眼泪在他头发里。

约瑟道："你一片痴心就在这家伙身上；咱们都想不开，各有各痴心的对象。"

下午四点左右，约瑟到小径街找到了腓列普，他在那里填补奚罗多的缺。龙骑兵营的老上尉替外甥办的一份周报当出纳员去了。原来的小报仍是斐诺的产业，虽则改成公司，所有的股票都操在他手里，出面的老板和总编辑是斐诺的一个朋友，姓罗斯多。他的父亲便是从前伊苏屯按察使的代办，勃里杜的外公要找他出气的；因此这罗斯多也就是奥勋太太的内侄。

斐诺碍于舅舅的情面，把位置给了腓列普，但薪水减去一半；每天下午五点还得由奚罗多去查账，把当天的收入带走。残废军人苦葫芦仍在报馆当差、跑腿，暗中也防着腓列普。那时腓列普行为还不错。六百法郎薪水，加上五百法郎荣誉团津贴，尽可以过活：白天不用生炉子，晚上凭着送票在戏院消磨，他只消管吃住两项就行了。约瑟走进去，苦葫芦头上顶着一叠印花税票正要出门，腓列普刷着他的绿布套袖。

他见了兄弟，说道："咦！小家伙来了。好吧，咱们一块儿去吃晚饭，吃过晚饭上歌剧院。佛洛丽纳和佛洛朗蒂纳有包厢。我同奚罗多一起去，你也来，我替你介绍拿当。"

他拿起铅球柄的手杖，嘴里衔上一支雪茄。

约瑟道："不行；我要去接妈妈，我们在外边吃包饭。"

"可怜的老人家怎么样？"

约瑟回答："还不坏。我把父亲的像和台戈安舅婆的像重新画过了，我的自画像才完工，想画一张你穿着龙骑兵军装的像送给妈妈。"

"行！"

“不过要你来做模特儿的……”

“我每天九点到下午五点都得守在这个鸡棚里……”

“只要两个星期日就够了。”

“好，小家伙。”当年拿破仑的传令官说着，在门房的灯上点雪茄。

约瑟搀着母亲上蒲纳街吃晚饭，告诉她腓列普的情形，觉得母亲听了胳膊微微发抖，憔悴的脸上放出一点快乐的光彩。可怜的阿迦德好像放下了千斤重担，松了一口气。第二天，她心中高兴，又感激约瑟，对他特别亲热，买了些花插在画室里，又送约瑟一对花盆架。

腓列普让兄弟画像的第一个星期日，阿迦德在画室里备下一顿精致的中饭，几道菜一齐放在桌上，还摆着半小瓶烧酒。她在屏风上戳了一个窟窿，躲在后面。退伍的龙骑兵上一天叫人先把军服送来，阿迦德抱着军服连连亲吻。等到腓列普穿扮齐整，骑上约瑟向马鞍匠租来的干草扎的假马，阿迦德只能趁两兄弟谈天的当口轻轻落几滴眼泪，免得腓列普听见。饭前饭后，腓列普一共让约瑟画了四小时。下午三点，龙骑兵换上便服，抽着雪茄，又约兄弟到王宫市场去吃夜饭，把袋里的金洋抖的铛铛响。

约瑟道：“我不去。看你有钱，我就害怕。”

上校敞开洪亮的嗓子叫道：“啊，怎么！你们还是不放心我？难道我不能有积蓄么？”

“不是的，不是的，”阿迦德说着，从屏风后面跑出来拥抱儿子，“约瑟，咱们去吧。”

约瑟不敢埋怨母亲，只得穿起衣服。腓列普带他们到蒙多葛伊街仙岩饭店，叫了一桌讲究的菜，花到近一百法郎。

约瑟看着大不放心，说道：“怪了！你像白衣太太里的邦夏法国有名的男高音歌唱家邦夏（1789—1866），1825年在喜歌剧院串演《白衣太太》中的乔治·勃朗一角。勃朗是个下级军官，只有一千二百法郎一年薪水，却出到五十万买一座古堡，结果是白衣太太出的钱。——巴尔扎克在此引用，以本文这一段情节发生的时代（1822年）而论，未免太早了一些一样，只有一千一百法郎收入，积蓄的钱竟可以买田买地！”

龙骑兵灌饱了老酒，回答说：“这一阵我手气好呀！”

阿迦德听着忏悔师的吩咐，看戏只看杂技，因此腓列普请母亲上奥林匹克杂技剧场。他们走出饭店正要上车，约瑟听了腓列普的回答，在母亲臂上捏了一把，母亲马上推说不舒服，不去看戏了。腓列普送他们回玛萨里纳街。上了阁楼，阿迦德在约瑟面前闷声不响，一句话都没有。

下星期日，腓列普又来让兄弟画像。这回母亲不再回避。她开出中饭来，向儿子问长问短，从他嘴里听到她母亲的老朋友奥勋太太的内侄，在文坛上已有相当地位。腓列普和他的朋友奚罗多来往的全是一般新闻记者、女演员、出版商，他们俩以报馆出纳员的身份受到重视。腓列普饭后一边让约瑟画像，一边尽喝杂合酒，话愈来愈多。他自命不凡又能扬眉吐气，做个头面人物了。但约瑟问到腓列普的经济来源，腓列普就默不作声。碰巧第二天是节日，报纸休刊，腓列普为了早些结束，提议明天就来让兄弟画完。约瑟说展览会日期近了，他有两张画要展出，没有钱配框子，正在替画商玛古斯临一幅卢本斯。原作是一个瑞士银行家的，只借十天，明天是最后一天了。腓列普的像只能等下星期日再画。

卢本斯的原作摆在一个画架上，腓列普瞧着问："就是这一幅么?"

"是的，"约瑟回答，"那要值到二万法郎。你瞧，天才就有这本事。还有些作品值到几十万呢。"

龙骑兵道："我倒更喜欢你临的一幅。"

约瑟笑道："因为更新鲜呀；不过我的临画只值一千法郎。明儿还得花一天时间按照原画的色调加工，做旧，叫人看不出是临的。"

"再见了，妈妈，"腓列普拥抱着母亲说，"我下星期日再来。"

下一天，埃里·玛古斯早约好要来拿临好的画。约瑟的朋友比哀·葛拉苏也在替那个画商工作，想来看看约瑟的临本。作品已经完工，还涂了一层特殊的油。约瑟听见朋友敲门，有心开玩笑，临时把卢本斯的原作和自己的临本对调位置。比哀·葛拉苏完全被他蒙住了，佩服他临画的本领了不起。

他说："你可骗得过玛古斯么?"

约瑟说："等会儿瞧吧。"

可是画商没有来，时间已经不早。特洛希老人最近过世，阿迦德在特洛希太太家吃饭。约瑟就邀葛拉苏一同去吃包饭，下楼照例把画室的钥匙交给门房。

过了一小时，腓列普跑来对看门女人说："今晚约瑟替我画像，他一忽儿就来，让我先到画室去等。"

看门的交出钥匙。腓列普上楼拿了临画，只当是卢本斯的真迹，下楼把钥匙交还门房，推说忘了东西，去去就来。他把那幅卢本斯卖了三千法郎。他想得周到，事先冒着兄弟的名通知玛古斯，约他下一天去画室。晚上，约瑟在特洛希寡妇家接母亲回来，门房告诉他腓列普好不古怪，才上去就下来了。

约瑟猜到他偷了画，说道："要是他狠一狠心，不单单拿走我的临本，就要我的命了。"

他三脚两步奔上四楼，冲进画室，叫道："还好，谢天谢地！江山易改，本性难移，他永远是个下流东西！"

阿迦德跟在后面，不懂约瑟的话是什么意思。等到约瑟说明了，她呆呆的站着，一滴眼泪都没有，只是有气无力的说了一句："那么我只有一个儿子了！"

约瑟道："我们在外人面前素来顾他面子，现在可是要吩咐门房不让他进门了。咱们的钥匙随身带走。他那张该死的脸，我单凭记忆也能画完，只消再添几笔就行。"

母亲回答："丢开算啦，我看着受不住。"她痛心之极，想不到腓列普会这样卑鄙。

腓列普明知道兄弟临画的钱作什么用场，也明知道这一下要把兄弟逼得走投无路，但还是不顾一切。出了这件事，阿迦德不再提腓列普了，满脸绝望的表情显得又辛酸，又抑郁，永远化不开，老是有个念头在折磨她。

"终有一天会看到勃里杜上法庭的！"她心上想。

两个月以后，阿迦德快要进彩票行做事的时节，有一天正和约瑟吃中饭，忽然一个老军人上门来看勃里杜太太，自称为腓列普的朋友，有要紧事儿。

奚罗多报出姓名，母子俩就浑身一震，尤其那老龙骑兵的长相很像一个凶横的水手。一双黯淡的灰色眼睛，花白胡子，脑壳颜色像新鲜牛油，四周剩一圈乱七八糟的头发，有股说不出的淫乱的神气。旧灰外套上扣着荣誉团的红星，衣襟不容易合拢，挺着厨子一般的大肚子，阔嘴巴几乎跟耳朵相连，肩膀扎实：这些外貌倒很相称，但两条腿又瘦又细。绯红的颧骨说明他过着吃喝玩乐的生活。腮帮下部叠起粗大的肉裥，拥在破旧的黑丝绒领外面。老龙骑兵除了别的装饰品，耳上还戴一副奇大无比的金耳环。

约瑟看着他想道："真是个酒色俱全的烂料！"这句俗话那时已经流行到画家圈子里。

斐诺的舅舅兼出纳员说道："太太，你儿子的情形太可怜了，一般朋友为他的负担也太重了，不能不要求你分担一部分。他不能再在报馆做事，圣·马丁门戏院的佛洛朗蒂纳小姐安置他在王杜姆街一个破烂的阁楼上。腓列普病得不轻，倘若他兄弟和你不付医药费，我们为了治他的病，

那老龙骑兵的长相很像一个凶横的水手

只得送他进南方医院①。只要有三百法郎，我们就能把他留下。他非有人看护不可。佛洛朗蒂纳小姐晚上到戏院去了，腓列普就往外溜，喝刺激的东西，对他的病和治疗都很不好。我们因为喜欢他，看他这样更难过。可怜的腓列普把荣誉团的三年津贴都抵押了，又支不到报馆的薪水，事情暂时由别人代管。太太，要不送他进丢蒲阿医生的疗养院，腓列普就性命难保。那个上等医院一天收费十法郎。我跟佛洛朗蒂纳小姐负担一半，另外一半你来吧……最多不过两个月！"

阿迦德回答说："做母亲的看到你们这样待她儿子，的确十分感激，一辈子都忘记不了。可是我心上已经没有这个儿子；至于钱，我拿不出。你看我这个小儿子，真正值得母亲心疼的儿子，日夜不停的拼命工作；我因为不要他负担生活，后天进一家彩票行去当伙计。你看我活了一把年纪落到这个地步！"

老兵回头问约瑟："那么你呢，小伙子？一个圣·马丁门戏院的穷舞女，一个老军人，都在帮忙，难道你不能为哥哥出一份力么？"

约瑟好不耐烦，回答说："你今天到这儿来，用我们艺术家的口头禅说，目的是想钓鱼！"

"那么你哥哥明儿就得进南方医院。"

约瑟道："他住医院决不吃苦。我一朝碰上这种情形，我就会去！"

奚罗多大失所望，走了；要把一个在蒙德罗战役中当过皇帝传令官的人送南方医院，奚罗多心里的确很委屈。

过了三个月，7月将尽，一天上午阿迦德到彩票行去办公；她要省艺术桥的过桥费，向来走新桥，再沿着学校河滨道的石栏杆向前。那天河滨道对面开铺子的一边，有个衣衫褴褛的男人，阿迦德看了眼睛一花，觉得有点像腓列普。按照那人的装束，他应当在穷人中间列入第二等。巴黎人的穷可以分做三大类：第一类是撑着场面而有前途的人的穷，例如青年人的穷，艺术家的穷，上流社会中暂时遭难的人的穷。这种穷的迹象，唯有老经验的观察家像显微镜似的眼光才看得出。他们可以说是贫穷中的贵族，进出还有车马。第二类是老年人的穷，他们觉得样样都无所谓了，荣誉团的红星6月里还钉在粗呢大衣上。其中有靠利息过活的老头儿，有住在圣·贝里纳19世纪初设立的养老院，男女兼收，取费极少的老公务员，对衣着的外表满不在乎。最后是衣衫褴褛的穷，是平民的穷，也是最富于诗意的穷；卡洛、荷迦斯、牟利罗、夏莱、拉番、迦华尔尼、曼索尼埃等等一般

① 南方医院：该医院治疗梅毒病人，兼收潦倒的患病者。

画家、版画家①，以及整个艺术界所喜爱而尽量表现的，尤其在狂欢节中间，就是这一类的穷。

阿迦德觉得像她儿子的那个人，正介乎最后两类贫穷之间。衣衫破得不成模样，帽子百孔千疮，一补再补的靴子后跟脱落了，经纬毕露的大氅上，布包的纽子只剩空壳，有的张着嘴，有的反卷着，跟破烂的口袋和油腻的领围正好相配。大氅上的绒毛磨得精光，除了吃饱灰尘以外，什么都没有了。灰色裤子到处脱线，从裤袋里伸出来的手跟工人的一般黑。大氅里面一件手织的毛线衫，年深月久变成棕色，袖子露在大氅的袖口外面，底下一段盖着裤腰，大概是代替衬衣的。

腓列普额上用铜丝系着一个绿绸的太阳罩。他的皮色、苍白的脸、头发几乎全秃的脑袋，都说明他才从可怕的南方医院出来。四边发白的绿大氅上还扣着荣誉团的红星。走路人带着又诧异又怜悯的目光瞧着他，以为这“好汉”一定吃了政府的亏；因为那红星叫人看了心里起疙瘩，最凶悍的保王党还会因此怀疑荣誉团勋章的价值。其实政府虽则有心滥发勋章，贬低荣誉团的身价荣誉团是1802年拿破仑创立来收买人心的。波旁家复辟后，当然要贬低荣誉团的声望，那个时期全国受勋的人还不到五万三。当下阿迦德心中大为震动。她固然不可能再爱这个儿子，但要她不为之肝肠寸断也办不到。当年何等威风的御前传令官，正要跨进烟店去买雪茄，忽然在门口站住，在口袋里掏了半天，什么也没掏出来。阿迦德看到这里又动了慈母的心，不由自主的掉下眼泪。她急忙穿过河滨道，拿钱袋塞在腓列普手里，赶紧溜走，好像做了什么亏心事。她回去两天吃不下饭，儿子在巴黎快饿死的惨状始终在眼前。

她想：“我给他的钱用完了，谁给他呢？可见奚罗多不是骗人，腓列普才出医院。”

腓列普害了舅婆的性命、倾家荡产、偷自己人的钱、狂赌、酗酒、腐化堕落，阿迦德忘得干干净净，只看见一个大病初愈的人饿着肚子，抽烟的人没有烟抽。她才四十七岁，已经像七十岁的老婆子，老是流泪、祈祷，弄得两眼无神。

---

① 卡洛（1592—1635）：法国版画家。荷迦斯（1697—1764）：今译贺加斯，英国画家、版画家。牟利罗（1617—1682）：西班牙画家，擅长风俗画和宗教画。夏莱（1792—1845）：今译沙尔莱，法国画家。拉番（1804—1860）：今译拉费，法国画家、版画家。迦华尔尼（1804—1866）：今译加瓦尔尼，法国版画家。曼索尼埃（1815—1891）：今译梅索尼埃，法国画家。

但这还不是儿子给她的最后打击，她的最可怕的预感竟成了事实。部队里破获一件军官谋反的案子，官报上登出逮捕的详情，报贩编成一段摘要在街上叫喊。

阿迦德在维维安纳街彩票行里听见腓列普·勃里杜的姓名，当场晕倒。经理了解她的痛苦，知道她需要四出营救①，给了她半个月假期。

她一边上床一边对约瑟说："唉！只怪我们太严厉了，逼他走上这条路。"

约瑟道："我找特洛希去。"

特洛希那时在巴黎出名是个极精明极狡猾的诉讼代理人，也帮过好几个要人的忙，其中一个是某部的秘书长台·吕卜克斯。约瑟把哥哥的案子交给特洛希办，奚罗多却到他家里去看勃里杜太太；这一回勃里杜太太相信他了。

奚罗多说："太太，想法凑一万二千法郎，你儿子就能因证据不足而当场开释。主要是买通两个证人，叫他们不开口。"

"我一定去弄来。"可怜的母亲回答，既不知道向哪儿设法，也不知道怎么设法。

可是她情急智生，写信给干妈奥勋太太，托她向约翰－雅各·罗日商量一万二千法郎来救腓列普。倘若罗日不肯，就请奥勋太太借给她，两年之内必定归还。一封信去，一封信来，回信是这样写的：

> 我的孩子，尽管你哥哥确确实实一年有四万进款，还有十七年的积蓄，据奥勋先生估计，应当在六十万以上，他可决不肯破费一个钱给他从未见面的外甥。在我这方面，你不知道只要我丈夫活着，我连六个法郎都调动不了。奥勋是伊苏屯第一个吝啬鬼；我不晓得他的钱做什么用，他每年给孙子们的零用从来不超过二十法郎；要我向人借，必须得到他的同意，而他是决不同意的。我根本不想向你哥哥开口，他家里养着一个姘妇，对她百依百顺。可怜他有的是嫡亲妹子、嫡亲外甥，却在家中受尽欺负，叫人看了难过。我过去一再给你暗示，要你到伊苏屯来救你的哥哥，替你两个孩子抢救一笔财产，不让那条毒虫吞没四万，甚至于六万法郎的收入。可是你置之不理，又像不懂我的意思。所以我今天写信不能再拐弯抹角的说话了。我非常同情你的遭遇，但除了同情，我一筹莫展。让我把不能帮助你的原因说

---

① 四出：指到各处去。

给你听：奥勋年纪八十五，一天还吃四顿，晚上照旧吃硬鸡子拌生菜，跑起路来跟兔子一样快，我的墓碑将来还得他来写呢；因此我到死荷包里拿不出二十法郎的了。倘你愿意回伊苏屯，把你哥哥从姘妇手里救出来，罗日有他不能招留你的苦衷；那时要我得到丈夫同意，让你住在我家，也得花我很大气力。不过你尽管来，奥勋在这一点上会依我的。我有个法宝可以制服他，就是跟他提起我的遗嘱。这个手段叫人太难堪了，我从来没用过；可是为了你也顾不得了。希望你的腓列普太平无事，只要能请一个高明的律师。但你应当到伊苏屯来，愈早愈好。你该想到，你那五十七岁的脓包哥哥比奥勋还要老态龙钟：可见形势紧急。外边谣传说他已经立下一份遗嘱，不给你遗产；但奥勋认为遗嘱随时好推翻。再会了，我的小阿迦德，但愿上帝保佑你！疼你的干妈也会尽她的一份力量。

玛克西米里安纳·奥勋，本姓罗斯多

附笔——我的内侄埃蒂安纳常在报上写文章，听说认识你的腓列普。他有没有去问候过你？他的事等你来面谈吧。

阿迦德为这封信转了许多念头。她不能不给约瑟看信，也不能不把奚罗多出的主意告诉约瑟。约瑟遇到有关哥哥的事变得非常小心，向母亲说应当全部通知特洛希。

母亲觉得很对，下一天清早六点带着儿子上皮西街去看特洛希。这位诉讼代理人和他过世的父亲一样刚强，声音尖厉，皮色难看，眼睛冷冰冰的，一张貂鼠脸，像吃过小鸡似的嘴唇血红。他一听奚罗多上门来说的话，像老虎一般直跳起来，逼尖着喉咙叫道：

"哎啊！勃里杜妈妈，你上你混账儿子的当要上到什么时候？一个钱都不能给！腓列普归我负责，我让他去受贵族院特别法庭审判，就是顾着他的前途。你怕他判刑，他的律师才不让庭上这样判呢！你还是到伊苏屯去抢救你两个孩子的财产吧。要是你无能为力，要是你哥哥立的遗嘱偏袒那个女的而你不能叫他取消……至少可以收集一些材料，将来好告他们诈欺取财，案子归我来办。不过你太忠厚了，未必能为这一类的官司打好根基。暑假里我亲自上伊苏屯走一遭……要是有时间的话。"

"我亲自上伊苏屯走一遭"这句话，约瑟听着吃惊。特洛希向约瑟挤挤眼睛，要他让母亲先走一步，特洛希另外有话告诉他。

"你哥哥卑鄙透顶，不管有意无意，反正是在他身上破案的；这家伙诡计多端，我们还弄不清真相。不是傻瓜便是奸细，他究竟是哪一种，你自己去决定吧。他的案子判下来没有什么大不了，不过受警察局管制罢了。放心，他的秘密只有我一个人知道。你快快陪母亲上伊苏屯，你是聪明人，你该想法救出遗产。”

约瑟在楼梯上追上母亲，说道：“妈妈，特洛希说得不错。我才卖出两张画，你有十五天假期，咱们动身到贝利去吧。”

阿迦德写信给奥勋太太报告行期，第二天傍晚就带着约瑟上路，丢下腓列普听天由命。班车从唐番街往奥莱昂大道前进；腓列普那时已经移送卢森堡监狱，车子在前面经过，阿迦德忍不住说：

“要没有各国的同盟军，他不会在这里的！”

车子前厢只有约瑟母子两人。换了别的孩子，听着母亲这句话或许会不耐烦，耸耸肩膀一笑置之；约瑟却紧紧搂着母亲说：

“好妈妈，你这个母亲等于画家之中的拉斐尔！而且永远是个糊涂母亲！”

第二部　一个内地单身汉的生活

一 伊苏屯

过了一会，路上的形形色色使勃里杜太太忘记了愁苦，想起她出门的目的了。特洛希看着奥勋太太的信大为激动，阿迦德当然也重新看过一遍。干娘已是七十多岁的人，素来老成持重，这次提到一个正在吞掉约翰-雅各·罗日财产的妇女，竟用上“姘妇”“毒虫”这类字眼，便是罗日本人也被她称为脓包，阿迦德不免为之暗暗吃惊，寻思自己到了伊苏屯怎么能救出遗产。

约瑟这个可怜的艺术家既没有图财谋利的心，对法律也不甚了了，听着母亲叫苦，不由得担起心事来。

他道：“特洛希打发咱们去抢救遗产，事先应该把方法说清楚才对。”

阿迦德回答说：“我过去只想着腓列普在牢里或许烟都没有抽，不久又要上特别庭受审；至今我脑子昏昏沉沉，只记得小特洛希要我们收集一些材料，作为将来告他们诈欺取财的根据，假定你舅舅立的遗嘱偏袒那个……那个……那个女的。”

约瑟嚷道：“他说得好轻松，特洛希！……管他！倘使我们毫无头绪，就要他亲自出马。”

阿迦德道：“干着急也没用，反正到了伊苏屯干妈会点拨我们的。”

这段话是在奥莱昂换过车，向索洛涅进发的途中说的；由此可见母子俩并无能力扮演精明强干的特洛希派给他们的角色。阿迦德离开伊苏屯已有三十年，地方上风俗大起变化，我们必须大致描写一番，否则读者不容易体会到奥勋太太帮助干女儿的勇气，也难以了解约翰-雅各·罗日所处的尴尬地位。罗日医生固然叫儿子对阿迦德视同陌路，但做哥哥的三十年不给妹子通一个消息也太不近人情。这样的音信断绝必有奇怪的原因，罗日的亲属要是换了别人而不像约瑟母子，早就设法打听了。总而言之，伊苏屯当地的情形和勃里杜一家的利益的确不无关系，看了下文就知道。

伊苏屯是法国最古老的城市之一，巴黎人听着可别生气。历史上指普罗巴斯皇帝为高卢的挪亚 3世纪末期的罗马皇帝，在位提倡农业，相传高卢地区的葡萄是他叫人播种的。挪亚是《圣经》中的族长，奉神命带领家人及牲畜在方舟上躲避洪水，其实是一种偏见；凯撒早就赞过香福的葡萄酒，而香福原是伊苏屯出产葡萄最好的一区。12世纪的编年史家列高提到伊苏屯时所用的字眼，使我们对当地人口稠密、商业繁盛的情形毫无怀疑的余地。但这两个证据只指出伊苏屯比较晚近的时代，实际上城市的历史还要古老得多。当地的一位考古学家阿尔芒·班雷美先生①，最近在有名的伊苏屯塔底下发掘出一所5世纪的教堂，大概在法国是独一无二的了。而教堂所用的建筑材料还有更早的文明的标记，因为教堂造在一座罗马庙堂的地基之上，还用了庙堂的石头。根据这位考古学者的研究，法国城镇的名字凡是以"屯"字为结尾的，不管用的是古体dunum或近制dun的拼法，都是土著建立的城镇。伊苏屯的起源就是这样。"屯"是高卢人的宗教所崇拜的高地，城镇取以为名就表示克尔特族罗马人所谓的高卢人就是克尔特人曾经在此驻过军队，做过礼拜。在高卢人的"屯"下面，罗马人所造的庙可能是供奉伊西斯女神②。考古学家晓蒙认为，就因为这缘故，城的名字才叫作伊苏屯。伊苏是伊西斯的简称。

5世纪盖的基督教堂，已是那座古城改奉第三种宗教高卢人的宗教是第一种，罗马人的宗教是第二种，基督教是最后的一种了以后的建筑。盖在教堂地基上的塔毫无疑问是狮心理查造的③，他还在塔内铸过货币。狮心理查保留老教堂，作为城墙最高处的一个必要的据点，再在四周筑一道封建时代的堡垒，好像替教堂披上一件外衣。狮心理查以博阿多伯爵的身份反抗他父亲英王亨利二世，亨利二世利用一般佣兵队长对付儿子；那些土匪一时声势浩大，把伊苏屯作为他们的巢穴。这个古代高卢地区的历史，本多派教士没有写④，以后恐怕也不会写的了，因为本多派教士中已经没有史学家。所以我们的风俗史遇到考古学上的疑团不大弄得清楚。

还有一点可以证明古时伊苏屯的强盛。在环城的丹沃斯河四周，一大块高地上开着一条高出地面几公尺的小运河，名叫多纳米纳。这个工程毫无疑问出于罗马人之手。此外，从古堡那边向北伸展的城关内，有一条街

---

① 阿尔芒·班雷美：今译佩雷梅（1804—1874），法国著名考古学家。

② 伊西斯女神：古埃及最重要的神，司生育和繁殖的女神、母性的庇护者。

③ 狮心理查：理查一世（1157—1199），英格兰国王，1189—1199年在位。战功赫赫，传说他曾一把抓出了狮子的心脏，故名。

④ 本多派：今译本笃会，由圣本尼狄克创建的罗马天主教修会。修士和修女多为学者和教师，继罗马帝国衰落之后，在保存古代学术方面发挥重要作用。

两千多年来一直叫作罗马街；那城关也称为罗马城关，其中的居民自称为罗马人的后代。他们的种族、血统、相貌，的确有一种特征。他们几乎全是种葡萄的庄稼人，民风特别强悍，大概是由于原来的种族关系，或者由于他们12世纪时在夏洛斯德平原上剿灭了土匪流寇的缘故。

1830年革命以后，法国大局过于动荡，没有人注意到伊苏屯种葡萄的人暴动1830年9月；事情闹得很激烈，只是为了某种原因，详细情形不曾公布。先是伊苏屯的布尔乔亚不许军队开进城内，他们要照中世纪的习惯，本地的事归本地人了结。当局看到他们有六七千种葡萄的做后盾，不得不让步。种葡萄的放火烧了间接税局和所有的档案，押着一个税卡的职员在大街小巷游行，走过一个路灯杆都要叫一声："把他吊起来！"宪兵从狂怒的群众手里抢出可怜的职员带往监狱，说要治他的罪，才救了他性命。将军跟种葡萄的订了协议才能进城，也亏他胆量不小，竟敢跑进人堆；他走到市政府前面，就有一个罗马城关的居民在杆子上扎着一把大铡刀，像平日修树用的那一种，搁在将军脖子上大叫："收税的不滚蛋决不甘休！"那将军打过十六年仗，出生入死保留下来的脑袋几乎被当场砍下，幸亏有个暴动的首脑出来喝阻，官方也答应他"要求国会取消酒窖里的耗子种葡萄的给税务人员起的绰号"。

14世纪，伊苏屯还有一万六七千人口，等于列高时代的一半。查理七世在城内有所行宫，至今还在，到18世纪为止本地人都叫作"王上的屋子"。那时伊苏屯是羊毛买卖的中心，供应一部分的欧洲；城内大规模制造呢绒、帽子和上等小山羊皮手套。路易十四时代，伊苏屯出过蒲尔达罗和巴隆蒲尔达罗（1632—1704）是有名的散文家；巴隆是莫里哀剧团中的演员。但作者这一段考据并不正确。蒲尔达罗生于布日，巴隆生于巴黎，只有巴隆的父亲才是伊苏屯人，他是一个中途下海而并不出名的演员，始终被称为优美漂亮、谈吐文雅、人物高尚的城市。波巴神甫波巴（1729—1796）是一个赞成政治革新的教士在《桑赛尔地方志》中说，伊苏屯的居民在贝利人中间特别聪明细腻，富有天趣。现在这种光彩这种才气完全看不见了。城市的面积还证明当年的地位重要，人口却只有一万二，还包括圣·巴丹尔纳、维拉德、罗马、云雀四大城关的种葡萄的在内，而四个城关简直等于四个小城。布尔乔亚的住宅像凡尔赛的一样分散在街上。经营贝利羊毛的市场仍旧保留，但是已经受到威胁，因为到处都在改良羊种而贝利人不愿意革新。伊苏屯的葡萄酒只销在两个州府之内，倘用蒲高涅和迦斯高涅的方法制造，一定成为法国名酒之一。可惜当地的规矩是样样照老辈的办法，绝对不能创新。

例如种葡萄的始终在发酵阶段让葡萄梗子留在桶里，把一种明明能开辟财源、振兴市面的酒弄得好不难吃。据说葡萄梗的涩味会随着年代而变，并且就靠这涩味，伊苏屯的酒才能保存到上百年之久！种葡萄的人说的这个理由在酿酒学上相当重要，值得公开。布勒塔尼人琪奥默12至13世纪时法国诗人在长诗《腓列比特》中就有几句诗赞扬。

可见伊苏屯的衰落是由于思想停滞到了麻痹的程度，只举一件事情就可知道。巴黎到多鲁士的公路，在维埃尔仲和夏多罗中间的一段自然应当经过伊苏屯，那比现在经过华当的路线短得多。但伊苏屯的首脑人物和市参议会，据说的确经过开会讨论，要求改道华当，理由是伊苏屯有了公路，物价会上涨，鸡可能卖到三十铜子一只。这样的例子只见之于萨台涅岛上最蛮荒的区域，也是古代人口极稠密、极富庶，而如今变为一片荒凉的地方。国王查理－亚尔倍1832—1849年间的萨台涅国王抱着促进文明这样一个高尚的愿望①，决定在岛上第二大城萨萨里和卡里阿里之间筑一条壮丽的公路，也是萨台涅大草原上唯一的公路。直接的路线应当经过鲍诺华，那个区域住着一个桀骜不驯的民族，很像我国的阿拉伯部落，也是摩尔血统。鲍诺华的蛮子看到要被文明侵入了，根本不耐烦开会讨论，就表示反对。政府置之不理。不料第一个测量员去插下第一根测量棒，头上就中了一颗子弹，死在测量棒下。政府没有追究，立即改变路线，绕道三十二公里。

再说伊苏屯：只在当地销售的葡萄酒价钱越来越跌，布尔乔亚要求物价低廉的愿望固然满足了，种葡萄的却越来越受耕作成本和捐税的压迫，到了破产的地步，正如当地的羊毛买卖因为不能改良羊种而濒于绝境。乡下人在每样东西上都痛恨改革，即使觉得改了对他们有利也是如此。有个巴黎人在乡下看见一个工人一顿晚饭吃了大量的面包、乳饼、蔬菜，告诉他改吃一部分肉类可以营养更好、花钱更少、干的活更多，精力也不至于消耗太快。那贝利人承认这笔账算的对，却回答说：

“可是先生，那些闲话怎么办呢？”

“什么闲话？……”

“是吗，人家看了要怎么说呢？”

这件事发生在一个地主的土地上，据那地主说：“那么一来，他会给地方上当做话柄，以为他跟布尔乔亚一样有钱；他怕公众的舆论，怕人在他背后指手画脚，怕人当他身体不行或者有病……我们这个地方的人就是

① 查理－亚尔倍（1798—1849）：意大利萨丁岛－皮埃蒙特国王。一般称为卡洛·阿尔贝托，英语翻译为查理－阿尔贝特。

 这样！”

许多布尔乔亚说到最后这句，暗里含有骄傲的意味。

在乡下，农民一向没人关心，无知与守旧的风气固然牢不可破；可是伊苏屯城内也奄奄无生气。每家人家免得坐吃山空，只会拼命俭省，彼此不相往来。社会上缺乏对抗的势力，谈不上活跃的生活，不像中世纪的意大利城邦有两种力量冲突而显得生气勃勃。伊苏屯早已没有贵族。12 世纪的土匪流寇、14 世纪雅各团的农民起义①、后来的宗教战争和大革命，把本地的贵族阶级整个儿消灭了。城里人对这个胜利十分得意，他们以维持物价低廉为理由，始终拒绝驻扎军队，因而得不到与军队接触的好处，和时代失去了联络。1756 年以前，伊苏屯还是驻屯军人认为生活最愉快的一个城市。后来，特·夏泼侯爵有个儿子当龙骑兵军官，为私情被杀，也许死得并不冤枉，但对方杀害的手段太卑鄙了；侯爵和区法院大法官与龙骑兵军官调情的便是这位大法官的妻子打了一场轰动全国的官司。从时起，伊苏屯不再驻扎军队。即使内战时期指大革命时期一度驻过第四十四团，那次驻军的性质也根本不能恢复居民和军人的正常关系。

每十年减少一次人口的布日也害着这种社会病。那些大城市都变得毫无生气。当然错处是在行政当局。政府本应该发现政治集团的缺陷，派些精明干练的人到有病的地方去补救。可是当局非但不这么办，反而把死气沉沉的局面当做天下太平，暗暗庆幸。再说，政府也没法派新的行政官或是能干的司法人员。今日之下，谁愿意埋没在州府中做一些没有光辉的事业？即使偶尔送去几个有雄心的外乡人，不久也被麻痹的力量征服，和可怕的内地生活打成一片。便是拿破仑吧，到了伊苏屯也难保不意志消沉。由于这种特殊情形，1822 年代伊苏屯一府的行政长官都落在清一色的贝利人手里。官厅有等于无，或者毫无力量，除非遇到某些极难得的情形，事情太严重了，司法当局才有所行动。王家检察官摩伊隆先生跟每个人都是老表，他的助理也是本地人。法院院长在没有攀登院长宝座之前说过一句话，从此出了名，那句话的性质使说的人在内地一辈子被称为糊涂蛋。他经办一桩刑事案子，罪名可以判到死刑，预审完毕，他对被告说：“可怜的比哀，案子摆明在这里，你脑袋是保不住的了。希望能给你一个教训！”警察局局长从王政复辟起一直做到现在，在本府境内到处都有亲戚。宗教在地方上非但没有影响，连本堂神甫也不受尊敬。一般布尔乔亚

---

① 农民起义：指 1358 年法国东北部农民反对封建贵族的起义。封建主认为农民是“扎克雷”（乡巴佬），故又称扎克雷起义。

在政治上是立宪派，没有知识，只会挖苦人，讲着神甫和他老妈子之间的可笑的故事。可是孩子们照样学《教理问答》，照样经过初领圣餐的仪式；城里照样有所中学；教堂里照样做弥撒，庆祝节日；大家照章纳税，巴黎对内地的要求不过是这一点；市长也照例接受巴黎的命令；但这些社会生活都是奉行故事而已。懦弱无能的行政管理，同本地的精神气氛和知识水平非常合拍。我们这部小说有些情节要描写到那种局面所产生的后果，而那也不像大家意想中的特殊。法国许多城市，尤其在南方，都和伊苏屯不相上下。布尔乔亚的胜利在这个首府中造成的局势，将来全法国都会遭遇到，连巴黎在内，只要我国对内对外的政策继续由布尔乔亚做主。

现在再说一说地形。伊苏屯自北而南坐落在一带丘陵上，丘陵向通往夏多罗的大路带着迂回之势。当初城市兴旺的时代，为了工业的需要或者灌溉城壕之故，高地之下利用丹沃斯河的水源开了一条运河，现在称为“人工河”。过了罗马城关，人工河回入丹沃斯河；多纳米纳河和别的几条水也在那里会合。面积相当辽阔的草原全靠这些小溪和两条大河灌溉，草原四周到处矗立着黄的白的山岗，上面布满一个个黑点。一年之中七个月，伊苏屯葡萄园的景色都是这样。种葡萄的年年截去葡萄藤的枝干，低地上只留一段不用支柱的难看的根。从维埃尔仲、华当或夏多罗来的人，路上对这些景色单调的平原看厌了，一望到伊苏屯的草场不由得喜出望外。伊苏屯可以说是这一带贝利地区的绿洲，四周几十里内的蔬菜都由伊苏屯供应。罗马城关下面，广阔的沼泽地分做上下两部，叫作上巴当和下巴当，全部种着蔬菜。城外有一条又长又阔的林荫道，两边白杨树底下还有两条小路，穿过草原一直到从前的弗拉班尔修院；那儿的英国式园林在一府之中是绝无仅有的，地方上给它取着一个气概不凡的名字，叫作蒂伏里 蒂伏里是罗马附近的古城，以风景优美著名。凡曲折幽深、丘壑较多的花园，法国人都称为英国式的园林。一对对的情侣星期日都上那边谈心。

当然，细心的人自会看出伊苏屯全盛时代的遗迹，最显著的是市区的分划。古堡连同四周的城墙、城壕，以前就是一个独立的城，如今也自成一区，保持古城的风貌：进去要走古老的城门，出来要过三座桥，桥下是两条大河的支流。有些地方，城垣露出坚固厚实的墙基，现在上面都盖了屋子。塔的地位比古堡还要高，等于守卫古堡的炮台。城市环绕在这两个要塞四周，所以要做伊苏屯的主人，塔和古堡必须一齐占领，光是拿下古堡还控制不了塔。

圣·巴丹尔纳城关从塔的另外一边伸展出去，直到草原中间，形状像画家的调色板；只要看城关的范围之大，可见古时必是伊苏屯城的原址。

从中世纪起，伊苏屯像巴黎一样翻过丘陵，向塔和古堡的那一边发展。这个意见在1822年还有实物为证，就是建筑优美的圣·巴丹尔纳教堂。大革命时期那教堂由政府卖给私人，最近被他的后代拆毁了。那是法国一个最美的罗马式教堂的标本，大门还十分完整，可惜没有把图案描下来就毁掉了。当时只有一个人出来呼吁，要求保存古迹，但无论在本城或本州都无人响应。伊苏屯的古堡，连同周围狭小的街道和古老的房屋，的确还保持古城的特色；但伊苏屯城本身，在历史上经过好几次兵燹和火灾①，尤其在17世纪弗隆特党内战时期②，全城化为灰烬以后，完全是近代面目了。街道比别的城市开阔，房屋也盖得坚固，和古堡形成一个鲜明的对比，使伊苏屯在某些地理书上赢得一个风景秀丽的称号。

---

① 兵燹（xiǎn）：因战乱而遭受焚烧破坏的灾祸。

② 弗隆特党：今译投石党或福隆德党。投石党运动是一场西法战争期间发生在法国的反对专制王权的政治运动。

二　逍遥骑士

在这样一个性质的城市之内，没有一点儿活动，连市面都谈不到，既不爱好艺术，也不研究学问，人人闭关自守。到1816年，战事停止，王政复辟的时代，青年中势必有一部分不事生产的闲汉，在没有结婚或继承遗产之前不知道怎样打发日子。这般年轻人在家里闷得发慌，在城里找不到一点儿娱乐，而按照本地的说法，青年总得发发野性，他们便跟地方上开玩笑。大天白日不便行动，一下子就要被人认出来；并且坏事做得多了，只要乱子闹大一些，马上会送轻罪法庭；所以他们相当聪明，只在黑夜里捣乱。

可见在过去好几种文明的废墟之上，还亮着最后一朵火焰：起哄胡闹原是古代风俗的特色。那些青年的取乐，方式像以前查理九世和他的一班近臣一样，像亨利四世和他的一批同伴一样，也像古时许多内地的市民一样。

他们为了互相支援，互相保护，也为了发明新鲜的花样，结成一个帮口；思想一经交流，凡是青年人以至于动物都有的恶作剧的本能，都发挥出来了。并且结成帮口便是经常有所勾结，偷偷摸摸，趣味无穷。他们自称为“逍遥骑士”。那些小猢狲白天装得像小圣人，个个循规蹈矩，安分得不得了；而且隔夜玩过把戏，早上也起得晚。逍遥骑士开头干些最普通的淘气事儿，比如卸下铺子的招牌，把东家的挂到西家去；乱拉门铃；忘在外面没收好的酒桶给推入邻居的地窖，轰隆隆的响成一片，把主人惊醒过来，当做地雷爆炸；在伊苏屯像在许多城市一样，地窖都在屋外大门口进出，洞口盖一块厚板，钉着铰链，加上一把大锁。1816年底以前，那些新兴的“无赖”此处所谓“无赖”专指百年战争时期的散兵流氓开的玩笑，不外乎所有内地的青少年弄惯的一套。1817年正月，逍遥骑士团有了一个大头目，捣乱的事从此花样翻新，到1823年为止在伊苏屯城里布下一种恐怖气氛，至少叫手艺人和布尔乔亚经常提心吊胆。那头目名叫玛克桑斯·奚莱，简称为玛克斯，凭着他的年富力强和以往的经历，正有资格当这个角色。

伊苏屯人都说玛克桑斯·奚莱是按察使代办罗斯多先生的私生子。罗斯多是奥勋太太的哥哥，一生的风流事儿给人留下不少回忆，你们已经知道他为了阿迦德的出世，遭到罗日老医生仇恨。但两人没有翻脸之前，交情的密切正用得上当时当地的一句俗语，叫作“样样都一鼻孔出气”。因此有人认为玛克斯可能是代办的儿子，也可能是医生的儿子；其实都不是的，玛克斯的生父是驻在布日的一个风流倜傥的龙骑兵军官。也是孩子交运，医生和代办决裂以后，两人一直争着要做孩子的父亲。

玛克斯的娘是罗日城关一个穷鞋匠的老婆，大概注定要入地狱，长得美貌惊人，而且是德朗斯丹凡尔罗马城中的一区妇女的那种美，她传给儿子的独一无二的遗产也就是这点儿漂亮。奚莱太太在1788年身上怀着玛克斯之前，就已巴望上帝赐福，给她一个儿子。外边的人怀着恶意把这个孩子推在两个好朋友身上，准是有心挑拨。奚莱是个酒徒，一喝就是三大碗，对老婆的放荡满不在乎，而且有默契：在下层阶级中这也不算稀罕。奚莱女人但望儿子多几个靠山，决不肯对两个自以为的父亲说明真相。在巴黎，这等女人可以挣到百万家财；在伊苏屯，她有时日子过得不错，有时穷得不堪，临了弄得大家瞧她不起。罗斯多的妹子奥勋太太每年送三四十法郎给玛克斯上学。以奥勋先生的啬刻，奥勋太太决计拿不出这样阔绰的手面；外面自然认为出钱的还是她哥哥，那时住在桑赛尔。罗日医生眼看自己的儿子没有出息，玛克斯却是仪貌堂堂，便代他所谓的“小淘气”付中学的膳宿费，直到1805年他老死为止。但代办死于1800年，而罗日医生替玛克斯付了五年学费，很像是出于自尊心，因此玛克斯的生父问题始终悬而不决。玛克桑斯·奚莱原是地方上说笑的资料，可是由于下面的原因，不久也没人提起了。

1806年，罗日医生死后一年，那个似乎生来过冒险生活的小伙子，身手敏捷，勇力过人，做了一大堆淘气的事，无论什么危险都不在他心上。他已经和奥勋的孙子、外孙通同一气，跟杂货商捣乱，抢收业主的果子，在围墙上随便跳进跳出。凡是剧烈的运动，没有人比得上那个小魔王，翻杠子的技术更是高人一筹，还有本事捉住飞奔的野兔，眼睛像皮袜子美国小说家番尼摩·库柏（1789—1851）描写印第安人的小说中，有一个侠客纳蒂·培姆菩，绰号叫皮袜子一样尖。玛克斯早就迷着打猎，不去读书而专门打靶子。做鞋匠的老子给他一把蹩脚手枪；从医生那儿刮来的钱，他拿去买火药、买子弹。1806年秋天，玛克斯十七岁，无意之间犯下一桩命案：快天黑的时候他闯进人家园里偷果子，把一个怀孕的少妇吓死了。鞋匠有心打发玛克

逍遥团骑士的夜间作业

斯走路，恐吓他要上断头台，玛克斯一口气逃到布日，碰巧有一团开往西班牙的兵路过，就此进了军队。少妇的命案根本没有下文。

像玛克斯那种性格的青年必然会出人头地，果然他英勇出众，打了三仗就升到上尉，过去受的一点儿教育对他竟大有用处。1809 年，队伍在葡萄牙攻进一座英国炮台，没有守住又退出了，玛克斯受了伤，同伴当他死了，丢下不管。玛克斯做了英国人的俘虏，送往卡布累拉的水上集中营，那是所有集中营中最黑暗的一个。上司代他申请荣誉团勋章和营长的级位；但拿破仑当时在奥地利，平素只肯奖赏在他面前立功的人，又不喜欢被敌人俘虏的部下，何况他还不满意整个葡萄牙战役。

1810—1814 年，玛克斯关在集中营里。四年功夫，他完全堕落了。水上集中营等于苦役监，差别只在于没有犯过重罪和伤天害理的案子。首先，年轻漂亮的上尉需要保护他的自由，需要抵抗那种污辱文明人的监狱里的兽行，他在六尺旧时的六尺合今两公尺左右见方的场子上，前后在决斗中杀了七个监狱里的恶霸，大快人心。玛克斯凭着强壮的体格、灵活的身手、高超的武艺，做了集中营的头目，也横行不法起来，也自有一般小人做他喽啰，拍他马屁。集中营原是苦难的训练所，恶劣的心绪只想着报复，胡思乱想的头脑装满了歪理，把一切坏主意都解释为公平合理；玛克斯在这个环境中完全失去了人性。他相信那般不顾一切、只图发财的人的见解，不怕犯滔天大罪，只要不留痕迹。等到战事结束，释放俘虏的时候，玛克斯受着环境熏陶，已经是个居心叵测的坏蛋，能够在上层社会当大政客，在私生活中做恶棍，看境遇而定。

回到伊苏屯，玛克斯知道父母下场很惨。正如一般贪欢纵欲，像俗语所说只图眼前快活、宁可少活几年的人一样，奚莱夫妻结果弄到贫无立锥之地，死在救济院里。不久，拿破仑在卡纳登陆的消息传遍全国①。玛克斯正好趁此到巴黎去要他的勋章和营长的级位。当陆军部长的元帅记得奚莱上尉在葡萄牙的英勇，安插他在禁卫军中当上尉，凭着这个资格一上前线就是营长，但荣誉团勋章还是没有到手。

元帅告诉他说："皇帝的意思，你一上阵就会立功，勋章不成问题。"

果然，皇帝在福履理斯一仗中注意到勇敢的上尉，当晚给了他勋章。

① 1814 年拿破仑退位被流放至厄尔巴岛，1815 年 2 月逃出小岛，3 月在戛纳登陆，回到法国，并开始了"百日王朝"。

滑铁卢战役以后①，玛克斯随军退到洛阿地区。经过整编，元帅特·番尔德公爵既不承认奚莱的军阶，也不承认奚莱的勋章。这个拿破仑的旧部回到伊苏屯，失望的情绪可想而知。他一定要有营长的级位和荣誉团勋章才肯干下去。部里觉得一个没有门第的二十五岁的青年要求太过分了，这样下去，他三十岁就能升到上校。玛克斯便提出辞职。少校——拿破仑的旧部彼此都承认1815年上得到的军阶——少校辞了职，连洛阿部队的军官所支的半俸也拿不到了。

伊苏屯人看见一个相貌出众的青年全部家当只有二十个拿破仑，大为同情。市长在市政府里给他一个位置，薪水六百法郎。玛克斯干了六个月光景，自动离开了，后任叫作卡邦蒂埃上尉，和玛克斯一样是忠于拿破仑的人。玛克斯那时已当上逍遥团的首领，过的生活遭到城里一些旧世家的轻视，但他们从来不对他表示出来，因为他脾气暴躁，个个人见了害怕，便是像他一样不肯为波旁家服务而回到贝利来“种田”的退伍军官，也不敢惹他。按照我们以上的描写，凡是伊苏屯出身的人对波旁家当然没有多大好感。以无足轻重的城市而论，伊苏屯的拿破仑党人比别的地方更多。大家知道，拿破仑党人几乎个个自命为立宪派。伊苏屯城内城外，跟玛克斯遭遇相仿的军官有十一二个，都极喜欢玛克斯，竟奉他为领袖。可是也有例外：一个便是在市政府接玛克斯后任的卡邦蒂埃，另外一个是前禁卫军炮兵上尉弥涅南。卡邦蒂埃侥幸做到骑兵军官，回来结了婚，家庭是本地的一个大族，姓鲍尼希-埃罗。弥涅南出身高等工艺学校，隶属的兵种一向自命为高人一等。帝国部队的军人暗中分成两派。大部分军人对于布尔乔亚，对于他们所谓老百姓存着轻蔑的心，轻蔑的程度正如贵族之于平民，征服者之于被征服者。他们跟平民打交道往往不讲道德，糟蹋一顿布尔乔亚在自己人中不受批评。另外一批，尤其是炮兵，或许由于过去相信共和主义的影响，不主张把法兰西分做军人与平民两大阵营。所以罗马城关的两个军官，卜丹少校和勒那上尉，对老百姓的看法同大多数军人完全一致，不管玛克斯怎么样，始终和他做朋友；弥涅南少校和卡邦蒂埃上尉却站在布尔乔亚一边，认为玛克斯的行为不像正人君子。弥涅南少校矮小干瘪，态度庄重，专门研究蒸汽机方面的问题，生活很朴素，经常和卡邦蒂埃夫妇来往。他的科学研究和安分的生活受到全城尊重。外边都说弥涅南和卡邦蒂埃完全是“另一种人”，不像卜丹少校、勒那上尉、玛克

---

① 滑铁卢战役：百日王朝时期，法军与反法同盟军在比利时滑铁卢的一次决战，法军大败，拿破仑第二次退位。

斯上尉以及出入军人咖啡馆的一帮熟客，脱不了当兵的派头和帝政时代的坏习气。

勃里杜太太回到伊苏屯的时节，玛克斯早已被布尔乔亚排斥在圈子之外。那小伙子好像也有自知之明，既不踏进那个所谓“俱乐部”的交际场所，也不抱怨被人作为反对的目标，虽则他是伊苏屯城里最漂亮、打扮最讲究的青年，平日手面阔绰，还养着一匹马，这种例外的排场在伊苏屯耸人听闻，不亚于拜伦勋爵到了维也纳。我们以后会看到，玛克斯怎样从一筹莫展的穷光蛋一变而为伊苏屯的花花公子；因为他所用的无耻手段正是循规蹈矩或信教的人瞧他不起的理由，也关涉到使阿迦德和约瑟赶到伊苏屯来的利益。看玛克斯旁若无人的态度和脸上的表情，可见他并不在乎公众的舆论，大概是存心将来再算账，叫轻视他的人俯首帖耳，并且即使布尔乔亚瞧不起玛克斯，他的性格在平民中引起的赞美也把社会上的舆论扯直了。他的勇敢、他的气派、他的决断，本来讨群众喜欢，何况群众不知道他过去的堕落，便是布尔乔亚也没想到他堕落的程度。玛克斯在伊苏屯扮演的角色，相当于《泼斯的漂亮姑娘》华尔特·司各特的一部小说。其中有个见义勇为、反击无赖贵族的兵器匠，名叫亨利·斯密斯中的“兵器匠”，玛克斯是拿破仑党和在野派的首领。大家在紧要关头对他的期望，等于泼斯的布尔乔亚对斯密斯的期望。有一件事特别使这个“百日时期”从1815年3月20日拿破仑从厄尔巴岛逃出，重回巴黎起，到6月22日滑铁卢战败为止，历史上称为百日时期的英雄和牺牲者显露头角。

1819年，到布日去换防的一营兵路过伊苏屯，营里的军官全是保王党、“红房子”路易十八的禁卫军的别称，其中全是贵族子弟出身的青年。在立宪派气息如此浓厚的城市中，军官们无聊得很，只能上军人咖啡馆消磨时间。凡是内地城市都有一家军人咖啡馆。伊苏屯的一家开在城墙脚下，面对校场，老板是个军官的寡妇。当地的拿破仑党人、退伍军官，或者赞成玛克斯的意见，由于地方上的反政府气氛而敢于把崇拜皇帝的言论随便发表的人，自然而然把那个咖啡馆作为俱乐部。从1816年起，伊苏屯每年举行聚餐，纪念拿破仑的加冕日①。那天先来的三个保王党军官讨报纸看，特别指明要《日报》和《白旗报》。伊苏屯人，尤其是军人咖啡馆的顾客，绝对不看保王党的报纸。咖啡馆只定《商业报》，那是《立宪报》被禁以后好几年中不得不改用的名字。但创刊号上的社论一开头就说“《商业报》主要是遵守宪法的”，大家便继续称之为《立宪报》。报馆用那句双

① 拿破仑加冕日：1804年12月2日。

关语暗示读者不必重视招牌，报纸是换汤不换药；订户都体会到双关语的话中带刺和强烈的反政府意味。咖啡馆的胖老板娘坐在高高的柜台上回答那些保王党，说他们要的报纸她没有。

三个军官之中有个上尉问道：“那么你们定的是什么报？”

年轻矮小的茶房穿着蓝呢上装，束着粗布围身，送上《商业报》。

“啊！这是你们的报纸！有没有别的？”

茶房道：“没有了，只有这一份。”

上尉把反对党的报纸撕做几片，摔在地下，还在报上唾了一口，说道：

“拿骨牌来！”

《商业报》平日攻击教士的时候，那种勇敢和那种锋芒，你们都知道；因此侮辱这份神圣不可侵犯的报纸等于侮辱了反对党，侮辱了立宪派。十分钟之内消息传遍大街小巷，像光线一般无孔不入；大家从这个广场议论到那个广场，众口一辞的说着：“通知玛克斯去！”玛克斯一会儿就得了消息。三个军官的一局骨牌还没有结束，玛克斯已经由卜丹少校和勒那上尉陪着走进咖啡馆；二三十个青年拥在校场上想看事情的结局。咖啡馆里一下子挤满了人。

玛克斯声音文文气气的问道：“茶房，我的报纸呢？”

他们有心做一出戏。胖老板娘装着胆小和求情的神气，说道：“上尉，我借出去了。”

玛克斯的一个朋友叫道：“去要回来。”

茶房道：“不看也可以吧？报纸没有了。”

三个年轻军官哈哈大笑，拿眼睛瞟着在场的布尔乔亚。

一个本地青年瞧着保王党上尉的脚下，叫道：“啊！报纸撕掉了！”

玛克斯眼睛火辣辣的抱着手臂站起来，大声问：“好大胆子，谁撕掉的？”

三个青年军官也站起来，瞪着玛克斯回答：“我们还唾了一口呢。”

玛克斯铁青着脸，说道：“你们侮辱了所有的伊苏屯人。”

最年轻的一个军官回答说：“侮辱了又怎么样？”

玛克斯把站在最前面的一个军官打了两个巴掌，说：“看我的颜色！”那些年轻人没料到玛克斯胆子那么大，出手那么快那么灵活。

双方到弗拉班尔的走道上去厮杀，三个对三个。卜丹和勒那不肯让玛克桑斯·奚莱单独对付三个军官。玛克斯把对手杀了，卜丹少校的对手，一个好出身的子弟，受着重伤，送往医院，下一天也死了。第三个终算逃出性命，只中了一剑，还伤了勒那。部队当夜开往布日。事情轰动了贝利地区，玛克桑斯·奚莱正式成了英雄。

逍遥团的团员全是小伙子，最大的也不到二十五岁，对玛克桑斯十分佩服。其中好几个非但不赞成家属的古板和对玛克斯的严厉，还羡慕玛克斯的处境，觉得他挺快活呢。在这样一个头目带领之下，帮口着实干出许多奇迹。从1817年正月起，没有一个星期不出一件骇人听闻的乱子。玛克斯为了提高逍遥团的身价，对团员提出一些要求，定下一套帮规。那般捣蛋鬼变得像阿莫洛斯西班牙人阿莫洛斯（1790—1848）是教授体育锻炼的专家的徒弟一般敏捷，像鹞子一般凶狠，像强盗一般勇猛、灵活，样样功夫都来得。爬屋顶、穿房入户、无声无息的走路、跳上跳下、搅石灰、堵死门洞等等，技巧都很熟练。他们有一所库房，藏着绳索、梯子、各式工具和化装用具。拿恶作剧来说，逍遥团的团员不但在行动方面，而且在造意方面都达于登峰造极之境。到后来他们竟培养出一种捣乱的天才，像当年巴奴日拉伯雷小说《巨人世家》中的人物认为最痛快的那一种①，既逗人发笑，又叫受累的人出乖露丑，不敢声张。并且他们是本城的子弟，到处有内线，消息灵通，干起事来更方便。

一个大冷天的夜里，那般小魔王把人家的火炉搬往院子，加足木柴，一直烧到天亮。城里便传说某某先生有心烤暖他的院子，而这位先生原是个守财奴！

伊苏屯的大街和下街等于城里的两条动脉，许多横街都通到那儿。有时逍遥团团员全体出动，在大街或下街上打埋伏，分别躲在大路和小街小巷的拐角儿上，身子贴着墙根，伸着头，等居民刚刚睡熟的时候装着慌慌张张的声音此起彼落的叫唤："怎么啦？——什么事啊？"不断的叫嚷把居民惊醒过来，穿着睡衣，戴着棉织品的睡帽，拿着灯火出来互相问讯，那些莫名其妙的说话和古古怪怪的嘴脸真是滑稽透了。

城里有个老年的装订工相信世界上真有魔鬼，他像内地多数手艺人一样，在一间低矮的小屋子里做活。逍遥团的骑士们夜里扮作魔鬼闯进去，把老头儿关进他放零料的木箱，吓得他穷嘶极喊。可怜虫吵醒了邻居，告诉他们魔鬼出现了。邻居再三向他解释也没用。那装订工差点儿变成疯子。

有一年冬季天气奇冷，骑士们拆掉收税官办公室的壁炉，一夜之间另外砌了一座，和原来的一模一样，没有声音，也没留下痕迹。新壁炉经过

---

① 巴奴日：今译巴汝奇，满脑子刁钻古怪的主意，干捣鬼骗人的事，胆大包天。

特别安排，屋子里变得老是烟雾弥漫。税官受了两个月罪，才弄明白为什么一向很通风而他很满意的壁炉忽然这样捣乱，结果只能重砌。

奥勋太太有个朋友是个热心宗教的老婆子，有一天壁炉里被骑士们塞了三捆裹着硫磺的干草和浸过油的废纸。又斯文又和气的老太太早上一点火，赛过点着了一座火山。救火的来了，城里的居民都来了。救火员中有几个是逍遥团团员，把老太婆的屋子拼命浇水，弄得她才怕大火，接着又怕大水，事后病了一场。

还有一种恶作剧是给一个人写封匿名信去叫他防贼；然后半夜里一个一个沿着他家的墙根或窗口溜过去，前呼后应的吹口哨。害得主人心惊胆战，守了一夜。

他们开过一次精彩的玩笑，大家觉得有趣极了，至今还在提起。伊苏屯有个遗产可观而非常吝啬的老太太，逍遥团发信给她所有的承继人，说老太太死了，定于某日某时封存遗产，请他们准时到场。大约有八十个承继人从华当、圣·佛罗朗、维埃尔仲和四乡八镇赶来，身上戴着重孝，心里却很高兴，有的是丈夫带着老婆，有的是寡妇带着儿子，孩子跟着父亲，不是赶着两轮车，便是赶着轻便的柳条车，或是破旧的大车。咱们不妨想象一下，最先到的一批和老太太的女佣人之间该是怎么一个情景！随后拥到公证人那里又是怎么个情景！……那一回伊苏屯竟闹得像造反一样。

终于有一天，县长觉得这种局面太不像话了，尤其可恼的是查不出捣乱的歹徒。年轻人固然大有嫌疑，但拿不到证据；那时伊苏屯非但没有驻防军，连警察也徒有其名，一共只有八个人，没法上街巡逻。逍遥团一听到这消息，马上把县长列入黑单，当做冤家对头。

这个官儿有个习惯，中饭一定要吃两个白煮鸡子。他院子里养着鸡，他的怪脾气不仅要吃新鲜的鸡子，还得由他亲自煮。他认为他的太太，他的老妈子，世界上没有一个人能把鸡子煮得恰到好处；他眼睛望着表，自命为在这方面的手段是天下第一。他两年来煮的鸡子无不成绩卓著，被人说了许多笑话。逍遥团的骑士连续一个月，每夜拿掉他母鸡生的蛋，换上两个煮熟的。县长煮出来的全是硬透了的鸡子，弄得莫名其妙，而鸡子县长的英名也从此扫地。最后他的中饭只得换别的菜，可完全没疑心到逍遥团捣鬼，因为那把戏玩的太巧妙了。玛克斯又想出主意，在县长的火炉管子里涂一种气味恶劣的油，叫他没法在家里存身。这还不算，有一天他老婆要去望弥撒，发觉披肩被一种黏性极重的东西胶住了，无论如何拉不开，只得不用。结果是县长请求调任。这个官儿的懦弱和屈服，把逍遥团骑士暗中捣乱的势力完全肯定了。

三　高涅德酒店

那时弥尼末街和弥赛尔广场之间有一个区域，从校场起到陶器市场为止，底下是人工河的支流，上面的一段围着城墙。外观丑恶的屋子在这块不规则形的地方紧挤在一起，夹在中间的小街不容许两个人并排着走。城里这个部分近乎那种“奇迹大杂院”假装断腿折臂的化子，回到家里就像发生奇迹一样健步如飞，他们住的地方因此被称为奇迹大杂院，住户不是赤贫便是干的没出息的行业，俗话把他们的破房子形容得活灵活现，称为“独眼龙屋子”。大概那是由来已久的下等区域，地痞流氓的巢窟，内中有条巷子就叫刽子手巷。五百多年来，本地的刽子手都住在那儿一所门上涂红漆的屋子里。据说夏多罗的刽子手的副手至今住在那边，但布尔乔亚从来看不见他。只有种葡萄的庄稼汉才跟那神秘的家伙打交道，因为他世代相传会医跌打损伤和疮疖外症。当初伊苏屯还不失为通都大邑的时代，那儿也是娼妓的大本营。现在的居民有卖旧货的，摆着一些好像不会有主顾的货色；也有收破布的，堆的东西臭气冲天；另外跟每个城市的这一类区域一样，还有一帮客民，为首的多半是一两个犹太人。

从1815—1823年，也许还晚一些，在那个区里比较热闹的一段，有个姓高涅德的女人在一条黑洞洞的小街上开着一家小酒店。酒店的屋子还盖的不坏，用的材料是白石，中间夹着软石跟三合土，二层楼顶上还有一个阁楼。大门上面横着一根粗大的松木这是一般小酒店的标识，不亚于佛罗伦萨的铜梁。这记号似乎还不够醒目，门框上另外有一张蓝招贴，底下写着：“上等三月啤酒”，招贴上画一个袒胸露背的姑娘手里托着一只杯子，一个兵提着壶给她倒出泡沫四溅的啤酒，成为一道半圆形的曲线，整个画面大可使特拉克洛阿法国浪漫派绘画的领袖（1799—1863）的作品相形见绌①。楼下的一大间屋子做厨房兼食堂，梁上挂着酒菜馆用的干粮杂货。食堂后

① 特拉克洛阿：今译德拉克洛瓦。

面，一座又陡又窄的楼梯通上二楼；楼梯脚下有一扇门，里头是个狭长的小房间，靠院子取光，那种内地院子都又小又黑又高，像烟囱管子。小房间外边还有披屋①，院子四面又有高墙遮人耳目，所以伊苏屯的无赖少年就把这屋子作为集会场所。

高涅老头表面上是在赶集的日子供应乡下人酒饭，暗里却是逍遥团的酒店掌柜。高涅老头以前替大户人家管马，后来娶了另外一个大户人家的厨娘高涅德。像意大利和波兰一样，罗马城关始终按照拉丁习惯，在丈夫的姓上加一个女性的结尾称呼他的老婆。高涅夫妻拿积蓄凑起来买下那所屋子开酒店。高涅德年纪四十上下，高大肥胖，鼻子翘得老高，古铜色的皮肤，漆黑的头发，滚圆的棕色眼睛很有精神，一张聪明面孔，动不动就笑；玛克桑斯·奚莱看中她的性格和烧菜的手段，派她做了逍遥团的雷欧娜德勒萨日的小说《吉尔·布拉斯》写到强盗窝里有个厨娘，相貌奇丑，名叫雷欧娜德②。身材臃肿的高涅老头大概有五十六岁，对老婆唯命是听，高涅德常常取笑他，说他用好眼睛看出来的东西无有不好，原来他一只眼是瞎的。从1816—1823年那七年功夫，半夜里在他们家干的或是商量的勾当，高涅夫妻没有露过半句口风；他们对每个团员始终十分亲热；说到忠心，更没有问题；但你一想到两人的机密和感情无非是为了自己的利益，就觉得他们的忠心没有什么了不起了。

夜里不论什么时候，只要骑士们闯来敲门，递个暗号，高涅老头便立刻起床，点上蜡烛，生起炉子，开门让客人进来，到地窖去拿几瓶专为逍遥团置备的酒，再由高涅德弄一顿精致的半夜餐，让他们在执行白天或隔夜的计划以前或以后大吃一顿。

勃里杜太太从奥莱昂向伊苏屯进发的途中，逍遥团团员正在排练一出精彩好戏。有个西班牙老头本是战时的俘虏，和平以后在当地小本经营做些粮食买卖；那天清早到过菜场，把一辆空车留在伊苏屯塔底下。当夜逍遥团团员恰巧约在塔下集会；玛克斯第一个先到，后来的人轻轻问他：

"今晚咱们干些什么呢？"

玛克斯回答说："法里沃老头把大车丢在这里，险些儿撞得我鼻青眼肿；咱们先把大车弄上山顶再说。"

前面说过，查理王造的伊苏屯塔，塔基是一所教堂的废墟，教堂的地

---

① 披屋：正屋旁依墙所搭的小屋。

② 勒萨日（1668—1747）：法国18世纪前期著名写实作家，其代表作《吉尔·布拉斯》被视为法国18世纪最优秀的小说。

基又是罗马神庙和克尔特族祭神小丘的故址。这些废墟每个都代表几百年的时期，积起来成为一座小山，藏着克尔特文明、罗马文明和基督教文明的古迹。因此，狮心理查盖的塔坐落在一个圆锥形的尖峰上，各方面的坡度都一样陡峭，只能手脚并用的爬上去。要三言两语说明塔的形势，不妨用个比喻，说那座塔活像卢克索华表埃及有名的华表，被法国于1831年劫往巴黎，立在协和广场上立在一个座子上。而伊苏屯塔的座子，藏有多少未开发的考古学宝物的台基，靠城市的一面有八十尺高合二十六公尺。

不出一小时，大车给全部拆毁，分批搬上山顶放在塔下，那番功夫不亚于军队把大炮运过圣·裴尔那山隘阿尔卑斯山上极险的关隘，在瑞士与意大利之间。随后团员把大车重新装好，搬运的痕迹都消灭得干干净净，好像车子是被魔鬼弄上山顶的，或是仙女念了咒运上去的。骑士们干完大事，又饥又渴，直奔高涅德酒店，不一会都在小房间里围着桌子坐下，想着下一天十点光景法里沃找寻车子的发急样儿，先就大笑了一阵。

逍遥团当然不是每夜捣乱的。便是集中斯迦那兰尔、玛斯卡利、斯卡班这三个人都是莫里哀喜剧中刁钻古怪、聪明绝顶的仆人的天才，一年也想不出三百六十种恶作剧。第一，形势不一定常常有利：或者月明如昼，或者上一回的把戏把一般安分的市民惹恼得太厉害了，再不然团员中有一个不愿意参加，因为要弄的对象是他的亲戚。但那些狐群狗党即使不每夜在高涅德酒店聚会，至少白昼总在一起取乐，来一些不必避人耳目的玩艺儿，例如秋季的打猎、收割葡萄，冬天的溜冰，等等。城里二十个青年结成这个帮口，等于向当地死气沉沉的社会表示抗议；其中几个和玛克斯特别亲密，或竟当他偶像一般。玛克斯那种性格往往会使青年人着迷。奥勋太太的孙子法朗梭阿·奥勋、外孙巴吕克·鲍尼希，便是玛克斯的死党。在他们心目中，玛克斯差不多是表亲，因为地方上传说玛克斯是罗斯多的私生子。奥勋老头不肯多给孙子们零用；玛克斯却十分慷慨，借钱给他们，带他们去打猎，训练他们，对他们的影响远过于他们的家属。两个青年都是孤儿，虽然成年，仍旧归爷爷奥勋先生监护，其中的原委等大名鼎鼎的奥勋先生出台的时候再叙。

那天夜里，法朗梭阿和巴吕克（为叙事明白起见，我们以后单称他们的名字），一个坐在玛克斯右首，一个坐在玛克斯左首；桌上点着四支八个铜子一斤的油蜡，光线半明半暗，直冒黑烟。在场不过十一个团员，各色葡萄酒已经喝了十四五瓶。正当大家有了酒意，谈笑风生的时候，巴吕克——这个名字说明伊苏屯还剩下一些加尔文教的影响①——对玛克斯说：

“你要被人暗算了……”

“你这话是什么意思？”玛克斯问。

“我外婆收到她干女儿勃里杜太太的信，说要带着儿子来了。外婆昨天叫人收拾好两个房间预备接待他们。”

“那跟我有什么相干？”玛克斯说着，端起酒杯一饮而尽，把杯子放回桌上，样子很滑稽。

玛克斯那时三十四岁。放在他近边的一支油蜡正好照着他威武的脸和额角，使他雪白的皮肤、火辣辣的眼睛、略微蜷曲的乌油油的头发，格外引人注目。脑门和太阳穴上面的头发天生的往后高耸，在额上清清楚楚画出五条黑舌，我们的祖先称之为五个尖角。玛克斯的头部虽然黑白分明，对比很强，脸孔却柔和可爱，五官的轮廓有如拉斐尔画的圣母，嘴巴细腻，嘴唇上浮着一层妩媚的笑意——这也是玛克斯常有的表情。贝利人的皮肉本来色调很丰富，所以玛克斯更显得心情开朗。他当真笑起来，三十二只牙齿真有资格长在一个小娇娘嘴里。身高五尺四寸合一点七三公尺，不肥不瘦，比例平均。一双手又白又细，保养得挺好，两只脚却表明他是罗马城关出身，当过拿破仑手下的大兵。的确，玛克斯够得上做个师长，虎背熊腰，大有法兰西元帅的福分，开阔的胸脯挂得下全欧洲的勋章；一举一动都流露出他的聪明。总之，玛克斯像多数私生子一样，生来风度翩翩，有他生父的贵族气息。

当过军医而且是城里最好的医生高台的儿子，坐在桌子另外一头，嚷道：

“玛克斯，难道你不晓得奥勋太太的干女儿就是罗日的妹妹么？她带着画画的儿子到这里来，准是想夺回老头儿的遗产，那你不是落空了么？”

玛克斯眉头一皱，把桌子四周的脸一张一张瞧过来，看高台儿子的话产生什么影响，接着仍旧回答说：

“那跟我有什么相干？”

法朗梭阿道：“可是我觉得，倘若罗日老头取消遗嘱，而那份遗嘱真是把财产给搅水女人……”

玛克斯听到这里，打断了他那个走狗的话，说道：

---

① 加尔文教：16世纪初由法国宗教改革家加尔文创立的一种新教，是基督新教中的一大支派。

“亲爱的法朗梭阿，我初到这里，听见人家用着三十年来的双关语把你叫作五个奥勋五个奥勋在原文中与五只猪谐音之中的一个，我就板起面孔当场喝阻，从此伊苏屯没有人敢再提那种废话，至少在我面前！现在看你怎样回敬我：谁都知道我喜欢那个女的，而你偏偏叫出一个瞧不起她的绰号！”

法朗梭阿提到的绰号，伊苏屯没有一个人不知道；但玛克斯对于自己和那个女人的关系从来没说过这么多话。集中营出身的俘虏颇有经验，前帝国禁卫军榴霰兵营的营长也明白什么叫作人格，当然懂得城里人轻视他的原因。所以关于约翰－雅各·罗日的管家婆，老成的奥勋太太直截了当称为毒虫的女人，佛洛尔·勃拉齐埃小姐，玛克斯从来不让人家跟他提起一个字儿。而且人人知道玛克斯的性子，他要不先开口，决不和他谈到这个问题，而他就没有开过口。惹玛克斯生气冒火未免太危险了，便是他最亲近的朋友也不敢拿搅水女人开玩笑。卜丹少校和勒那上尉是两个和玛克斯并肩的军官，有人在他们面前谈起玛克斯跟那女孩子的关系，卜丹回答说：

“他既然是约翰－雅各·罗日的异母兄弟，干么不能住在罗日家？”

勒那上尉还说：“不但如此，那姑娘的确是块天鹅肉；就算玛克斯爱上她也没什么不好……高台儿子不是为了想娶斐希家的女儿，不怕受罪，硬着头皮爱斐希太太么？”

法朗梭阿自讨没趣受了一顿抢白，把思路打断了；一听到玛克斯声气柔和的叫他“讲下去……”，心思更乱了，

“不说了！”法朗梭阿回答。

高台儿子说：“玛克斯，你不该这样生气。咱们不是有约在先，在高涅德酒店可以无话不谈么？不是出了门谁也不准把这里说的话、做的事、转的念头，记在心上么？地方上都把佛洛尔·勃拉齐埃叫作搅水女人；法朗梭阿一不留神脱口而出，难道算犯了帮规不成？”

玛克斯道：“不是犯帮规，而是损害我们之间特殊的友谊。我刚才也想到这是逍遥团的集会，所以叫他讲下去。”

屋子里寂静无声。冷场的局面弄得大家很窘，玛克斯便道：

“好，让我代法朗梭阿说下去（全场一震），也代你们说下去吧（全场诧异），把你们心里的话都说出来（全场大惊）。你们认为佛洛尔，搅水女人，勃拉齐埃女人，罗日老头的管家婆——不是么，大家叫他罗日老头，这光棍是不会有儿女的了！——我知道，你们认为我回到伊苏屯之后，那女的供给我一切用度；我能每月随便花上三百法郎，常常像今天这样请你们吃喝，借钱给大家花，都是靠勃拉齐埃小姐的荷包，是不是？是

啊，一点不错（全场大惊）！是这么回事！……勃拉齐埃小姐看中老头儿的遗产，决心拿下来……”

高台儿子在桌子那一头插了一句：“她也是从父子两代手里辛辛苦苦挣来的。”

玛克斯听着笑了笑，接着说：“你们以为，我存心等罗日老头死了把佛洛尔娶过来；现在来了一个妹妹一个外甥——我还是第一回听见有这两个人呢——我的前途就发生了危险，是不是？”

法朗梭阿叫道：“对啦！”

巴吕克道：“在座的弟兄们都是这样想的。”

玛克斯答道：“各位朋友，你们放心，俗语说得好：知道预防，一个人抵一双。现在我有句话问逍遥团的弟兄们：假定我为撵走两个巴黎人需要团里帮忙，众弟兄肯不肯出马？……”他看见大家怔了一怔，赶紧解释：“当然和平常开玩笑一样，不越出咱们规定的范围。难道我会谋害他们，毒死他们不成？天哪，我才不那么傻呢。归根结底，勃里杜娘儿俩可能达到目的，佛洛尔就算只有眼前的一些，我也照样会满足的，明白没有？我对佛洛尔的爱情相当深，便是斐希小姐看中我，我还是挑选佛洛尔……”

斐希小姐是伊苏屯最有陪嫁的姑娘，高台儿子对斐希太太的痴情多半是打女儿的主意。坦白直爽最能得人心，十一个团员不约而同站起来。

“玛克斯，你真是大丈夫！”

“你的话痛快极了，玛克斯；咱们一定出来保驾。”

“勃里杜滚出去！”

“咱们来收拾勃里杜！”

“先做情人后结婚的有的是！”

“管他！罗斯多老头就爱过罗日太太；爱一个身体自由的管家婆体面多了！”

“再说，罗日医生跟玛克斯带点儿父子关系，所以这完全是家务事。”

“各人可以有各人的看法！”

“玛克斯万岁！”

“打倒伪君子！”

“为美人儿佛洛尔干一杯！”

这是十一个团员的回答、欢呼、祝贺；可见他们心目中根本没有什么道德观念，也可见玛克斯当逍遥团大头目的好处。玛克斯一方面发明捣乱的新花样，一方面讨好大户人家的子弟，有心营私植党，日后帮他恢复名誉。当下他风度翩翩的站起来，举起一杯满满的包尔多红酒，叫大家听他发言：

“让我来一个最起码的祝颂，希望你们都找到一个和佛洛尔一样漂亮的老婆！至于那两个不速之客，那两个亲戚，暂时我毫不担心，将来怎么样等将来再说！”

“别忘了法里沃的大车！……”

高台儿子道：“不用操心，保险没人偷。”

玛克斯道：“这个玩笑归我收场。你们明儿早一些上菜市，看见老头儿找车子，就来通知我。”

敲了三点钟，团员们才静悄悄的回家，一路挨着墙根，脚下穿着布底鞋，毫无声响。玛克斯慢吞吞的回圣·约翰广场，那是城里地势较高的部分，在圣·约翰门和维拉德门之间，正是有钱人的住宅区。

奚莱少校刚才是假作镇静，其实那消息的确吓了他一跳。自从他进过集中营，作假的本领训练得跟堕落的程度不相上下。的的确确，玛克斯爱上佛洛尔·勃拉齐埃主要是看中罗日老头年收四万法郎的田产。从玛克斯平素的作风上看，显然搅水女人给了他百分之百的保证，凭着罗日老头对佛洛尔的感情，将来的财产绝无问题。但名正言顺的承继人来到的消息，不免使玛克斯对于佛洛尔控制老头儿的力量发生疑问。十七年来的积蓄至今还用罗日的户名存放在外。佛洛尔说罗日送她产业的遗嘱早已写好；万一遗嘱作废，至少那笔积蓄还能抢过来，只消把产权换上勃拉齐埃小姐的名字。

玛克斯从玛摩斯街拐进阿佛尼埃街，心里正在盘算：“七年功夫，糊涂姑娘从来没有一句话提到什么外甥和妹子！七十五万法郎托十一二个公证人存放，有的在布日，有的在维埃尔仲，有的在夏多罗，决不能在一个星期之内变成现款或者改买公债；地方上闲话这么多，一有举动就会张扬。第一先要打发亲属；一朝摆脱了他们，就赶紧变卖产业。总而言之，我得仔细考虑一下才好……”

玛克斯已经没有精神。他拿百宝钥匙开了罗日家的大门，悄没声儿的上楼睡觉，心上想：

“明儿我就能把事情弄清楚。”

四　搅水女人

写到这里，应当说一说圣·约翰广场上的情妇怎么会有搅水女人的绰号，怎么能在罗日府上当家做主。

约翰-雅各和勃里杜太太的父亲罗日医生，老来发觉儿子一无所用，便把他管得很紧，满以为刻板的生活也能代替人生的智慧。这个办法不知不觉把儿子训练得依头顺脑，一朝落在霸道的人手里，只会让人家牵着鼻子走。

有一天，狡猾而无行的老头儿出诊回来，路过蒂伏里林荫道，看见草原边上有个美貌出众的小姑娘。草原上小溪回绕，从伊苏屯高处望下来，好比一件绿衣衫上钉着银色的缎带。孩子听见马蹄声，在小溪中抬起身子。医生冷不防看到一个水仙一般的女孩子，长相竟像画家意想中最美的童贞女。当地的人，罗日老头没有一个不认识，可从来没见过这绝色的美女。孩子几乎光着身子，一条短裙全是破洞和碎片，蹩脚呢料的花色一条白一条黄。头上用柳条系着一张硬纸当凉帽。画满笔画和圆圈的习字纸底下，盘的辫子用木梳卡着，美丽的淡黄头发会叫卖弄风情的女人看了羡慕。好看的胸部皮色乌油油的，破头巾改成的披肩勉强遮着脖子，晒黑的皮肤底下露出几处白肉。裙子从大腿中间撩上去，用大别针扣在腰里，活像游泳裤。透过溪水看得见的腿和脚，跟中世纪雕像上的一样细气。迷人的身体晒着阳光有股暗红的色调，别有风韵。脖子和胸脯有资格披上开司米和绸缎。蓝眼睛，长睫毛，那眼神给诗人或画家看了准会拜倒在地。医生凭着他的解剖学知识，知道女孩子的身段一定美不可言，要是这可爱的模特儿给田里的劳动毁了，对艺术确是极大的损失。

七十岁的老医生问道："孩子，你是哪里人？我从来没见过你。"

这一幕发生在1799年9月。

孩子回答："我是华当人。"

隔开两百步，在溪水上游，一个面黄肌瘦的男子听见城里人的声音，抬起头来叫道：

“佛洛尔，你怎么的？讲起话来，不搅水了！货色走掉啦！”

医生不理会那人的打岔，接着问：“你从华当到这儿来干什么？”

“替我这个勃拉齐埃叔叔搅水啊。”

搅水是贝利一带的土话，把动作形容得很生动，就是用一根粗大的树干，上面的枝条编成网拍那样，放在水里乱搅。大虾被这个莫名其妙的玩艺儿吓昏了，往上游乱窜；钓虾的隔着相当距离放好笼子，等惊慌失措的大虾自投罗网。佛洛尔·勃拉齐埃手里拿着搅水棒，天真烂漫，可爱得很。

“你叔叔到这儿来钓大虾，有没有许可证？”

勃拉齐埃站在老地方叫道：“咱们现在不是共和政府，全国统一的么？”

“不是共和政府，是执政府。”医生回答，“我不晓得哪一条法律准许华当人到伊苏屯地界上来打鱼——孩子，你还有娘么？”

“没有了，先生。我爹在布日救济院里；他在田里做活，头上晒着太阳，先是中暑，后来变了神经病……”

“你挣多少钱？”

“搅水的季节五个铜子一天，我搅水一直搅到勃兰纳河。收割的时候在田里拾麦子。冬天是纺纱……”

“你大概有十二岁了吧？”

“是的，先生。”

“你愿不愿意跟我去？我给你吃的好，穿的好，给你漂亮鞋子……”

叔叔勃拉齐埃向着医生和侄女走过来，说道：“不行，不行，侄女得跟着我；我在上帝面前众人面前答应抚养她的。你知道，我是她的监护人呢！”

谁见了勃拉齐埃叔叔都不免要笑出来，医生却一本正经，忍着笑容。监护人戴一顶乡下人的帽子，日晒雨淋，破得像一张虫蛀的菜叶，碎片用白线连着。帽子下面露出一张又黑又瘦的脸：嘴巴、眼睛、鼻子，看上去只是四个黑点。破烂的上衣像一块地毯，裤子是做抹布用的料子。

医生道：“我是罗日医生，住在圣·约翰广场。既然你是孩子的监护人，就带她上我家里去；你们俩都不会白跑的……”

医生不等那人回答，把马狠狠踢了一下，径奔伊苏屯，相信勃拉齐埃准会带着漂亮的搅水姑娘上门。果然，他正要上桌吃晚饭，厨娘通报说勃拉齐埃公民和勃拉齐埃女公民来了。

医生对他们俩说了声：“请坐。”

佛洛尔和她的监护人照旧赤着脚，瞪着眼睛瞧着医生的堂屋，呆住了。原因是这样的：

圣·约翰广场是一个很窄的长方形，栽着几株瘦骨伶仃的白杨。罗日医生从台戈安家承继得来的屋子，坐落在广场中部。这一带的房屋比别处建筑讲究，台戈安的一所尤其漂亮。屋子正在奥勋家对面，二层楼上临街开着三个窗洞；从底层的大门进去，先是一个院子，院子尽头有个花园。大门的环洞底下，一扇侧门通往一间极宽敞的堂屋，临街有两扇窗。堂屋后面是厨房，中间隔着通二楼和阁楼的楼梯。厨房拐角上盖着一间柴房，一个洗衣服的棚子，一个车间，一个容得下两匹马的马房。这些偏屋上面还有小阁楼，堆着燕麦、饲料、干草；医生的男佣人也睡在那里。

乡下姑娘和她叔叔看得出神的堂屋，四周都有灰色的护壁板，完全是路易十五时代的雕工。漂亮的云石壁炉架嵌着一面大镜子，四面镶上金漆雕花的边，佛洛尔对着镜子照个不停。护壁板上东一处西一处挂着几幅画，都是台沃斯、伊苏屯、圣·奚大斯、拉·泼莱、希萨·勃诺阿、圣·舒尔比斯、布日各处男女修道院的遗物大革命时期，教堂的动产不动产由政府公开拍卖，故有大量艺术品流入民间；当初我们慷慨的国王和善男信女，对那些机构捐过不知多少贵重的东西和文艺复兴期最优秀的作品。台戈安老夫妇保存下来而传给罗日的图画，有阿尔巴纳的《圣家庭》、陶米尼甘的《圣·奚罗姆》、乔伐尼·贝利尼的《基督头像》、雷沃那·达·芬奇的《圣母像》、铁相的《耶稣背十字架》——这幅画是勃拉勃尔侯爵的旧藏，勃拉勃尔是被围之后，在路易十三治下砍头的。还有保尔·凡罗纳士的《拉萨尔》、“热那亚教士”热那亚的画家裴那尔多·斯脱罗齐（1581—1644）原是圣芳济会托钵派修士，外号叫“热那亚教士”的《童贞女的婚礼》。卢本斯替教堂画的两幅画，一幅班鲁琴，那是拉斐尔临的或者是班鲁琴自己的复制品；最后还有两幅高雷琪奥和一幅安特莱·但尔·沙多①。台戈安在各处教堂的三百件画里挑出这些宝物，并非知道作品的价值，而是看保存的新旧。好几幅画不但框子雕刻精工，而且还配着玻璃。台戈安看见框子美丽，又装着玻璃，以为作品必定贵重，才把画保留下来。堂屋里颇有些精致的家具，现在大家认为了不起，在当时的伊苏屯却毫无价值。壁炉架上放一对华丽的六根梗

---

① 保尔·凡罗纳士（1528—1588）：今译保尔·韦罗内兹，意大利画家。班鲁琴（1446—1523）：今译佩吕然，意大利画家。高雷琪奥（1494—1534）：今译柯勒乔，意大利画家。安特莱·但尔·沙多（1486—1530）：今译安德烈·德尔·萨托，意大利画家。

子的白银烛台，烛台之间的座钟古色古香，已经有后来蒲勒蒲勒（1642—1732）是法国有名的木器工艺专家的风格。橡木雕花的大靠椅，毛线编的坐垫全部出于有身份而热心宗教的妇女之手，现在市价一定很高，因为每张椅上都雕有纹章和冠冕。两个窗洞之间摆着一只从某个古堡流出来的半桌，十分华丽，云石桌面上供一只极大的中国花盆，医生用来放烟草。医生、医生的儿子、厨娘、男当差，没有一个人知道爱惜这些宝物。做工极精的壁炉肚子，金漆嵌线还配上灰绿色的条子，大家却往里面随便吐痰。一盏富丽堂皇的吊烛台，一半是水晶的，一半是瓷器烧成的花，跟天花板一样布满黑点，可见苍蝇的猖獗。台戈安夫妇挂在窗上的织锦幔子，原是从什么收入丰厚的修道院院长床上扯下来的。门的左首，当做碗橱用的雕花柜值到好几千法郎。

医生吩咐厨娘："芳希德，拿两个杯子来！……再来一些好酒。"

贝利出身的胖老妈子芳希德，在高涅德以前出名是伊苏屯手段最好的厨娘，急急忙忙赶来侍候，那种殷勤既显出医生平日的威势，也显出厨娘的好奇。

医生给勃拉齐埃一边斟酒一边问："你那里一个阿尔邦合五百平方公尺的葡萄园值多少钱？"

"一百银洋合三百法郎……"

"你要肯把侄女留在这儿当差，我出三百法郎工钱。你是监护人，三百法郎归你拿……"

"可是每年都归我拿？……"勃拉齐埃眼睛睁得像衬碟那么大。

医生回答说："这是你的良心问题，你自己决定吧。孩子是孤儿，到十八岁为止，佛洛尔不能过问她的收入。"

叔叔道："她现在快满十二岁，到十八岁等于六个阿尔邦的葡萄园。噢！她乖得很呢，和顺得像绵羊一样，身体长得好，手脚又灵活，又听话……这好娃娃，我可怜的哥哥看着她就眼睛舒服！"

医生道："我先付一年。"

叔叔道："我看哪，还是先付两年，那我就把她留下了。她在你这儿比在家里好，我老婆讨厌她，打她……只有我护着她，这孩子太好了，真是一张白纸，像刚出世的小娃娃一样。"

医生听了最后一句，注意到一张白纸的话，对勃拉齐埃叔叔做个手势，同他走往院子，又从院子走往花园。堂屋的桌上已经摆着饭菜。搅水姑娘被芳希德和约翰-雅各盘问之下，把遇到医生的经过很天真的说了一遍。

勃拉齐埃叔叔回进屋子，亲着佛洛尔的额角说：“好吧，小宝贝，再见了！我安放你在这位好心的大善士家里，让你享福。你得听从先生像听从我一样……乖乖的做个好孩子，先生要你做什么就做什么……”

医生吩咐芳希德：“把我房间上面的屋子收拾起来，小佛洛尔今晚就睡在那里——唔，她的名字起得真不错佛洛尔是从拉丁文佛洛拉来的，原意是花神。明天咱们叫鞋匠跟裁缝来。你马上添一副刀叉，让她陪我们吃饭。”

当晚伊苏屯城里议论纷纷，只谈着罗日医生家来了个搅水姑娘的事。在一个嘴皮刻薄的地方，勃拉齐埃小姐从此背上那个绰号，不管在她得势的时期，还是在得势以前或以后。

没有问题，医生对佛洛尔存心学路易十五供养罗芒小姐的榜样，小规模的来一下；可惜他迟了一步，当时路易十五还年轻，而医生已经到了晚年。可爱的搅水姑娘从十二岁到十四岁一路享福。她穿扮整齐，衣衫比伊苏屯最有钱的小姐还讲究，身上挂着金表，戴着首饰，那是医生为鼓励她读书而给她的，因为她还有一个老师教她认字、写字、做算术；无奈佛洛尔过惯乡下人的半野蛮生活，觉得读书是做苦工，厌恶透顶，医生只得适可而止。他把孩子刮垢磨光，教育栽培，花的功夫着实动人，因为大家觉得他不可能再有风流韵事；但关于医生的用心，咭咭聒聒的布尔乔亚仍有各种不同的说数①，其实那些闲话正如关于玛克斯和阿迦德出身的谣言一样，与事实完全不符。

小城市里一有事情，必然引起各式各种推想和彼此矛盾的解释，群众听了不容易辨明真相。内地人好比从前蒂勒黎花园中小普罗望斯王政复辟时代有名的散步场所的政客，对样样事情都要来一套注解，结果自以为无所不知。但每个人只关心他在事情中喜欢的一面；他看到这一面的真相，指出这真相，认为只有他的说法正确。所以小城市的生活尽管毫无隐蔽，刺探的风气很盛，真相往往暧昧不明；要水落石出，必须等事过境迁，真相变得无关重要的时候，或者像史家和优秀人士那样取着不偏不倚的态度，站在高处观察。

搅水姑娘来了两年，有人说：“老猢狲活到这把年纪，对一个十五岁的女孩子还能有什么作为？”

有人听了这话回答：“你说得不错，他作乐的日子早已过去了。”

另外一个聪明人说：“朋友，你要知道医生看着儿子这么颟顸气坏了，又始终恨他的女儿阿迦德；也许为了这个僵局，他这两年才安分守己，打

① 咭咭聒聒：咭（jī），古同“叽”，象声词。此有嘟嘟囔囔之意。

算将来和搅水姑娘结婚，说不定会生一个白白胖胖像玛克斯一样活泼乱跳的漂亮儿子。”

“算了吧！1770—1787 年，罗日和罗斯多过的什么生活，还能在七十二岁上生育吗？那老贼看过《旧约》，哪怕仅仅用医生的眼光看，也知道大卫王老来怎么取暖大卫王老年抱着童女睡觉，以资取暖，见《旧约·列王纪》上卷第一章……告诉你，先生，就是这么回事。”

有的人特别喜欢往坏处想，说道：“有人说勃拉齐埃在华当喝醉了酒，自以为敲了医生一笔竹杠，得意得很呢。”

“哎啊，朋友，难道伊苏屯说的还不多么？”

1800—1805 年，医生五年功夫栽培佛洛尔，只有乐趣，没有受到路易十五那样的烦恼，因为据说罗芒小姐野心不小，主意很多。搅水姑娘拿她在叔叔家过的日子和医生家的一比，只觉得称心受用，当然像东方的奴隶一般事事听从主人。写牧歌的作家或者做慈善事业的先生们听了别生气，乡下人不大知道有某些道德；他们的顾虑纯粹从利益出发，而不是由于懂得善恶美丑。他们从小到大只看见贫穷、饥寒和终年不断的劳苦，觉得只要能跳出饥饿和苦役的地狱，什么手段都使得，尤其是法律所不禁的那一些。即有例外，也为数极少。从社会的角度看，总是衣食足而后知荣辱，而且要从教育开始。因此方圆几十里内的女孩子没有一个不羡慕搅水姑娘，虽则她的行事为宗教所不容。佛洛尔生于 1787 年，长大的时候正逢着 1793—1798 年，风俗极端败坏的一段时间：乡下没有教士，没有礼拜，没有神坛，没有宗教仪式，所谓结婚不过是合法的交配，革命党的宣传深入人心，尤其在伊苏屯这样一个有造反传统的地方。1802 年，迦特力教的仪式只是勉强恢复。拿破仑很难找到教士。直到 1806 年，法国许多小教堂还无人主持；经过屠杀和剧烈的清洗以后，教会要重新集合人马是很慢的。可见在 1802 年代，无论凭哪一点来说，我们都不能责备佛洛尔，除非她的良心。而在勃拉齐埃的侄女身上，良心的力量又怎么敌得过利益呢？

即使根据各种事实可以说医生为年龄所限，不能侵犯一个十五岁的女孩子，搅水姑娘仍免不了淫荡的名声。但医生临死前两年对她不再照顾，态度还不仅仅是冷淡；有些人认为这便是女孩子清白的证据。

罗日老头医死的人不算少，当然料得到自己的末日。他装着百科全书派哲学家的态度躺在床上等死，公证人劝他给搅水姑娘一些好处，那时她已经十七岁了。

罗日回答说：“那么让她恢复自由吧。”

这句话活活显出老头儿的为人，他回答人家的时候连对方的职业也得找机会挖苦“恢复自由”是公证人常用的术语，这里是指以法律手续使成年人脱离监护而独立一下。医生惯于用聪明机智遮盖他的坏事，而地方上竟会因之加以原谅；大家觉得聪明机智永远是不错的，尤其在用来保护个人利益的场合。在公证人看来，医生的回答表示他的风流计划受着身体限止而怨恨，因为力不从心而恼羞成怒，拿无辜的对象出气。医生的固执大致证实了这个意见；他一个钱都不给搅水姑娘。公证人第二次又劝他，他苦笑着答道：“她那份儿漂亮就是一笔大大的财产！”

医生死后，佛洛尔很伤心，约翰－雅各·罗日可一点不难过。老头儿对儿子太坏了，尤其在他成年的时期，而约翰－雅各在 1791 年上就成年的。相反，老人倒是让一个乡下小姑娘日子过得挺快活；在乡下人心目中，理想的幸福原不过是物质的享受。医生下葬以后，芳希德问佛洛尔：“先生不在了，你怎么办呢?”约翰－雅各却是眼睛发出亮光来，毫无表情的脸上第一次有了生气，似乎他心中有着一个念头，有着一种感情。

芳希德正在收拾饭桌，约翰－雅各对她说：“你走开。”

十七岁的佛洛尔，身段和脸相都还细气，这点儿突出的美就是医生为之心醉而上流社会的妇女懂得保存的，在乡下妇女身上却像野花一般容易萎谢。所有漂亮的农村姑娘只要不忍饥挨饿，不在田里晒着太阳干活，几乎都会变成胖子；佛洛尔已经有此倾向。她胸部丰满，又白又肥的肩膀显出别的部分也很有肉，跟已经叠着肉裥的脖子配在一起很调和；但面部四周的线条仍旧精炼，下巴还细腻。

“佛洛尔，你在这里住惯了吧?”约翰－雅各声音很紧张。

“是的，约翰先生……”

约翰－雅各到了吐露爱情的关头，忽然想起入土不久的亡人，舌头调动不来了，他思忖父亲对女孩子究竟照顾到什么程度。佛洛尔眼睛望着新主人，想不到他会那么老实，只等约翰－雅各把话说下去；约翰－雅各却一声不出，弄得佛洛尔莫名其妙，走开了。不管搅水姑娘从医生那儿受的什么教育，她还要过相当时间才弄明白约翰－雅各的性格。现在我把这一段经过大概说一说。

父亲去世的时节，约翰－雅各三十七岁，他的胆小和事事听命的程度完全像十一二岁的孩子。他的童年，他的少年，他的一生，都可用胆怯来解释。有人不承认有这种性格，不相信我这个故事；其实这情形很普通，到处都有，便是王亲国戚也难免：索菲·道斯被最后一个公台亲王看中的时候，她的遭遇比搅水姑娘还要难堪。

胆怯有两种：一种是思想方面的，一种是神经方面的；一种是肉体的胆怯，一种是精神的胆怯；两者各不相关。身体可以吓得发抖而精神仍旧很镇静、勇敢；反过来也一样。这一点可以说明许多精神上的怪现象。兼有两种胆怯的人一辈子都是废料，我们通常称之为“脓包”。在这等脓包身上，往往有极好的品质受压制不得发展。某些在出神入定中过生活的修士，恐怕就是这双重的残废造成的。肉体上和精神上的这种畸形状态，可能由某些尚未发现的缺陷造成，也可能由器官和心灵的完美造成。

约翰－雅各的胆怯是由于器官有些麻痹，经过一个大教育家或者像台北兰巴尔扎克创造的人物，在他小说中常常出现一流的外科医生之手，可能治好。他的情欲像白痴的一样，力量非常充沛、活跃；这两点正是他的智力所欠缺的，虽然他还不至于应付不了日常生活。他缺乏一般青年对爱情的理想，只有一般强烈的欲望增加他的胆怯。他从来不敢追求伊苏屯的女人。而像他那种青年，中等身材，一举一动怕羞得厉害，表情难看，相貌平常，即使没有凹陷的线条和苍白的皮色使他显得未老先衰，单是一双眼珠子凸出的浅绿眼睛就丑得可以，决没有什么女性肯自动和他亲近。可怜的小伙子一看见女人就发僵，觉得一方面有猛烈的情欲推动，一方面受的教育太少，空无所有的头脑把他往后拉着。两种力量正好相等，他夹在中间动弹不得，不知道说什么好，又怕回答人家，战战兢兢唯恐对方发问。别人动了情欲会谈笑风生，他有了情欲却变作哑巴。约翰－雅各便孤零零的躲在一边，也只有孤独他才觉得拘束。

这种性情脾气造成的损害，罗日医生发觉得太晚了，来不及补救。他很愿意替儿子娶亲，但想到儿子一结婚就得被人抓在手里，又打不定主意了。那不是把自己的产业交给一个外人，一个陌生姑娘去调度么？他也知道从少女身上去正确推断她嫁后的品性多么困难。所以他一面物色一个教育或心地能给他保证的姑娘，一面带儿子走上吝啬的路。他希望尽管没出息的儿子缺少聪明，至少能发挥一种本能。他先培养约翰－雅各过惯一种机械生活，教他一套呆板的方法调度进款；然后替儿子把管理田产最棘手的一部分手续办好了，留下的田地都整理得清清楚楚，跟佃户订着长期的租约。

精明的老头儿虽然眼光厉害，仍旧没料到后来支配脓包儿子的那件事。胆怯跟弄虚作假很像，也有那种深藏的本领。原来约翰－雅各热烈的爱着搅水姑娘，而这也不足为奇。在约翰－雅各身边的女人只有一个佛洛尔；能让他自由自在的细看，暗中欣赏，随时打量的女人，也只有一个佛洛尔。有了佛洛尔，老家才有光辉；使他青年时期显得可爱的唯一的乐趣，是佛洛尔给他的，虽然佛洛尔自己并不知道。约翰－雅各非但不妒忌父亲，看到父亲教育佛洛尔反而觉得高兴：他不是需要一个唾手可得，无须奉承巴结、苦苦追求的女人么？值得注意的是，热情必有聪明做伴，能使傻瓜、呆子、脓包心儿开窍，尤其在青年时期，便是最粗鲁的汉子也有一种动物的本能，这本能会坚持下去，性质和思想差不多。

佛洛尔看见主人的话开了头不说下去，不免私下忖度一番。第二天，她料定主人必有要事相告；但约翰－雅各只顾在佛洛尔身边打转，色迷迷的偷眼瞧她，一句话都想不出来。吃到饭后点心，隔天的戏又演了一遍。

他问佛洛尔："你住在这里觉得很好么？"

"很好，约翰先生。"

"那么就住下去吧。"

"谢谢你，约翰先生。"

这个古怪的局面拖了三星期。有一天夜里，屋里寂静无声，佛洛尔偶然醒来，听见门外有人呼吸的声音，气息平均；原来约翰－雅各像狗一样睡在楼梯台上，墙壁下面挖着一个小洞，可以瞧见她的卧房。佛洛尔发觉了吃了一惊。

她心上想："原来他爱我；不过他这种玩艺儿要得关节炎的。"

第二天，佛洛尔对主人不免另眼相看。她被不声不响、几乎出于本能的爱情感动了，也不觉得可怜的傻瓜怎么难看了；虽然约翰－雅各血液不干净，脑门上和太阳穴里像生疮似的长着许多肉刺，好比戴着一个丑恶的头箍。

只有他们两个人的时候，约翰－雅各问佛洛尔："你不愿意回乡下去是不是？"

佛洛尔瞧着他反问道："为什么问我这个？"

"就是问问罢了。"罗日的脸红得像煮熟的龙虾。

"是不是要打发我走呀？"

"不是的，小姐。"

"那么你要打听什么呢？总有个理由罗……"

"是的，我想知道……"

"想知道什么？"佛洛尔问。

"你不肯告诉我的！"罗日说。

"一定告诉你，拿我的清白做担保……"

罗日吃了一惊，道："啊！原来如此？……你是个清白的姑娘……"

"怎么不是！"

“唔，你真的肯讲么？”

“不是答应了你吗？……”

“那么我问你，你是不是和你赤着脚，跟叔叔来的时候一样？”

佛洛尔红着脸回答：“这话倒问得好听！”

主人变得狼狈不堪，低着头不敢再抬起来。佛洛尔看他听了一句极有情意的回答会这样发窘，不由得大为诧异，走开了。

过了三天，在同样的时间，因为两人都好像利用饭后点心的时间来上阵交锋，佛洛尔先开口说：

“你可有什么事不满意我啊？”

“没有，小姐，没有。”他停了一下又道，“正是相反。”

“前天你听说我是一个清白的姑娘，好像不大乐意……”

“不是的。我只是想知道……（又停了一会）可是你不会告诉我的……”

她说：“我会老实告诉你的……”

“关于……关于我父亲，是不是你肯老实说呢？”他声音不大自然了。

佛洛尔把眼睛瞪着主人，说道：“你父亲是好人……不过喜欢开开玩笑，又没有什么！……可怜的好人！……他不是没有心意……不知他对你有什么不满，曾经有过意思……噢！也是无可奈何的意思。他常常引我发笑……不过是这样，别的没有什么……你还有话要问吗？……”

约翰－雅各拿着搅水姑娘的手，说道：“那么，佛洛尔，既然你和我父亲什么都说不上……”

“你要他跟我说得上什么呢？……”佛洛尔叫起来，好像受了侮辱，生气了。

“你让我说下去啊……”

“你父亲是我的恩人，别的没有什么。唉！他很有意思跟我结婚……可是……”

罗日把佛洛尔缩回去的手重新拿着，说道：“既然他跟你什么都说不上，你就可以在这里和我住下去了？……”

“只要你愿意。”佛洛尔低下头去。

罗日道：“不，不，不是说我愿意，而是你要愿意的话，你可以……可以当家做主。家里样样归你，你替我管产业，那也等于是你的……因为我爱你，从你赤着脚进门的时候起，我一直爱着你。”

佛洛尔不回答。等到沉默的局面叫人发窘了，罗日竟想出一个好不中听的理由来：

“你说，这样不是比你回乡下去更好么？”显而易见，他情绪很热烈。

佛洛尔回答：“唉，约翰先生，随你吧。”

尽管对方说了一句“随你吧”，可怜的罗日并不觉得事情有何进展。像他那种性格的人需要事实为证。他们倾吐爱情要费那么大的劲，觉得没有力量再来第二次；就因为此，才会对于第一个接受他们的女人死心塌地爱下去。我们只能从结局来推想事情的经过。父亲死了十个月，约翰－雅各居然面目一新：惨白的死灰般的脸，被长满肉刺的脑门和太阳穴弄得不成样子的脸，变得开朗、干净，红红的有了血色，流露出快乐的神气。佛洛尔逼着主人把身上仔细收拾，穿扮齐整，认为与她佛洛尔面子有关。罗日出去散步，她站在门口望着，直到望不见为止。城里个个人注意到这些变化使罗日换了一个人。

伊苏屯人彼此问讯：“听到了新闻没有？”

“什么新闻？”

“约翰－雅各把老子样样东西都承继了，连搅水姑娘在内……”

“你不相信医生精明得很，特意给儿子留一个管家婆么？”

外面一致的说法是：“罗日得了宝倒是真的。”

“她鬼得很！人也真漂亮，将来准会要罗日和她结婚。”

“这女孩子运气多好！”

“那种运气只有漂亮女孩子才轮得到。”

“唔，是这样么？你该听人讲过迦尼凡小姐吧？丑得像母夜叉。我叔叔鲍尼希－埃罗照样送她三千法郎一年……”

“噢！那是1778年的事。”

“不管怎么样，这是罗日糊涂；老子传下足足四万法郎进款，他大可以娶埃罗小姐……”

“医生打过她的主意，她不愿意，罗日太蠢了……”

“太蠢么？女人嫁了这种料子的丈夫才快活呢……”

“那么你的老婆快活么？”

伊苏屯城里传来传去的闲话无非是这一类的意思。开头大家照当地的惯例嘲笑那一对露水夫妻，后来却称赞佛洛尔，说难为她肯一片忠心照顾那可怜的汉子。以上便是佛洛尔·勃拉齐埃在罗日家，照高台儿子的说法，从爷到儿子一步一步当权的经过。现在要把她当家的情形略叙一叙，给一般单身汉做个参考。

五　丑恶而平凡的故事

伊苏屯只有芳希德一个人觉得佛洛尔·勃拉齐埃不应该在约翰-雅各家掌权，她站在礼教方面反对那种生活，认为伤风败俗；在她的年纪上，要把一个搅水女人，一个赤着脚进门的小姑娘当做女主人服侍，当然太委屈了。芳希德听着医生的话把积蓄买了公债，一年有三百法郎利息，最近老东家又送她三百法郎终身年金，她可以温饱度日，便在医生葬后九个月，1806年4月15日离开罗日家。这个日子，给一般细心人指出佛洛尔从什么时候起不再是一个清白的姑娘。

搅水姑娘相当聪明，料到芳希德迟早会走的，因为要懂得策略莫如亲自当权；她早已决心不依靠佣人。使芳希德有资格侍候一个医生的烹调技术，佛洛尔远在六个月以前就暗中留意。在讲究饮食这一点上，做医生的和主教同一等级。芳希德经过罗日点拨，手段更加高明。内地生活单调，无所事事，心思就转到烹饪上去。他们吃饭不像巴黎奢侈，但吃得更实惠，每样菜都经过思索，经过推敲。偏僻的内地，女人之中颇有些卡兰末19世纪初期有名的法国厨子，著有食谱多种，曾经替当时的外交家泰勒朗、俄国的沙皇亚历山大，国际财阀罗斯柴尔德等等当过厨房头儿一流的无名天才，会把普通的一盘刀豆做得叫人频频点头，像洛西尼听到完美的演奏一般。罗日医生是在巴黎得的学位，听过罗埃的化学课①，还记得一些化学知识能在烹饪方面应用。他有几项改良在伊苏屯非常出名，贝利地区以外很少人知道。他发现要炒鸡子的味道特别好，就不能把蛋黄蛋清混在一起，像一般厨娘那样使劲乱打；他要人先把蛋清打成泡沫，再逐渐加入蛋黄；炒的时候不能用平底锅，而要用瓷器或陶器的“卡涅”。卡涅是一种料子极厚的锅子，下面有四只脚，放在灶上有空气流通，不至于爆裂。卡涅在都兰一带叫作“高葛玛”。记得拉伯雷讲起用“谷葛玛尔”煮龙肝凤脯，足见这样东西来历很古。罗日医生还有一个秘方去掉暗黄沙司沙司是用肉汤作底，加牛油、牛奶、面粉、

① 罗埃：今译鲁埃尔（1703—1770），法国著名化学家、实验家学派创始人。

好酒等等做成的一种浇头，在法国烹调中是极重要的调味品。沙司大致分白色与暗黄色的两种的涩味，可惜限于他一家知道，没有传下来。

佛洛尔生来会炸会烤，这两项本领不是靠苦功或观察能学会的，不久超过了芳希德。她有了做菜的好手段，就想叫约翰－雅各吃得称心满意；不过老实说，她自己也很好吃。她既没受什么教育，脑子一无所用，只能用在家务上头。屋子里样样干净，家具擦得湛亮，不亚于荷兰人家。她指挥被褥桌布的洗涤，以及弄得家里像发洪水一般的大扫除；这种工作内地人照例一年只做三次。佛洛尔用管家婆的眼光检查内衣被服，随时缝补。接着她一步一步渗透管理财产的秘诀，居然把罗日所知道的一点儿调度银钱的方法全部学会，又借着和罗日老医生的公证人埃罗先生谈话的机会，得到一些新知识，替她的“小宝贝”约翰－雅各出的主意也就十分高明。佛洛尔知道自己当家会永远当下去的，所以关切罗日的利益像对自己的事一样热心，一样迫切。佛洛尔不用怕她的叔叔勒索；勃拉齐埃交运以后老在小酒店过活，医生去世前两个月，从酒店出来摔了一跤，死了。佛洛尔的父亲也早已不在。举目无亲的孤儿有了一个家，对人生感到了兴趣，自然说不尽的快活，肯一片忠心的服侍主人了。

那个时期约翰－雅各好比进了天堂，只管吃喝睡觉，无忧无虑过着动物一般的生活，日常起居跟修道院一样有规则，这一点总算比动物略胜一筹。他早上起的很迟。佛洛尔大清早上街买菜或者在家做杂务，到她算好主人梳洗完毕，正好吃中饭的时间，才去叫他。吃过中饭，约翰－雅各十一点光景出门散步，遇到什么人就谈谈天，三点钟回家看报，一份是本州的，一份是巴黎的，到他手里和出版的日子已经隔着三天，有二三十个人看过，报上沾着油腻、鼻烟，在多少人家的桌上摆得颜色发黄了。独身汉把时间混到吃晚饭，吃晚饭的时间又尽量拖长。佛洛尔给他讲城里的新闻，讲许多传来传去而被她听来的闲话。八点左右，屋子里就熄灯。为了节省油蜡柴火而老早睡觉是内地极普遍的习惯；可是在床上的时间太多了，一般人变得更迟钝。过度的睡眠会使头脑懵懂、生锈。

这是两人九年之间的生活，又充实又空虚。可称为大事的只是到布日、维埃尔仲、夏多罗的几次旅行；遇到这几处的公证人和埃罗先生都没有放款的机会时，也去过更远的地方。按照罗日的条件，不曾向别处抵押过的抵押品，一律五厘起息，倘使债务人已经结婚，还得用妻子的产权作担保。借出的金额从不超过抵押品实际价值的三分之一，债务人开给他的约期票必须在本利以外多出二厘五，在借款期内分期支付。这些都是他父亲告诉他非遵守不可的规则。农民素来受着重利盘剥，雄心无从发展。七厘半的利率算是十分公道的了。约翰－雅各对借款的户头尽可挑精拣肥；公证人替人借到利息这样低的钱，有优厚的佣金可拿，自会把机会通知罗日。

九年之间，佛洛尔不知不觉的，也是出于无心的，把主人完全抓在手里了。她先是对约翰－雅各非常随便；后来虽不表示轻视，但她的聪明、魄力和别的长处没有一样不超过主人，使主人对女佣人唯命是听。这个受制于人的局面原是那大孩子甘心情愿，自己讨来的。他让佛洛尔照顾的事太多了，佛洛尔对他仿佛娘对儿子。临了，约翰－雅各看待佛洛尔的心理也像孩子离不开娘一样。况且他们之间还有另外一些紧密的关系。首先，佛洛尔管着财产和家务。约翰－雅各事无大小都靠她管理，没有她，约翰－雅各的生活非但难以应付，简直是不能应付。其次，这女人变了他的命根子：他的嗜好，佛洛尔知道得清清楚楚，一样一样给他满足。他喜欢看见那张快活的脸老是对他堆着笑容；世界上只有这张脸会对他笑，也只有这张脸应当对他露出笑意！佛洛尔的快活多多少少反映约翰－雅各的快活：这种纯粹物质方面的快乐，一方面表现在她美丽的脸上，一方面表现在她常用的字眼上；贝利人家的日常谈话骨子里也不过是这一套。佛洛尔一不高兴沉下脸来，约翰－雅各就吓得手足无措，可见那女的威势之大。她为了肯定自己的威势，特意把威势使用出来；而这等女人的所谓使用，实际总是滥用。家庭中的私生活都有些隐藏的戏剧，奥特韦在悲剧《得救的威尼斯》中①，曾经用参政员和阿几里斯之间的一场写出一个典型，把人生的丑恶面描写得非常精彩。毫无问题，搅水女人叫主人也演过这一类的戏。也是她和单身汉合该倒楣，佛洛尔对自己的势力太有把握了，竟不想要约翰－雅各和她结婚。

1815 年年终，佛洛尔二十七岁，浑身的漂亮全部显出来了。又胖又嫩，像倍桑诺曼地的一区一带的农场主妇，在我们祖先所谓的“俏婆娘”中间算得上理想人物。她的美属于乡村客店的漂亮侍女一类，只有个子更大，油水充足，除了没有帝政时代的高贵气度以外，很像全盛时期的乔治小姐法国19世纪有名的女演员；因为后期奇胖，故用她的“全盛时期”作比较。一双滚圆的胳膊光彩奕奕，身段丰满，皮肤像缎子，轮廓妩媚，但没有乔治小姐的威严。佛洛尔的表情只有温柔与和顺。她的眼风叫人笑逐颜开，皆大欢喜，不像从拉辛以后在法兰西剧院登台的最美丽的阿格里比纳那样阿格里比

① 奥特韦：今译奥特维（1652—1685），英国剧作家。《得救的威尼斯》又译《威尼斯转危为安》，是奥特韦创作的悲剧。

纳是罗马皇帝尼罗的母亲，拉辛在悲剧《勃利塔尼古斯》中把她作为女主角。乔治小姐常扮演这个角色，原文所谓“最美丽的阿格里比纳”就是指乔治小姐，令人肃然起敬。

1816年，搅水女人看到玛克斯，一见生情。她心上中了那支爱神的箭。希腊人这个比喻把一个人情不自禁的现象表现得非常贴切，因为从基督教产生的骑士式的、理想的、忧郁的爱情，在希腊人心目中根本不存在。那时佛洛尔娇艳无比，玛克斯决不会无动于衷。搅水女人因此在二十八岁上尝到了真正的爱情，狂热的、无穷无尽的爱情，从曼杜拉到葛奈尔拜伦的长诗《海盗》中的盗魁唐拉有两个情妇：一个叫曼杜拉，爱的方式极尽温柔哀怨；一个叫葛奈尔，性情骚动狂热，各种爱的方式都包括在内了。一文不名的退伍军官打听出佛洛尔和约翰－雅各之间的局面，觉得勾搭搅水女人比普通的私情实惠得多。玛克斯发现单身汉懦弱无用，便巴不得住到罗日家去，将来好有条出路。

佛洛尔的痴情势必影响到约翰－雅各的生活和心境。一个月之内，单身汉特别情虚胆怯，只看见平日笑容可掬、知疼着热的佛洛尔铁青着脸，神气阴森森的十分可怕。佛洛尔有心怄气，叫罗日受罪，正如做老婆的不安于室，故意折磨丈夫。等到可怜的单身汉受到最难堪的冷淡，大着胆子问她缘故的时候，佛洛尔眼中射出仇恨的火焰，说话恶狠狠的充满轻蔑的声调，可怜的罗日从来没听见过，也没受到过。

她说：“哼！你既没有心肝，也没有灵性。我在这里过了十六年青春，竟没发觉你这儿有块石头！……”她拍拍自己的胸口，“两个月到现在，你眼看城里来了那个出色的少校，吃着波旁家的亏，天生好当将军的人偏偏落了难，搁浅在这么一个小地方，给他散步都不配。他不能不整天在市政府里坐冷板凳，为了……为了该死的六百法郎！你，你先生存起六十五万九千法郎，有六万法郎收入，靠我的调度，每年开支不超过三千，一应在内，连我的衣衫裙子都包括了，你却不想让他住到这里来。明明全部三层楼空着，你宁可给耗子做窠，不肯安插一个人，而那个人还是你父亲一向当儿子看待的呢！……你是怎么样的人，你知道没有？让我来告诉你吧：你是个谋害亲兄弟的凶手！再说，我也知道你的心思！你看见我关切他，心里难过！看你这样蠢，肚里倒比疙瘩最多的人还疙瘩……唔，是的，我是关心他的，非常的关心他！……”

“哎，佛洛尔……”

“呸！一百个哎，佛洛尔也当不得真！你去另外找一个佛洛尔吧，只要你找得着！我要不把你的家撒手不管，就叫这杯酒变成毒药把我毒死。真是天晓得！要不是我在这里住十二年，不花你一个钱，看你能不能凭着

搅水女人看到玛克斯，一见生情

这么一点儿开销享福！像我这样什么活儿都干，哪个地方吃不到饭？又是洗衣服，又是烫衣服，又管大扫除，又上菜市，又下厨房，你的事哪一件不要我操心，从早到晚累得要死……谁知道落得这样的报答！”

“哎，佛洛尔……”

“对啊，佛洛尔……你还可以有好几个佛洛尔呢，凭你五十一岁的年纪，身体这么不行，近来的老态简直可怕，我才知道得清楚呢！再说你这人也不好玩……”

“哎，佛洛尔……”

“别跟我烦！”

她出去把房门砰的一声关上，满屋子都是回声，好像屋基都震动了。罗日轻手轻脚开门出去，轻手轻脚走进厨房，佛洛尔还在那里咕噜。

糊涂虫说道：“哎，佛洛尔，我还是第一次听见你有这个意思；你怎么知道我愿意还是不愿意呢？”

佛洛尔回答说：“先是屋里需要一个男人。外边知道你家里现放着一两万法郎，倘使有个贼来，准会把咱们杀死。我么，我才不打算有朝一日醒过来给人刨做四块，像那个可怜的女佣人一样，她就是发傻去救她东家，白送了一条性命！咱们要有一个像凯撒一般狠巴巴的男人，有个英雄好汉的话……玛克斯一眨眼就能干掉三个强盗……那我睡觉也放心多了。说不定有人对你胡说乱道……什么我爱他罗，喜欢他罗……你该怎么回答，你知道吗？你告诉他们你样样知道，还是你父亲临死把可怜的玛克斯托付你的。那大家就没有话讲了，伊苏屯谁不知道老头儿给他付过学费？我吃你的饭吃了九年了……”

“佛洛尔……佛洛尔……”

“城里追求我的人可不止一个，哼！有的要送我金链条，有的要送我金表……对我说：我的小佛洛尔，只要你肯离开那个脓包罗日——人家对我就是这样称呼你。你知道我怎么回答？我说：叫我离开他，我怎么下得了手呢？这样忠厚的人！叫他怎么过日子啊？不行，不行，羊缚在什么地方，就得吃什么地方的草。”

“对啊，佛洛尔，我世界上只有你一个人，我真幸福……孩子，只要你觉得快活，就让玛克桑斯·奚莱住进来，跟咱们一块儿过日子……”

“本来么，我就希望这样。”

“好啦，好啦，别生气了……”

“只要能养活一个，也就能养活两个，”她笑着回答，“小宝贝，你真要讨我喜欢的话，你知道该怎么办？……四点光景你到市政府近边去散步，想法碰到奚莱少校，请他来吃饭。他要是客气，你就说他来了会使我高兴，他懂得对女士们的礼貌，不会再拒绝。等他来了，饭吃到差不多的时候，他要是提起他吃的苦，提起集中营——你也该有这点儿聪明逗他讲——你就请他搬到这儿来住……他要是推三阻四，你放心，我自有办法叫他答应……”

单身汉慢吞吞的在巴隆环城道上踱过去，绞尽脑汁把事情考虑了一番。倘若跟佛洛尔分手……（想到这里，他脑子糊涂了）还能找到怎么样的女人呢？……结婚么？……到了这年纪，即使有人嫁他也不过看中他的家私；名正言顺的老婆把他折磨起来比佛洛尔只会更凶。并且一想到要丧失眼前的温情，尽管这温情是虚假的，他先就痛苦得受不住。因此他对奚莱少校竭力表示殷勤。他按照佛洛尔的意旨，吃饭也当着别人的面邀请，让玛克桑斯面上好看一些。

佛洛尔跟主人讲和了。可是从那天起，约翰－雅各发觉有些微妙的区别，证明搅水女人对他的情意完全不同了。半个月之内，佛洛尔·勃拉齐埃在经常买东西的铺子里，在菜市上，在和她一向东拉西扯惯的娘儿们面前，怨罗日先生行事霸道，家里招了一个说是异母兄弟的汉子。这个假惺惺的把戏，当然个个人看得雪亮，觉得佛洛尔刁猾透了。

罗日老头有玛克斯在家中分庭抗礼，倒很高兴，因为从此有人对他态度自自然然的献点儿小殷勤。奚莱和罗日老头聊天，谈政治，偶尔也和他一同散步。退伍军官一进门，佛洛尔就不愿意再下厨房，说她好好一双手要糟蹋了。高涅德奉逍遥团大头目之命，介绍她亲戚中的一个老姑娘到罗日家来，原来的东家是个新近过世的神甫，一个钱都没有留给她；她做的一手好菜，保险对佛洛尔和玛克斯赤胆忠心。高涅德代两位阔人向她的亲戚许愿，只要巴结、谨慎、老实，做满十年可以有三百法郎年金到手。范提女人六十岁，一脸大麻子，相貌丑得可以。范提一到差，搅水女人马上变为“勃拉齐埃太太”。她穿起紧身马甲，衣衫不是绸的便是上等呢料或棉料，看季节而定。她买起高价的颈围、包头布、绣花睡帽、挑花衣领，穿上半高筒的靴子，打扮得又漂亮又阔气，显得更年轻了。她好比一颗粗糙的钻石，经过首饰匠的琢磨镶嵌，全部妙处都显了出来。她要使玛克斯面上好看。第一年年终，1817 年，佛洛尔叫人从布日弄来一匹马，名为英国种，因为可怜的少校走路走得厌烦了。玛克斯在近郊物色到一个姓科斯基的波兰人，当过帝国禁卫军的枪骑兵，正是潦倒不堪，巴不得到罗日先生府上去侍候少校。科斯基对玛克斯佩服得五体投地，尤其在玛克斯和三个保王党军官决斗以后。从 1817 年起，罗日家的人口变了五个，三个是主人，一年的开销增加到八千法郎。

正当勃里杜太太回到伊苏屯，像代理人特洛希所谓“去抢救一笔受着严重损害的遗产”的时候，罗日老头的生活已经逐渐进入行尸走肉的阶段。从玛克斯住进来喧宾夺主以后，勃拉齐埃小姐把饭菜弄得和主教家里一样考究。罗日贪图口腹，范提女人做的菜又特别可口，他就东西越吃越多。但尽管菜肴精美，营养丰富，他吃下去竟不长肉，反而一天一天的软弱，也许是消化工作太累了，眼睛四周还深深的围着一个黑圈。可是散步的当口有人问起他的身体，他总回答说：“从来没有这么硬朗过。”人家一向知道他低能，也就不觉得他的脑力不断衰退。使他能在世界上生存下去的感情只有对佛洛尔的爱，靠着佛洛尔，他才算活着，所以对佛洛尔百依百顺，只要佛洛尔飞个眼风就赶紧服从；他窥探婆娘的举动好比狗窥探主人的举动。总而言之，照奥勋太太的说法，五十七岁的罗日看来比八十岁开外的奥勋先生还要老。

六　法里沃的大车

每个人都会有根有据的猜想到，玛克斯的卧房决不辱没漂亮哥儿的身份。六年之间，少校为他自己，同时也为了佛洛尔，把卧室布置得一年比一年舒服，没有一个小地方不是漂漂亮亮的。但他的设备不过是伊苏屯的一套：上颜色的地砖，好看的糊壁纸，桃花心木的家具，四边金漆的镜子，红边的纱窗帘，有顶盖有帐帷的床，正如内地的家具商替有钱的新娘布置的，当时算阔气到极点，但通俗版画上触目皆是，平凡得很，巴黎的零售商娶亲已经不要这种床了。还有一样骇人听闻的东西在伊苏屯宣传一时，就是楼梯上铺着草席，目的当然是减轻脚声；所以玛克斯半夜三更回来决不吵醒人。罗日也从来不疑心逍遥团骑士的夜间作业有他的客人参与。

那天八点光景，佛洛尔披一件上等棉料的粉红细条子睡衣，戴一顶镶镂空花边的睡帽，脚上穿一双鞋口钉兽皮的软鞋，轻轻推开玛克斯的房门，看见玛克斯睡着，就在床边站定，自言自语的说起话来：

"他回家多晚，已经三点半了！要不是人强马壮，怎吃得消这样的玩艺儿！看他身体多棒，这好宝贝！……不知昨天夜里又干什么来着。"

玛克斯醒来说道："咦，小佛洛尔，你来啦？"打仗的时候局势千变万化，军人都养成一种习惯，无论怎样出其不意的惊醒，头脑总是清楚冷静的。

"你还睡着，我走啦……"

"你别走，有要紧事呢……"

"昨天夜里是不是又捣乱了？"

"唔！是的……不过我说的是咱们跟老混蛋的事。你好奇怪，从来没和我提起他的家属……现在家属来了，准是来找咱们麻烦的……"

佛洛尔道："好！让我去请问他。"

玛克斯一本正经说道："小姐，事情重大，莽撞不得。你先叫人端咖啡来，我在床上一边喝一边想一想该怎么办……你九点钟再来，咱们再谈。眼前你只装没有事儿。”

佛洛尔听着心里一惊，丢下玛克斯替他烧咖啡去了。过了一刻钟，巴吕克急急忙忙赶来报告大头目：

“法里沃找他的大车了！……”

不出五分钟，玛克斯穿好衣服下楼，装着闲荡的样子踱到塔底下，看见已经挤满了人。

玛克斯穿过人堆，挨到西班牙人身边问：“什么事啊？”

又矮又干瘪的法里沃，奇丑的相貌颇像西班牙的王公大臣。火辣辣的眼睛仿佛钻子钻出来的，跟鼻子离得那么近，倘在那不勒斯，倒像一个念咒做法的巫术师。矮子动作安详、缓慢、严肃，看上去性子和顺，人家也叫他老实的法里沃；但除非是粗心大意的人，有眼光的自会看出他的和顺跟麸皮面包般的皮色底下，藏着格累内达农民的半摩尔血统的性格①，只是没受刺激才显得懒洋洋的很冷静。

玛克斯听完粮食贩子的诉苦，问道：“你没有记错么，车子可是的确放在这儿的？谢天谢地，伊苏屯一向没有贼。”

“车子明明在这儿的……”

“倘若车上套着马，会不会给马拖着走开呢？”

“这不是我的马么？……”法里沃指着牲口回答，他的马鞍辔俱全②，就在二三十步以外。

玛克斯一本正经的走近马去，从那边一抬头就能望到塔的底基。看热闹的人都站在下面，众人跟着玛克斯走过去，正合乎促狭鬼的心意。

法朗梭阿嚷道：“可有人粗心大意把车子放进口袋啊？”

巴吕克道：“大家在身上找一找吧！”

四下里哄起一片笑声。法里沃赌起咒来。西班牙人一赌咒，表示他火气已经大到极点了。

玛克斯问：“你的车子很轻吧？”

法里沃答道：“很轻！这些笑我的人只要脚上给我大车压一下，包他们再也不会觉得鸡眼痛。”

“不过我看你的车子真是轻得出奇，”玛克斯指着塔说，“要不然怎么会飞上土丘呢？”

一听这话，所有的人都抬起头来，菜市上顿时乱哄哄的像造反一样。

---

① 格累内达：今译格拉纳达，西班牙安达卢西亚自治区内格拉纳达省的省会。

② 辔（pèi）：驾驭牲口的嚼子和缰绳。

个个人指着飞在土丘上的大车，七嘴八舌闹成一片。

法里沃愣住了。高台儿子对他说："大概小客店的老板都不怕入地狱，家里供着魔鬼；魔鬼看你把车子丢在街上，不寄放到店里去，有心给你一个警告。"

高台儿子的话才说完，就有人怪声嘘叫，原来法里沃出名是个吝啬鬼。

玛克斯道："喂，好家伙，别泄气。咱们一同到塔底下看看车子怎么上去的。我们帮你出把力——巴吕克，你来么？"又凑着法朗梭阿的耳朵嘱咐："我们一到上面，你就得留心招呼，山脚下不能有人。"

法里沃、玛克斯、巴吕克和帮口里另外三个人，爬上土丘。玛克斯和法里沃一边冒险登山，一边留神察看，坡上竟没有一点车子过的痕迹，也没撞坏什么。法里沃以为当真有鬼，吓得魂灵出窍。几个人到了上面细细一看，事情的确离奇。

"车子怎么弄下去呢？"西班牙人说着，小黑眼睛第一次露出害怕的神气，似乎永远不会变色的瘦黄脸也发了白。

玛克斯道："这又不难罗……"

他趁粮食贩子发愣的当口，伸出结实的胳膊握着车辕子推了几步，没松手先提高嗓子叫一声：

"底下小心啊！……"

底下倒是毫无危险；群众由法朗梭阿提醒了，又是好奇心切，都退在广场靠后面望得见山顶的地方。大车滚下来粉身碎骨，不知变了多少块，情景着实好玩。

巴吕克道："这不是下去了么？"

"强盗！流氓！"法里沃叫起来，"大概就是你们把大车弄上来的……"

玛克斯、巴吕克和三个同党，听了西班牙人的咒骂哈哈大笑。

玛克斯道："我们好心帮忙，你那该死的车子几乎把我一块儿拖下去，你倒说出这种话来谢我们！……你是什么地方人？这样不识好歹！"

法里沃气得发抖，回答说："我那个地方的人吃了亏永远不会忘记。我的车给你坐了去见魔鬼……除非……"他忽然和顺得像绵羊，"除非你愿意赔我一辆新的？"

玛克斯一边下坡一边说："等会再谈。"

他们到了平地，才走近第一批哄笑的群众，玛克斯便拉着法里沃上衣的纽扣说道："行，法里沃老头，我送你一辆出色的大车，只要你给我二百五十法郎；可是我不担保新车也能爬上塔去。”

法里沃听到这句笑话，脸色顿时冰冷，仿佛要成交一笔生意似的。

他回答说：“嘿！你要肯赔我这辆破车，绝不算浪费罗日老头的钱！”

玛克斯铁青着脸，朝着法里沃举起狠巴巴的拳头；巴吕克知道这一拳打下去不仅打着法里沃一个人，赶紧像老鹰捉小鸡似的把法里沃提过一边，轻轻的对玛克斯道：

“别胡闹！”

一句话提醒了玛克斯，他立刻哈哈大笑，回答法里沃说：

“就算我不小心打烂你的车子，你说话也糟蹋了我，咱们俩扯直了。”

法里沃咕噜道：“还没有呢！可是我很高兴知道我的大车值多少钱。”

一个不是逍遥团帮口里的人说：“啊！玛克斯，你碰到对手了！”

“再见了，奚莱先生；你帮我的忙，我还没有谢你呢。”粮食贩子说着，跨上马，在众人喝彩声中走了。

一个车匠跑来瞧了一眼粉碎的大车，对法里沃叫道：“车轮上的铁箍，我给你收着。”

一根车辕子笔直的插在地上，像一株树。西班牙人的话直刺到玛克斯心里，他站在那儿面色发白，闷闷不乐。关于法里沃的大车，伊苏屯城里谈论了五天。高台儿子说得不错，大车应该是跑码头的：整个贝利地区传遍玛克斯和巴吕克开的玩笑。西班牙人觉得最难堪的是，过了八天，三个州府的人还当他做话柄，所有的闲话还拿他做题目。但法里沃为了泄愤而说的狠毒的话，也引起人对玛克斯和搅水女人发表了各式各种议论，在伊苏屯是交头接耳的说的，在布日、华当、维埃尔仲、夏多罗，是敞开着喉咙说的。玛克桑斯·奚莱熟悉地方上的风气，自然猜到这些话只会越传越难听。

他想：“人家说话是拦不住的。啊，这一下算我做错了。”

“喂，玛克斯，”法朗梭阿抓着他的胳膊说，“他们今天晚上要到了……”

“谁？”

“勃里杜他们！我祖母才接到她干女儿的信。”

玛克斯咬着法朗梭阿的耳朵说：“告诉你，孩子，这件事我细细考虑过了。我跟佛洛尔都不能出头露面和勃里杜娘儿俩过不去。要他们离开伊苏屯，只能由你们奥勋家的人打发。你先研究一下两个巴黎人。等我把他们打量过了，明儿晚上在高涅德店里再商量怎样对付，怎样使他们跟你爷爷闹翻……”

巴吕克和法朗梭阿回到爷爷家，看他们的朋友走进对面屋子，巴吕克对表兄说："今天玛克斯被西班牙人打中要害了。"

玛克斯在外边干事的时候，佛洛尔虽然受过情人嘱咐，一肚子火气还是按捺不住，不管对他们的计划有利还是有害，先对可怜的单身汉发起威来。约翰－雅各一触犯女佣人，所有的照顾体贴以及他最喜欢的那套肉麻的亲昵，马上取消。这是佛洛尔对主人的惩罚。平日娇声娇气，加上或多或少的温柔的眼风，说的一些体己话儿，什么我的小猫咪啦，我的大哈巴狗啦，心肝啦，肉儿啦，一下子全听不见了。只有一个又冷又斩截的"您"字，尊敬之间带着挖苦的味儿，像尖刀一般直刺到可怜的罗日心里。这"您"字等于开仗的信号。佛洛尔不再侍候罗日老头起身，不再替他拿衣服、凑合他的意思，用一切女性都会表现的那种欣赏不置的神气瞧着他，那种欣赏表现得越俗气，越讨人喜欢，嘴里说着："哎唷！你好鲜嫩啊，真像一朵玫瑰！——真的，你精神好极了！……我的约翰，你真漂亮！"总之，佛洛尔不再在罗日起床的时候装疯作傻，说些野话叫他开心，而是让他一个人穿扮。万一罗日叫唤搅水女人，搅水女人就在楼梯底下回答：

"唉！我一个人不能同时做几桩事呀，又要给你弄中饭，又要在房里服侍你。难道你长了这么大，还不会自己穿衣么？"

那天老头儿要剃胡子的热水，就碰到这一类钉子，他想："天哪！我什么地方得罪了她呢？"

佛洛尔叫道："范提，给先生提热水上去。"

老头儿觉得佛洛尔的脾气已经发到他头上来了，迷迷糊糊的问道："范提……范提，太太今天怎么啦？"

佛洛尔·勃拉齐埃要她的东家，要范提、科斯基、玛克斯，个个人称她太太。

范提哭丧着脸回答："大概您做了什么对不起她的事，被她发觉了。先生，您这是不对的。我是个老妈子，您可以骂我不应该管您的事；可是您尽管像圣经上那个国王就是指大卫王在国内遍求童女的故事，见前230页注一样，找遍天下也找不出一个像太太这样的人……她走过的每个脚印，您都该扑在地下亲吻才对……真的，您伤她的心就是伤您自己的心！她眼泪汪汪，难过死了。"

范提丢下东家走了。可怜虫失魂落魄倒在靠椅上，两眼朝天，像无缘无故发愁的疯子，连剃胡子都忘了。这低能的家伙只对爱情有知觉，佛洛尔的忽而亲热忽而冷淡，好比把他的肉体突然从赤道搬到两极。他精神上

这是佛洛尔对主人的惩罚

受的折磨和生病没有分别。世界上只有佛洛尔能给罗日这种影响；因为只有在佛洛尔面前，罗日心软的程度才跟愚蠢的程度相等。

佛洛尔站在房门口说："怎么，还没有剃胡子？"

罗日冷不防吓了一大跳，又不敢抱怨，惨白而狼狈的脸顿时涨得绯红。

"中饭开出来了！好在没人奉陪，你尽可以穿着睡衣拖着软鞋下楼。"

佛洛尔不等他回答，说完就走。让老头儿一个人独吃是折磨老头儿最凶的惩罚。他喜欢一边吃饭一边聊天。罗日走到楼梯脚下，心里紧张，触动了黏膜炎，来了一阵剧烈的咳嗽。

"咳啊！咳啊！"佛洛尔在厨房里说着，不管主人听不听见，"哼！没人操心，老浑蛋倒也撑得下去。要他咳出灵魂来，恐怕还比我们迟一步呢……"

搅水女人一发火，就是这样对待罗日。可怜虫在堂屋里郁郁闷闷坐在饭桌的一头，望着他古老的家具、古老的图画，神气好不凄惨。

佛洛尔闯进来说："哼！领带都不戴一条！你这种脖子叫人看了舒服么？比火鸡脖子还要红，还要皱得厉害！"

"我什么地方得罪了你呢？"他大着胆子抬起眼泪汪汪的大绿眼睛，望着佛洛尔冰冷的脸。

佛洛尔道："你自己做的事还不知道？真会假惺惺！……你的妹子阿迦德跟你，照你父亲说来，好比我和伊苏屯塔一样毫无关系——她带着一个没出息的画画的儿子从巴黎来了，来看你了……"

罗日听着大为诧异，说道："我的妹子和外甥到伊苏屯来？……"

"好，好，你假装奇怪，表示你没写信叫他们来，是不是？这种把戏真叫作白线缝黑布，骗得了谁？放心，我们决不打搅你的巴黎客人；等不到他们进来，我们先滚蛋。玛克斯和我从此一去不回了。我要当你的面把遗嘱撕做两半，听见没有？……你把家私给你的亲人去吧，我们不是你的亲人。你等着瞧吧，三十年没见面的人，从来也没见过你一面的人，看他们爱你的钱还是爱你的人！看你妹子能不能代替我！只晓得吃斋念经的酸老太婆！"

罗日道："就为这个么，小佛洛尔？妹子也好，外甥也好，我一概不见……我发誓，他们要来的消息还是第一次听见。这明明是酸老太婆奥勋太太出的鬼主意……"

玛克斯在门外听见罗日老头的回答，突然闯进来用着主人的口气问："什么事啊？……"

玛克斯和佛洛尔有约在先，逢到事情他总站在罗日方面。罗日当下巴不得他来解围，忙说："我的好玛克斯，我可以赌神发咒，这消息我是刚刚听到，我从来没写信给妹子。我父亲要我答应一个子儿都不给她，宁可捐给教会……再说，我决不招待阿迦德，也不招待外甥。"

玛克斯答道："亲爱的约翰－雅各，你父亲错了，勃拉齐埃太太更是错了。你父亲有你父亲的理由；他死了，他的仇恨也得跟着一笔勾销。妹妹总是妹妹，外甥总是外甥。你为你自己，也为着我们，正应当客客气气招待他们。你想，外人要怎么说呢？……该死！我已经背了不少好名声，差一点没说我们把你软禁啦，你失去自由啦，我们撺掇你和承继人作对啦，骗你的遗产啦……嘿！再要听见第二句糟蹋人的话，我不滚蛋就不是人！难听的话一句就够了。好，吃饭吧。"

佛洛尔又变得像鼬鼠一般和顺起来，帮着范提摆刀叉。罗日老头对玛克斯佩服极了，拉着他的手走到窗洞底下，轻轻说道：

"啊！玛克斯，我便是爱亲生儿子也不会像爱你这样。佛洛尔说得好，你们两个便是我的亲人……你人格高尚，玛克斯，刚才的话都说得很对。"

玛克斯趁此截住他的话，说道："你该好好款待你的妹妹和外甥，可是处置财产的办法决不更动。这样，你服从了父亲，也堵住了众人的嘴……"

佛洛尔声音高高兴兴的叫道："两个小宝贝啊，红烩野味快凉了。"又笑嘻嘻的招呼约翰－雅各，"来，好人儿，给你一只翅膀。"

老头儿听着这一句，马脸上死灰般的颜色褪下去了，往下直挂的嘴唇浮起一副鸦片烟鬼式的笑容；但是又来了一阵咳呛，皇恩大赦和罚入冷宫的刺激一样猛烈。佛洛尔站起身子，从肩上扯下小小的开司米披肩，裹着老头儿的脖子当领带，说道：

"你蠢不蠢，为着一点儿小事急成这样！……戴上吧，老糊涂！还是从我心口拿下来的，包你舒服……"

佛洛尔看见罗日那个差不多秃顶的脑袋没有戴帽子，特意去拿黑丝绒便帽；罗日趁她不在，对玛克斯道："你瞧她多好！"

玛克斯答道："又好又漂亮；不过性子急一些，心直口快的人都是这样。"

或许有人责备我的描写太露骨，认为搅水女人性格中那些真实的成分，做书的人应当放在暗角落里才对。可是这一幕反复扮演，各有巧妙不同的戏确是一个典型，不过这儿表现得粗俗，真实的程度极尽丑恶罢了。上下三等所有的女性，假使为着某种利害关系，离开了服从的本分，抓到了大权，都拿得出这一手。她们和大政治家一样，觉得只要达到目的，一切手段都行。在佛洛尔·勃拉齐埃和公爵夫人之间，在公爵夫人和有钱的布尔乔亚妇女之间，在良家妇女和享用奢华的外室之间，差别只在于所受的教育和所处的环境。撒水女人表现得泼辣无赖，换了贵族太太就变做别扭怄气。在每个社会阶层上，挖苦的笑话、俏皮的讥讽、高傲的冷淡、假哭假笑、无理取闹，效果都和这位伊苏屯的埃佛拉太太高兰－达勒维尔(1755—1806）写过一出喜剧叫作《老光棍》，其中有个管家婆埃佛拉太太，野心勃勃，狡猾透顶，想和主人结婚①粗俗的谈吐一样。

玛克斯滑稽突梯②，讲着法里沃的故事，引得老头儿哈哈大笑。范提和科斯基在走道里听着，也笑开了。佛洛尔更是乐不可支。吃过中饭，约翰－雅各开始看报，那时家里订着《立宪报》和《邦陶尔戏报》。玛克斯趁此把佛洛尔带到房里，问：

"你是不是有把握，自从他指定你做承继人以后，没有立过别的遗嘱？"

她回答说："他连纸笔都没有。"

玛克斯道："他可以嘴里念出来，叫公证人代笔的。即使他现在没有做，也得防他这一着。咱们一方面要殷勤招待勃里杜娘儿两个，一方面赶紧把所有的押款变成现钱。公证人巴不得我们调动，好多挣几个钱去吃喝。公债天天上涨；我们要征服西班牙，帮斐迪南七世摆脱国会③；明年行市说不定会超过票面。眼前市价是八十九法郎，拿老头儿的七十五万本钱买进公债准是一笔好生意！……不过得想法要他写上你的名字。那么不管怎么样，这笔钱反正捞进了！……"

佛洛尔道："这个主意好极了！"

"再说，既然五万利息需要八十九万资本，现在只有七十五万，咱们叫老头儿向外边借十四万，为期两年，先还一半。两年之内，咱们可以在巴黎收到十万，这儿拿到九万，那就万无一失了。"

佛洛尔道："我的好玛克斯，没有你，我们怎么得了呢？"

"明天晚上，我们见过了巴黎人，在高涅德酒店聚会，我会想法就叫奥勋他们打发巴黎人走路。"

"你多聪明，我的天使！真的，你是个招人疼的好宝贝。"

---

① 高兰－达勒维尔：法国滑稽小说家。

② 突梯：圆滑的样子。

③ 斐迪南七世（1784—1833）：西班牙国王，曾两次在位，分别是1808年3月—5月，1814年—1833年。

七　五个奥勋

穿过圣·约翰广场的街，上面一段叫作大那兰德，底下一段叫作小那兰德。在贝利地区，“那兰德”的意思等于热那亚方言中的“萨利塔”，专指坡度陡峭的街道。从圣·约翰广场到维拉德门的那兰德陡得非常厉害。奥勋老先生的屋子和约翰－雅各·罗日的屋子遥遥相对。逢着对面挑起窗帘或是打开大门的时候，在奥勋太太起坐的堂屋里可以从窗中望见罗日家的动静；反过来也一样。两所屋子没有什么分别，大概出于同一建筑师之手。奥勋生在伊苏屯，早年在贝利的赛尔地方当所得税和产业税的征收员，后来跟伊苏屯的征收员对调位置，回到本乡娶了按察使助理风流罗斯多的妹妹。奥勋在1786年上退休，没有受到大革命的风浪；而他也完全拥护大革命的原则，一切“守本分的人”总是跟着胜利者摇旗呐喊的。奥勋先生号称为大吝啬鬼，绝对不是盗窃虚名。可是要描写他，说话未免重复。有一桩使奥勋出名的啬刻事儿，足以说明奥勋先生的全部作风。

他的过世的女儿当初嫁给鲍尼希家的时节，奥勋家请鲍尼希家吃饭。女婿本有大宗遗产可得，因为做买卖失败，尤其父母不肯接济，郁郁闷闷死了。那时鲍尼希家的两老还在，看见奥勋先生为保护女儿的陪嫁，自愿做外孙的监护人，非常高兴。且说奥勋小姐签订婚约那天，双方家长在堂屋里会齐，一边是奥勋一家，一边是鲍尼希一家，都穿得齐齐整整。年轻的公证人埃隆正在郑重其事的宣读婚约，忽然厨娘闯进来向奥勋先生讨绳子扎火鸡，火鸡原是当天的正菜，前任征收员从大氅口袋里掏出一根绳子，大概已经扎过小包裹之类，交给厨娘；厨娘还没走出堂屋门，奥勋先生就高声吩咐：

“葛丽德，用过了就还我！”

葛丽德是贝利一带对玛葛丽德的简称。

你们从此可以懂得奥勋先生的为人，也可以懂得地方上为什么挖苦他，把他老夫妻俩和三个孩子称为五个奥勋。

老奥勋的脾气变得一年比一年烦琐，越来越在小事情上认真，而他那时已经八十五岁了！像他那种人，在街上谈天谈得最有劲的当口，会弯下身去捡一支别针，拿来扣在翻袖上，嘴里说："女人家要做一天呢！"他会怪怨现在的呢绒质地太差，说他的大氅只能穿到十年。奥勋是高个子，又瘦又干，皮色发黄，很少说话，很少看书报，不肯让自己辛苦；他像东方人一样讲究规矩，家里的伙食清淡之极，每个人的口粮都由他亲自过秤。他一家的人口也不少，除了老婆，外孙巴吕克、外孙女阿陶斐纳，这两个都是鲍尼希家的承继人，还有自己的孙子法朗梭阿·奥勋。

1813 年的大征兵把以前逃过兵役的青年都抽去编成所谓"荣誉禁卫军"；奥勋的大儿子那一次也被征发，在哈瑙一仗中送了命①。这个早就指定的承继人为了逃避兵役，年纪轻轻娶了一个有钱的老婆；但他料到自己寿命不长，把老婆的财产花得精光。老婆远远的跟着军队移动，1814 年死在斯特拉斯堡，丢下一身的债，老奥勋始终不认账，拿旧时的判例回答债主，说妇女等于未成年的人，不能借债。

既然这份人家包括两个老的和三个孙子孙女，仍然可称为五个奥勋，那句笑话也就始终存在，因为内地的笑话从来不会过时。葛丽德那时六十岁，家里的杂务归她一个人包办。

屋子虽则很大，家具并不多。但三楼的两间卧房尽可以安顿约瑟和勃里杜太太。奥勋老人这才后悔不迭，当初不该在每间房内留着一张床，附带一把花绸面子的白木旧靠椅，一张胡桃木桌子，上面放一只蓝边面盆，盆里摆一个阔嘴的水壶。老头儿平时在地下铺着干草，堆放苹果、山楂、木瓜、冬天的梨子；老鼠经常在此打架：两间房都有一股水果和耗子的气味。奥勋太太叫人把地方打扫干净；有几处脱胶的糊壁纸用糨糊粘好；从自己的旧镂空纱衫上剪下几小块做窗帘。丈夫不肯买小草席，她便把自己床前的脚毯给她的小阿迦德用。尽管阿迦德已经四十七足岁，儿子都那么大了，在奥勋太太嘴里始终是个"小可怜儿"。奥勋太太向鲍尼希家借来两张床儿，又向高涅德酒店隔壁的旧货商大胆租了两口铜拉手的旧五斗柜。她藏着两对木料贵重的烛台，还是她喜欢做车工的爸爸亲手做的。1770—1780 年之间，有钱的人玩一样手艺原是一种风气：路易十六学做铜匠，上一代的罗斯多，前税务衙门的小官儿，学的是车工。装饰两对烛台的箍有花梨树根的，有桃树根的，有杏树根的。奥勋太太居然连这两件

① 哈瑙：德国中西部城市。1813 年 10 月底，在莱比锡会战失败的拿破仑率军退往法国，联军在拿破仑回国的必经之路哈瑙堵截，双方爆发激战，拿破仑军队击退了联军。

奥勋先生

传家之宝也拿出来了！……奥勋先生看了这些布置和这种牺牲，越发沉着脸，心里可还不信勃里杜母子当真会来。

就在法里沃被人捉弄的那天，奥勋太太吃过中饭对丈夫说：

“奥勋，希望你对我干女儿勃里杜太太客气一些。”

等她料定孙子们都出去了，又道：

“我的一份产业归我自由支配；别逼着我因为亏待了阿迦德，将来在遗嘱上给她补偿。”

奥勋先生声气柔和的答道：“太太，你认为我活了这把年纪，连一些起码规矩都不懂么？……”

“老狐狸，你明知道我说的是什么意思。你得好好看承咱们的客人，别忘了我多么喜欢阿迦德……”

“玛克桑斯·奚莱想抢你心爱的阿迦德的遗产，可是你也喜欢奚莱啊！……你自己在胸口养了一条毒蛇。不过话又说回来，罗日的家私反正落在罗斯多的后代手里。”

这句话暗指大家私下猜想的阿迦德和玛克斯的出身，奥勋说完，打算出门。奥勋太太虽然干瘪，还是身体笔直，脸上扑着粉，戴一顶大蝴蝶结的圆顶睡帽，穿一条闪光绉纱裙，一件窄袖子的上衣，脚下套一双露出后跟的软底鞋，她把鼻烟壶望小几上一放，说道：

“奥勋先生，我真不懂，像你这样的聪明人怎么会跟着人家胡说乱道：我可怜的老朋友就为那句话不得安宁，我的干女儿也为此得不到她爹的家私。玛克桑斯·奚莱不是我哥哥生的，我当初切切实实劝过他不要浪费金钱。至于罗日太太，你和我一样知道她一生清白……”

“有这样的娘才有这样的女儿，我觉得她好不糊涂。家私弄得精光，还把孩子教育成这样：一个牵入贝尔东拿破仑部下的一个将军，1822年密谋推翻波旁王室，被捕处死式的案子，关在牢里，等贵族院审判；另外一个更糟，竟是个画画的！……你庇护的两个小辈，倘若打算在这儿住到把脓包罗日从搅水女人和奚莱掌心里解救出来，不知要住到何年何月呢。”

“别多说了，奥勋先生；但愿他们不论头尾翅膀，多少到手一些……”

奥勋先生拿着帽子和象牙球柄的手杖，出门了，心里对太太那句斩钉截铁的话暗暗吃惊，没想到她会这样坚决。奥勋太太拿起祈祷本子念她的弥撒课；她年纪大了，不能天天上教堂，逢着星期日和节日去一次已经够累了。她收到阿迦德的回信以后，在日常祷告之外又加上一节，求上帝点醒约翰-雅各·罗日，祝福阿迦德，使她听着干娘的话到这儿来干的事能够成功。她认为孙子外孙目无神明，便瞒着他们托本堂神甫在念“九日经”期内做几台弥撒，派外孙女阿陶斐纳·鲍尼希代表她上教堂去做祷告。

阿陶斐纳从七岁起就在这所冷冷清清、生活刻板单调的屋子里陪外婆做活；她那时十八岁，很高兴去念九日经，希望能感应约瑟对她有些情意。奥勋先生不了解艺术家，说了那巴黎青年许多坏话，引得外孙女对约瑟越发兴趣浓厚。

凡是老年的、守本分的、做家长的、在地方上可以算作首脑的，无不赞成奥勋太太的做法。他们巴望她干女儿和干女儿的孩子们成功的心思，和他们多年来看不起玛克斯行为不端的心思完全一致。因此罗日的妹子和外甥来到的消息把伊苏屯分成两派：一派是上层的和家世古老的布尔乔亚，只会私下发发愿心，袖手旁观而不会出来相助的；一派是逍遥团的团员和袒护玛克斯的人，会千方百计阴损两个巴黎人的。

那天下午三点，阿迦德和约瑟在弥赛尔广场运输公司门前下了车。勃里杜太太虽则旅途劳顿，看到故乡也觉得自己变得年轻了，走在街上随处想起童年的往事和印象。在伊苏屯当时的情形之下，十分钟之内四面八方都传遍巴黎人来到的消息。奥勋太太到大门口迎接阿迦德，拥抱阿迦德，赛过阿迦德是她的亲生女儿。老人家过了七十二年空虚单调的生活，葬过三个儿女，而且都死得可怜；她的母性只能发泄在另外一个小辈身上，聊以自慰；她常说她把干女儿抱过整整十六个年头呢。在凄凉寂寞的内地，她老是怀念这番深厚的交情，怀念阿迦德的童年，仿佛阿迦德就在面前。因为这缘故，她对勃里杜家的利益特别热心。她把阿迦德当做贵宾似的带进堂屋，威严的奥勋先生冷冰冰的坐在那儿，像一座冷灶。

干娘这里的干娘其实是儿童受洗时的教母。教父与教母往往由两份不同的人家分别担任，故阿迦德对干娘的丈夫仍称先生对干女儿说：“奥勋先生在这里呢，你觉得他神气怎么样？”

阿迦德道：“跟我离开他的时候一点没有分别。”

老人道：“你一开口就显出你是巴黎来的，嘴巴真甜。”

家里人一个一个介绍过来：个子高大的外孙巴吕克·鲍尼希，二十二岁；孙子法朗梭阿·奥勋，二十四岁；还有外孙女阿陶斐纳，她红着脸，两条胳膊没处安放，尤其一双眼睛不知望哪里好，因为不愿意叫人看出她注意约瑟·勃里杜。两个年轻人和奥勋老头都在聚精会神打量约瑟，但观点个个不同。吝啬鬼心上想：

“他好像刚出医院，一定饿得发慌，像个复原的病人！”

两个年轻人心上想：

“强盗胚！看他这副长相！倒要我们费一番手脚呢。”

阿迦德指着艺术家道：“这是画画的约瑟，我的好儿子！”

阿迦德勉强说出这个“好”字的口气，表明她的心老是在卢森堡监狱。

奥勋太太道：“他面色不大好，长得也不像你……”

约瑟凭着艺术家的天真率直，回答说：“是吗，我像父亲，而且像他丑的方面！”

奥勋太太本来握着阿迦德的手，这时又捏了她一把，瞧了她一眼，意思是说：“啊！孩子，怪不得你要偏心，喜欢下流的腓列普。”

她接着回答约瑟：“亲爱的孩子，我从来没见过你父亲；可是只要是你妈妈生的，我都喜欢。过世的台戈安太太还在信里说你有才气呢；你们家里最后只有她一个人和我通通消息。”

艺术家道：“才气还谈不到！不过耐着性子干下去，过几年也许能有一些名气，挣一份家私。”

“靠画画么？……”奥勋先生的口吻挖苦得厉害。

奥勋太太道：“阿陶斐纳，上厨房去照顾夜饭。”

约瑟道：“妈妈，我们的行李来了，我想去安放停当。”

祖母吩咐法朗梭阿：“奥勋，带勃里杜先生上他们房里去。”

晚饭要四点钟才开，那时只有三点半，巴吕克趁此到城里去报告勃里杜母子的新闻，形容阿迦德的穿扮，尤其着重描写约瑟。约瑟那张疲劳过度、带着病态、非常有特色的脸，很像一般人想象中的强盗。那天每个家庭的谈话都离不开约瑟。

“大概罗日老头的妹子怀孕的时期看了猢狲；她的儿子活脱是只猿——他脸孔像强盗，眼睛像毒眼蛇——听说那家伙样子好古怪，丑得可怕！——巴黎的艺术家全是这样的——他们像红毛驴一样凶，像猴子一样坏——他们那一行本来如此。我刚才碰到鲍西埃先生，他说真不敢半夜三更在树林里遇到他；他在班车上就看见了巴黎人——他眼睛上面有个凹洼像马一样，指手画脚，动作赛过疯子——那家伙看上去什么事都做得出；他哥哥倒是又高又大的漂亮哥儿，说不定就是这个兄弟害他走上邪路的——可怜的勃里杜太太和小儿子住在一起，神气并不快活——趁他在这里，咱们叫他画张像怎么样？”

这些意见仿佛被一阵风在城里吹开去，大大的引起了人家的好奇心。平素和奥勋家有来往的都决定当晚就去拜访，细细的瞧一瞧巴黎人。死气沉沉的伊苏屯来了两个外客，等于癞虾蟆塘里掉进了一根椽子①。

约瑟在两间顶楼上安顿好自己的和母亲的东西，打量一下房间，看了看静悄悄的屋子：墙壁、楼梯、护壁板，没有一点儿装饰品，只是寒气逼人；除了必不可少的用具，屋里一无所有。于是约瑟感觉到从充满诗意的巴黎跑到静默枯燥的内地来，转变太突兀了。他下楼看见奥勋先生亲自在切每个人的面包，才生平第一次了解莫里哀的阿巴公莫里哀喜剧《吝啬鬼》中的主角。

他想："我们原是住旅馆的好。"

一看晚饭的场面，约瑟的疑虑完全证实了。稀薄的汤先就说明主人家重量不重质。一盘白煮牛肉，四周的芹菜堆得老高。蔬菜盛在另外一个盘里，也算一道白煮牛肉中的蔬菜本当盛在一个盘里，不作兴分出来作为另一道菜的。白煮牛肉供在桌子中央，旁边还有三样：一样是酸菜作底的白煮鸡子，摆在蔬菜对面；一样是核桃油拌生菜；一样是小罐头的奶油，奶油里的香草用炒焦燕麦代替，味道像香草，正如羼菊莴苣的咖啡味道像莫卡莫卡是阿拉伯出产的上等咖啡。法国人为了经济，常用菊莴苣的根研成粉末，混入咖啡。桌子两头放着两大碟牛油和金钱萝卜；还有两样是黑金钱萝卜和小黄瓜。这个席面总算得到奥勋太太赞成。好心的老人家看见丈夫至少在第一天上还供应得像样，也就满意的点点头。奥勋先生却朝她瞟了一眼，耸耸肩膀，意思明明是说："你瞧，你叫我浪费了多少钱！……"

奥勋先生分配的白煮牛肉，切得像薄底靴的鞋底；牛肉吃完，紧跟着端上三只鸽子。葡萄酒是1811年的本地出品。阿陶斐纳听了外婆的话，在饭桌两头供着两瓶鲜花。

艺术家瞧着饭菜，暗暗想道："事到临头，好歹得对付过去！"

他只有清早六点在维埃尔仲喝过一杯怪难吃的咖啡，当然肚子饿了。他吃完他的一份面包要添，奥勋先生只得站起身来，慢吞吞的在大氅口袋里掏出钥匙，开了背后的柜子，拿出十二斤重的面包上的零头，郑重其事的切下一段，分做两半，放在一只碟子里横过桌子递给约瑟，不声不响，镇静非凡，活像一个老兵在上阵的时候暗暗发愿："好，今天我就把老命拚了吧！"约瑟拿了半块，心里明白以后不能再要了。这种派头在约瑟眼中显得多么不近人情，本家的人可没有一个看了奇怪。大家照常谈话。阿迦德听说她出生的屋子，她父亲没有继承台戈安家之前的产业，被鲍尼希家买去了；她表示想去看看。

---

① 典出拉·封丹寓言《青蛙请立国王》，塘中掉进一根梁木。

干娘道："当然可以；鲍尼希今晚会来的，等会城里所有的人要来打量你呢，"她朝着约瑟说，"会请你们上他们家去的。"

女佣人端来的饭后点心是都兰和贝利一带有名的羊乳软饼，衬着葡萄叶，叶上的纹缕在乳饼上印得清清楚楚，照理镂版艺术应该在都兰发明才对。在小块的乳饼两旁，葛丽德还像煞有介事放着些核桃和咬不动的饼干。

奥勋太太道："葛丽德，拿水果来！"

葛丽德道："太太，烂的没有了。"

约瑟好像在画室里和朋友们在一起，大声笑了出来；他忽然明白，为了免得糟蹋而先吃坏水果，在内地竟变为一种习惯。他存心要吃，兴致又好，便嘻嘻哈哈的说道："我们就吃不烂的吧。"

老太太嚷道："你去拿啊，奥勋先生！"

奥勋先生听了艺术家的话心里很气，去拿了些桃子、梨子、圣凯塞琳枣子来。

奥勋太太吩咐外孙女："阿陶斐纳，替我们摘些葡萄来。"

约瑟望着两个年轻人，神气似乎说："你们满面红光，难道是这种饮食调养出来的么？"巴吕克懂得这道尖利的目光是什么意思，只微微一笑；他和法朗梭阿态度都很谨慎。在高涅德酒店一星期吃三回宵夜的人，家里的生活本来关系不大。饭前巴吕克得到通知，大头目半夜里召开全体大会，预备请他们好酒好菜吃一顿，还要他们助他一臂之力。这一餐奥勋老人替两位远客接风的饭，说明两个精壮结实、一个牙齿都不缺的青年，多么需要高涅德酒店的夜宴补充营养。

"饭后酒咱们到客厅去喝吧。"奥勋太太说着站起来，向约瑟做个手势要他搀扶。

她第一个走出饭厅，趁此机会对画家说：

"唉，可怜的孩子，这顿饭你吃了决不会消化不良；可是我争来也不容易呢。你在这儿只能勉强吃饱肚子，就算守斋吧。就是这么回事。你吃饭还是耐性一些……"

爽直的老太太心地朴实，肯这样批评自己，艺术家看了很喜欢。

"我跟这位先生相处了五十年，荷包里从来不曾有过二十法郎。要不是替你们抢救一笔财产，我才不叫你娘儿俩到我这监狱里来呢。"

"那么你怎么活到如今呢？"画家很天真的问。法国的艺术家素来有这种风趣。

她回答说："啊！告诉你，我就是祈祷。"

约瑟听着微微打了一个寒噤，觉得老太太变得伟大起来，退后几步端详她的脸，只见她容光焕发，心平气和，慈爱得了不得，便道：

“让我替你画张肖像吧！”

她说：“不，不，我活得厌烦透了，不愿意画成肖像再留在世界上！”

这句凄凉的话，她是快快活活说的，一边打开柜子拿出一小瓶覆盆子酒，那是她按照有名的女修士们的秘方自己做的。那些女修士还会做一种伊苏屯糕饼，法国甜食中最了不起的一样创作，任何伙食房领班、厨子、点心司务、糖果司务，都仿造不出。我国驻君士坦丁堡的大使李维埃先生，每年要订一大批拿去供应穆罕默德的后宫。阿陶斐纳托着一个漆盘，摆满四面刻花、边上描金的古式酒盅；外婆斟一盅，阿陶斐纳拿去敬一盅。

阿迦德看到这老规矩，想起童年，不由得高兴起来，叫道：“一个圈子敬过来，爸爸照样来一杯！”

老太太轻轻告诉阿迦德：“等会奥勋要上俱乐部去看报，咱们好痛痛快快谈一会。”

果然，十分钟以后，客厅里只剩下约瑟和三个女的。客厅里的地板只扫不擦，边线有凹有凸的橡木框子嵌着挂毡，所有那些简单而灰暗的家具，在勃里杜太太眼中和她离开的时候一样。法国从君主政体到大革命，到拿破仑称帝，到王政复辟，大半东西都淘汰了，偏偏这间堂屋原封未动，各个朝代的兴旺与衰败没有在这儿留下一点痕迹。

勃里杜太太发觉一切照旧，想不到她从前看见活着的金丝雀也做成标本保存着，供在壁炉架上的一座老钟、一对铜蜡签、一对银烛台中间，她说：“干妈，跟你相比，我的生活真是动荡得厉害。”

老太太回答说：“孩子，一个人的风浪是在心里。越需要退让，退让的事情越大，我们跟自己的斗争就越多。别谈我的，谈你的正经吧，”她远远指着罗日家的堂屋说，“你正坐在你敌人对面。”

阿陶斐纳说：“他们坐下来吃饭了。”

这姑娘过着近乎修院式的生活，老在窗里张望，只想对外人加在奚莱、搅水女人和约翰－雅各头上的丑名声看到一星半点的事实。家里人一提到他们总叫她走开，但她耳朵里也不免刮进几句。那时老太太又吩咐外孙女走出去，等外客上门时再来。

奥勋太太望着两个巴黎人说：“伊苏屯的一本账都在我肚里，今晚咱们要有十批到十二批客人来看热闹。”

奥勋太太随即把搅水女人和奚莱弄得约翰－雅各服服帖帖的许多事实

细说了一遍，可不像我们以上的叙述用综合方法，而是插进本地多嘴和贫嘴的人的无数的议论、描写和推测。她才讲完，阿陶斐纳就来说鲍尼希家、鲍西埃家、罗斯多－帕朗扬家、斐希家、高台－埃罗家的人，一共十四个，已经远远的出现了。

老太太结束的时候说："亲爱的，你看，要从虎口里抢出这笔家私可不是件小事情……"

约瑟回答说："照你的描写，一个是无恶不作的光棍，一个是不要脸的婆娘，跟这种人交手非但不容易，简直不可能。我们至少要在伊苏屯住上一年，才能消除他们的影响，推翻他们控制我舅舅的势力……为一笔财产，犯不着费那么大的劲，何况还要降低自己的人格，使出种种卑鄙的手段。我母亲只有十五天假期，她的位置是靠得住的，不能轻易丢掉……至于我，希奈代我约好，十月里到一个贵族院议员府上去画画，工作很重要……太太，你瞧，我的家业是要靠我一支笔去挣来的。"

这番话叫人听着十分诧异。奥勋太太虽然比当地人高明，究竟也不相信画画有什么前途。她望着干女儿，又握了一下她的手。

约瑟咬着母亲耳朵说："这个玛克斯竟是腓列普的翻版，不过手段更厉害，更有气派罢了。"接着又高声说道，"好吧，太太，我们打搅奥勋先生的日子不会太长的！"

老太太道："唉！你年轻，不懂得人情世故！半个月之内，稍稍用些手腕，多少能得出一些结果来；你还是听我的主意，照我的话做去吧。"

约瑟道："行，我一定听从你。应付人事，我是饭桶；比如说，明儿舅舅要不见我们，哪怕特洛希亲自出马，我也不知道他会想出什么计策来。"

鲍尼希太太、高台－埃罗太太、鲍西埃太太、罗斯多－帕朗扬太太、斐希太太，由她们的丈夫陪着进来了。照例的寒暄过后，十四个人一齐坐下，奥勋太太少不得向他们介绍勃里杜太太和约瑟。约瑟坐在一张靠椅上只顾冷眼旁观，端详那十几张脸；他事后对母亲说，他们倒像在五点半到九点之间跑来替他当义务模特儿。约瑟在伊苏屯各位长老面前的态度，并没使小城里的人对他的看法有所改变：每个人都注意到他嘲弄的眼神，对他的笑容感到不安，或者看着他的脸觉得害怕；他们不识得天才的相貌奇特，只当做狰狞可怖。

十点钟，大家都睡了，干娘留干女儿在卧房里一直坐到半夜。没有旁人在场，两个女的把一生的悲伤，各自的苦处，互相诉说了一番。阿迦德看到像奥勋太太这样一个无人赏识、胸怀高洁的女子，所处的环境简直是一片无穷无尽的沙漠，精力完全没有用处；听见那个虚度一世的人发出最后一些呼声，听到她心中的痛苦，知道她的慈悲和慷慨从来没有施展的机会；阿迦德这才醒悟过来，原来自己并非世界上最苦恼的人，巴黎的生活还有多少消遣和小小的乐趣，在上天给她的辛酸痛苦之中给她一些调剂。

“干妈，你信仰很深，请你告诉我，我犯了什么罪孽，上帝要惩罚我?”

“孩子，他这是磨炼我们。”老太太这么回答的时候，钟上已经敲十二点了。

八　马基雅弗利式的玛克桑斯*

半夜里，逍遥团骑士一个一个像影子似的溜到巴隆环城道上，在树荫底下一边散步一边低声谈话。

每走近一个人，第一句话总是："咱们干些什么呢？"

法朗梭阿道："我想玛克斯不过是请我们吃一顿。"

"不会的；对他和搅水女人来说，眼前的形势太严重了。他准是想好什么计策对付巴黎人……"

"把他们赶跑倒也很好玩呢。"

巴吕克道："我外公看见家里多了两个人吃饭，已经着了慌，一定很高兴借机会……"

"喂，弟兄们，"玛克斯走过来轻轻叫道，"望着天上的星星干么？又不会给我们斟出杂合酒来。走，上高涅德酒店！"

"走，上高涅德酒店！"

众人那一阵叫喊传到城里像军队的冲锋喊杀，叫人听着毛骨悚然；随后又寂静无声，什么都没有了。第二天好几个人问邻居：

"半夜一点光景，你有没有听见一阵可怕的叫喊？我当着什么地方起火来着。"

帮口的全班人马都出席了；高涅德备下一顿名不虚传的半夜餐，叫二十二双眼睛看了就舒服。清早两点，正当众人像逍遥团的词汇说的"舔嘴咂舌"，小口小口的品赏好酒的时候，玛克斯发言了：

"亲爱的弟兄们，今天早上为了跟法里沃开一次大可纪念的玩笑，你们的大统领受到低三下四的粮食商侮辱，再加是个西班牙人……叫我想起集中营来……他大大的损害了我的名誉，我非向这混账东西报仇不可，当

---

* 马基雅弗利（1469—1527）是意大利佛罗伦萨足智多谋的政治家，著有《论霸主》一书，有名于世。日常用语中往往以马基雅弗利指城府很深、擅长权术的策略家。

然不越出咱们寻开心的范围。我想了整整一天，想出一条妙计，准会叫西班牙人急得发疯。这计策一方面能报我个人的仇，也就是报我们逍遥团的仇；另一方面也赈济了埃及人敬重的小动物，它们同样是上帝造的，却受着人类无理的迫害。善生恶，恶生善，善恶相生原是千古不易之理！所以我命令全体弟兄——可不能违背你们大统领的意旨！——每个人用极秘密的方式搜集二十只耗子，或是二十只怀胎的老鼠，假如可能的话。捉来的耗子要关三天。能捉得更多当然欢迎。你们把那些高明的破坏分子收在一边，不让它们吃到一点儿东西，最要紧是叫这些小宝贝饿得发慌。小老鼠和田鼠，一律照收。二十二个人每人捉二十只，咱们就有四百多党羽，放进法里沃储藏麦子的卡波桑老教堂上文提过，这所教堂（即圣·巴丹尔纳教堂）已由政府拍卖给私人，改做别用，会报销不少粮食。但是咱们手脚要快！八天之内，法里沃就得送出一大批货色；他如今在四乡接洽买卖，我要他回来的时候仓库损失浩大。”玛克斯看见众人一致表示钦佩，便说：“诸位，想出这条妙计不能算我的功劳。凯撒的东西总是凯撒的，上帝的东西总是上帝的。我是抄袭《圣经》上萨姆逊捉放狐狸的故事萨姆逊因岳父非利士人将他妻子改配与他的同伴，有心报复，捉了三百只狐狸，尾巴用绳子连做一处，中间夹着火把，点上火，狐狸冲入非利士人的田园，所有的庄稼都被烧尽。见《旧约·士师记》第十五章。萨姆逊当初放火，未免不讲人道；咱们的作风却像婆罗门教徒①，保护被迫害的弱小民族。佛洛尔·勃拉齐埃小姐已经把全部老鼠笼打开，我的得力助手科斯基正在捉田鼠。我的话完了。”

高台儿子道：“我能找到一样动物，一只抵得上四十只耗子。”

“什么东西？”

“松鼠。”

一个新加入的团员说：“我贡献一只小猴子，它会把麦子吃得不亦乐乎。”

玛克斯道：“不行！这些东西都查得出来历。”

鲍西埃家的儿子说道：“咱们可以到这边农庄上去捉鸽子，每个鸽棚捉一只，夜里把教堂屋顶开个窟窿放进去，不久就会招来几千只。”

玛克斯对高个子的鲍西埃儿子笑了笑，说道：“一个星期之内，咱们夜里就拿法里沃的仓库做目标。你们知道圣·巴丹尔纳一带的人起身很早。要不倒穿着布底鞋，一个人都不能去。鲍西埃骑士既然发明鸽子的玩

---

① 婆罗门教：印度古代宗教之一，约于公元前7世纪形成，主张善恶有因果，人生有轮回之说。

艺儿，就专管鸽子。报销麦子的事归我负责。你们个个人都得替耗子当一下管家。要是看守仓库的伙计睡在教堂里，弟兄们就得用些手段把他灌醉，调虎离山，好让耗子们大开筵席。”

高台儿子道：“你不跟我们提巴黎人么?”

玛克斯道：“噢！还得把他们研究一下。我先出一个赏格：我有一支皇帝钦赐的超等猎枪，凡尔赛厂制造的精品，值两千法郎；谁要想出一个捉弄巴黎人的办法，使他们跟奥勋先生、奥勋太太闹得不欢，给两位老人打发走，或者自动滚蛋，当然不能太损害我两位朋友巴吕克和法朗梭阿的祖宗，我就把猎枪奉送。”

“行！让我去想。”高台儿子说，他是最喜欢打猎的。

玛克斯又道：“出计策的人要不愿意得我的枪，我就把我的马奉送。”

吃过那顿宵夜，二十个脑子用足苦功，要想出一个跟阿迦德母子捣乱的计划。可是附带的条件太严格了，事情太难了，除非魔鬼或者机会凑巧才能成功。

第二天早上十点前一会儿，阿迦德和约瑟下楼预备吃第二顿早饭。所谓第一顿早饭是在床上或一下床就吃的一块牛油面包，一杯咖啡牛奶。奥勋太太虽然上了年纪，梳洗的周到仍不亚于路易十五时代的公爵夫人；大家正在等她下来。约瑟忽然看见约翰－雅各·罗日站在对面大门口，便指给母亲看；母亲看了竟认不得，她哥哥和她离开的时候模样儿差得太远了。

阿陶斐纳扶着外婆下楼，对阿迦德说：“看见没有，你哥哥出来啦!”

约瑟叫道：“一副蠢相!”

阿迦德合着手，望着天，说道：

“想不到他给人摆布到这个田地！我的天哪，怎么还像一个五十七岁的人呢?”

她想细瞧一下哥哥，不料佛洛尔·勃拉齐埃就站在老头儿背后，光着头，镶花边的纱围巾底下露出雪白的背脊、耀眼的胸脯，收拾得像个有钱的交际花，窄腰身羊蹄袖的薄绸衫是当时最时行的一种绸料子，腕上戴着华丽的手镯。搅水女人胸口挂着一条湛亮的金项链，正在拿一顶黑绸便帽递给罗日，防他伤风：这一幕显见是有心做给外人看的。

约瑟叫道：“好一个美女！难得难得！……照我们的说法，她是天生‘上画’的！……那种肉色！调子多美！那个分界的部分，那种丰满，还有那肩膀！……真是了不起的柱子上的人像古希腊神庙外部的走廊往往用女子的塑像作柱子！……画起铁相一派的维纳斯来，的确是最理想的模特儿。”

阿陶斐纳和奥勋太太好像听人说着外国话；阿迦德站在儿子背后向她们俩做手势，表示这种行话她是听惯的。

奥勋太太道："那个婆娘抢了你家私，你还觉得她好看么？"

"那不相干，反正是个出色的模特儿！肥得恰到好处，并没破坏身段……"

阿迦德道："孩子，这儿不是你的画室，况且还有阿陶斐纳在场……"

"对，我忘了；可是从巴黎到此地，一路看见的女人都是丑八怪……"

阿迦德道："亲爱的干妈，哥哥和这个女的在一起，叫我怎么能去看他呢？……"

约瑟道："噢！我愿意去……既然他会欣赏一个铁相的维纳斯，我倒不觉得他怎么蠢了。"

奥勋先生闯过来说："他要不糊涂，早已安安分分娶了亲，生了孩子，轮不到你们来得遗产了。这也叫作有弊必有利。"

奥勋太太道："约瑟的主意不错，让他先去看舅舅，要罗日明白你上门的时节不能有别人在场。"

奥勋先生道："你们不怕得罪勃拉齐埃小姐么？……不行，不行，太太，还是忍着这口气吧……你要得不到遗产，至少想法弄一笔小小的赠予……"

奥勋夫妇不是玛克桑斯·奚莱的对手。这儿中饭吃到一半，科斯基奉主人罗日先生之命给勃里杜太太送来一封信。奥勋太太叫丈夫念出来：

> 亲爱的妹妹：
>
> 我从外人嘴里知道你到了伊苏屯。你不住在我家而住在奥勋先生府上的理由，我猜想得到；但要是你来看我，一定会受到应有的招待。我身体不好，不能出门，否则先来看你了。为此我向你道歉。我请外甥今天来吃晚饭，我很乐意见见他，年轻人对于同桌的人不像妇女们挑剔。希望他由巴吕克·鲍尼希和法朗梭阿·奥勋两位先生陪着一同来。
>
> 爱你的哥哥　约翰－雅各·罗日

奥勋先生吩咐女佣人说："告诉来人，说我们在吃饭，勃里杜太太等会写回信。勃里杜先生肯定过去吃晚饭。"

老头儿举起一个手指放在嘴上，叫大家别开口。他万万没想到孙子外孙和玛克桑斯有交情，大门一关上，便对老婆和阿迦德飞了一个挺俏皮的眼风，说道：

"他写这封信好比我肯拿出二十五块金洋……我们这是跟军人通信。"

奥勋太太道："这话有什么意思？管他怎样，我们回信就是了。至于你，"她望着画家说，"你尽管去吃饭；万一……"

老太太被丈夫瞅了一眼，把话咽了下去。奥勋老人发觉老婆着实喜欢阿迦德，生怕将来干女儿遗产完全落空，她自己会送干女儿一笔钱。吝啬鬼虽则比老婆大十五岁上文说奥勋先生八十四岁，奥勋太太七十二岁，两人只差十二岁，还指望承继她的产业，有朝一日把两份家私合并起来。他念念不忘存着这个心。奥勋太太用订立遗嘱的话威吓他，逼他做某些让步，办法的确想得不错。所以奥勋先生决意站在客人一边。况且牵涉的是笔极大的遗产；为了主张公道，他也愿意这笔遗产落在合法的承继人手里，不让低三下四的外人抢走。再说，问题早一天解决，客人也早一天动身。至此为止，抢家私的人和承继人之间的斗争不过是奥勋太太心里的一种计划，一朝成了事实，奥勋先生活跃的头脑也摆脱了内地生活的麻痹，觉醒过来。奥勋太太当天早上听见丈夫提到她干女儿，说了几句亲切的话，觉得这个又内行又精明的帮手已经偏向勃里杜这一边，不由得喜出望外。

到了中午，奥勋先生、奥勋太太、阿迦德和约瑟，四个人把各自的聪明智慧拼凑起来，写成一封特意给佛洛尔和玛克桑斯看的回信。约瑟母子没想到两个老人家字斟句酌，对措辞那么认真：

亲爱的哥哥：

我三十年没有回来，没有和本乡任何人来往，甚至和你也不通音信：这不但要怪父亲对我抱着古怪而错误的成见，还得怪我在巴黎所受的苦和所享的福。我做妻子的时期固然蒙上帝保佑，做母亲的阶段却受了打击。你想必知道我的儿子，你的外甥腓列普，为了效忠皇帝背着一个极大的罪名。想你也不会奇怪，听到一个寡妇不得不在一家彩票行里当个待遇微薄的差使，以资糊口，同时跑到看见她出生的人身边来，求些安慰和帮助。陪我来的儿子，干的一行职业需要极大的才能，极大的牺牲，极大的苦功，才能有所收获。他那一行，往往名誉比财富先来。就是说将来约瑟替我们一家增光的时候，他还不会有钱。亲爱的约翰－雅各，你的妹妹对于父亲冤枉她的后果尽可默然忍受；但是请你原谅，以我做母亲的地位，不能不提醒你有两个外甥，一个在蒙德罗当过皇帝的传令官，带领禁卫军在滑铁卢打过仗，如今关在牢里；另外一个从十三岁起凭着志趣挑了一项艰苦的，但是光荣的职业。因此我诚心诚意的感谢你的来信，既为我自己道谢，也为约瑟道谢，他等会一定遵命赴约。亲爱的约翰－雅各，有了病一切都可原谅，我会去看你的。妹妹在哥哥家里决不会感到委屈，不管哥哥过的是怎样的生活。我亲亲热热的拥抱你。

阿迦德·罗日

奥勋先生对勃里杜太太道："事情就这样开场了。你去的时候尽可明明白白跟他提到两个外甥……"

葛丽德送过信去，十分钟后回来，照内地习惯把她听到的看到的一齐报告主人。

她说："太太，从昨天晚上起，屋子全部打扫过了，太太本来……"

"哪个太太？"奥勋老人问。

葛丽德回答说："他们一家都把搅水女人叫作太太。她本来把堂屋和所有罗日先生的东西弄得不像样子，从昨天起，屋子跟玛克桑斯先生没来以前一个样了，金光灿亮，连面孔都照得出来。范提告诉我，科斯基今天早上五点骑着马出去，九点钟带回许多菜。晚饭讲究得不得了，赛过请布口的总主教；大大小小的瓶儿罐儿都搬出来了，摆满一厨房。老头儿样样事情要人回报，他说：我要好好的款待一下外甥。看样子罗日一家看着信很高兴……太太亲自对我说的……噢！她那副装扮啊！……真是难画难描！从来没见过这样漂亮的！一副独立钻的耳环子，范提说每颗要值到三千法郎；还有镂空花边！手上戴着戒指，腕上戴着手镯，赛过教堂里放圣物的百宝箱；衣衫的绸料子像祭坛上的桌围一样好看！……她还对我说：先生因为他妹妹脾气这样随和，快活极了。我希望能好好款待她，尽尽我们的礼数。但愿我们接待她儿子的场面使得她对我们另眼相看……先生心里急煎煎的只想见他的外甥。太太脚上穿着小小的黑缎鞋，还有那双丝袜……哎啊，说不出有多么好看！上面好像有花儿，还有像镂空花边似的小眼儿，连粉红的肉都看得见。一句话：她装扮得像神仙一般！胸前束着一条小小的围裙，真漂亮；范提说光是这条围裙就抵到我们两年工钱……"

艺术家笑道："那么去的客人也得打扮一下喽。"

等葛丽德出去了，老太太问："喂，奥勋先生，你在想什么啊？……"

奥勋太太指着丈夫叫干女儿看：他胳膊搁在椅子的靠手上，两手捧着脑袋，正想得出神。

老人说："你们的对手好厉害呢！"又望着约瑟道，"小伙子，凭你这点儿聪明决计斗不过玛克桑斯·奚莱那样一个老江湖。我再嘱咐你也没用，你临时照样会做出傻事来；不过今天晚上你至少应该把看到的、听到的，还有你自己的行动，统统讲给我听。好吧！……只有靠上帝保佑了！想法单独见你舅舅。倘若你用尽心思而做不到，那也多少透露出他们的计划；倘有机会单独和舅舅谈话，当然不让人听见喽……就得逗他说出他的处境，你要知道他日子并不好过，同时你也该替母亲说话……”

四点钟，约瑟跨过那分隔奥勋和罗日两家的土峡；圣·约翰广场好比给人散步的走道，种着可怜巴巴的白杨，一共有二百尺长，和大那兰德一样阔。外甥上门，科斯基穿着雪亮的靴子、黑呢长裤、白背心、黑衣服，走在前面通报。堂屋里已经摆好席面。约瑟一眼就认出舅舅，过去拥抱他，又向佛洛尔和玛克桑斯行了礼。

画家高高兴兴的说：“亲爱的舅舅，从我出世到现在，咱们没有见过面；可是迟一步见面总比不见面好。”

老人呆呆的望着外甥，说道：“朋友，欢迎，欢迎。”

约瑟逞着艺术家的兴致对佛洛尔说：“太太，今天早上我已经羡慕舅舅有福气，能天天欣赏你。”

“她真美，是不是？”老头儿暗淡的眼睛差不多有了光彩。

“有资格当画家的模特儿。”

佛洛尔拿胳膊碰了碰罗日，罗日便道：“外甥，这一位是玛克桑斯·奚莱先生，和你哥哥一样在禁卫军里替皇帝当过差。”

约瑟站起来弯了弯腰。

玛克桑斯说：“大概令兄是属于龙骑兵营，我是步兵营的。”

佛洛尔说：“不管马上马下，反正是性命相搏！”

约瑟打量玛克斯，和玛克斯打量约瑟一样仔细。玛克斯的穿扮完全是当年一般漂亮哥儿的款式，衣服是巴黎做的。一条天蓝呢长裤，褶裥很阔，一双脚只露出带着踢马刺的靴尖。刻花金纽扣的白背心紧紧裹着他的腰，背后系着带子代替腰带。纽子一直扣到颈围的背心勾勒出他开阔的胸脯；黑缎子的衣领使他不能不昂着头，显出一副军人气派。窄腰身的黑大氅裁剪非常合式。扁薄的表在背心口袋里略微露出一点，金链条吊在外面。他把勃勒甘新近发明的所谓蚱蜢式的钥匙拿在手里拈来拈去玩弄①。

“这汉子长得挺不错。”约瑟心上想；他用画家的眼光欣赏那精神饱满的脸，威武的神态，还有玛克斯像他贵族父亲的一双清秀的灰色眼睛，

---

① 勃勒甘：今译勃雷盖（1747—1823），旅居巴黎的瑞士钟表匠。

“舅舅准是个厌物，俏婆娘不免找点儿补偿。一望而知他们过着三角式的生活！”

这时巴吕克和法朗梭阿来了。

佛洛尔问约瑟：“你还没有看过伊苏屯的塔么？晚饭还得等一个钟点，愿不愿意散散步，让我们带你去瞧瞧本地的名胜？……”

“好吧！”艺术家回答，他完全不觉得散步有什么害处。

佛洛尔上楼去戴帽子、手套、开司米披肩。约瑟忽然看见图画，像中了妖法似的霍的站了起来。

他瞧着首先引起他注意的一幅，说道：“唷！舅舅，你还收藏画呢！”

老头儿回答说：“是的，那是台戈安家传下来的。大革命时期，他们在贝利的教堂和修道院里买下一些破东西。”

约瑟不听他的，只顾把画一幅一幅欣赏过来，嘴里嚷着：

“妙极了！……噢！这才叫作品……这一幅也不错！……哎哟，越来越精彩了，竟像看尼高莱的杂耍一样……”

玛克桑斯道：“还有很大的七八幅放在阁楼上，因为框子好才留下的。”

艺术家道：“咱们瞧瞧去！”

玛克桑斯把他带上阁楼。

约瑟回到楼下兴奋极了。玛克斯在搅水女人耳边说了一句，搅水女人立即拉罗日到窗洞底下轻轻说话，但有心让约瑟听见。

她道：“你外甥是画家，你放着这些画反正没用，还是送给他吧，表示你的好意。”

约瑟正瞧着一幅阿尔巴纳出神，老头儿叫佛洛尔扶着走过来，说道：“听说，听说你是画家……”

约瑟道：“还不过是个拉班呢。”

佛洛尔问：“什么叫作拉班？”

约瑟道：“就是学徒。”

约翰-雅各道：“倘若这些画对你的行业有用，我就送给你……可是不带框子。框子是金漆的，样子也好玩；我可以装上……”

约瑟好不快活，叫道：“嗨，舅舅，我照原来的尺寸替你把画临下来，你的框子可以装我的临画。”

佛洛尔道：“那要花费你时间、画布、颜料……你还得花一笔钱……喂，罗日老头，我看你还是送外甥一百法郎一张临画，这儿二十七幅……阁楼上大概还有十一幅，尺寸挺大，应该加倍送钱……一共作四千法郎吧……是吗，你舅舅既然留下框子，就应当送你四千法郎临画费。你将来还得自己配新框子，听说框子比画值钱，上面有金子呢！……”佛洛尔摇着老头儿的胳膊说，“喂，先生，怎么样？……外甥拿你四千法郎替你把旧画换上新画，价钱不贵啊……”她又咬着罗日耳朵说：“这样送他四千法郎，不露一点痕迹，我觉得他并不十分精明……”

“好吧，外甥，你替我临画，我送你四千法郎……”

老实的约瑟道：“不，不，送了画再加四千法郎，太多了；因为你知道，原画是值钱的呢……”

佛洛尔道：“哎！你收下吧，傻瓜！既然是你舅舅……”

“那么我就收下了。”约瑟得了这些宝物有点飘飘然，他认出其中还有一幅班鲁琴。

因此，约瑟眉飞色舞，搀着搅水女人上街，对玛克斯来说是正中下怀。别说佛洛尔、罗日、玛克斯，便是整个伊苏屯也没有一个人知道古画的价值；狡猾的玛克斯自以为拿废物换来佛洛尔的胜利，使她能在大众面前得意洋洋让主人的外甥搀着散步，一路和他十分投机，叫城里人都看着呆住了。大家跑到门口来看搅水女人怎样占着罗日家属的上风。不出玛克斯所料，这桩怪事把地方上轰动了。五点左右，舅舅和外甥回家的时节，家家户户都在谈论玛克斯和佛洛尔两人同罗日的外甥如何如何融洽。送画和四千法郎的故事也传出去了。罗日请的陪客有地方法院推事罗斯多先生和伊苏屯的市长。席面讲究极了，完全是内地式的酒席，一顿饭要吃到五小时。极品的葡萄酒喝下去越发令人谈笑风生。约瑟坐在舅舅对面，一边是佛洛尔，一边是玛克斯；九点钟吃到饭后点心，他跟退伍军人差不多已经称兄道弟，觉得他脾气再好没有。约瑟十一点钟回去，几乎醉倒了。罗日老头更是烂醉如泥，由科斯基抱上床去；他吃得像赶集的戏子，酒喝得像沙漠中的沙土。

半夜里只有玛克斯和佛洛尔两个人的时候，玛克斯说：“你瞧，这样不是比对他们噘起嘴巴生气好多么？好好的款待勃里杜娘儿两个，送他们一些小小的礼物；他们受了优待，自会说咱们好话，心平气和的回巴黎去，让咱们过太平日子。明儿早上，我们跟科斯基把画卸下来送过去，让画家睡醒就看到；框子搬上阁楼，堂屋壁上另外糊一种印泰雷玛克故事的花纸①，我在摩伊隆先生家看见过的。”

---

① 泰雷玛克：今译忒勒玛科斯，希腊神话中俄底修斯和柏涅柏的独子，名字意为“远离战争”，后以其名喻指回老家尽其天职的人。

约瑟眉飞色舞，挽着搅水女人上街

佛洛尔叫道："好啊，那漂亮多了。"

第二天，约瑟到中午才醒，在床上就看到叠做一堆的古画，根本没听见送进来。他把作品复看了一遍，研究大师们的手法，寻他们的签名，断定张张都是杰作。那时他母亲被奥勋老人催着，过去拜访哥哥，向他道谢。老人知道画家隔夜做了许多傻事，不免替勃里杜家十分着急。

他说："你们的对手狡猾透顶。我一辈子没见过像那个大兵一样的手法：看来打仗真能训练年轻人。约瑟落了他的圈套！竟会搀着搅水女人出去散步！他们把他灌饱了酒，送他破破烂烂的画，又送他四千法郎，堵住了他的嘴。你的艺术家没有叫玛克桑斯破费多少。"

精明的老人指点阿迦德，劝她迎合玛克桑斯的心意奉承佛洛尔，想法拉拢她，以便有机会和约翰-雅各单独谈几句。勃里杜太太过去，她哥哥听着佛洛尔的吩咐待她很殷勤。老头儿隔夜吃喝过度，病在床上。阿迦德不能一开头就谈正经，玛克斯以为乐得大方，让兄妹俩单独在一起。这个估计完全正确。可怜的阿迦德瞧着哥哥浑身不舒服，不忍心让他没有勃拉齐埃太太服侍。

她对老单身汉说："那位使哥哥幸福的人，我很想见见她。"

老头儿听着显然很高兴，打铃叫勃拉齐埃太太。不难想象，佛洛尔就在近边等着。两个对立的妇女彼此招呼了。搅水女人尽量对罗日巴结讨好，温存体贴：她认为先生的枕头太低了，重新垫过，服侍的周到不亚于新娶的太太，弄得老单身汉感动得不得了。

阿迦德道："小姐，你多年来对我哥哥尽心出力，想尽办法使他日子过得快活，我们真是感激不尽。"

老头儿道："是啊，亲爱的阿迦德，有了她，我才尝到幸福的滋味；再说，她这个人的好处才多呢。"

"所以哥哥，你怎样报答小姐也不算过分，你应该和她结婚。我信仰上帝，不能不希望你服从宗教的训诫。你们俩要不跟法律和道德抵触，良心上可以更平安。哥哥，我这回来是抱着万分痛苦的心情求你帮助的；可是别认为我们对你支配财产的方式有什么异议。"

佛洛尔道："太太，我们知道当初老先生对你不公平。你哥哥可以告诉你，"她把眼睛瞪着她的俘虏，"我们之间没有别的争执，除非为你的问题。我向先生提出，我的老恩人没有给你的一份财产，做哥哥的应该还你——说起老先生，他的确是我的大恩人（她说到这儿带着哭声），我永远不会忘记的……不过太太，你哥哥也明白过来了……"

罗日说："是的，我立起遗嘱来决不忘记你们……"

“哥哥，别说这样的话，你还不知道你妹妹的性格呢。”

这样一开场，第一次拜访的结果很容易猜想得到。罗日请妹子后天吃饭。

那三天之内，逍遥团团员捉了大批老鼠田鼠，在一个天气很好的夜里放进谷仓，总共四百三十六只，都是饿极了的，其中还有不少怀胎的母鼠。骑士们送了法里沃这些食客还不满足，又把卡波桑教堂的屋顶开一个窟窿，放进从十个不同的庄园上捉来的十几只鸽子：这些动物尽可以太太平平的大开筵席。替法里沃看守仓库的伙计被一个坏蛋勾引出去，从早到晚喝得烂醉，完全不管老板的粮食。

勃里杜太太和奥勋老人的意见相反，认为哥哥还没有立遗嘱；她打算一有机会单独和哥哥出去散步，就问他将来怎么处置勃拉齐埃小姐，因为佛洛尔和玛克斯一直给她抱着与哥哥单独谈话的希望而始终不让实现。

逍遥团团员个个都在搜索枯肠，想用什么办法吓走巴黎人，但想来想去，无计可施。

九　戳了一刀

过了一星期，两个巴黎人在伊苏屯做客的时期去了一半，他们的形势仍旧和第一天一样，没有丝毫进展。

奥勋老人对勃里杜太太道："你的诉讼代理人不了解内地的情形。你到这儿来干的事，不是十五天，也不是十五个月办得了的。你得守在哥哥身边，灌输他宗教观念。佛洛尔和玛克桑斯的堡垒只有教士攻得下。这是我的意见，你们也该马上着手了。"

奥勋太太对丈夫说："你对教会的看法太古怪了。"

老人道："噢！你们这些热心宗教的妇女就是想不通！"

勃里杜太太道："亵渎神明的事不会得到上帝保佑。利用宗教来做这一类……我们岂不比佛洛尔罪过更大？……"

这番话是吃中饭的时候说的，法朗梭阿和巴吕克都聚精会神听着。

老奥勋道："什么亵渎神明！把你哥哥迷失的灵魂带回到上帝身边，让他醒悟过来忏悔罪孽，把那个使他名誉扫地的女人打发掉，另外给她一条出路；叫罗日明白为了良心平安，应该捐一笔年收几千法郎的基金给总主教办的小修院，把家产传给自己的家属：这有什么不好？……假如有个慈悲的神甫知道你的难处，决不认为这样办是亵渎神明，我认得几个教士着实聪明呢……"

老吝啬鬼要儿女依头顺脑的规矩一直传到孙子一辈，加上老头儿是他们的监护人，常说他关心他们的利益像关心他自己的一样，正在替他们攒一份丰厚的家私，巴吕克和法朗梭阿自然不敢露出半点诧异和反对的表情；可是他们俩彼此瞧了一眼，认为这个主意对玛克斯的利益威胁很大，的确是个致命的打击。

巴吕克道："真的，太太，你想得你哥哥的遗产，只有这个办法最稳；你必须在伊苏屯住下去才能……"

约瑟道："妈妈，你不如把这些情形写信告诉特洛希。至于我，除了舅舅自愿给我的东西之外，不想再多要一分一毫……"

约瑟断定三十九幅古画极有价值，小心翼翼从木架子上钉画布的木架卸下，每幅画粘着一张纸，叠做一处，装进一口大箱子，托运输行带往巴黎交给特洛希，预备另外写封信通知他。这箱贵重的货色上一天已经运走了。

奥勋先生道："你吃到一块糖就满足了。"

"到手十五万法郎的画对我也没有害处啊。"

"真是画家的想法！"奥勋先生说着，神气很特别的瞧着约瑟。

约瑟对母亲说："好吧，我去写信给特洛希，告诉他这里的情形。特洛希要是劝你留下，你就留下。至于巴黎的差事，将来再找一个也不难……"

奥勋太太离开饭桌时对约瑟说："我不知道你舅舅藏的画怎么样，但是看画的来历，应该是好东西。即使每幅值一千法郎，总共值到四万，你也一句别告诉人。虽则我的孙子外孙都有教养，都很谨慎，也难免无意之间把你得了宝贝的话漏出去，给所有的伊苏屯人知道，而这是不应该让咱们的敌人发觉的。你行事真像小孩子！……"

果然，到中午的时候，伊苏屯已有不少人知道约瑟的估价，尤其是玛克桑斯·奚莱。大家把忘怀已久的旧画一齐找出来，所有不堪入目的作品都拣显著的地位高高挂起。玛克斯因为劝老头儿送了画，后悔不迭；听到老奥勋的计策，再加像他自己说的做了一桩糊涂事儿，对承继人愈加恼恨。一个懦弱无用的人只怕宗教来影响他。所以两个朋友报告的消息更加强玛克斯的决心，就是把罗日放出去的款子统统变做现金，叫他再用产业去押一笔钱，趁早买进公债；但更急迫的是要轰走两个巴黎人。可惜连玛斯卡利和斯卡班那样的天才也不容易解决这难题。

佛洛尔按照玛克斯的指示，扬言罗日先生散步太辛苦了，以他的年纪，出门应当有车马代步。表面上这样推托，底子里是为了调动存款，罗日、佛洛尔、玛克斯不能不瞒着外人亲自上布日、维埃尔仲、夏多罗、华当和别的地方。那个星期快完的时候，整个伊苏屯很诧异的听说罗日老头上布日买车子去了。逍遥团的团员都认为他应该买车，还借此机会说了搅水女人好话。佛洛尔和罗日买下一辆怕人的四轮车，玻璃窗徒有其名，皮的卷帘都开裂了，用过二十二年，经过九次战役，是一个上校去世以后拍卖出来的。那上校是拿破仑的忠实伙计裴德朗元帅的好友①，曾经在元帅

① 裴德朗：今译贝尔特朗（1772—1842），法国元帅，1791 年法国革命战争时的将领。

出门的时期代管他贝利一带的产业。绿漆的轿车很像篷车，车辕子经过改动，可以只套一匹马。因为社会上一般人都不及从前有钱，这一类的车辆当时很流行，名字也老老实实叫作“小康车”。这辆小康车原是当篷车出卖的；车厢糊的呢料已经蛀了，铺绣盘花的部分活像伤兵的袖章；走在路上声音像一堆废铁；价钱只要四百五十法郎。玛克斯在驻扎布日的军营里买了一匹整编出来的肥壮的小牝马拉车。他叫人把车漆成咖啡色，又买到一副旧鞍辔，货色不坏。于是伊苏屯从上到下轰动起来，等着瞧罗日老头的车马。

老头儿第一回坐车上街，家家户户听见声音都跑出来，没有一个窗洞没有看热闹的人。第二次，单身汉坐车到布日；他听着佛洛尔的劝告或者说奉着佛洛尔的命令所要办的事，手续相当繁，他免得自己操心，在一个公证人事务所签下一份委托书给玛克桑斯·奚莱，凡是委托书上指明的借款合同都托玛克桑斯变成现金。在伊苏屯和伊苏屯四乡的放款，由佛洛尔帮着主人料理。罗日拜访了布日最重要的一个公证人，托他借十四万法郎，用产业作抵。这许多事办得十分机密、巧妙，没有一点风声传到伊苏屯。玛克斯骑马本领高强，尽可在早上五点和下午五点之间到布日去打个来回。佛洛尔却专门守着老单身汉，寸步不离。佛洛尔提出的调度银钱的办法，老头儿一口答应，独独对于五万法郎利息的公债只肯作为勃拉齐埃小姐的终身利益登记，产权仍用他罗日的户名。这件事暗中引起争执，老头儿的态度竟顽强到底，玛克斯看着很焦心，觉得罗日见了亲人的面已经受到影响了。

玛克桑斯忙着干这些大事，又要逃过城里人的耳目，一时忘记了粮食贩子。法里沃在各处走了一转，做过一番手脚刺激粮价上涨，预备交货了。回来第二天，他看见卡波桑教堂顶上黑压压的全是鸽子，因为他就住在对面。他骂自己粗心，事先没有察看屋顶，赶紧跑进仓库，发觉粮食已经消耗一半。东一处西一处无数的老鼠粪，说明他损失的第二个原因。教堂变做挪亚的方舟挪亚奉上帝之命造了一只方舟，载上全家人口和各种动物，逃避洪水。见《旧约·创世纪》。西班牙人正在查看损失和破坏的范围，又发现底下的麦子几乎全部发芽，原来玛克斯用白铁管子通到粮食堆里，灌了不少水进去，气得西班牙人脸孔像一张白纸。鸽子和老鼠跑来作践，还可说是动物的本能，像灌水这样的恶毒事儿明明是人干的了。法里沃坐在一间小圣堂祭坛的石级上，两手托着脑袋思索了半个钟点，忽然看见高台儿子硬要送来寄饭的松鼠，沿着屋子的正梁玩自己的尾巴。西班牙人冷冷的站起来，替他守仓库的伙计只见他声色不动像阿拉伯人。法里沃没有一句抱怨的话，回家雇了几个工人把好麦子装袋，拿浸湿的放在太阳里晒，尽量抢救。随后他忙着交货，估计麦子损失到五分之三。粮价已经被他抬高，向外边补进五分之三又吃了亏，总共蚀掉一半以上。

西班牙人既没有别的冤家，也就一猜就中，认定是奚莱向他报复。他觉得证据确凿，准是玛克斯和别的几个夜里的捣乱分子把他的大车搬上山顶，又来害他倾家荡产以为笑乐。法里沃的确损失三千法郎，从和平以后辛辛苦苦攒起来的本钱差不多一扫而光。那家伙存心报复，做起暗探来，那种恒心和聪明好像有人出了重大的赏格似的。他夜里在伊苏屯打着埋伏，逍遥团团员的胡作非为终究被他拿到真凭实据：他亲眼看见他们，点清他们的人数，刺探他们在高涅德酒店的约会和吃喝；又躲在暗中想看一次他们的把戏，摸清他们半夜三更的行动。

玛克桑斯尽管跑来跑去忙着正经事，仍不愿荒废夜里的娱乐，第一免得人看出罗日老头的产业有重大的调动，其次不能让弟兄们的经常锻炼中断。逍遥团有些捣乱过了几年还有人提到，那时正在筹备的恶作剧就属于这一类；他们要在一夜之间把城内和城关区的狗统统毒死。法里沃听见他们从高涅德酒店出来自夸自赞，得意洋洋的预言这个玩笑开得多么精彩，这一场“无辜的屠杀”《新约》载犹太王希律听说耶稣诞生，将来要做万王之王，决意杀死耶稣，下令将伯利恒城内外两岁以下男孩尽行杀害，以免初生的耶稣漏网，历史上称为无辜的屠杀。见《马太福音》第二章准会引起普遍的震惊。人家守夜的狗遭到暗算，就是大祸将临的预兆，要不吓得心惊胆战才怪！

高台儿子道：“这么一来，也许人家会把法里沃大车的本给忘了！”

法里沃用不着这句话来证实他的猜疑，而且他主意早已打定。

阿迦德住了三星期，终于和奥勋太太一样不能不承认老吝啬鬼说得有理：要消灭搅水女人和玛克斯控制她哥哥的力量，非好几年功夫不行。阿迦德从来不能和哥哥单独相见，一点得不到他的信任。相反，勃拉齐埃小姐倒是处处把家属压倒，带阿迦德出去兜风，和她两人在车厢里占着正座，让舅舅和外甥坐在倒座上。母子俩给特洛希写去一封机密的信，急煎煎的等着回音。逍遥团毒死狗的上一天，在伊苏屯百无聊赖的约瑟接到两封信：一封是大画家希奈的，因为年龄关系，约瑟和他的友谊比着对他们共同的老师葛罗更密切；第二封是特洛希写来的。

下面是第一封信，盖着瓦兹河畔的丽山的邮戳①：

① 瓦兹河：法国北部河流。全长约305公里，发源于比利时境内的阿登山脉，流经法国贡比涅，在巴黎西北部注入塞纳河。

亲爱的约瑟：

我替特·赛里齐伯爵把普雷斯勒古堡的主要作品完工了，给你留下四面的镶边和装饰画。在伯爵面前，在建筑师葛兰杜面前，我都郑重介绍过你，你只消拿着画笔动身就是了。讲妥的酬报一定会使你满意。明儿我和内人上意大利，因此你可以把弥斯蒂格里带走，做你助手。这小子很有才气，我把他交给你了，由你支配。他想到能在普雷斯勒古堡玩儿，已经蹦蹦跳跳，像麻雀一样。再见了，亲爱的约瑟。我不在巴黎，不在下一届展览会展出作品，可是有你做代表也行了！朋友，我肯定你那幅画是杰作，只是浪漫派看了会大惊小怪，你得准备受一阵罪，好比魔鬼跌进了圣水缸。反正生活是挨打，像弥斯蒂格里说的；他专门把一切成语改头换面或者改成谐音的笑话原来的成语是“生活（或人生）是战斗”。法文中挨打与战斗声音相同，但字面完全不同。弥斯蒂格里故意将“生活是战斗”说成“生活是挨打”。你在伊苏屯干些什么呢？再会了。

你的朋友　希奈

下面是特洛希的信：

亲爱的约瑟：

我觉得奥勋先生明白事理，提出的办法使我很佩服：他的看法完全正确。你既征求我的意见，我就劝你母亲留在伊苏屯，住在奥勋太太府上，贴她一些饭钱，比如说四百法郎一年吧。据我看来，勃里杜太太应该完全听奥勋先生指点。你母亲为人厚道，良心上顾虑太多，对方却肆无忌惮，做起事情来纵横捭阖，颇有大策略家的作风。玛克桑斯这家伙很可怕，你说的不错，我也觉得他和腓列普异曲同工。那坏蛋利用腐化生活来起家发迹，便是寻欢作乐也有目的，不像你哥哥的荒唐没有一点儿用处。你告诉我的种种情形使我害怕，叫我到伊苏屯来也无能为力。奥勋先生躲在你母亲背后比我有用多了。至于你，你尽可回来。这件事需要从头到底集中精神，需要细致的观察，处处留神，不怕降低身份，说话要慎重，一举一动要会作假。这些都与艺术家的气质格格不入，所以你不能有什么作为。人家告诉你还没有立遗嘱，其实早已立了，你可以相信我的话。但遗嘱可以推翻；而只要你的脓包舅舅活着，他始终免不了内疚，逃不过宗教的影响。你们的财产将来要靠教会和搅水女人斗争得来。早晚有一天，那女的对老头儿会毫无作用，让宗教来支配一切。只消你舅舅在世的时候没有做什么赠予，也没有改变财产的性质，那么一朝宗教占了上风，什么都好办。你应当请奥勋先生尽量注意你舅舅的财产情况。我们需要知道他的产业是否抵押出去，存款用什么方式，用谁的名义。老年人把家私送给外人之后格外怕死；承继人只要有点儿小聪明，就能在侵占行为才开始的阶段加以阻拦。可是像你母亲这样不了解世情，不以利益为重，宗教观念十分浓厚的人，能不能贯彻这一类的计划呢？……总之，我只能提供意见。至此为止，你们的行动只会打草惊蛇，也许他们已经在办手续了……

奥勋先生说道："这才够得上称为法律顾问的意见。"他受到一个巴黎诉讼代理人的赏识，心中很高兴。

约瑟答道："噢！特洛希是很厉害的。"

老吝啬鬼道："这封信应该让两位太太念一念。"

艺术家把信递给老人，说道："好吧。我明儿就走，现在向舅舅去辞行。"

奥勋先生道："啊！特洛希信后加着一句，要你把信烧掉。"

画家道："你给我母亲看过了烧吧。"

约瑟打扮齐整，穿过小小的广场到舅舅家去。舅舅正好吃完中饭，玛克斯和佛洛尔还在饭桌上。

"舅舅，你请坐着，我是来向你辞行的。"

"你走啦？"玛克斯说着，跟佛洛尔两人挤了挤眼睛。

"是的，我要到特·赛里齐先生的古堡去工作；伯爵门路很多，能在贵族院帮我可怜的哥哥的忙，所以我更急于要去。"

"那么，就去工作吧。"罗日老头说话的神气像傻子，约瑟觉得他改变得非常厉害。罗日又说："应当工作……可是我倒不愿意你就走呢……"

约瑟道："噢！我母亲还要住一些时候。"

玛克斯把嘴唇一抿，佛洛尔懂得他的意思是说："巴吕克报告我的计划，他们打算实行了。"

约瑟道："我这一次来很高兴，我见到了舅舅，又承蒙舅舅使我多了一批收藏……"

搅水女人接口道："是啊，据说那批画值十多万法郎，你不告诉舅舅价值，急急忙忙把画寄到巴黎去了。可怜他这个老好人，真像小孩儿一样！……布日有人告诉我们，那些画里有一小幅波莱……怎么说的？……

叫波桑是不是法国17世纪大画家波桑这个姓，在日常用语中是才孵化的小鸡；波莱是略为大一些的子鸡。搅水女人凭着实际生活的联想，把姓氏搅成一团糟？大革命以前挂在大教堂的唱诗坛上的，单单那一幅就值三万！……”

玛克斯背着约瑟向老头儿递个暗号，老头儿便说：“外甥，你这是不对的。”

军人笑道：“喂，老老实实，你凭良心讲，那些画值多少钱？嘿！你敲了舅舅一笔竹杠，那也是你的权利，做舅舅的生来是给外甥讹诈的。可惜我没有舅舅；要是有的话，我也不会放过他们的。”

佛洛尔对罗日道：“先生，你知道不知道你那些画值多少钱？……你说过多少啊，约瑟先生？”

约瑟脸孔像红萝卜，答道：“不错，画是值钱的。”

佛洛尔道：“听说你在奥勋先生面前估到十五万，这话可是真的？”

“真的。”画家老实得像孩子。

佛洛尔问老头儿：“你可有意思送外甥十五万法郎？……”

老人被佛洛尔拿眼睛瞪着，回答说：“没有这意思！绝对没有！”

画家道：“舅舅，我有一个解决的办法，就是把画送还给你！”

老人道：“不用，不用，你留着吧！”

玛克斯和佛洛尔带着轻侮的意味一声不出，把约瑟气坏了，他说：“舅舅，我一定把画寄还给你。靠我一支画笔，我尽可挣一份家私，用不到沾人家一点儿光，也不必讨舅舅的便宜……小姐，再会。先生，再会……”

约瑟穿过广场时的气恼，凡是艺术家都不难想象。奥勋全家在客厅里，看见约瑟指手画脚，自言自语，便问他什么缘故。画家心直口快，当着巴吕克和法朗梭阿把刚才的情形讲了一遍。不出两小时，这件事就变做地方上谈话的资料，每人还添油加酱，把当时的局面形容得挺滑稽。有人说画家受了玛克斯一顿奚落；另外一些人说约瑟对勃拉齐埃小姐无礼，被玛克斯撵出大门。

奥勋对勃里杜太太道：“你的约瑟真是个小娃娃！……人家早预备好，等他去辞行跟他吵一架，你家傻小子中了他们的计。那批画的价值，玛克斯和搅水女人半个月之前就知道，何必等今天发作！只怪约瑟糊涂，不该当着我孙子们说出旧画值多少钱，他们俩听了自然心痒难熬，逢人便说。你的艺术家要不别而行就好了。”

阿迦德道：“画要是值那么多钱，我儿子送回去是对的。”

奥勋道：“倘若真像他说的值二十万，那么弄到非还不可的地步真是太胡闹了；因为你们在遗产项下至少还到手这一部分；否则照目前的趋势，你们临了会一无所得！……你哥哥大可借此机会从此不理睬你……”

半夜十二点和一点之间，逍遥团的团员分发食物，请城里的狗白吃一顿，那件惊人大事到清早三点半干完。接着一般无赖上高涅德酒店吃宵夜。四点半，快天亮了，才各自回家。玛克斯从阿佛尼埃街拐进大街，法里沃伏在一个凹洼里，跳出来对准他心口戳了一刀，沿着维拉德城壕逃走，用手帕抹过刀子，在人工河里洗了手帕，若无其事的回圣·巴丹尔纳。他从一扇虚掩的窗里跳进屋子，倒头便睡；新雇的伙计早晨来叫他，看见他还在呼呼大睡。

玛克斯倒下去惨叫一声，听见的人都知道出了事了。

一〇　刑事案子

前按察使代办的远亲，当地一位推事的儿子罗斯多－帕朗扬和住在大街下段的高台儿子，一边往上奔一边说：

“玛克斯遭人暗算了！……救人啊！”

可是一条狗都不叫，居民怕夜里的恶作剧，也没有一个起床。两个团员赶到，玛克斯已经昏迷，只能去叫醒高台的老子。玛克斯认出行凶的是法里沃，但早上五点醒过来看见身边围着好几个人，又觉得自己的伤并不凶险，忽然想利用这件凶杀案，便装着哭声说道：

“我看见一双眼睛和一张脸，好像就是那该死的画家……”

罗斯多－帕朗扬听着，马上回去找他做预审推事的父亲。高涅老头和高台儿子，另外又叫醒两个人，把玛克斯放在一张床垫上，下面缚着两根棍子抬回去；高涅德和高台老子在旁跟着。高台医生定要玛克斯睡上床才肯动手。等科斯基起来开门的当口，抬送的人朝奥勋的大门望了望，看见女佣人在门口扫地。在老人家里，正如多数内地人家一样，老早就开门的。因为玛克斯说过的话引起疑心，高台老子便招呼葛丽德：

“葛丽德，勃里杜先生是不是还睡着？”

她道：“噢！他四点半就出门了，在房里踱了一夜，不知为什么。”

这两句天真的回答叫人听着毛骨悚然，有的叽叽咕咕，有的大呼小叫；葛丽德也跟着过来，她本想看看送到罗日家来的是什么东西。

“哼！你们的画家做的好事！”有人对她说。

一伙人进了屋子，葛丽德站在门外愣住了。她看见玛克斯躺在床垫上，衬衫上全是血，好像快死的样子。

约瑟心上排遣不开，整夜烦躁的原因，艺术家们都猜想得到：他在伊苏屯的布尔乔亚嘴里成了话柄；一心想做一个光明正大的汉子，做一个本分的艺术家，偏偏被人当做扒儿手！他恨不得生了翅膀飞回巴黎，拿舅舅的画扔在玛克斯前面，要是能这样，他连牺牲自己的作品都愿意。遇上了强盗，倒反被指为强盗！……真是笑话奇谈！因此他一清早走到通往蒂伏里去的林荫道，发泄一下胸中的郁闷。这无辜的青年为了安慰自己，正在暗暗发誓永远不再到伊苏屯来，玛克斯却替他预备好一场奇耻大辱，伤害这个敏感的人。高台老子看过伤口的深浅，发现刀子幸好戳着一只小皮夹，往旁边偏了过去，但仍旧留下一片血肉模糊的伤。高台跟所有的内地医生一样，尤其是外科医生，有心自命不凡，表示情形还不能保险。他替狡猾的军人包扎完毕，出来把他的意见通知搅水女人、罗日、科斯基和范提。搅水女人一把鼻涕一把眼泪，回到她亲爱的玛克斯身边；科斯基和范提跑出去告诉门外的闲人，说少校差不多没有救了。这个消息又招来两百多闲人，拥在圣·约翰广场和两条那兰德街上。

玛克斯对搅水女人说："我只消躺个把月就好了，我也知道是谁干的事。可是咱们要借此机会赶走巴黎人。我已经向人说过好像认出那个画家；你只当我快死了，想法叫人逮捕约瑟·勃里杜，让他坐两天牢。我看准那个做娘的性格，一定带着画家往巴黎拔脚就跑。这样，就不用担心有什么教士来进攻咱们的老糊涂了。"

佛洛尔·勃拉齐埃下楼去，发觉群众的情绪正好让她挑拨，便淌眼抹泪，抽抽噎噎的诉说，脸相那么怕人的画家，上一天为了从罗日老头手里骗去的画，和玛克斯大吵过一场。

"那个强盗，看他那副嘴脸就不是个好东西，他想害死了玛克斯，得舅舅的家当。他以为兄弟倒不如外甥来得亲！玛克斯的确是罗日医生的儿子，老人临死之前跟我说的……"

有一个逍遥团团员说："啊！他想临走下一记毒手，明明是预先算计好的，他今天要动身了。"

另外一个说："玛克斯在伊苏屯一个冤家都没有。"

搅水女人道："况且玛克斯认出是那个画画的。"

有人嚷道："他在哪儿呢，该死的巴黎人？……把他找来！……"

有人回答："找来么？……天才亮，他就走出了奥勋先生的屋子。"

一个逍遥团团员立刻奔去找摩伊隆先生。人越来越多，声势汹汹，东一堆西一堆塞满了整条大那兰德。还有几批站在圣·约翰教堂前面。小那兰德尽头，维拉德城门那儿，也围着一大帮人。圣·约翰广场的上段下段变得水泄不通，仿佛排着迎神赛会的队伍。罗斯多-帕朗扬先生、摩伊隆先生、警察局局长、宪兵队队长、宪兵队队副以及两个跟随的宪兵，好不容易才走到圣·约翰广场；他们穿过人丛，听见两边的叫喊，知道大众对巴黎人是怎么样的情绪。可见约瑟虽则受了冤枉，各方面的形势的确对他不利。

几个官儿和玛克斯谈过话，摩伊隆先生派警察局长和宪兵队副，带着一名宪兵去勘察检察官所谓犯罪的现场。然后，摩伊隆先生和罗斯多－帕朗扬先生由宪兵队长陪着，从罗日家到奥勋家来。两个宪兵守着奥勋家的大门，另外两名把守花园的围墙。街上的人不断增加。所有的居民拥在大街上闹成一片。

葛丽德早已慌慌张张冲进主人卧房，说道：

"先生，不好了，人家要来抢东西了！……城里造反啦！玛克桑斯先生被人暗杀，快断气了……说是约瑟先生干的事！"

奥勋先生急忙穿好衣服下楼；一看群众像发疯一般，马上缩进来锁上大门。他问过葛丽德，知道约瑟烦躁了一夜，清早出去没有回来；他吃了一惊，跑到奥勋太太房里。奥勋太太才被外面的声音吵醒。丈夫告诉她可怕的消息，说不管消息是真是假，反正把整个伊苏屯的人引到圣·约翰广场来了。

奥勋太太道："没有问题，事情跟约瑟是不相干的！"

"不过在证明他不相干以前，人家会闯进来抢东西的呀。"奥勋先生说着，脸色发白，因为他地窖里藏着金子。

"阿迦德怎么样了？"

"她还睡得人事不知呢！"

奥勋太太道："那还好；但愿她等事情弄明白了再醒。这样的打击，小可怜儿是吃不消的！"

可是阿迦德也醒了，没有完全穿好衣服就下楼，因为问过葛丽德，看她吞吞吐吐，越发心慌意乱。奥勋太太面无人色，含着眼泪，在堂屋里和丈夫站在一扇窗子底下，见了阿迦德就说：

"孩子，勇敢一些！这是上帝磨炼我们。人家指控约瑟……"

"指控什么？……"

"说他做了一件他决不会做的坏事。"奥勋太太回答。

听到这句，又看见宪兵队长，摩伊隆先生和罗斯多－帕朗扬先生进来，阿迦德晕过去了。

奥勋先生吩咐老婆和葛丽德："把勃里杜太太扶出去；碰到这种情形，女人家在场只会添麻烦……你们俩陪她待在房里……"奥勋又回头招呼客人，"诸位先生，请坐。你们今天光临完全是出于误会，我希望事情很快会弄清楚。"

摩伊隆先生道："就算是误会吧，群众那么冲动，火气那么大，我很替嫌疑犯担心……我想留他在法院里平平大众的气。"

罗斯多－帕朗扬道：“大众对玛克桑斯·奚莱先生的好感没有怀疑的余地……”

宪兵队队长说：“我手下的人刚才来报告，罗马城关有一千二百人出动，叫叫嚷嚷，说要凶手抵命。”

摩伊隆先生问道：“你的客人在哪儿呢？”

“大概到田野里散步去了……”

预审推事板着脸说道：“把葛丽德叫来；我真希望勃里杜先生在你家里，没有出过门。你不会不知道吧，天快亮的时候，案子就出在这儿附近。”

奥勋先生出去唤葛丽德，三个官儿彼此意味深长的望了几眼。

宪兵队长对摩伊隆先生道：“画家的脸我再也记不起来。”

推事看见葛丽德进来，问道：“听说你早上看见约瑟·勃里杜先生出去，是不是？”

“是的，先生。”葛丽德身体抖得像张树叶。

“几点钟呢？”

“我才起来的时候。他在房里踱了一夜，我下楼，他衣服已经穿好了。”

“天亮了没有？”

“才亮。”

“他神气激动么？……”

“哎哟！火气好大啊。”

罗斯多－帕朗扬吩咐宪兵队长：“叫人去找我的书记，要他带着逮捕状到这儿来……”

奥勋先生道：“天哪！别这么急。那年轻人的激动另有原因，不能说是预谋犯罪：他今天要回巴黎，因为有件事奚莱和勃拉齐埃小姐疑心他不老实。”

摩伊隆道：“对，为了那批古画，昨天他们狠狠的吵了一架，艺术家本来像俗语说的动不动会怒发冲冠。”

罗斯多道：“请问伊苏屯有哪一个人伤害了玛克桑斯有好处？既没有吃醋的丈夫，也没有别的什么人，这小伙子从来没损害过谁。”

奥勋道：“可是奚莱先生清早四点半在伊苏屯街上干什么呢？”

摩伊隆答道：“奥勋先生，你别管我们的事；你还没全部知道呢：玛克斯认出是你们的画家……”

那时，一阵喧闹的声音远远的像打雷一般沿着大那兰德传过来，越来越响。

“瞧啊！瞧啊！人抓住了！……”

在人声鼎沸、调子低沉的叫喊中间，清清楚楚听得出这两句话。约瑟正安安静静打朗特洛磨坊赶回来，预备回家吃早点，到弥赛尔广场就被四面八方的群众看见了，幸亏两个宪兵奔上去把约瑟从罗马城关的居民手里抢下，他们已经动手动脚揪着约瑟，嚷着要他抵命了。

“让开！让开！”两个宪兵一边叫一边唤来两个同事，一前一后把勃里杜夹在中间。

抓着约瑟的一个宪兵对他说：“你瞧，先生，我们跟你一样冒着性命危险。为了奚莱上校被刺，地方上造反了；不管你有罪没罪，我们得保护你不受群众攻击；他们不但说你犯嫌疑，还一口咬定你是凶手。他们太喜欢奚莱了，神气竟想自己动手替奚莱报仇！我们见过他们1830年这里叙述的事发生于1822年，作者误引了1830年的史实上怎么对待税卡上的职员，可不是好玩的呢！”

约瑟脸如死灰，迸足气力预备走路，嘴里说：

“好在我没有犯罪，行，走吧！……”

艺术家就像耶稣背着十字架游行一样。从弥赛尔广场到圣·约翰广场，一路受尽吆喝辱骂，还有许多人大叫大嚷要他抵命。愤怒的群众扔着石子，宪兵差点儿受伤，不得不拔出腰刀来示威。约瑟腿上、肩上、帽子上，都着了几下。

宪兵走进奥勋家的堂屋说道：“报告队长，我们来了！可不容易啊。”

队长对两位法官说：“现在要叫集合的人散开，我看只有一个办法，就是把勃里杜先生夹在你们中间，带往法院；我和所有的宪兵围在你们四周。碰上六千个暴跳如雷的人，什么都不能保险……”

奥勋先生道：“你说得不错。”他始终担心自己的藏金。

约瑟道：“清白无辜的人在伊苏屯需要这样保护，不知道对伊苏屯是不是体面。我已经险些儿给石子砸死了……”

宪兵队队长道：“你可愿意让群众冲进你主人家里抢劫吗？像潮水一般的人，憋着一肚子怒火起哄，不知道什么叫法律手续，岂是我们几把腰刀抵挡得住的？……”

“好，走吧，事情等会儿再谈。”约瑟说着，又冷静下来。

“朋友们，让我们走啊！”宪兵队队长叫着，“人抓住了，我们带他上法院去！”

摩伊隆道：“喂，大家尊重法律啊！”

瞧啊！瞧啊！人抓住了！……

一个宪兵对一群声势汹汹的人说："你们不想送他上断头台么?"

一个狂怒的家伙叫道："好！好！送他上断头台！"

一些妇女跟着喊："送他上断头台了。"

大那兰德尽头，众人议论纷纷，说着：

"现在送他砍头去了，行凶的刀也搜出来了！噢！强盗！——这些巴黎人！——那家伙明明是一副强盗面孔！"

约瑟虽则十分愤慨，从圣·约翰广场到法院的路上仍表现得非常冷静、勇敢；但是进了罗斯多-帕朗扬先生的办公室也觉得松了一口气。

他对摩伊隆先生、罗斯多-帕朗扬先生和书记官说："诸位，我不必跟你们说我无罪，只请求你们帮助，证明我的无罪。我根本不知道这桩事。"

法官把约瑟犯的嫌疑分析了一遍，最后又说出玛克斯的指控，约瑟听着呆住了。

他说："我是五点过后出门的。我穿过大街，五点半的时候望着你们圣·西尔教堂的门面，和打钟的人谈了几句，他正要去打做早课的钟，我问他教堂的建筑，因为我觉得式样特别，好像没有完工似的。接着我经过蔬菜市场，场上已经有些妇女了；我走弥赛尔广场，过阿纳桥，在朗特洛磨坊静静的看了五六分钟鸭子，有些磨坊司务可能注意到我。几个女的到河边去洗衣服，也许此刻还没走呢；她们笑我，说我长的难看；我回答说别看我脸丑，胸中却有锦绣。从那儿我上林荫道散步，一直到蒂伏里，和园丁谈了话……这些事实请你们去查对，也不必把我拘禁，我用名誉担保，一定留在你们办公室里，直到你们相信我无罪为止。"

这番入情入理的话，从头至尾一口气说完，毫无情虚胆怯的样子，几个法官听了印象不坏。

摩伊隆道："要把那些人统统找出来，传到这儿讯问，不是一天之内办得了的。为你的安全着想，还是打定主意躲在法院里吧。"

"行，只要你们让我写信给母亲安她的心，可怜她要急死了……当然，信先给你们过目。"

这个要求完全合理，不能不答应；约瑟便写了一个条子：

亲爱的母亲，你一点不用着急：我无辜受累的误会很容易弄清楚，我已经提供了办法。明天，也许今天晚上我就能恢复自由。我拥抱你；请你告诉奥勋先生和奥勋太太，连累他们担了一场虚惊，我非常抱歉，虽然事情与我毫不相干而完全出于偶然，究竟是怎样的阴错阳差，我还不明白呢。

信到的时候，勃里杜太太正在死去活来，大发肝阳；高台医生给她喝的药水毫无效力。儿子的信对她倒是一帖止痛药。阿迦德发作了几阵，软瘫了；这是发过肝阳以后常有的情形。等到高台第二次来看病，她正在后悔不该离开巴黎。

她含着眼泪说："这是上帝给我的惩罚。亲爱的干妈，我应该信托上帝，对哥哥的遗产听天由命……"

奥勋先生凑在她耳边说："太太，既然你儿子是冤枉的，可见玛克斯是个阴险恶毒的小人；我们在这桩事情上不是他的敌手；你还是回巴黎去吧。"

奥勋太太问高台医生："奚莱先生情形怎么样？"

"伤势虽然严重，可没有性命之忧。调养一个月就会好的。"高台又对病人说，"我刚才走的时候，他正要写信给摩伊隆先生，要求他释放你儿子，噢！玛克斯是个好人。我把你的病情告诉了他，他便想起凶手的衣着有一点证明不是你的儿子；凶手穿着布鞋，而约瑟先生明明是穿着靴子出门的。"

"啊！他给我的痛苦，求上帝原谅了他吧！……"

快天黑的时候，有人送一封信给玛克斯，写的字是印刷体，内容是这样的：

奚莱上尉不该冤枉一个好人吃官司。倘使奚莱先生放出约瑟－勃里杜而不指出其凶来，做这件事的人答应以后不再动手。

玛克斯看完信，烧了，随手写信给摩伊隆先生，提出上面高台医生说过的理由，要求释放约瑟，还请摩伊隆先生去看他，让他说明原委。信送到摩伊隆手里时，罗斯多－帕朗扬已经问过教堂里打钟的，一个卖菜女人，几个洗衣妇，朗特洛磨坊的司务，弗拉班尔的园丁，知道约瑟的话一点不假；玛克斯的信更证明被告无罪。摩伊隆亲自送约瑟回奥勋家。可怜的约瑟在家里一向不受赏识，这番回去母亲对他百般怜爱，倒反受宠若惊，像拉·封丹寓言中的丈夫感谢窃贼一样有个妻子素来对丈夫冷淡，一天晚上窃贼进门，妻子吓得扑在丈夫怀里，丈夫大喜，喊道："贼伯伯，没有你，我哪里能享到这份福气？家里的东西你尽管拿吧。"见拉·封丹《寓言集》第九卷第十五篇，认为妈妈的亲热还是无妄之灾赐给他的。

摩伊隆先生装出精明能干的样子说道："噢！在愤怒的群众面前，我瞧你的神气就知道事情与你不相干。不过尽管我那样相信，凡是熟悉伊苏屯的人都知道，要保护你最好就像刚才那样把你带走。啊！你那个态度真了不起！"

艺术家很朴实的回答说："我那时想着别的事。我认识一个军官，他告诉我在达尔马西亚遇到过差不多同样的情形，也是早上散步回来，被一群起哄的老百姓抓住……我在路上一心一意做着比较，看着众人的脸，打算画一幅1793年的平民示威……我还骂自己：混蛋！这是你活该，谁叫你不在画室里画画，跑来想得遗产？……"

检察官道："如果你允许我出个主意，我劝你今晚十一点就动身，向车行老板租一辆车，赶到布日搭班车回巴黎。"

"我的意思也是这样。"奥勋先生说着，巴不得客人快走。

"我只想马上离开伊苏屯，就是舍不得我独一无二的朋友，"阿迦德一边说一边亲着奥勋太太的手，"什么时候再能看见你呢？……"

奥勋太太道："唉！孩子，只能在天上相会的了！……"

她又凑着阿迦德的耳朵说："我们在世界上受罪受得不少了，上帝一定会可怜我们……"

一会儿，摩伊隆先生和玛克斯谈过话，葛丽德通报说罗日先生来了，奥勋夫妇、阿迦德、约瑟、阿陶斐纳，都觉得很诧异。约翰－雅各来和妹子告别，愿意用自己的车送她。

阿迦德道："哎哟！你的画害得我们好苦啊！"

老头儿答道："妹妹，你留着吧。"他还不信那些画真的值钱。

奥勋先生道："告诉你，邻居，我们最好的朋友，最靠得住的保护人，莫过于至亲骨肉，尤其像你妹妹阿迦德和你外甥约瑟这样的人。"

老头儿愣头傻脑的回答说："那也可能！"

奥勋太太道："年纪大了，生活要像个基督徒才对。"

阿迦德道："唉！约翰－雅各，今天这一天可不好过啊！"

罗日问："要不要坐我的车子走？"

阿迦德答道："不用，哥哥，谢谢你，希望你身体健康！"

罗日让妹子和外甥拥抱了，淡淡的说了声再会，走了。巴吕克奉外公之命赶到车行。晚上十一点，马夫套着一辆柳条的两轮车，给两个巴黎人坐着离开伊苏屯。阿陶斐纳和奥勋太太眼泪汪汪：只有她们俩舍不得阿迦德和约瑟。

法朗梭阿·奥勋和搅水女人走进玛克斯卧房，说道："他们走了。"

“戏法也变过了。”玛克斯回答。他身上发着烧，疲倦得很。

法朗梭阿问他：“你对摩伊隆老头怎么说的?”

“我说我的凶手不是无缘无故在街上等我的，案子一逼紧，那家伙发起性来，等不到你抓他，就会把我杀死。我要求摩伊隆和帕朗扬只可虚张声势，千万不能惊动真凶，除非他们不顾我的死活。”

佛洛尔道：“玛克斯，希望你晚上安静一阵吧。”

玛克斯道：“反正巴黎人给轰走了！那家伙没想到把我戳了一刀，反而帮了我一次大忙。”

尽管两个巴黎人是被可叹的误会逼走的，第二天只有非常安分非常持重的人才跟奥勋夫妇意见相同，其余的都觉得内地打败了巴黎，高兴得很。有几个玛克斯的朋友说起勃里杜母子，口气相当刻薄。

“哼，这些巴黎人当我们傻瓜，满以为一伸手，遗产就会从天上掉下来……”

“他们跑来找羊毛，反而被人剪了毛回去；听说外甥根本不对舅舅胃口。”

“还有一个巴黎的诉讼代理人做他们军师呢……”

“哦！他们还订了计划么?”

“当然罗，他们想把罗日老头抓在手里；可惜巴黎人没有这能耐，诉讼代理人也休想摆布我们贝利人……”

“你不觉得他们可恶透顶么?”

“这就叫作巴黎人……”

“搅水女人受到攻击，起来还手了。”

“好啊，应该还手……”

地方上只晓得勃里杜娘儿俩是巴黎人，外方人；比较起来，还是玛克斯和佛洛尔讨人喜欢。

一一　腓列普在伊苏屯

不难想象，阿迦德和约瑟经过这场风波，回到玛萨里纳街的小屋子只觉得心满意足。为了被捕和二十小时的幽禁，艺术家一度心绪恶劣，回家的路上兴致又恢复了，可是没法排遣母亲的愁闷。贵族院特别法庭快要开审军人叛乱案，所以阿迦德的情绪更难平复。固然辩护律师很能干，又有特洛希帮着出主意，但腓列普的行径使人觉得他的品质大可怀疑。案子要审问二十天，约瑟只求耳根清净，把伊苏屯的一切情形讲给特洛希听了，急忙带着弥斯蒂格里上赛里齐伯爵的古堡。

属于当代历史的事实不必在此多叙。腓列普或许是扮演他预先承担的角色，或许就是泄漏机密的人中间的一个，判了五年管制，限令释放当天就动身上奥登，警察总监指定他在那儿住五年。这个办法等于一种拘禁，不过凭着犯人的保证，不关在牢里而关在一个城里罢了。特·赛里齐伯爵被国会派充特别法庭的预审推事，另一方面又雇用约瑟在普雷斯勒古堡画装饰画：特洛希便去拜访这位国务大臣；碰巧伯爵也见过约瑟，对他印象很好。特洛希说明两兄弟的经济情况，提到他们的父亲为国家出过多少力，王政复辟以后完全被遗忘了。

特洛希道："大人，这种不公平的事经常造成怨望和不满的情绪。您当初认识他们的父亲，希望让他的后辈至少有条生路！"

他把勃里杜家在伊苏屯的家务纠纷简单扼要的说了一遍，要求声势烜赫的参事院副院长向警察总监疏通，把腓列普的居留地奥登改为伊苏屯。特洛希又说到腓列普一贫如洗，请陆军部顾着体统，把一个退伍中校应得的六十法郎月俸照发。

国务大臣回答说："你的要求都很合理，我照办就是了。"

三天以后，特洛希拿着必要的证件到特别庭监狱接出腓列普，带往贝蒂齐街，他自己家里。年轻的诉讼代理人训了一顿混账军官，不让他有辩解的余地。凡是诉讼代理人真正关切主顾而肯埋怨他们的话，都会从骨子里看事情，用赤裸裸的字眼估计当事人的行为，分析他们的心理，挖出他们的老根。特洛希责备腓列普毫无道理的挥霍，害苦了母亲，送了台戈安姥姥的性命，说得皇帝的传令官哑口无言；然后讲到伊苏屯的情形，用他诉讼代理人的一套方式指点腓列普，把玛克桑斯·奚莱和搅水女人的品性和计划看得通明雪亮。

那政治犯天生对这一类的事情领会很快，觉得特洛希后半段的教训比前半段中听得多。

特洛希道："在这个情形之下，你对你仁至义尽的亲人的损害，能挽回的地方还可以挽回过来，被你害死的老太太固然不能复活，但只有你能够……"

腓列普问道："叫我怎么办呢？"

"经我请求，上面已经把你的居留地改为伊苏屯了。"

腓列普害过病，吃过苦，面黄肌瘦，叫人看了害怕，听了这话忽然脸上露出一点儿快乐的光彩。

特洛希接着说："真的，只有你能救出舅舅的遗产，说不定一半已经落入那个姓奚莱的虎口。细节你全知道了，你可以相机行事。我不替你订什么计划，我也没有一定的主意；情形随时会变。对方又狠又刁滑，看他想夺回你舅舅送给约瑟的画，要的是什么手段，说你兄弟杀人，心肠何等狠毒，就可见你的敌人是样样做得出的。你要小心谨慎才好；即使你生就脾气，不能安分守己，也得为了事业而安分守己。我已经把画寄给奥勋先生，要他交在你手里；这个话我没有告诉约瑟，艺术家有艺术家的傲气，听了会受不住的。玛克桑斯·奚莱那家伙勇敢得很……"

腓列普道："再好没有，一定要他勇敢，我才能成功；只怕碰上个胆怯鬼，偷偷的离开伊苏屯。"

"再说，你别忘了母亲，她对你的慈爱真正了不起；也不能忘了你兄弟，你把他也剥削得够了。"

腓列普叫道："怎么！他跟你讲了那些无聊的事么？……"

"得啦得啦，咱们不是老世交么？难道我知道你的事不比他们更多？"

腓列普道："你知道什么？"

"你出卖了你的弟兄们……"

腓列普听着嚷起来："我！我！做过皇帝传令官的人出卖弟兄们？……胡说八道！……贵族院、法院、政府，上上下下都被我们蒙在鼓里。王上手下的人一个都摸不着底！……"

特洛希道："要是这样就很好了。不过波旁家是推翻不了的，全欧洲都给他们撑腰，你得想法跟陆军部讲和……噢！将来你有了身家准会靠拢政府。你弟兄俩想发财，非抓住你舅舅不可。这件事需要多少手腕、谨慎、耐性；要功德圆满，你在伊苏屯住五年也不嫌时间太多……”

腓列普道：“不行，不行，得赶快下手才好；奚莱可能变卖舅舅的产业，过户到那个婆娘名下，那就完啦。”

“还有，奥勋先生有见识，有眼光，你可以向他讨教。你上路的证件领到了，奥莱昂驿车的座儿也订好了，今晚七点半动身，诸事齐备，咱们去吃饭吧。”

“我只有随身衣服，”腓列普解开他破旧的蓝大氅，“我还缺少三样东西：我的腰刀、我的剑和我的手枪，请你托斐诺的舅舅，我的朋友奚罗多给我寄来。”

代理人打量着腓列普的衣着，只觉得恶心，说道：“你还不止缺少这几样呢。你有三个月过期的薪水可领，应当做一套像样的衣服。”

腓列普发觉特洛希的首席帮办就是玛丽埃德的兄弟，便道：“咦！高特夏，你在这里！”

“是啊，我跟着特洛希先生有两个月了。”

特洛希道：“我希望他没盘进事务所以前在这儿待下去。”

“玛丽埃德怎么样了？”腓列普想起旧情，不免有所感触。

“她等新盖的歌剧院开幕。”

腓列普道：“她满不在乎把我打发了……也好，随她吧！”

特洛希管着首席帮办的伙食，只能请腓列普吃一顿菲薄的夜饭；随后两个吃公事饭的送腓列普上班车，祝他诸事顺利。

11 月 2 日亡人节①，腓列普·勃里杜向伊苏屯警察局局长报到，请他在文件上签证。腓列普遵照局长的指示，到阿佛尼埃街找个地方住下。伊苏屯马上传出消息：一个在最近一次叛国案中犯嫌疑的军官流放到本地来了，而这军官又是受过天大冤枉的画家的哥哥，越发激动人心。玛克桑斯·奚莱的伤口完全好了；把罗日老头放出去的款子变成现钱，买进公债等等的麻烦事儿，手续都已办妥。老头儿用产业作抵，借了十四万法郎，在地方上大为轰动，因为内地没有一件事瞒得了人。奥勋先生为着勃里杜家的利益，看到事情恶化，心里着急，向罗日的公证人埃隆先生打听调动财产的目的。

埃隆道：“要是罗日老头将来改变主意，他的亲属真该重重酬谢我呢。要不是我，老头儿早已把五万法郎利息的公债写上玛克桑斯·奚莱的名字

---

① 亡人节：在这一天，悼念已经逝世的人。

了……我劝勃拉齐埃小姐最好以遗嘱为准，否则各方面的调动留下不少证据，难免有侵占的嫌疑，弄出一场官司来。为了拖延时间，我劝玛克桑斯和他的情妇让事情冷一冷；这样突如其来的变更产业的性质，不像老头儿平时的作风。”

奥勋恨玛克斯上回把他吓得魂灵出窍，怕人抢劫，当下对埃隆先生说：“你帮帮勃里杜家的忙吧，他们手里一无所有。”

玛克桑斯·奚莱和佛洛尔·勃拉齐埃自以为高枕无忧了，听见来了罗日老头的第二个外甥，只是打哈哈。他们知道万一腓列普叫人担心，只消让罗日签一份委托书，把公债转到玛克桑斯名下或是佛洛尔名下就行。即使将来遗嘱作废，每年有五万法郎进款到手也是一笔很可观的补偿了，尤其罗日为了借十四万现款，已经把不动产押出一部分。

腓列普到后第二天，早上十点左右去拜访舅舅，有心给人看到衣衫褴褛的怕人样子。九死一生从南方医院出来的病人，关过卢森堡监狱的囚犯走进堂屋，一副丑相叫佛洛尔·勃拉齐埃心里直打寒噤。奚莱的头脑和神经也受到震动；我们遇到潜伏的冤仇或未来的危险，往往有这种出于本能的预感。腓列普新近落过难，脸上有股说不出的阴森森的神气，加上那衣着更显得可怕。可怜巴巴的蓝大氅，为了不便说明的理由，按照军人款式纽子一直扣到衣领，可是想遮盖也遮盖不了什么。裤子下半截像残废军人穿的一样破旧，可见他穷到什么程度。靴底开着裂缝，渗出的泥浆在地下留着水印。拿在手里的灰色帽子，滑腻腻的叫人看了恶心，油漆落尽的藤杖在巴黎咖啡馆的每个屋角都逗留过，弯曲的头子浸过不知多少泥浆。露出硬纸板的丝绒领上面，一副嘴脸活像腓特烈·勒曼德尔勒曼德尔（1800—1876），法国名演员，在1827年6月上演的《赌鬼的一生》中饰赌鬼一角，尤为精彩在《赌鬼的一生》的最后一幕中的化装：黄铜色的皮肤有些地方发青，年富力强的汉子精力已经衰退。凡是生活荒唐，常在赌台上熬夜的人，都是这一类皮色：眼睛围着一个黑圈，眼皮发红，可并非血气旺盛的表现；皱纹密布的脑门有副凶相。腓列普大病初愈，腮帮高一块低一块，差不多陷下去了。光秃的头上只有脑后到耳朵边还剩几绺头发。本来那么明亮，蓝得那么澄净的眼睛，变得寒光闪闪，像钢铁一般。

他嗄着嗓子说道①：“舅舅，你好；我是你的外甥腓列普·勃里杜。你看波旁家怎样对待一个中校，一个帝国禁卫军的老兵，在蒙德罗当过皇帝的传令官的人。在小姐面前，我真不好意思敞开大褂。归根到底，也是

① 嗄（shà）：嗓音嘶哑。

腓列普在伊苏屯

运气不好。我们想翻本，结果又输了。我奉着警察局的命令住在你们城里，拿六十法郎一月的高薪。因此地方上不用担心我会使食物涨价。我看你倒有漂亮人物陪着呢。”

约翰－雅各道：“唷！你是我外甥么？”

佛洛尔道：“你该请中校吃饭啊。”

“不，太太，谢谢你，”腓列普回答，“我吃过了。城里为着我兄弟和母亲闹过事，我宁可饿死也不要舅舅一块面包一个生丁……只是住在伊苏屯而不隔些时候过来向舅舅请安，也不成体统。”说到这里，他伸出手来拿舅舅的手握了一下，“再说，你爱做什么就做什么，我不会有一点儿意见，只要不损害勃里杜家的名誉……”

腓列普故意眼睛不朝奚莱望，奚莱尽可自由自在的打量腓列普。玛克斯虽然憋着一肚子火，但事情重大，不能不像大政治家那样小心谨慎，宁可显得懦弱而不逞着青年人的血性随便发作；因此他装作若无其事，冷静得很。

佛洛尔道：“先生，你舅舅每年有四万法郎进款，眼看你只靠六十法郎一月过活，太不像话了。何况你舅舅对他有血统关系的亲属奚莱少校——这一位就是——手面这样大方……”

老头儿接口说：“是啊，腓列普，咱们以后看情形吧……”

经过佛洛尔的介绍，腓列普和奚莱彼此行了礼，腓列普好像有点胆怯的样子。

“舅舅，我有一批画要还你，目前存在奥勋先生家；随便哪一天劳驾你过去点收。”

腓列普·勃里杜口气生硬，说完这几句走了。初见那个怕人的大兵，佛洛尔和奚莱已经吃了一惊；大兵访问的结果，他们俩心情更加沉重。腓列普带上堂屋的门，势头的猛烈说明他是个被人剥夺遗产的承继人。门一关上，佛洛尔和奚莱躲在窗帘后面瞧着腓列普从舅舅家走往奥勋家。

“活脱是个瘪三！”佛洛尔说着眼睛望着奚莱，打着问号。

奚莱道：“是啊，说来可叹，皇帝的部队里就有这样的人；我在水上集中营干掉了七个。”

佛洛尔道：“玛克斯，你千万别跟这个家伙吵架。”

玛克斯答道：“噢！这个吗，”又朝着罗日老头说，“是条癞皮狗，只想讨根骨头吃。他舅舅要是相信我的话，还是拿出一笔钱来打发他。要不然，罗日老头，他不让你太平的。”

老头儿道：“我闻到他的烟草味道。”

“他却闻到你的洋钱味道。”佛洛尔斩钉截铁的说，“我看你还是不再见他的好。”

罗日道：“那我求之不得呢。”

奥勋一家吃过中饭都在堂屋里，葛丽德进去通报，说道：“先生，你们说起的那个勃里杜先生来了。”

腓列普文文雅雅走进去，大家存着好奇心，声息全无。一看到害阿迦德吃了多少苦，把忠厚的台戈安女人送命的人，奥勋太太从头到脚打了一个寒噤。阿陶斐纳也有些害怕。巴吕克和法朗梭阿彼此望了一眼表示惊讶。奥勋老人不动声色，请勃里杜太太的儿子坐下。

腓列普道：“先生，我特意来请你照顾；我要在这儿住五年，政府只给六十法郎一个月，得想个办法活下去。”

八十多岁的老人回答说：“好吧。”

腓列普态度一本正经，谈些不相干的事。他把老太太的内侄，新闻记者罗斯多，说做了不起的角色；老太太听见罗斯多这个姓将来会出名，不禁对腓列普有了好感。腓列普毫不迟疑，承认过去的错误。奥勋太太放低声音，很婉转的埋怨了他一句；他就说他在监狱里想过很多，决定重新做人。

奥勋先生听着腓列普的暗示，陪他上街。吝啬鬼和军人在巴隆环城道上走到没人听见的地方，上校才说：

“先生，要是你相信我的话，咱们以后绝对不谈正经，也不提到一个人，除非到田野去散步的时候，或者在没人听见的地方。闲言闲语在小城市中的影响，特洛希先生和我解释得很清楚。虽然特洛希劝我向你请教，我也希望你不吝指教，但是不能让人疑心你出谋划策，帮我的忙。咱们的敌人非同小可，要打倒他不能有一点儿疏忽。我先请你原谅以后不再来看你。咱们之间冷淡一些，我的行事就扯不到你身上来。需要和你商量的话，我会在九点半光景走过广场，在你们刚吃过中饭的时候。要是我的手杖搁在肩头，就表示我要同你见面，你先指定一个地方，到时只当是偶尔碰上的。”

老人道：“听你这番话，我觉得你很谨慎，决心要成功。”

“我一定成功，先生。第一，请你告诉我本地有哪些军人是帝国部队出身，不是玛克斯的党羽，可以让我结交的。”

“有一个禁卫军的炮兵上尉，姓弥涅南，高等工艺学校出身，年纪有四十岁，生活很俭朴。这个人极重道德，公开反对玛克斯，认为他的行事不配称为真正的军人。”

"好!"

奥勋先生接着说:"这种品质的军人为数不多,我只想到还有一个退伍的骑兵上尉。"

腓列普道:"那和我是同一个兵种了,可是禁卫军呢?"

奥勋道:"是的。1810 年卡邦蒂埃是龙骑兵团的班长;在作战部队中当的是排长,一直升到上尉。"

腓列普私忖道:"说不定奚罗多认识他的。"

"那卡邦蒂埃在市政府担任的差事就是玛克桑斯放弃的,他和弥涅南少校是朋友此处几页,原文中的军阶都不统一。"

"这儿可有什么工作让我混口饭吃呢?"

"听说希尔州要在此地设一个保险公司的办事处,你可以谋个位置;不过顶多只有五十法郎一个月……"

"那也够了。"

一个星期以后,腓列普有了新做的一件大氅,一条裤子,一件背心,全是埃尔伯甫出品的上等呢料,用赊账的方式按月付款。此外还赊了一双靴子,一副麂皮手套和一顶帽子。奚罗多把他的内衣和武器从巴黎寄来了,附着一封给卡邦蒂埃的介绍信,卡邦蒂埃在龙骑兵团里原是奚罗多的老部下。这封信使卡邦蒂埃一片热心的帮助腓列普,把他当做人才出众、极有义气的人介绍给弥涅南少校。关于最近结束的叛国案,腓列普吐露出一些内情,两个正直的军官听了对他格外敬仰。大家知道,那次阴谋是帝国部队想推翻波旁家的最后一次尝试,拉·洛希尔的四班长案不算在内①,因为政治意义完全不同。

从 1822 年起,鉴于 1820 年 8 月 19 日的阴谋案和〔1821—1822 年〕贝尔东-卡隆事件的下场,军人们只能静待时机。腓列普参加的一桩是 8 月 19 日案的余波,也就是那个事变的死灰复燃,不过主持的换了一些更优秀的分子。和前面的案子一样,这件阴谋也不曾被政府摸清底细。事情一泄露,首脑们马上设法缩小范围,好像只是军营里的兵变。实际上却有好几个骑兵团、步兵团、炮兵团参加,以法国北部为中心,准备一举占领边界上的重镇。他们和比利时军队结成密约,一朝成功,比利时立即脱离

① 四班长案:今译四军士案。1822 年夏朗德滨海省拉罗歇尔(傅译"拉·洛希尔")兵营的四个中士博利、古班、波米埃和拉乌,因参与谋逆案件被捕,最后被押往巴黎处死。

神圣同盟①，和法国成立联邦，把1815年的和约作为废纸。旋风过处，两个王座可以同时倒台。事发之后，这个由雄才大略之士拟定而有政府要人参与的大计划，完全给隐瞒起来，只向贵族院供出一些枝节。案子的泄露或者是有人出卖，或者是由于偶然；但一开场首脑们就销声匿迹，他们身在国会，原来只答应在政府内部帮助事情成功。腓列普·勃里杜愿意给领袖们做掩护。1830年以后，立宪派已经公开透露这个计划的内幕，以及牵涉到四方八面，而下面的党徒毫不知情的细节；我再来叙述未免僭越历史的范围，而且离题太远了。上面一些大概情形仅够说明腓列普所担任的双重角色。他负责在巴黎起事，目的是为真正的阴谋做掩护，在北方大举发动的时候使政府的注意力集中在京城里。如今腓列普奉令把两桩阴谋的关系割断，只招供一些次要的秘密。他的衣着和健康情况证明他穷极无聊，他犯的案子在当局眼中也就显得并不重要。这种使命，对于一个毫无道德观念，生活没有着落的投机分子，再合适没有。狡猾的腓列普知道自己脚踏两头船，一方面在政府面前做好人，一方面受到党内领袖的重视，打算以后看哪条路好处更多，再做决定。腓列普向卡邦蒂埃和弥涅南透露出阴谋真正的规模，说出特别法庭的某些推事也暗中与闻，卡邦蒂埃和弥涅南便觉得他是个了不起的英雄，认为他的忠诚不愧为大政治家，比得上国民议会大革命期间，自1792年9月至1795年10月，法国实际由国民议会统治：宣布共和政体，判处路易十六死刑，镇压各地反革命暴动等等的黄金时代的人物。所以不多几天，狡猾的拿破仑党徒就成为两个军官的朋友，他们俩在地方上的声誉也给他沾了光。经过两人推荐，腓列普马上谋到奥勋先生说起的位置，进了希尔州保险公司的办事处，像税局的职员一样掌管簿册，填写保险单，把印好的信填上姓名金额寄出去，每天只有三小时工作。弥涅南和卡邦蒂埃介绍他进俱乐部，他的态度举动，同弥涅南和卡邦蒂埃称道这个造反头目的长处完全相符，博得一般人的敬重；他们本来只会以貌取人，不知道外表往往是靠不住的。

腓列普这一回的行事完全出于深谋远虑，他在监狱里思索过一番，觉得长此荒唐也没有好处。所以用不着特洛希教训，他已经懂得必须过一种安分、得体、规矩的生活，博取布尔乔亚的敬意。他很高兴学着弥涅南的做人之道，相形之下使玛克斯的短处更加显著。同时他要玛克斯看错他的

---

① 神圣同盟：1815年9月，俄国沙皇、奥地利皇帝、普鲁士国王在巴黎签署《神圣同盟宣言》，维护君主政体。最后除英国摄政王、奥斯曼帝国苏丹及教皇外，欧洲各国君主纷纷加盟。

性格，不把他放在心上。他故意做得像个傻子，慷慨大方，不在乎金钱，暗里却包围敌人，垂涎舅舅的遗产。他的母亲和兄弟，真正不在乎金钱，真正慷慨而高尚的人，因为行事天真朴实，倒反被认为存心要夺家私。奥勋先生在腓列普面前把舅舅的财产算过细账，愈加引起腓列普的贪心。他第一次和老人密谈，两人就一致同意绝对不能让玛克斯起疑；万一佛洛尔和玛克斯把他们的俘虏带走，哪怕只带往布日吧，腓列普就完事大吉。

腓列普的晚饭每星期在弥涅南上尉家吃一顿，在卡邦蒂埃家吃一顿，星期四在奥勋家吃一顿。不久又有两份人家邀请；住到三星期，自己只消管一顿中饭了。无论什么地方，除非打听他兄弟和母亲在伊苏屯做客的情形，他绝口不提舅舅、搅水女人和奚莱。得过勋章的军官当地只有弥涅南、卡邦蒂埃和腓列普三个，而腓列普还得着荣誉团勋章，在外省更显得高人一等。三个人总在晚饭之前一同散步，成为俗语说的“另外一帮”。这种态度，这种谨慎和安分的作风，给伊苏屯人的印象很好。

拥戴玛克斯的人把腓列普看做“老粗”，军人对有勇无谋而不配当统领的高级军官，往往用这个称呼。

高台的老子在玛克斯面前提到腓列普，说道：“他那个人品质很好。”

玛克斯回答说：“哼！看他在贵族院特别庭上的行径，不是上人家的当便是公家的暗探。他要不是个蠢东西，决不会受投机政客的愚弄。”

腓列普谋到差事以后，怕地方上闲话多，有些事尽量不让外人知道。他在圣·巴丹尔纳城关尽头住着一所有大花园的屋子，和卡邦蒂埃两人偷偷的练功夫；卡邦蒂埃未进禁卫军以前，在作战部队里当过剑术教师。腓列普暗中恢复了原有的武艺，又向卡邦蒂埃学到一些诀窍，足够应付第一流的对手。然后他同弥涅南和卡邦蒂埃用手枪打靶子，表面上只说是消遣，其实要叫玛克桑斯相信他万一决斗，主要是用手枪。腓列普碰到奚莱，总等奚莱先招呼，他只在帽子边上略微碰一碰，态度的随便像上校向小兵回礼。玛克桑斯·奚莱从来没有受不了或者生气的表示，在高涅德酒店也一字不提。他仍在那儿吃宵夜，但从法里沃戳了一刀以后，夜里的恶作剧暂时停止。过了一阵，除了巴吕克、法朗梭阿和其他三四个跟玛克斯特别亲密的人，其余的逍遥团团员都承认勃里杜中校轻视奚莱营长是事实，经常在背后谈论。玛克斯素来脾气暴躁，性情激烈，这一回竟如此谨慎，大家都看了诧异。伊苏屯没有一个人，连卜丹和勒那在内，敢向奚莱提及这件微妙的事。卜丹觉得两个禁卫军出身的好汉公开不和非常可惜，但玛克斯很可能安下什么计策，让腓列普自投罗网。据卜丹说，事情随时会有新发展，但看玛克斯撵走腓列普的母亲和兄弟的手法就可知道；因为法里沃的案子那时已是公开的秘密。奥勋先生当然不肯把奚莱的恶辣手段不讲给城里的老辈听。被城里一向当做话柄的摩伊隆先生，也私下说出行刺奚莱的人的姓名，大约为了追究法里沃与玛克斯结仇的原因，司法当局不能不注意以后的事故。

城里人早已断定腓列普和玛克斯是对头，谈着这个敌对的局面，猜测将来的结果。腓列普用足心思探听兄弟被捕的详情，奚莱和搅水女人的来历，终究和他的街坊法里沃有了相当交情。腓列普把西班牙人仔细研究过了，认为这种性格的人大可信托。两人的仇恨既完全一致，法里沃也就自愿听腓列普差遣，把他所知道的有关逍遥团的事统统讲了。腓列普又许下心愿，倘若将来能在舅舅身边代替玛克斯掌权，一定偿还法里沃的损失，法里沃便成了腓列普的死党。

可见玛克斯有了一个可怕的敌人，照当地的说法是“碰上了对手”。伊苏屯城里议论纷纷，料定两个冤家将来必有一场恶斗。

第三部　遗产归谁

一　承继人的参考资料

11 月将尽，有一天中午时分，腓列普在弗拉班尔的中央走道上遇到奥勋先生，对他说：

“我发现你的外孙巴吕克和孙子法朗梭阿是玛克桑斯·奚莱的好朋友。夜里在伊苏屯兴风作浪的捣乱事儿，两个坏东西没有一桩不参加。我兄弟和母亲住在府上的时期，你们说的话全是两人搬给玛克桑斯听的。”

“这些混账事儿的证据，你怎么得来的呢？……”

“我听见他们夜里从酒店出来说的话。你的孙子外孙各人欠着玛克桑斯一千银洋。那流氓要两个傻小子刺探咱们打什么主意；他提到你曾经想利用教士来包围我舅舅，说现在也只有你能指点我，因为还好，玛克桑斯认为我是老粗。”

“怎么，我的孙子外孙居然会这样？……”

腓列普道：“你不妨暗中留神，自会看到他们半夜两三点钟陪着玛克桑斯回圣·约翰广场，醉得像香槟酒的瓶塞子……”

奥勋先生道：“怪不得两个小子在家里少吃少喝，很有节制！”

腓列普又道：“关于他们夜生活的材料都是法里沃告诉我的，要不然，我怎么想得到？西班牙人听见玛克斯对你两个孩子露出一些口风，大概我舅舅受着很大的压力。我疑心玛克斯和搅水女人打算卷掉五万法郎利息的公债，逃到不知什么地方去结婚。现在急于要知道舅舅家里的情形，可是我不知道怎么办。”

老人道：“让我回去考虑一下。”

腓列普和奥勋先生看见来了几个人，便分手了。

从外甥腓列普初次上门拜访以后，约翰-雅各·罗日一辈子也没受过那么大的罪。佛洛尔心惊肉跳，觉得预兆很坏，玛克斯要遇到危险了。她对主人腻烦到极点，而且尽管下毒手把他百般折磨，他还是撑了那么多年。佛洛尔生怕他老不死，尽活下去，便想出一个挺简单的办法：把老头儿五万法郎利息的公债骗上手，逃到巴黎去和玛克斯结婚。老单身汉既非为了顾到亲属的利益，也非为了吝啬，而是受着情欲指使，抓着公债不放，推说佛洛尔本是他独一无二的承继人，全部家财都是她的。可怜虫明知佛洛尔爱玛克斯爱到什么地步，一朝有了足够的钱结婚就会扔掉他的。

佛洛尔对主人灌足迷汤还是遭到拒绝，便改用强硬手段：她不再和主人说话，只叫范提服侍。有一回老头儿哭了一夜，早上范提看见他眼睛通红。最近一星期，罗日老头孤零零的一个人吃饭了，不知怎么吃的！腓列普和奥勋先生谈过话的下一天，第二次去拜访舅舅，发觉他神色大变。佛洛尔守在老人身旁，眼神好不亲热的望着他，说话极其温柔，一出假戏做得十分精彩。腓列普看见佛洛尔当他的面对舅舅如此殷勤，料想局面一定是紧急了。奚莱的策略是绝对不和腓列普冲突，当时躲在楼上。腓列普用犀利的眼光把罗日和佛洛尔打量过后，认为需要“将一军”了。

“再见了，舅舅。”他说着站起身来，做出要往外走的模样。

老头儿受着佛洛尔的假温存，觉得挺舒服，便说：“噢！别走得这么快。腓列普，跟我们一块儿吃饭吧。”

“好吧，只要你肯同我出去散步一小时。”

勃拉齐埃小姐道：“先生身体虚得很，刚才连坐车出去兜风还不愿意呢。”她一边说一边转过去朝老头儿目不转睛的瞪着，好像人家用来制服疯子的那种眼神。

腓列普抓着佛洛尔的胳膊，逼她望着自己，同样目不转睛的瞪着她，说道：

“告诉我，小姐，是不是我舅舅不可以单独和我出去散步？”

佛洛尔无话可说，只能回答：“当然可以，先生。”

“那么来吧，舅舅。小姐，把他的手杖和帽子拿来……”

“不过他平时没有我陪是不出去的——是不是，先生？”

“是的，腓列普，是的，我随时要她服侍……”

佛洛尔道：“还是坐车的好。”

“对，咱们坐车出去吧。”老头儿只想在他两个魔王之间做和事佬。

“舅舅，要是不和我一路走着去散步，我从此不来了；足见伊苏屯人说的不错：你是被勃拉齐埃小姐捏在手里，不得自由。”腓列普又恶狠狠的瞅着佛洛尔，说道，“我舅舅爱你吧，好得很！你不爱我舅舅吧，也在情理之中。但是你叫他受罪……那可不行！一个人想得遗产，也要靠巴结得来——舅舅，你来么？……”

可怜的脓包愁眉苦脸，委决不下，望望佛洛尔，望望外甥。腓列普看了说：

腓列普第二次去拜访舅舅

“啊！原来如此！好吧，舅舅，再见了——至于你，小姐，我在此有礼了。”

他走到门口突然掉转身来，又撞见佛洛尔做着手势威吓他舅舅。

他道：“舅舅，你要愿意和我散步，过一会在大门口等我；我上奥勋先生家走一趟，只消十分钟……要是咱们俩不能一块儿出门，我会打发好多人出门的。”

腓列普说完，穿过圣·约翰广场往奥勋家去。

腓列普的告密在奥勋家引起的风波，每个读者都预料得到。早上九点，埃隆老先生带着文件上门，发现奥勋违反习惯，已经叫人在堂屋里生了火。奥勋太太也大清早穿扮好了，坐在壁炉旁边的靠椅上。孙子和外孙被关在家里，从阿陶斐纳口中听到消息，说有一场暴风雨要来了，从上一天起就在酝酿。等到葛丽德把他们叫来，他们一看祖父母的排场大吃一惊，而且罩在他们头上的冷淡和怒气已有二十四小时之久。

奥勋老人对埃隆先生道：“你坐着，对两个十恶不赦的混蛋用不着客气。”

法朗梭阿叫道：“噢！爷爷！”

威严的老人喝道：“不许开口！你们的夜生活，你们和玛克桑斯·奚莱先生的来往，我全知道了；你们休想再在半夜一点钟上高涅德酒店去跟他相会；直要你们俩各奔前程的时候，我才许你们走出大门。嘿！你们竟弄得法里沃倾家荡产？刑事案子你们不知犯过多少次了！……”他看见巴吕克想开口，马上把他喝住：“不准说话。你们俩都欠着玛克桑斯先生的债，他六年来供给你们钱，让你们拿着去荒唐胡闹。你们先听我监护时期的账目，事情以后再谈，你们听了清账就知道是不是能玩弄我，玩弄家庭，破坏家法，泄露我家里的秘密，把这儿所说的所做的去报告给玛克桑斯·奚莱先生听……你们为了一千银洋当奸细，你们到手一万就会杀人了吧？……你们不是已经差点儿害了勃里杜太太性命么？奚莱先生明知道伤他的是法里沃，硬把凶杀的罪名罩在我的客人约瑟·勃里杜头上。那个万恶的家伙下此毒手，就因为从你们嘴里知道了阿迦德太太想在这儿住下去的原因。你们，我的孙子，我的外孙，替这样一个人做奸细！……你们竟行同土匪！……你们难道不晓得，你们的大头目开始干这一行的时候，1806 年上就害死一个可怜的小媳妇儿？我不愿意杀人犯和强盗出在我家里，你们替我卷铺盖，到别的地方去叫人吊死吧！”

两个青年脸色雪白，一动不动，像石膏像。

吝啬鬼对公证人道：“请吧，埃隆先生。”

埃隆先生念出一份监护人的清账，鲍尼埃家两个孩子的财产，结算下来净存七万法郎，是他们母亲的陪嫁；但奥勋先生代女儿借过大宗款子，所以他代表债权人可以支配一部分外孙的产业。巴吕克应得的一半是二万法郎。

奥勋老人道：“这一下你有钱啦，你拿了自个儿去找出路吧！我的财产和你外婆的财产，她此刻意见和我完全一致，都由我做主，喜欢给谁就给谁，喜欢给阿陶斐纳就给阿陶斐纳：是的，只要我们愿意，尽可以让她攀一个贵族院议员的儿子，因为我们的全部家私将来都归她一个人。”

埃隆先生插言道：“那是一笔很大的数目呢！”

奥勋太太道：“玛克桑斯·奚莱先生会补偿你的。”

奥勋先生叫道：“你帮那个下流东西去夺家私吧！……”

“请原谅！”巴吕克结结巴巴说了一句。

“请原谅，下次不敢了！”老人学着孩子的声音挖苦他，“我要原谅了你们，你们马上去通知玛克桑斯先生，叫他防备……不成，不成，我的两位小少爷！你们将来的一举一动，我自有办法知道。你们怎么做，我怎么应付，我不拿你们一天或一个月的行为作准，而是要看几年呢！……我脚头硬，眼睛亮，身体健康。你们将来走什么路，我希望还能亲眼看到——告诉你这个资本家，你先上巴黎蒙日诺铺子去学银钱生意，要不好好做人，你就是自讨苦吃：有人会监视你的。你的资金存在蒙日诺父子钱庄上；这儿是两张汇票。监护人的清账后面附着收据，你替我签字，解除我监护人的责任。”奥勋从埃隆手里拿过清单来递给巴吕克。

“至于你，法朗梭阿·奥勋，”老人望着自己的孙子说，“你非但无钱可拿，还欠我的钱呢——埃隆先生，把清账念出来，他的账很清楚……非常清楚。”

宣布账目的时候屋子里寂静无声。

公证人念完了，祖父开口说：“给你六百法郎一年，你替我上博济哀念法律去。我原来给你安排了一个美好的前程；现在你得想法当律师来养活自己——哼！小子，你们欺负了我六年！告诉你们，我，我只消一个钟点就把你们抓回来了，我跨一步好走几十里呢！”

埃隆先生挟着签过字的文件出门，葛丽德进来通报说勃里杜上校来了。奥勋太太带孙子外孙到房里去，照奥勋老人的说法，叫他们忏悔，同时看看刚才那顿训斥对他们发生什么作用。

腓列普和老头儿站在一个窗洞底下低声谈话。

奥勋先生指着罗日的屋子说：“我把你的形势细细考虑过了。我才同埃隆先生谈过。五万法郎利息的公债只能由持票人出让，或者由他的代表出让。从你来到现在，你舅舅没有在公证人那儿立过委托书，他既没有走出伊苏屯，当然不会在别的地方签。倘在本地出立委托书，我们马上会知道；倘在外地，我们一样能知道；因为委托书要登记，有人会通知埃隆先生的。因此，万一老头儿离开伊苏屯，就得派人跟着，看他上哪儿，咱们有办法打听他干些什么。”

腓列普道：“委托书虽没有签，人家可逼着要；不过我希望能拦着不让签，而且一决一计一签一不一成！”他补上这一句，因为看见舅舅站到大门口来了。他一边指给奥勋先生瞧，一边把刚才的拜访，把那么琐碎而又那么重大的事故大致讲了一遍。他道：“玛克桑斯见了我害怕，但是他要躲也躲不了。弥涅南告诉我，所有老部队出身的军官，每年在伊苏屯庆祝皇帝的加冕纪念；所以两天之内，玛克桑斯非跟我见面不可。”

“要是他 12 月 1 日上午拿到委托书，就会搭班车上巴黎，不参加庆祝……”

“好！那就得把舅舅软禁起来；好在无论什么傻瓜，我只要眼睛一瞪就压下去了。”腓列普说着对奥勋先生杀气腾腾瞪了一眼，吓得老头儿直打哆嗦。

“他们肯让老头儿和你出去散步，准是玛克桑斯想出了什么稳赢的办法。”老吝啬鬼提醒腓列普。

腓列普答道：“法里沃暗中看着他们，而且监视的人不止他一个。西班牙人在华当附近找到我的一个老部下，从前受过我好处。没想到那个朋雅明·布台就是西班牙人的下手，西班牙人自愿拨出一匹马给朋雅明用。”

“那畜生勾引我的孙子外孙，你要把他杀了，倒是一桩功德。”

腓列普答道：“今天我一张扬，整个伊苏屯都知道六年来玛克桑斯夜里干的什么勾当。你们所谓的闲话自会集中在他身上。这样他精神上已经给打败了！”

腓列普刚才一走出舅舅的屋子，佛洛尔马上跑进玛克斯卧房，把强横外甥上门拜访的经过一五一十告诉他。

“怎么办呢？”她问。

玛克桑斯答道：“没有用到最后一着，跟这个僵尸鬼动武之前，应当狠狠的博一下，不是翻本便是输光。让脓包和他的外甥去散步吧！”

佛洛尔嚷道：“可是那老粗决不拐弯抹角，会把事情直说的呢。”

“你听我说啊，”玛克桑斯逼尖着喉咙回答，“你以为我没有在门外听着，盘算咱们的局势么？你去叫高涅老头备一匹马，套一辆装好板凳的大车，等着要用！限他五分钟收拾停当。你把你所有的衣服什物装上车，带着范提上华当，好像预备长住的样子安顿下来；老头儿书桌里的二万现款，你随身带走。倘若我带老头儿到华当来，你非要他签了委托书才答应回家。你们回伊苏屯，我直奔巴黎。等会约翰－雅各散步回来不见了你，会急死的，准要追你回来……那时我出来跟他说话……”

他们在家中定计，腓列普和舅舅两人手挽着手，到巴隆环城道上散步去了。

奥勋老人望着上校扶着舅舅上街，心里想：“这一下是两雄相遇，斗起来了。为了九万法郎进款你争我夺，结局如何倒很值得一看。”

腓列普对舅舅说话所用的字眼，完全听得出他在巴黎的交游，他道：“好舅舅，你喜欢那婆娘，足见你眼力好极，她长得着实标致！可是她非但不心肝肉儿的疼你，反而把你呼来喝去，当佣人看待；这还罢了；她还巴不得你呜呼哀哉，好嫁给她心爱的玛克桑斯……”

“是的，腓列普，我知道；不过我还是爱她。”

腓列普道：“好吧，我用你的嫡亲妹妹，我母亲的名字赌咒，替你把搅水女人收拾得服服帖帖，对你百依百顺，跟那个流氓没有进门的时候一样，那混蛋根本不配当什么帝国的禁卫军……”

老头儿道：“噢！只要你做得到！……”

腓列普截住舅舅的话，说道：“事情简单得很，我替你把玛克桑斯杀了就完啦……可是……有个条件。”

“什么条件？”罗日傻乎乎的望着外甥问。

“他们要的委托书，12 月 3 日以前你千万别签出去，要想法拖到那一天。两个混账东西只想拿了委托书，卖掉你五万利息的公债，逃到巴黎去结婚，拿你的钱去花天酒地……”

“我就怕这个啊。”罗日回答。

“不管他们对你怎么样，你的委托书一定要拖到下星期。”

“好吧；可是佛洛尔和我一说话，我心里就糊涂了。她有种眼风，叫我觉得她的一双蓝眼睛赛过极乐世界，使我身不由主，尤其她对我板了几天面孔之后。”

“这样吧：她要对你撒娇，你就答应她立委托书，只要在签字前一天通知我。那就行了。玛克桑斯休想做你的代表，除非他把我杀了。反过来，要是我杀了他，你让我代替他的位置，保管替你叫那俏婆娘说东就东，说西就西，不敢有半点儿违拗。放心，佛洛尔准会爱你！她要使你不满意，我就抽她一顿。”

“噢！那我万万受不了。打在佛洛尔身上就痛在我心上。”

“可是对付女人和对付马一样，只有这个办法。唯有这样，男人才能叫女人害怕、疼爱、尊敬。这是我告诉你的诀窍。”那时路上来了弥涅南和卡邦蒂埃，腓列普招呼道：“两位先生好；我陪舅舅散步，还调理他来着；今日之下，小辈不能不负起责任来教育老长辈。”

说话之间，双方打了招呼。

腓列普接着道：“你们瞧，我的好舅舅为了倒楣的痴情弄成这副样子。有人想抢了他的家私溜之大吉，让他瞪着眼睛发愣；你们知道我说的是谁。老人家看出他们的鬼把戏，就是舍不得和甜姐儿分开几天，破他们的计。”

腓列普直截了当说出他舅舅的处境。

临了他说：“事情很清楚，要救出我舅舅来没有第二个办法：不是勃里杜上校送奚莱少校的命，就是奚莱少校送勃里杜上校的命。咱们后天庆祝皇帝的加冕节；请你们把聚餐的席位安排一下，让我坐在奚莱少校对面。决斗的时候还希望两位赏脸做我的证人。”

弥涅南道：“到时推你做主席，我们俩坐在你旁边。再推玛克斯做副主席，他就坐在你对面了。”

卡邦蒂埃道：“那小子一定叫卜丹少校和勒那上尉做见证。城里尽管说玛克斯半夜三更横行不法，两个老实人以前做过他副手，这一回还是会帮他的……”

腓列普道：“舅舅，你瞧，水慢慢的烧开啦；所以12月3日以前你决不可签字；到12月4日你就自由了、幸福了，佛洛尔会疼你了，也没有太上皇压在你头上了。”

老头儿听着吓坏了，说道：“外甥，你不知道玛克斯的厉害呢。他在决斗中杀过九个人。”①

“不错，但是那几回决斗不是要夺十万法郎一年进款的家私。”腓列普回答。

“一个人心虚就会手软。”弥涅南一本正经的说。

腓列普又道：“不消几天，只要搅水女人的悲伤过去了，你和她就如鱼得水。不用说，她会满地打滚，呼天喊地，哭得像个泪人儿；可是……你耐着点儿就是了。”

两个军官都支持腓列普的论点，尽量给罗日打气，他们一块儿散步了

① 前文说玛克斯在水上集中营杀过九个人，并非决斗。

两小时左右。末了腓列普送舅舅回家，又最后嘱咐几句：

“你凡事不同我商量不要决定。我识得女人的脾气，我养过一个女的，花的钱比你在佛洛尔身上花的还要多！……我学会了从今以后怎样对付女性。女人是品质恶劣的小孩儿，比男人低一等的动物，非叫她们害怕不可；让这种畜生来管辖我们就糟糕了。”

老头儿回到家里大概是午后两点钟，科斯基一边开门一边哭，至少是按照玛克桑斯的吩咐装哭。

约翰－雅各问道：“什么事啊？”

“哎啊！先生，太太带着范提走了！”

“走……了？”老头儿声音都发不出来。

这个打击太厉害了，罗日一屁股坐在楼梯的踏级上。过了一会，站起来瞧瞧堂屋，瞧瞧厨房，走到自己房里，把每间屋都走遍了，又回进堂屋，倒在靠椅上簌落落的直掉眼泪。

“她在哪儿呢？”他一边放声大哭一边叫，“她在哪儿呢？玛克斯在哪儿呢？”

“我不知道，”科斯基回答，“少校一句话没说就出去了。”

奚莱老谋深算，认为需要上街蹓跶一会，让老头儿一个人伤心绝望，他被佛洛尔遗弃的痛苦就更尖锐，等会儿也就更听话。但他既然六神无主，就得防腓列普跑来帮他；所以玛克斯吩咐科斯基对来客一律挡驾。佛洛尔不在了，老人变成脱缰之马，情形是非常危险的。

玛克桑斯·奚莱在城里信步走去，许多在上一天还争着过来和他握手的人，见了他都回避了。反对他的空气正在各方面酝酿，个个人都在谈论逍遥团干的好事。约瑟·勃里杜的被捕如今真相大白，玛克斯马上名誉扫地；他的生活和他的行事一天之内显了原形。奚莱看见卜丹少校憋着一肚子火气正在找他。

“卜丹，你怎么啦？”

“地方上把禁卫军说得一塌糊涂！……老百姓都在糟蹋你，我心里难过死了。”

“他们怪怨我什么呢？”玛克斯问。

“怨你夜里跟他们捣乱。”

“难道随便玩玩也不作兴么？……”

卜丹道：“不理他就是了。”

有些军官遇到镇长抗议，回答说：“大惊小怪干什么！烧了镇，赔你就是了！”卜丹便是这一等人，他听见逍遥团的捣乱全不在意。

奚莱道："那么还有什么呢？"

"禁卫军跟禁卫军拼！我才痛心呢。布尔乔亚和你作对都是勃里杜挑起来的。禁卫军自个儿火并！……这怎么行！玛克斯，你不能退缩，非跟勃里杜见个高低不可。我恨不得跟那个流氓寻事，把他干掉；那么老百姓就不会看见禁卫军火并了。打仗的时候我没有话说，两个禁卫军吵起来，打一架，平常得很，也没有老百姓在旁取笑。哼，我才不信那混蛋进过禁卫军呢。真正的禁卫军决不在布尔乔亚前面反对另外一个禁卫军！哼！没想到禁卫军被人笑话，而且在一向受到尊重的伊苏屯！……"

玛克斯道："得啦，卜丹，你别急。不过庆祝加冕节的聚餐，我还是不能参加……"

卜丹截住朋友的话，嚷道："你后天不上拉克洛阿饭店？……难道你愿意被人当做胆怯，躲着勃里杜么？不行，不行！禁卫军里的步兵不能见了禁卫军里的骑兵退缩。你把事情另作安排，还是到场的好！……"

玛克斯道："又要我干掉一个！行，我想我可以到场，事情照样办好。"他心里想："对了，委托书还是不要写我的名字；正如埃隆老头说的，不能让侵占的痕迹太显露。"

这头狮子被腓列普的绊马索缠住了，暗暗咬牙切齿；路上遇到人，他都掉过头去，打维拉德环城道走回家，私忖道：

"决斗之前，公债已经到手。即使我死了，这笔钱也不会给腓列普拿去。公债将来用佛洛尔的户名。我叫她直奔巴黎，她要愿意，大可嫁一个帝政时代的穷元帅的儿子。委托书写巴吕克的名字，再要巴吕克照我的意思把公债过户。"

说句公道话，玛克斯心情越激动，念头越多，面上越镇静。做大将的各种才具，从来没有这样完美的集中在一个军人身上。拿破仑的规模宏大的事业极需要这等人，玛克斯要不中途被俘，误了前程，一定是皇帝的得力助手。他闯进堂屋，罗日做了一幕又一幕的悲喜剧的牺牲品，在那里哭个不休；玛克斯问罗日为何伤心，自己装作莫名其妙，什么都不知道，听到佛洛尔出走大吃一惊，表演得像真的一样。他盘问科斯基，想找出一些线索来了解这个奇怪的旅行究竟有什么目的。

科斯基道："太太是这样说的，要我告诉先生，她在书桌里拿了二万法郎现金，认为她在这儿当差当了十二年，先生不会不给她这笔工钱的。"

罗日道："工钱？"

科斯基道："是这样说的。她走的时候告诉范提：哼！我再也不回来了！范提舍不得先生，劝太太别走。太太说：不成，不成！他对我毫无情分，让他外甥糟蹋我，不当我人看待！——她一边说一边哭……不知掉了多少眼泪。”

玛克桑斯冷眼觑着老头儿；老头儿叫道：“嘿！腓列普才不在我心上呢！佛洛尔在哪儿呢？怎么打听出来呢？”

玛克桑斯冷冷的答道：“你样样听腓列普的主意，他会帮你忙的。”

“腓列普！”老人道，“他对那个小可怜儿有什么力量？……我的好玛克斯，只有你能找到她，她会跟你来的，你替我把她带回家……”

“我不愿意跟勃里杜先生作对。”

罗日叫道：“噢！你还顾虑，他可对我说要杀死你呢。”

奚莱笑道：“好！咱们走着瞧吧。”

“朋友，你去找佛洛尔，说我样样依她就是了。”

于是玛克桑斯吩咐科斯基：“城里总该有人看见她走过；你先开晚饭，把菜一齐端在桌上；你去一路打听，我们吃到饭后点心，你准可以回来报告勃拉齐埃小姐往哪一条路走的。”

可怜的老人哼哼唧唧，像小孩儿不见了奶妈一样，听玛克斯下过命令，暂时安静下来。罗日原来痛恨玛克斯，当他是祸根，此刻又觉得他是天使了。像罗日对佛洛尔那样的痴情就像小孩子的行径。六点钟，波兰人虚应故事，在城里踱了一转回家，报告搅水女人走的是去华当的路。

科斯基说：“太太明明是回家乡去了。”

“你愿不愿意今晚就赶到华当？”玛克斯问老头儿，“路是不好走，可是科斯基赶车很有本领。你今晚八点钟讲和，不是比等到明天上午更好么？”

罗日道：“好，走吧！”

玛克斯吩咐科斯基：“你悄悄的套车；要顾着先生面子，别让城里人知道这些笑话。”他又咬着科斯基的耳朵说：“替我备起马来，我先走一步。”

奥勋先生已经把勃拉齐埃出走的消息通知腓列普，腓列普正在弥涅南家吃晚饭，立刻起身赶到圣·约翰广场；他猜出对方的战术是什么用意。腓列普想进舅舅屋子，科斯基从二楼窗口回答说先生不见客。

腓列普看见法里沃在大那兰德上闲逛，过去对他说：“法里沃，叫朋雅明骑着马来，我急于要知道我舅舅和玛克桑斯干些什么。”

法里沃原在监视罗日家中的动静，说道：“他们牵出马来预备套小轿车了。”

腓列普道：“如果他们上华当，你多找一匹马，带着朋雅明到弥涅南先生家等我。”

奥勋先生看到腓列普和法里沃两人在广场上，不由得走出屋子问：“你打算怎么办？”

“亲爱的奥勋先生，做将军的本领不但要仔细观察敌人的行动，还得从行动上猜到他的用意，在敌人突然改变步骤的时候随机应变，更动计划。倘若舅舅和玛克桑斯一同坐车出门，那一定是往华当去；玛克桑斯答应帮他劝佛洛尔回来；佛洛尔原是采用维琪尔将军的策略：逃到柳树荫下，故意要人发觉这是拉丁诗人维琪尔的诗句，形容女子撒娇，一边逃一边叫情人追她。巴尔扎克只引了第一句，第二句是译者为求意义清楚而补上的。腓列普是军人，故戏称诗人维琪尔为将军。要是这样，我就不知道怎么办。不过我还有一夜功夫可以想办法，舅舅总不能在夜里十点钟签委托书，公证人都睡觉了。倘若玛克斯走在我舅舅之前去指导佛洛尔，那小子就完了。这一着对玛克斯也是必要的，他很可能采取的，因为我知道他们还另外套一匹马。你等着瞧吧，赌起遗产来，咱们这批老兵是怎么翻本的……赌到最后一局，我用得着助手，我要回弥涅南家去和我朋友卡邦蒂埃谈一谈。”

腓列普跟奥勋先生拉了拉手，走下小那兰德往弥涅南家去了。过了十分钟，奥勋先生看见玛克桑斯骑着马飞奔而去。老人愈来愈好奇，站在堂屋的窗下等破旧的小轿车出来，不久果然出来了。约翰-雅各急不及待，玛克桑斯走了二十分钟，他就跟着动身。科斯基准是奉着他真正的主人之命，慢吞吞的赶着车，至少在城里的一段。

奥勋心上想：“万一他们上巴黎去，事情就没希望了。”

那时有个罗马城关的小孩儿，上奥勋先生家给巴吕克送来一封信。老人的孙子外孙从早起就失魂落魄，自动守在家里。他们对前途左思右想，觉得无论如何非笼络两个老长辈不可。巴吕克心里明白，自己的祖父母对外公奥勋言听计从；倘若他的行为叫老人们把希望转到阿陶斐纳身上，像早上那种威吓的说法替她攀一头好亲事，那么奥勋先生竟会叫鲍尼希家把产业传给孙女的。巴吕克比法朗梭阿更有身家，担的风险更大，所以只能完全屈服，只要求替他还掉玛克斯的债。至于法朗梭阿，他的命运完全操在祖父手里；根据监护人的清账，他还倒欠祖父的钱，日后只能指望祖父给他一笔财产。两个青年为了利害关系不得不赌神发咒，表示悔过。欠玛克桑斯的债，外婆叫他们不必担忧。

她说：“你们做了荒唐事儿，以后应当安分守己，补赎罪过；外公的气会平下去的。”

因此，法朗梭阿挨在巴吕克身边看了信，咬着他耳朵说：

“问爷爷去讨主意吧。”

“你瞧。”巴吕克把信拿去递给外公。

“你念出来吧，我身边没带眼镜。”

亲爱的朋友：

我托你做罗日先生的全权代表；目前形势危急，希望你帮忙，能够接受。明天早上九点你赶到华当，我要派你上巴黎去。放心，我会给你旅费，我也会马上到巴黎去找你的。12 月 3 日我恐怕要离开伊苏屯。再见了，我相信你会顾到交情，我永远是你的朋友。

玛克桑斯

奥勋先生叫道：“谢天谢地！脓包的遗产到底没有落入那些魔鬼手里。”

奥勋太太道：“既然你这么说，想必是可靠的了。我真感谢上帝，他一定是接受了我的祷告。可见恶人得势终究不会长的。”

老人吩咐巴吕克道：“你尽管上华当去做罗日先生的代表。他们要你把五万利息的公债过户给勃拉齐埃小姐。你也尽管答应去巴黎，可是在奥莱昂停下来等我的信，不让人家知道你的住址。你在巴涅城关最末一家客栈下宿，不管是不是赶车的住的小客店……”

法朗梭阿听见大那兰德那一头传来车马的声音，奔往窗口张望，叫道：“啊！又出了新鲜事啦：罗日老头和腓列普·勃里杜先生坐着轿车回来了，朋雅明和卡邦蒂埃先生骑着马在后面跟着！……”

奥勋先生道：“让我过去瞧瞧。”他一心想看热闹，把别的顾虑都忘了。

奥勋发现罗日老头正在房里照着外甥的口述写下面这样一封信：

小姐：

如果你不见信即回，你的行事就表示你忘恩负义，我将要取消那份优待你的遗嘱，把财产给我的外甥腓列普。你也应该明白奚莱先生既然与你同在华当，他以后就不能再住我家。我托卡邦蒂埃上尉面交此信，希望你能听他的劝告，他和你说的话等于我说的。

约翰－雅各·罗日

腓列普用挖苦的口气告诉奥勋：“我和卡邦蒂埃先生碰到我舅舅，他糊里糊涂想到华当去找勃拉齐埃小姐和奚莱少校。我解释给舅舅听，这样办等于闭着眼睛自投罗网。只要签了委托书，让那婆娘把五万利息的公债过到她自己名下，舅舅不是立刻被她一脚踢开了么？如今写这封信去，还怕逃出去的美人儿今夜不赶回家来？……奚莱先生住在这儿，太不成体统了；舅舅要是让我代替奚莱的位置，保管叫勃拉齐埃小姐一辈子软得像根柳条……你说对不对？……舅舅倒还哭哭啼啼的抱怨呢！”

奥勋先生道：“我的邻居，你要家里太平，这是最好的办法。倘使你肯听我的话，只消把你的遗嘱取消，勃拉齐埃小姐对你就会和开头几年一样。”

老人哭着说：“不会的，我给她受了罪，她不会原谅我，不会再爱我了。”

腓列普道：“会爱你的，而且爱得很呢，我向你担保。”

奥勋道：“哎，你还不睁开眼睛来么？人家就想卷了你的钱溜之大吉……”

脓包叫道：“啊！……要是真的话！……”

老奥勋道：“好，我有一封玛克桑斯写给我外孙巴吕克的信，你念吧。”

罗日一边哭一边念，卡邦蒂埃听着嚷道：“太可怕了！”

腓列普道：“舅舅，事情还不明白么？听我的话，你把钱抓在手里，她为了钱就会疼你……就是说一半真心一半勉强的爱你。”

“她太爱玛克桑斯了，她要离开我的。”老头儿表示害怕得厉害。

“可是舅舅，玛克桑斯和我两个，后天必有一个从此不在伊苏屯地面上出现……”

老头儿说：“那么好吧，卡邦蒂埃先生，既然你答应带她回家，你就去吧！你是君子人，你认为应当代我说的话，都对她去说吧。”

腓列普道：“卡邦蒂埃先生会悄悄的告诉她，我预备到巴黎找个姑娘来，又年轻，又漂亮，那婆娘听了就服服帖帖赶回家了！”

卡邦蒂埃亲自赶着破轿车出发；朋雅明骑马跟着，因为科斯基不见了。虽然两个军人拿着告他一状和敲破他饭碗的话吓过他一阵，波兰人仍旧租着一匹马逃往华当，把遭到拦截的事去报告玛克斯和佛洛尔。卡邦蒂埃不愿意传过信再和搅水女人同车，预备骑朋雅明的马回来。

腓列普知道科斯基溜了，就吩咐朋雅明：“今晚你在这儿接波兰人的差事。等会你不要给佛洛尔发觉，偷偷爬在轿车背后，和她同时赶回家。”

腓列普又道：“奥勋老头，事情有了眉目了。后天的聚餐才热闹呢。”

老吝啬鬼问："你打算住在这儿么？"

"我才吩咐法里沃把我行李搬来。我住在奚莱少校对面的房间里，舅舅答应了。"

老头儿心中好不惊慌，问道："这许多事情结局怎么样呢？"

奥勋答道："结局是四小时以内佛洛尔·勃拉齐埃小姐回到这儿，像祭坛上的羔羊一般和顺。"

"但愿如此！"老头儿抹着眼泪说。

腓列普道："现在是七点，你的宝贝大概十一点半可以到了。家里没有了奚莱，你还不像教皇一般快活么？"他又凑着奥勋先生的耳朵说："要是你愿意看见我成功，不妨在这儿等狐狸精回来，你还能帮助我劝老头儿拿定主意，然后咱们俩叫搅水小姐明白究竟怎样才对她真正有利。"

奥勋先生觉得此话不错，便陪着腓列普；可是两人也不得空闲，罗日老头只顾像小孩子般哼哼唧唧，直要听了腓列普说到十来遍的理由才安静一下：

"舅舅，只要佛洛尔回来，而且对你亲亲热热，就证明我的办法不错。你既受着疼爱，又保住了公债，从今以后照我的主意办事，保你赛过登天一样。"

十一点半，大那兰德上传来小轿车的声音，问题在于来的是空车还是坐着人。罗日的脸色急得要命，一看见车子掉头预备进屋，车厢里有两个妇女，立刻露出欣喜若狂的样子。

腓列普一面扶佛洛尔下车一面说："科斯基，你不用侍候罗日先生了，今晚不能睡在这儿，把你的东西收拾起来。你的位置由朋雅明接下去。"

佛洛尔含讥带讽的问："你是主人么？"

"只等你批准。"腓列普说着，一只手像钳子一般抓住了佛洛尔的手，"过来，咱们两个也得把心事像搅水似的搅他一下。"

佛洛尔愣住了，腓列普带她走了几步，站在圣·约翰广场上。

"我的美人儿，后天奚莱要被这条胳膊送回老家去了，"他伸着右臂说，"要不然就是他来送我的命。万一我死了，你就在我可怜的脓包舅舅身边当家做主：算你运气！要是我活下去，那你就得安安分分，第一要使我舅舅开心快活。否则的话，我在巴黎认识一些搅水女人，不是我低估你，长得比你还俏，因为只有十七岁。她们会叫我舅舅快活，而且是站在我这边的。所以你今天晚上就得好好服侍主人，老头儿明天要不像小雀子一样高兴，我只有一句话告诉你，你仔细听着！要杀死一个男人而官厅不来干涉，只有一个办法，就是和他决斗；但是我有三种办法干掉一个女人。就是这句话，我的小宝贝！”

佛洛尔一边听着一边像发烧似的直打哆嗦。

“你要杀掉玛克斯么？……”她借着月光望着腓列普问。

“赶快去吧，我舅舅出来了……”

不管奥勋先生怎么劝说，罗日老头还是摸到街上来牵佛洛尔的手，有如守财奴见了自己的金银宝贝。他回进屋子，带佛洛尔进房，不出来了。

朋雅明对波兰人道：“今儿是纪念圣·朗倍这句俗语在原文中只为押韵，并无典故，谁离开岗位，谁敲破饭碗。”

“等我主人回来叫你们一个都开不得口。”科斯基说着，上驿车旅馆投奔玛克斯去了。

二　你死我活的决斗

下一天从九点到十一点，妇女们站在屋门口闲话。城里传来传去的新闻无非是隔天在罗日家发生的离奇的革命。那些谈话的结论到处都一样。

"明儿庆祝加冕节的聚餐会上，玛克斯和勃里杜会闹出什么事来呢？"

腓列普对范提说了两句话："要么就是六百法郎的终身年金，要么就是撵出大门！"范提只能在腓列普和佛洛尔两大势力之间暂守中立。

佛洛尔知道玛克斯有性命危险，对罗日比他们同居的初期更温柔了。可叹在爱情方面，别有用心的虚假总比真面目可爱，就因为此，才有许多男人肯在一般手段高明的女骗子身上挥金如土。搅水女人直到吃中饭才扶着罗日下楼。玛克斯的位置上坐着深蓝眼睛、满面杀气的腓列普，搅水女人看了不由得直掉眼泪。

腓列普招呼过舅舅，问道："小姐，你怎么啦？"

老人道："她想到你要和奚莱少校决斗，心里难受……"

腓列普回答说："我又不要害奚莱性命；他只消离开伊苏屯上美洲去，我第一个会劝你给他一笔本钱，让他带一批最好的货色去贩卖，还劝你祝他一路顺风呢！他大可以靠此发财，那比着夜里在伊苏屯兴风作浪，把你家里弄得七颠八倒，体面多了。"

"唔，这个办法不错吧？"罗日望着佛洛尔道。

"上美——洲——去！"佛洛尔哭着回答。

腓列普道："逃往纽约去总比在法国睡薄皮松板强吧？……不过你会说他武艺高强，会杀死我的！"

"你肯让我和他谈一谈么？"佛洛尔低声下气的央求腓列普。

上校说："行，他可以来拿行李；不过他来的时候，我得陪着舅舅，从此我不离开老人家了。"

佛洛尔把范提唤来吩咐道："范提，赶快上驿车旅馆去对少校说，我请他来……"

"来拿行李。"腓列普截住了佛洛尔的话。

"对，对，范提。他借这个名目来看我不会伤面子，我有话跟他说……"

佛洛尔心中的仇恨完全被恐怖压下去了；她是一向得宠惯的，如今碰上一个刚强而无情的男人，吓得魂不守舍，只有向腓列普屈服的份儿，正如可怜的罗日向她屈服一样。她心绪不宁的等着范提，范提回来说玛克斯一口回绝，他请勃拉齐埃小姐把他的行李送往驿车旅馆。

勃拉齐埃问罗日："你允许我送去么？"

老人道："可以，不过你一定回来的是不是？"

"小姐中午不回来，你一点钟就给我委托书代你抛出公债。"腓列普对舅舅说着，眼睛望着佛洛尔，"小姐，你叫范提陪着去，脸上好看一些。从今以后一定要顾我舅舅的面子。"

佛洛尔无论怎么劝说，玛克斯都不答应。他在众目昭彰之下被人从不体面的位置上摔下来，又羞又恨，而且心高气傲，不肯在腓列普面前表示畏缩。搅水女人反对这些理由，提议跟他一同逃往美洲；但奚莱得不到罗日的家私根本不想要佛洛尔，又不愿在女的面前透露真正的心思，只能一口咬定要干掉腓列普。

他说："咱们犯了大错。咱们三人早该上巴黎去过冬；但是见到那个僵尸鬼之后，谁料到事情会变成这样？局势变化太快了，弄得人昏头昏脑。我错看了腓列普，把他当做只知其一，不知其二的老粗。既然我没有先下手为强，给他一个措手不及，今天再退缩就显得我没有种了。他叫地方上瞧不起我，只有送他性命才能挽回我的面子。"

"你还是拿着四万法郎上美洲去；我会躲开那蛮子，脱出身来找你的，这个办法好多了……"

"给人看了像什么话？"玛克斯抱着一肚子成见，只顾到地方上的闲话，"不行，不行。而且我已经干掉过九个。这家伙看来没有多大本领：他是军校出身，到1815年为止都在战场上；后来到美洲去，从来没受过剑术训练，不像我有第一流的刀法。骑兵用的武器是腰刀，我让他提出用刀决斗，还显得我大方呢；我打算让他侮辱，然后送他性命。的确是这样的好。你放心，咱们后天就出头啦。"

可见在玛克斯心中，无聊的面子比聪明的策略更重要。佛洛尔一点钟回去，关在房里痛哭。那天从早到晚，闲话在伊苏屯城里满天飞，腓列普和玛克桑斯的一场决斗公认为免不了的了。

弥涅南和卡邦蒂埃在巴隆环城道上散步，碰见奥勋，说道："啊！奥勋先生，我们很担心，奚莱样样兵器都很来得。"

那位内地军师回答说："没有关系！腓列普把这件事调度得很好……看他像野马，没料到这么快就得手。两条好汉像两朵乌云一般碰上了！"

卡邦蒂埃道："噢！腓列普好厉害呢，他在贵族院庭上的作风可以说是足智多谋的杰作。"

一个布尔乔亚招呼勒那，说道："喂，上尉，老话说豺狼虽狠，不伤同类；现在看来，玛克斯要跟勃里杜上校动武了。事情出在禁卫军里头，倒是非同小可呢。"

卜丹少校答道："哼！你们看了开心是不是？因为可怜的哥儿夜里闹着玩儿，你们恨他。要知道奚莱是何等人物，住在伊苏屯这样一个没出息的地方，没有一点儿活动是不成的！"

另外一个人插言道："总而言之，玛克斯和腓列普各有各的角色。上校不是应当替他兄弟报仇么？你们该记得玛克斯下过毒手，诬陷约瑟。"

勒那道："嘿！一个艺术家算得什么！"

"不过问题在于罗日老头的遗产。听说上校住进舅舅家去的时候，奚莱先生正想吞掉五万法郎利息的公债。"

卜丹叫道："奚莱抢人家的公债？……告诉你，迦尼凡先生，你这话不能在别处说，要不然当心你舌头吐了出来缩不进去！"

所有的布尔乔亚家庭都希望正派的勃里杜上校得胜。

第二天下午四点光景，帝国部队出身的军官，凡是住在伊苏屯或伊苏屯近边的，都在菜市广场上拉克洛阿饭店门前蹓跶，等腓列普·勃里杜到场。纪念加冕节的聚餐照军队习惯定在五点。场上三五成群，谈的无非是玛克桑斯和他被腓列普从罗日家轰走的事，因为普通的士兵想到的只是在广场上凑在一起买杯酒喝。军官当中只有卜丹和勒那尽力为他们的朋友辩护。

勒那道："两个承继人的纠葛，咱们管他干吗？"

卜丹素来玩世不恭，他说："玛克斯只不过是喜欢女人罢了。"

有个在上巴当种菜的排长说道："要动武了。奚莱不该冒冒失失住到罗日家去；住了进去被人当做奴仆一般赶出来，再不评理就没有种了。"

弥涅南冷冷的答道："当然，荒唐事儿一失败就变作罪恶。"

玛克斯过来和许多拿破仑旧部会合的时候，场中静悄悄的另有一种空气。卜丹和勒那一边一个，挽着玛克斯的胳膊走到一旁去谈话。那时众人远远看见腓列普穿着全副军装来了，他拖着手杖，冷静非凡；玛克斯却听着两个仅有的朋友谈话，聚精会神：两人的表情正好成为对比。弥涅南，卡邦蒂埃，还有几个别的人，都和腓列普拉手。玛克斯经过佛洛尔的央告，尤其受过她一番温存之后，一个人在旅馆里多少有了些畏缩的心思，也可以说有过见机的念头，但一看腓列普受的待遇和自己大不相同，终于把那些思想打消了。

他回答勒那上尉说：“我一定和他决斗，拼个你死我活！你们甭提了，我这个角儿非好好扮下去不可。”

他声音很激动的说完了，三个拿破仑党徒一齐回到军官队伍里。玛克斯先向腓列普行礼，腓列普还了礼，彼此的眼神都冷得可怕。

卜丹少校叫道：“喂，各位先生，咱们入席吧！”

勒那道：“皇帝如今进了英雄的天堂，咱们为他不朽的光荣干几杯去！”

谁都明白那矮小的轻装兵上尉的用意：上了饭桌，局面不至于太窘。拉克洛阿铺子的餐厅是个长方形，天花板很低，窗子靠着菜市。大家一拥而入，急急忙忙就座。正如腓列普事先要求的那样，两个冤家面对面坐着。城里好几个青年，尤其是以前的逍遥团团员，不放心聚餐会的结局，在门外踱来踱去，谈论玛克桑斯被腓列普弄得进退两难的局势。他们认为决斗是不幸的，可是必要的。

到饭后点心为止，一切正常。但尽管饭桌上很热闹，两个对手还是相当矜持，显得心神不定。一方面彼此都在等待，盘算如何翻脸，一方面腓列普装作十分镇静，玛克斯表示兴高采烈；但在精明的人看来，他们俩都在做戏。

端上点心，腓列普就说：

“朋友们，把杯子斟满了，请允许我第一个敬酒。”

勒那咬着玛克斯的耳朵，说道：“他是说的朋友们，你别斟酒。”

玛克斯却照样把杯子斟满了。

腓列普自己倒满一杯，热情洋溢的叫道：“为帝国的大军干杯！”

众人异口同声的叫起来：“为帝国的大军干杯！”

餐厅门口出现十一个普通的士兵，内中有朋雅明和科斯基，他们也跟着欢呼：“为帝国的大军干杯！”

卜丹少校道：“弟兄们，进来吧！咱们一同来为他指拿破仑干杯。”

那些老兵一齐过来站在军官们背后。

皇帝的临终苦难现在是过去了，有个班长当初为之很难受，所以科斯基对他说：“你瞧，他并没有死啊！”

弥涅南道：“让我来敬第二杯酒。”

众人免得发僵，胡乱吃了几口点心。弥涅南站起来说：

“为曾经想拥戴他儿子的人干杯“他儿子”是指拿破仑的儿子。这句祝辞暗指腓列普一帮人，因为他们最近参加了推翻波旁王室的阴谋！”

除了玛克斯，全场的人都向腓列普举杯致敬。

玛克斯站起来说：“让我来！”

屋外有人说着：“听玛克斯！听玛克斯！”

餐厅内，广场上，顿时寂静无声；大家知道奚莱的脾气，以为他要挑衅了。

“但愿咱们明年此日都能在这里相会！”他含讥带讽的向腓列普敬酒。

科斯基对旁边的伙伴说：“快了，快了。”

卜丹少校对腓列普说：“巴黎的警察是不让你们举行这样的聚餐的。”

玛克斯口气很粗暴的说道：“你干么要和勃里杜上校提起警察？”

腓列普苦笑道：“卜丹少校并没有什么恶意……”

屋子里声息全无，连飞过一只苍蝇都听得见。

腓列普又道：“警察见了我害怕，才送我到伊苏屯来；我很高兴在这儿遇到当年的弟兄们；不过老实说，本地也没有什么消遣。像我这样喜欢玩玩的人，不免无聊。好在我省吃俭用，积些钱预备花在娘儿们身上。我不像某些人睡在软绵绵的被窝里有公债可得，倒是为了歌剧院的玛丽埃德大大的花过一笔钱呢。”

“你这话可是对我说的，奚莱的上校？”玛克斯问，他瞪着腓列普的眼光像放射电流似的。

“随你怎么解释吧，奚莱少校。”腓列普回答。

“上校，明儿我请在场的两位朋友勒那和卜丹去跟……”

腓列普指着身边的两个军官接口道：“跟弥涅南和卡邦蒂埃谈判。”

“好，”玛克斯道，“咱们接下去干杯吧。”

两个当事人的口吻始终和谈天一样；只有全场肃静的气氛显出事情的严重。

腓列普向士兵瞅了一眼，说道：“喂！弟兄们，我们的事跟老百姓不相干……外边一句话别提，部队里的事只有部队里知道。”

勒那道：“上校，你放心，他们一定遵守命令，我敢担保。”

卜丹叫道：“太子万岁！但愿他来统治法国！”

卡邦蒂埃嚷道：“叫英国人抵命！”

这句干杯的口号大受欢迎。

勒那上尉喊道：“哈德松·罗英国将军哈德松·罗在圣·赫勒拿岛看管拿破仑，对他相当苛刻，故拿破仑旧部痛恨那个英国将军。上文说的英国人就是指他不要脸！”

直到聚餐完毕，席面上平静无事，酒喝得很畅。两个敌人和四个证人竭力要使这场决斗不落俗套，因为争执的目标是一笔极大的财产，当事人又是两个英勇出众的汉子。玛克斯和腓列普当日的气派便是英国绅士也未必能胜过。等在广场上看热闹的青年和布尔乔亚，可以说大失所望。参加聚餐的不愧为真正的军人，事后对饭局后半节的插曲绝口不提。晚上十点，两个对手得到消息，决斗用腰刀，场子选在卡波桑教堂背后，时间是早上八点。高台以当过军医的身份参加聚餐，也被双方的证人邀请到场。不问结果如何，决斗以十分钟为限。

夜里十一点，腓列普正要睡觉，奥勋先生陪着太太过来，使腓列普大为诧异。

老太太眼泪汪汪的说道："事情我们知道了，我特意来嘱咐你，明天一定要做过祷告再出门……你得一心向着上帝。"

奥勋老人在妻子背后向腓列普示意，腓列普回答说："是，太太。"

阿迦德的干妈又说："不但如此，我还得代表你可怜的妈妈，我要送你一样我的最名贵的东西……"

她拿出一方金线镶边的黑丝绒，上面用绿缎带钉着一颗牙齿，给腓列普看过了，放进一个小袋。

"这是保佑贝利的圣女索朗日的遗骨①，我从大革命中抢救出来的，你明儿藏在怀里。"

腓列普问道："身上带着这个是不是刀枪不入了？"

"是的。"老太太回答。

腓列普道："我既不能穿上盔甲，当然不能要这个护身符。"

"他说什么？"奥勋太太问丈夫。

奥勋老人道："他说这等于作弊。"

老太太道："那么不用提了。我替你祷告吧。"

"对，太太，做一次祷告，再痛痛快快的戳一刀，那可没有害处。"腓列普做着手势向奥勋先生心口刺过去。

老太太亲了亲腓列普的额角，下楼把她仅有的三十法郎现款赏给朋雅明，要他拿圣女的牙齿缝在主人裤腰袋里。朋雅明照办了，不是相信那颗牙齿真有神通，他认为主人自有本领对付奚莱，而是得了那么多赏钱，不能不给人做到。奥勋太太回去的时候却是对圣女索朗日信心十足。

① 圣女索朗日：9世纪法国姑娘索朗日的故事，她曾起誓要保持贞节，因拒绝公爵想破坏她的誓言的要求而被处死。

你死我活的决斗

下一天，12 月 3 日早上八点，天气阴沉，玛克斯由两个证人和波兰人陪着，到了老卡波桑教堂背后的小草坪上。腓列普和他的证人先到，还有朋雅明。卜丹和弥涅南量好二十四尺合 8.79 公尺地位，两头用铲子划出两条界线。谁要退过这道线就算示弱：每人要站在自己的线上，等公证人喊了一声“开始！”才可自由前进。

“咱们脱衣服么?”腓列普冷冷的问奚莱。

“好吧，上校。”玛克斯和斗剑专家一样神态自若。

两人只穿长裤，隔着衬衫隐隐然映出粉红的肉。挑的腰刀重量相等，都在三斤左右，长三尺。各人站好位置，刀尖着地，等公证人发令。两人一样镇静，虽是冷天，身上没有一块肌肉发抖，好比是铁打的。高台、四个证人和两个大兵看了不由得暗暗叫好。

卜丹还溜出一句：“都是狠将！”

当初逍遥团团员把鸽子放进法里沃的粮栈，在教堂顶上开过一个窟窿。公证人刚好发令，玛克斯忽然看见法里沃从那窟窿里探出头来，恶狠狠的望着他们，两只眼睛仿佛射出两道仇恨的火，玛克斯不由得一阵眼花。腓列普用一个先声夺人的姿势冲向对方。决斗的行家都知道，只有高手才敢把手腕提得比刀尖高，行话叫作“抢上风”。这个进退裕如的架势说明对手是个第一流的决斗家，玛克斯见了先就心里一虚，精力也跟着松了一些，正如赌徒遇到名家或是走运的对手，心慌意乱，手段比平时更笨拙。

玛克斯心上想：“那流氓倒是头等本事，我糟糕了！”

玛克斯前后左右挥舞刀子，像舞棍专家一般灵活，他想唬住腓列普，乘机碰上腓列普的刀，把它震落；谁知一碰之下，腓列普的手劲像钢铁一样有力，韧性像钢丝弹簧。玛克斯不得不改用别法，这倒楣鬼还临时转起念头来；腓列普却目光炯炯，比两人的刀光还亮，他把每一个攻势都挡回去了，态度的镇定不亚于练武场中穿着护胸甲的教师。

两个这样勇猛的敌手对垒，有些情形颇像民间的那种恶斗，所谓“摔跤”。胜负往往取决于一个落空的动作或者计算的错误，机会来的时候像闪电一般短促，全靠你不假思索的利用。厮杀过程中必有一个时间，双方集中精神打量敌人，动作非常慢，非常谨慎，仿佛谁都不愿交锋；当事人觉得这段时间很长，旁观者觉得极短；而内行人都知道这是最吃紧的关头，跟着来的就是迅速的决战。玛克斯一个招架不稳，手里的刀被腓列普打落了。

腓列普停下来说道：“捡起来，我不杀赤手空拳的敌人。”

这一着真是毒辣透了。一个人如此大方，明明表示他武艺超群；旁观者都觉得这是腓列普使的最厉害的计策，果然，玛克斯重新站定位置的当口，心里乱了，而对方又摆出那个居高临下，一面防卫一面进攻的架势。玛克斯急于争回面子，想用冒险的行动取胜；他顾不得再防卫，两手并在一起握着刀，发疯似的往腓列普直砍过去，打算一下子结果腓列普的性命，不料反而断送了自己。腓列普的脑门和脸上的一角被砍伤了，但他为了招架而狠命回过去的一刀把玛克斯的脑袋从斜里劈成两半。决斗就以这个凶恶的回合结束，时间是九分钟。法里沃爬下教堂，赶来看他的仇人做着垂死的抽搐，心里好不痛快；因为玛克斯身强力壮，死后肌肉还在地下乱抽，可怕得很。腓列普给人抬往舅舅家里。

玛克桑斯的一条性命就这样送掉了。像他那种人倘若环境适宜，一定能做出一番大事业来；他得天独厚，又勇敢，又冷静，又有赛查·菩尔查文艺复兴时期意大利霸主之一（1475—1567），以足智多谋、阴险残暴著名式的智谋；可惜他的教育不曾培养他高尚的思想，高尚的行为，而缺了这两样，干哪一行都不能有所成就的。玛克斯死后没有人怜惜；人品明明不如他的腓列普，早已利用玛克斯可耻的行为使他声名扫地。他一死，逍遥团的活动就此结束，地方上为之称快不置。所以没有人为这场决斗和腓列普为难；况且事情好像是天报应。决斗的细节在四乡八镇传开去，众口一词说两个当事人都了不起。

摩伊隆先生说：“可惜两人没有同归于尽，让政府省掉许多麻烦。”

三　罗日太太

佛洛尔·勃拉齐埃的地位已经十分尴尬，再加玛克斯送了性命，哪得不吓出一场急病来！她神经错乱，三天的风波使她脑子发炎，情形很危险。要没有病倒，说不定她早就逃出去了；因为她头顶上便是杀玛克斯的仇人，住着玛克斯的卧房，盖着玛克斯的被褥。她九死一生，病了三个月，替她治疗的就是为腓列普治伤的高台先生。

腓列普一朝能执笔了，马上写了两封信：

致　诉讼代理人特洛希先生

两只野兽中更凶恶的一只，我已经杀了，可是我也不免中了一刀，砍破脑袋，幸而那混蛋下手并不太重。现在还有一条毒蛇，我得想法跟她打交道，因为舅舅把她看得比性命还宝贵。搅水女人长得太漂亮了，我怕她溜走而舅舅跟着去追；幸亏她在紧要关头吓成一场大病，躺在床上动弹不得。倘使上帝肯保佑我，或许会趁她忏悔罪孽的当口召她回去。目前靠奥勋先生的力量（老头儿身体好得很呢!），有个高台医生替我当说客。他觉得舅舅的遗产落在外甥手里比落在那些狐狸精手里妥当得多。奥勋先生对一个姓斐希的老头颇有影响，斐希的女儿陪嫁丰富，高台有心替儿子攀亲，所以高台帮我的忙不一定是为了医好我的脑袋能到手一千法郎诊金。他当过作战部队第三团的军医，还受着我的朋友，两个豪侠的军官弥涅南和卡邦蒂埃包围，正在代我刺探女病人的心思。

高台一边替佛洛尔按脉一边说："孩子，你瞧，归根到底，上帝是有的！这场大祸，原因都在你身上，你得想法补赎。事情本身就有天意在里头，人按着天意做的事简直不可思议！宗教到底是宗教；还是服从的好，低头的好：第一你会安静下来，对你的病和我的药一样灵验。千万留在这儿服侍主人。最后，你该忘记一切，原谅一切，这是基督教的戒律。"

高台答应我让搅水女人在床上躺三个月。也许那女的会不知不觉的习惯跟我住在一所屋子里。我已经把厨娘拉过来。那混账老婆子对搅水女人说，玛克斯活着只会叫她受罪。她听见玛克斯露过口风，万一老头儿死了，要他娶佛洛尔的话，他才不愿意为一个女人耽误前程呢。厨娘还暗示玛克斯会丢掉佛洛尔的。因此，诸事顺利。我舅舅依着奥勋老头劝告，把遗嘱撕掉了。

致　巴黎玛莱区王杜姆广场奚罗多先生

（佛洛朗蒂纳小姐转交）

老伙计：

你打听一下赛查丽纳那小鬼是不是闲着，叫她准备停当，等我要她来的时候立即动身上伊苏屯，一刻都不能耽搁。我要她态度稳重，不能露出一点儿做戏的腔派，装作一个阵亡军人的女儿。人要端庄，穿扮像私塾出身的女孩子，品行一等：这些都非照办不可。万一我需要赛查丽纳而她能把事情办成功的话，我等舅舅死后给她五万法郎。万一赛查丽纳不能来，请你把我的要求告诉佛洛朗蒂纳，你们两人合力替我找一个能扮那种角色的女戏子，想夺遗产的家伙已经呜呼哀哉。决斗的时候我的脑袋砍伤了。经过情形以后再谈。啊！朋友，咱们有的是好日子，将来一定能痛痛快快玩一阵，要不然拿破仑也不成其为拿破仑了。你要能寄我五百发子弹，保管替你放个精光。再会了，老伙计。这封信你不妨拿去点雪茄。不消说，所谓军官的女儿是从夏多罗到伊苏屯来求我帮忙的。可是我还希望不需要用到这个危险的办法。代我向玛丽埃德和所有的朋友问好。

阿迦德接到奥勋太太的信，赶到伊苏屯；哥哥招待她到家里去，把腓列普的老房间给她住。可怜的妈妈对忤逆的儿子又百般疼爱起来，听着城里的布尔乔亚在她面前夸奖上校，过了几天快活日子。

阿迦德到的当天，奥勋太太和她说：“孩子，青年时期早晚要过去的。一般有父亲管教的子弟，决不会像帝政时代的军人那样放肆。唉！你才不知道那下流的玛克斯半夜三更在伊苏屯干的好事呢！……靠着你儿子之力，伊苏屯总算透过气来，从此好安心睡觉了。腓列普醒悟得晚了一些，可是终究醒悟了。他对我们说，在卢森堡监狱关了三个月，他心里明白过来；他在这里的行事，奥勋先生看了非常高兴，地方上都看重他。他要离开一个时候巴黎，没有那些诱惑，将来一定会使你满意。”

阿迦德听着这些宽慰的话，快活得对干娘直冒眼泪。

腓列普在母亲面前装好人，因为他正用得着母亲。这个精明的策略家只要勃拉齐埃对他不深恶痛绝，决不愿意求助于赛查丽纳。佛洛尔受过玛克桑斯训练，是个出色的工具，舅舅又离不开她：腓列普觉得还是利用她为妙；一个巴黎姑娘很可能叫老头儿和她正式结婚的。福希劝路易十八抄拿破仑的老文章①，不必另起炉灶颁布什么新的大宪章；同样，腓列普宁可照奚莱的一套如法炮制，但不愿损害自己最近在贝利地区挣来的名誉；而在搅水女人身边继承玛克斯的角色，对搅水女人和对腓列普一样难堪。住在舅舅家里，吃用都出在舅舅账上，这是"亲戚当权"的惯例，决不有伤颜面；要勾搭佛洛尔也只能等她恢复名誉之后。在这重重困难之下，腓列普一心想着遗产，居然得出一条妙计来，就是叫搅水女人做他的舅母。他暗中打着这个主意，要母亲去探望佛洛尔，当她嫂子一般跟她亲热。

他装着一副道学面孔，眼睛望着替阿迦德做伴的奥勋老夫妇，说道："老实讲，妈妈，舅舅的生活方式不大得体，要改正只有使地方上能够敬重勃拉齐埃小姐。对她说来，难道做罗日太太不比做一个老单身汉的管家婆强么？凭一纸婚书得来的切切实实的权利，不是比侵占承继人的遗产简单得多么？倘若妈妈，或者奥勋先生，或者随便哪个好心的神甫肯提这件事，一般正派人感到痛心的丑事就好结束。而且勃拉齐埃小姐被你叫声嫂子，被我叫声舅母，心里也一定快活。"

下一天，阿迦德和奥勋太太拥在佛洛尔床前，把腓列普的一片好心告诉病人和罗日。伊苏屯城中到处谈着上校，特别为他对待佛洛尔的态度，称赞他心肠好，人格高尚。高台既是佛洛尔的医生，当然对病人影响很大；可敬的奥勋太太是完全受着宗教信仰鼓动；至于阿迦德，人又柔和又虔诚：搅水女人一个月之内只听见这三个人对她反复开导，说着和罗日结婚的种种好处。等到做罗日太太，规规矩矩做个布尔乔亚的念头打动了佛洛尔，急切希望早日病好，以便举行婚礼的时候，就不难使她明白要做罗日家的媳妇决不能赶腓列普出门。

有一天高台老子和她说："你这一次交好运不是全靠他成全么？玛克斯在的话，才不让你嫁给罗日老头呢。"高台又咬着她耳朵道："再说，要是你能生儿育女，使勃里杜家得不到遗产，也就报了玛克斯的仇。"

① 福希：今译富歇（1759—1820），法兰西第一帝国警务大臣，法国警察组织的建立者。

惨剧发生过后两个月，1823年2月里，搅水女人听着所有周围的人劝告和罗日的央求，终于答应腓列普来和她见面。她看着腓列普的伤疤哭了，但腓列普对她特别温和，表示亲热，使她安静下来。大家顺着腓列普的意思让他们俩单独谈话。

军人说："亲爱的孩子，我一开头就劝舅舅娶你；只要你愿意，病好了就好办喜事……"

佛洛尔回答道："他们和我说过了。"

"我伤害你完全是形势所迫，所以现在想尽量待你好是很自然的。得到财产，受到尊重，有一个家，对于你比那个男人重要得多。我舅舅死了，那汉子不会长久要你的，我听见他的朋友们说，他不预备给你过什么好日子。亲爱的孩子，咱们讲明在先：咱们三个人都可以很快活。你做我的舅母，也只做我的舅母，你只要不让舅舅在遗嘱上忘记我就行；至于我这方面，将来在舅舅的婚书上给你什么好处，你等着瞧吧……你先静下来想一想，咱们以后再谈。你已经看到，最明理的人，地方上所有的人，都劝你把不合法的地位告一结束，没有人会责备你和我见面。谁都明白，人生在世总是利益在前，感情在后。等你结婚那天，你一定比以前更漂亮。病过一场，脸上血色褪淡一些，倒反显得高雅。要不是舅舅发疯一般的爱你，"他站起身来亲着佛洛尔的手，"老实说，你准可以做勃里杜上校的太太。"

腓列普走出房间，让佛洛尔听着最后一句话隐隐约约有种报仇出气的快感：她看见这个可怕的人物拜倒在自己脚下，差不多高兴起来。腓列普刚才扮演的就是理查三世杀了国王，追求王后的一场戏英王理查三世（1452—1485）未篡夺王位以前，曾帮助他哥哥爱德华四世谋害前王亨利六世及其太子爱德华；理查三世在亨利六世出殡的路上向爱德华的寡妇阿纳求爱。见莎士比亚悲剧《理查三世》第一幕第二场。巴尔扎克所称国王应当是国王及其太子，所称王后实际是太子之妃，只是缩小了规模罢了。由此可见，用感情做掩护的心计最能打动人，即使对方心中抱着极大的悲痛也会烟消云散。在天才的作品中所谓艺术的顶峰，在私生活中单靠人的本性就能达到；本性所用的手段不过是利益，而利益原是金钱的特征。

1823年4月初，为着勃拉齐埃小姐和老单身汉签订婚书，约翰－雅各·罗日家的堂屋里大开筵席，地方上没有一个人对这件事觉得奇怪。请的客有公证人埃隆；有弥涅南、卡邦蒂埃、奥勋和高台医生四位证婚人；有市长和本堂神甫；还有阿迦德·勃里杜、奥勋太太和奥勋太太的好友鲍尼希太太：这是伊苏屯最有声望的两位老辈。看在腓列普面上，两位老太太特意来吃喜酒，认为对一个悔过的女孩子应当抬举一下，未来的新娘签订婚约往往在举行婚礼前几天，故称“未来的新娘”为此十分感激。她那天容光焕发，特别漂亮。搅水女人没有学过《教理问答》，最近半个月才由本堂神甫指导，签婚约以后第二天还得举行初领圣餐的仪式。布日的《希尔州日报》和夏多罗的《安特尔州日报》，为这桩婚事登出一段充满宗教气息的新闻：

> 伊苏屯讯：宗教势力在贝利地区大有进展。本城某大业主的有背礼法的生活，还是远在宗教衰微的时期开始的，昨天宣告结束了。教会的朋友和一般正派的人都在场观礼。这是宗教界热心努力的成绩。凡是在道德沦丧的革命时期结合的非正式配偶，希望都能看了这个榜样改正他们的错误。
>
> 这件事情特别值得注意，因为发动的是一个帝国部队出身的上校，经贵族院特别庭判决，住在本地的。他不惜冒着丧失舅舅遗产的危险，促成这桩婚姻。如此大公无私的行为今日并不多见，应当予以表扬。

罗日在婚书上写明给佛洛尔十万法郎，另外送她三万法郎利息的收入作为终身财产终身财产只有收益没有产权，本人故世后仍由赠予人收回。本书第一部中台戈安太太的产业就是这种性质。喜事的排场极其铺张。事后阿迦德回到巴黎，变了世界上最幸福的母亲，把她所谓的好消息告诉约瑟和特洛希。

诉讼代理人听完勃里杜太太的报告，回答说：“你儿子太精明了，决不会放松这笔遗产。你和你老实的约瑟休想得到你哥哥的一个子儿。”

勃里杜太太道：“难道你跟约瑟一样，始终对可怜的孩子抱着成见么？他在贵族院庭上的行事明明是个大策略家，救了多少人的性命！……腓列普过去的错误是由于伟大的才能没处施展。他已经承认，行为不正对一个立志向上的人多么有害；因为我知道他志气不小，断定他有前途的也不止我一个，奥勋先生就深信腓列普前程远大。”

特洛希道：“噢！他要是用他那份儿阴险恶毒去打天下，的确会成功的，因为他不择手段，这种人都爬得很快。”

“怎见得他将来的成功不是走的正路呢？”勃里杜太太问。

“你等着瞧吧！”特洛希回答，“走运也罢，倒楣也罢，腓列普永远是玛萨里纳街上的腓列普，害死台戈安太太的凶手，家庭里的小偷；可是你放心，将来成功了，大家都觉得他是正人君子！”

罗日结婚以后第二天，新夫妇穿着便服下楼吃中饭；吃过中饭，舅舅上去换衣服，腓列普挽着罗日太太的胳膊踱到一个窗洞底下，说道：

“漂亮的舅母，现在你我是一家人了。亏得我，你各方面有了保障。你可不能捣乱！我希望咱们公平交易。你可能要弄我的花招，我全知道；我要管着你，比西班牙专门看管少女的老婆子还周到。没有我陪，你绝对不能出门，也不能离开我。家里的事样样归我负责，我好比蹲在网中央的蜘蛛。你手瘫脚软躺在床上动弹不得的时候，我很可以叫舅舅分文不给，轰你出去，证据在这里，你念吧！”

腓列普递给佛洛尔一封信，佛洛尔没有看信已经愣住了。

亲爱的孩子，佛洛朗蒂纳终究在新建的歌剧院中登台了，跟玛丽埃德和多丽阿搭配一场舞蹈。佛洛丽纳正式脱离了罗斯多，跟着拿当了。佛洛朗蒂纳和佛洛丽纳都没有忘记你。两个妖精代你找到一个世界上最妙的妙人儿，只有十七岁，美貌出众像英国姑娘，安分老实像一个荒唐胡闹的爵士夫人，狡猾像特洛希，忠心像高特夏。玛丽埃德把她调理好了，只希望你成功。这小天使真有魔鬼附身，无论哪个女人都比她不上：她能扮各种角色，能抓住你舅舅，叫他神魂颠倒。她和可怜的高拉莉一样天真烂漫，会哭哭啼啼，说话的声音便是铁石心肠听了也甘心情愿让她敲诈千把法郎，喝起香槟来酒量比我们还大。她叫作哀斯丹，真是个尤物，欠着玛丽埃德情分，有心要报答。她吃掉了两个英国人、一个俄国人和一个罗马亲王的家私，但现在连生活都维持不了。你给她一万法郎，她就满足了。她刚才笑着说：“呦！我还没有吞过布尔乔亚的家私，这一下可以试试身手了！”斐诺、皮克西沃、吕卜克斯，咱们圈子里的人都跟她很熟。倘若法兰西还有敌国之富的大阔佬，她便是当今最了不起的名妓。拿当、皮克西沃、斐诺，常到我编辑室来；他们打算和哀斯丹在一所豪华富丽的住宅里大大的玩一下；屋子是特·玛赛的生父达德利特·玛赛是达德利的私生子。这封信里提到的男男女女都是巴尔扎克创造的人物，在《人间喜剧》的各部小说中不时出现老勋爵替佛洛丽纳布置的。你知道，佛洛丽纳是个风趣十足的女戏子，最近扮一个新角色，凭着她的装束勾上了达德利。多丽阿仍然是雷多雷公爵的相好，玛丽埃德还跟着莫弗利原士公爵；她们两人正在设法使你的管制在王上万寿节得到特赦。你不妨在圣·路易节8月25日以前叫你舅舅在温柔乡中归天①，带着遗产回来好好请几次客，让

① 圣·路易节：圣·路易，即路易九世（1214—1270），法国卡佩王朝第九任国王。1270年8月25日，路易九世安逝。为纪念圣·路易，8月25日定为圣·路易节。

哀斯丹和你的老朋友们快活一下。我们在此一同署名向你问好。

拿当，佛洛丽纳，皮克西沃，斐诺，

玛丽埃德，佛洛朗蒂纳，奚罗多，多丽阿

这封信在罗日太太手中抖个不停，可见她肉体上和精神上的恐怖。舅母不敢朝外甥望，外甥却虎视眈眈的瞪着舅母，说道：

“我多么信任你，你现在看见了；可是我不能白做人情。我捧你出来做舅母，为的将来可以和你结婚西俗男女结婚不拘长幼辈分。在舅舅身边，你和哀斯丹一样有作用。一年之内咱们上巴黎去，美人儿只有在巴黎有生路。那里终年过着狂欢节，你可以比在这儿玩得痛快一些。我预备回部队，日后做到将军，那你便是堂堂贵夫人了。这是你的前途，你自己努力吧……可是你我之间的联盟，你非给我保证不可。从今天起一个月之内，你得替我弄到舅舅的委托书，只说你和舅舅不愿再操心管理产业。再过一个月，我要一份特别委托书把公债过户。等到公债换上我的户名，你我的利益就完全一致，为将来结婚打定基础。这些事，漂亮的舅母，都简单明白。你我之间不该有半点儿含糊。舅母孀居一年之后，我尽可跟她结婚；可是我没法娶一个声名狼藉的姑娘。”

腓列普不等佛洛尔回答，说完就走。过了一刻钟，范提进来收拾饭桌，发现女主人面孔雪白，虽然天气不热，也冒着汗。佛洛尔仿佛堕入了万丈深渊，前途漆黑一片，黑暗中远远出现一些狰狞可怖的东西，她模模糊糊看到了，吓得心惊胆战，好似周围有股从地道里来的湿漉漉的冷气。她莫名其妙的怕这个男人，同时有个声音在耳边叫，说她只配受这个男人管辖。她对于自己的命运一筹莫展。她没有嫁给罗日的时候，为了保持体统还有一间单独的卧房；如今做了罗日太太，不能不委身于丈夫，把管家婆所有的一些宝贵的自由丧失了。在这个可怕的处境中，佛洛尔只巴望生一个孩子；无奈五年来约翰－雅各已经被她折磨得老态龙钟，衰败不堪了。结婚对可怜虫的后果，正如路易十二的续娶路易十二断弦的时候身体已经不行，续娶的王后叫作“英国的玛丽”，年富力强，贪欢纵欲。路易十二结婚不到一年就死了一样。况且腓列普辞了职，无所事事：受着这样一个人的监督，哪里还能使出什么报复的办法！朋雅明一片天真，只晓得忠于本主，在家里做着间谍工作；范提见着腓列普就发抖。佛洛尔觉得自己孤掌难鸣。最后她还怕死；她虽不知道腓列普怎么下手，但猜到一有怀孕的迹象，就是自己的死日到了。腓列普对她处处有礼，骨子里却非常粗暴：那种声音语调，那种赌徒的光芒内敛的眼神，军人的一举一动，都使佛洛尔不寒而栗。但伊苏屯城里还把凶狠的上校当做英雄呢。他要求的委托书，他需要的时候一伸手就拿到了；因为佛洛尔完全给捏在腓列普掌心里，正如法国人当年给捏在拿破仑掌心里。罗日老头好比蝴蝶被蜡烛油粘住了脚，把最后一些精力很快的消耗完了。

外甥若无其事的看着舅舅奄奄待毙，有如1814年代各国的外交家看法兰西帝国作着垂死的抽搐。

腓列普不信还会有什么拿破仑二世登台，给陆军部长写了一封信去，由玛丽埃德托莫弗利原士公爵转交：

大人：

我向拿破仑宣过誓，所以对他忠诚到底；现在拿破仑死了，我可以报效王上了。倘蒙大人不弃，把我的行事奏明王上，也许王上会觉得我的行动即使不合王国的规矩，也还合乎道义。王上认为他的传令官拉普将军哀悼故主拉普将军（1772—1821）先受拿破仑赏识，王政复辟后向波旁家输诚是人之常情，想必对我也会曲予宽容，因为拿破仑原是我的恩人。

我预先保证我绝对服从，决无二心。但求大人考虑是否能以我原来的军阶赏我一个职位。我一定报效王上，做一个最忠诚的庶民。

请接受我的敬意，我是

您的最卑微的仆人腓列普·勃里杜
前帝国禁卫军龙骑兵营营长，荣誉团勋四等，
居留伊苏屯受警察总署管制

信内附一份申请书，为了家务要求移居巴黎。摩伊隆先生又附入伊苏屯的市长、县长、警察局长的信，一致对腓列普赞美不置，还提出报上在他舅舅结婚时发表的消息为证。

过了半个月，正当举行美术展览会的时期，腓列普接到通知，移居的要求批准了；陆军部长回信说王上特别开恩，第一步准予恢复军阶，列入现役军官的名册。

四　圣女的忏悔

腓列普陪舅母和罗日老头上巴黎，三天以后带舅舅到国库去过户，公债变了腓列普的产业。腓列普青年时期来往的尽是一般危险人物，有俾昼作夜的女演员①，有新闻记者，有艺术家，有不三不四的女人。快死的舅舅和搅水女人被外甥带进他的圈子，沉湎酒色，玩得不亦乐乎；罗日老头碰到另外一批搅水女人，喜欢得魂都没有了。奚罗多自告奋勇，叫罗日在温柔乡中送了性命；据说后来有位法兰西元帅也做了这一类的风流鬼。害死老头儿的狐狸精是歌剧院里最漂亮的一个跑龙套洛洛德。但罗日是吃过佛洛朗蒂纳一顿极讲究的宵夜之后死的，所以送贝利佬性命的究竟半夜餐要负多少责任，洛洛德小姐要负多少责任，倒也难说。洛洛德说他致命的原因是鹅肝酱；既然斯特拉斯堡的出品鹅肝酱本是难消化的食物，以法国斯特拉斯堡和多罗士两地的出品为最有名不会开口分辩，大家就认定老头儿是害在不消化手里。罗日太太在荒淫无度的社会中如鱼得水；腓列普托坞丽埃德留心看管，不让寡妇乱来，但寡妇在守孝期间也少不得有几桩风流佳话作为点缀。

1823 年 10 月，腓列普揣着舅母的委托书上伊苏屯清算舅舅的遗产；手续办得很快，1824 年 3 月他已经带着一百六十万法郎回到巴黎，那是舅舅全部产业的价值，此外还有那批名贵的古画，始终不曾离开奥勋老人的屋子。腓列普把资金存入蒙日诺父子钱庄，年轻的巴吕克在那里学生意，据奥勋老头的情报，铺子的信用和支付能力都很可靠。钱庄对一百六十万存款出到六厘年息，条件是提取本金必须早三个月通知。

有一天，腓列普跑去邀母亲参加他的婚礼，证婚人是奚罗多、斐诺、拿当和皮克西沃。婚书上订明，罗日寡妇的陪嫁共有一百万，倘她死在丈夫之前而没有子女，遗产即赠予丈夫。腓列普不发帖子，不请客，不排

① 俾（bǐ）昼作夜：指晨昏颠倒。

场，因为腓列普另有打算。他把老婆安顿在圣·乔治街，公寓是洛洛德连同家具作价让给他的。勃里杜少夫人觉得屋子美丽极了，但夫妇俩难得在家中出现。腓列普瞒着所有的熟人，花二十五万法郎在格里希街买进一幢豪华的住宅，当时还没人想到那个区域的房产后来会猛涨。腓列普先交十五万，余数分两年付清。他用了大笔款子装修内部，置办家具，总数等于他两年的收入。名画经过整修，估价值到三十万，挂在屋子里光彩夺目。

查理十世登基1824年之后，旭里欧公爵一家比以前更得宠，长子雷多雷公爵常在多丽阿处见到腓列普。在查理十世治下，波旁家的长房自以为王位稳固，便听着早先戈维翁－圣西尔元帅的献计①，尽量拉拢帝政时代的军人。腓列普准是揭露了有关1820年和1822年两次阴谋的秘密，居然以中校职衔派在莫弗利原士公爵的团里服役。那位风流的爵爷觉得既然抢了腓列普的玛丽埃德，理当提拔腓列普。歌剧院的舞蹈团对腓列普的任命也不无功劳。当时查理十世的秘密会议定下一个聪明的策略，要太子略微带点儿开明的色彩。腓列普等于莫弗利原士公爵的亲随，不但见到太子，还见到太子的妃子，而妃子也不讨厌粗鲁的性格和以忠心出名的军人。腓列普对太子所扮的角色看得很清楚，利用他假装开明的第一场戏，在一位得宠的元帅手下谋到一个副官的职位。1827年正月，莫弗利原士公爵在王家禁卫军中带领一个团，腓列普转过去当中校，还多方活动要求封爵。王政复辟时代，凡是在禁卫军当差的平民，封爵几乎成为应当享受的权利。勃里杜上校买下勃朗堡的田产，请求作为世袭的庄园，封他为伯爵。他平时结交权贵，车马烜赫，前呼后拥，摆出一派大佬的排场，居然把爵位弄到了。等到腓列普在禁卫军中最威风的一个骑兵团里当了中校，在《王家年鉴》中被称为特·勃朗堡伯爵之后，便经常在炮兵中将特·苏朗日伯爵门下出入，追求他最小的女儿阿曼莉·特·苏朗日小姐。贪心不足的腓列普仗着一帮要人的情妇撑腰，竭力钻谋，想当太子的武官。他胆敢对妃子说："经过大战，受过几次伤的老军官，必要的时候对殿下不无用处。"腓列普对于逢迎吹拍的手段无一不精，在上流社会中大显身手，正如他在伊苏屯拉拢弥涅南时一样。他手面阔绰，请客摆酒穷奢极侈；凡是地位低微，足以影响他前程的老朋友，一律不让进门。他对自己堕落时代的同伴铁面无情。奚罗多被佛洛朗蒂纳丢下了，想回部队，托皮克西沃向腓列普说情，被腓列普一口回绝。

---

① 维翁－圣西尔：圣西尔（1764—1830），担任海军大臣兼殖民大臣、陆军大臣，是优秀的野战指挥员和战术家。

他说："这家伙没有品行！"

奚罗多道："我替他打发了舅舅，他倒对我说出这种话来！"

皮克西沃道："不忙，咱们以后再跟他算账。"

腓列普又要娶阿曼莉·特·苏朗日小姐，又要求升为将军，又要求在禁卫军中带领一个团。他提出那么多要求，人家为免得他啰唆，给了他荣誉勋位和圣·路易的三等勋章。

有天晚上，阿迦德和约瑟在雨中走回家，看见腓列普穿着军服，挂着绶带，坐着华丽的轿车，车厢糊着黄缎子，车身的纹章高头漆着伯爵的冠冕，到爱丽舍－波旁宫去参加晚会①；他老气横秋的对母亲和兄弟招招手，车子带起的泥浆直溅到他们身上。

"好，好，这小子！"约瑟对母亲道，"难道他除了泥浆就不该送些别的东西来么？"

母亲回答说："他地位太好了，太高了，别怪怨他忘记我们。爬这样的险坡，他要做多少人情，做多少牺牲，尽管心里牵挂，也没法来看我们。"

莫弗利原士公爵有天晚上对新封的勃朗堡伯爵说："朋友，我相信上面对你的要求一定另眼相看；可是要娶阿曼莉·特·苏朗日小姐，你总得身体自由才行。你怎么处置你太太呢？"

"我太太么？……"腓列普的那种手势、眼神、声调，后来腓特烈·勒曼德尔串演一个杀气腾腾的角色的时候完全揣摩到了，"可怜我和她是相处不久的了。她再也活不了几天。唉！亲爱的公爵，你才不知道错配的婚姻是怎么回事呢！当过厨娘的样样脱不了厨娘口味，把我的脸都丢尽了，我真痛苦。可是我向王妃解释过我的处境。我舅舅立的遗嘱给那个女的一百万，当时非救出那一百万不可。幸而我太太染上酗酒的习惯；她一死，存在蒙日诺庄上的一百万就归我支配；我还有三万多五厘公债的利息，有进款四万的庄园。看情形，苏朗日大概会升到元帅；我攀了亲，凭着勃朗堡伯爵的头衔，有希望升为将军，当贵族院议员。这是东宫的随从武官的后路。"

1823年的美术展览会闭幕以后，供奉内廷的首席画家，当时最热心的一个人，替约瑟的母亲补上中央菜场附近一家彩票行的缺分。过了一阵，阿迦德机缘凑巧，不用补贴，跟人调了塞纳街上的一家彩票行，正好

① 爱丽舍－波旁宫：即现在的爱丽舍宫，当时为德·贝里公爵（查理十世的儿子）的宅邸。

和约瑟租的画室在一幢屋子里。阿迦德也雇了一个掌柜，生活不必再由儿子负担。可是到1828年，阿迦德虽则靠着约瑟的名望当上一家生意兴隆的彩票行经理，仍然不相信儿子真有声名，因为社会上对约瑟像对真正的天才一样，毁誉不一。约瑟这个情绪波动的大画家开支浩大；为了出入上流社会，为了在青年画派中占着特殊的位置，不能不撑起一个阔绰的场面，收入却不够应付。尽管小集团中的朋友和台·多希小姐竭力替约瑟捧场，布尔乔亚可不喜欢约瑟。今日的财富本来操在布尔乔亚手中，而布尔乔亚就从来不肯在尚未肯定的天才身上破钞。反对约瑟的有古典派，有学士院，有依靠这两大势力的批评家。勃朗堡伯爵遇到人家和他提起约瑟，还表示诧异呢。勇敢的艺术家虽有葛罗和日拉支持，替他在1827年的展览会中争到荣誉团勋章，向他定画的人还是寥寥可数。他的大幅的作品，内政部和宫廷已经不大乐意收购，画商和有钱的外国人更懒得理会。并且我们前面说过，约瑟不大能约束自己的幻想，作品好坏不一，被敌人作为把柄，不承认他的才能。

他的朋友比哀·葛拉苏和他说："气派伟大的画完全衰落了。"葛拉苏自己正在迎合布尔乔亚口味画一些庸俗的作品，而且布尔乔亚住的屋子也挂不下大幅的东西。

希奈屡次对约瑟说："要有一座大教堂给你画就好了，你只能用一件大作品来堵住批评家的嘴。"

这些话叫老实的阿迦德听了寒心，愈加相信早先对两个孩子的看法不错。事实证明，这个始终不脱内地气息的女人毕竟是有理的：她一向偏心的儿子腓列普不是终于成了光耀门楣的大人物么？她觉得腓列普早年的过失只是有天才的人一时糊涂。她不把约瑟的作品放在心上，酝酿和打画稿的阶段看得多了，完成以后已经无心欣赏。在她看来，1828年代的约瑟并不比1815年代有什么进展。可怜的约瑟欠着钱，受债务压迫，干着一门没出息的行业。最后，阿迦德还想不通为什么政府要给约瑟勋章。腓列普封了伯爵。腓列普意志坚定，不再进赌场，腓列普有资格赴王妃的晚会，成为仪貌堂堂的上校，逢着阅兵或游行的日子，穿着鲜艳的军服，挂着两条红绶带：阿迦德为娘的美梦完全实现了。有一天在公开的典礼中，腓列普在学校河滨道上做着王太子的前卫，军帽上羽毛高耸，穿着铺金镶皮的短褂，金光闪闪的在母亲面前走过，把母亲当年在同一地段看见他穷途落魄的印象抹得干干净净。对于画家，阿迦德只像一个忠心耿耿的不出家的女修士；对于王太子殿下的威风十足的侍从武官，阿迦德才觉得真有母子的感情！她为了腓列普而感到骄傲，相信腓列普不久会给她享福受用，却忘了眼前靠着活命的彩票行倒是约瑟替她谋到的。

有一天，阿迦德看见可怜的艺术家对着颜料铺子的账单一筹莫展，不由得暗暗诅咒艺术，想代他了清欠账。老太太平日拿彩票行的盈余应付家中的开销，从来不肯向约瑟要一个钱，所以手头一无所有。但她相信腓列普很阔气，一定会解囊相助。三年来她天天等儿子上门，等腓列普捧一大笔钱来让她拿去给约瑟，单单想到这一点她就特别高兴，因为约瑟和特洛希一样对腓列普的看法始终不变。

于是她瞒着约瑟给腓列普写了一封信：

致　特·勃朗堡伯爵

亲爱的腓列普，五年功夫你一点没有想起你母亲！这是不对的。你该稍稍回想一下你的过去，哪怕只想到你好心的兄弟也是应当的。现在约瑟手头很紧，而你富贵尊荣；你宴会无虚日，他却日以继夜的工作。舅舅的遗产在你一个人手里。据年轻的鲍尼希说，你每年有二十万法郎收入。来看看约瑟吧！来的时候放二万法郎在骷髅里：腓列普，这也是你欠我们的。可是你弟弟仍然会感激不尽，你给你母亲的快乐更不必说了。

阿迦德·勃里杜

过了两天，阿迦德才和约瑟吃过中饭，女佣人把一封可怕的回信送进画室：

亲爱的母亲，我不能拿着核桃壳娶阿曼莉·特·苏朗日小姐，尤其在勃朗堡伯爵的姓氏之下，还有你儿子的姓氏——

腓列普·勃里杜

阿迦德倒在画室里的半榻上，差不多晕过去了，手里的信掉在地下。纸张掉下的轻微的声音，和母亲那一声低沉而凄惨的叫喊，把约瑟吓了一跳。他正在很兴奋的打一幅画稿，忘了母亲在场，听见声响才从画架上探出头来；一看母亲横在榻上，便丢了画板画笔，过去抱起那僵直的身体送入卧房，放在床上，随手打发女佣人去请他的朋友皮安训。等到约瑟能盘问母亲的时候，方始知道母亲写给腓列普的信和腓列普的回音，便跑去捡信。可怜的母亲的脆弱的心被两句简短而狠毒的话砸碎了，偏心了一辈子建筑起来的壮丽的庙堂，顿时归于泡影。

阿迦德晚年

约瑟懂得体贴，回到母亲床前不出一声。可怜的阿迦德不是害了三星期病，而是受了三星期临终苦难；这期间约瑟绝口不提哥哥。皮安训每天来看病，那种热心证明他是真正的朋友；他一开始就点醒约瑟说：

“以你母亲的年纪，遭到这种情形，只有尽量减少她的临终痛苦，除此以外别无办法。”

阿迦德自己也很清楚上帝要召她回去了，病倒第二天，要人把她二十二年以来的忏悔师陆罗老神甫请来，举行宗教仪式。阿迦德趁左右无人的时候把所有的伤心事儿告诉神甫，又说出她从前对干妈说过而平时也常说的话：

“我什么地方触犯了上帝呢？难道我不是全心全意的敬上帝么？难道我走的不是超度灵魂的路么？我错在哪儿啊？倘若我犯了一桩自己都不知道的过失，还来得及补赎么？”

老人声气柔和的回答说：“唉！来不及了。看起来你的生活是清白的，你的灵魂是纯洁的；但是我告诉你这个伤心人：上帝的眼光比他的传道师深刻得多！我也发觉得晚了一些，因为你把我都蒙蔽了。”

陆罗神甫素来对阿迦德只有安慰和温暖的话，阿迦德听到这几句，一骨碌在床上坐起，睁大着眼睛，又惊又急，嚷道：

“你说吧！你说吧！”

神甫回答说：“你放心，你受了这样的惩罚，大概能得到宽恕的了；上帝只有对他看中的人才在现世表示得如此严厉。在世界上横行不法而始终得意的人才万劫不复；他们要等到进天国的关头方始为了一些轻微的错误受到严厉的惩罚，给大众做警戒。你做错了一辈子。你是自掘坟墓，因为我们都是放松了自己才会有过失。明明是禽兽，你当做你的光荣，把你所有的感情都放在他身上；另外一个儿子是你真正的光荣，你反而不知道赏识！你靠着约瑟过活，另外一个儿子始终在剥削你；你过去太不公平了，连这样显著的事都分辨不出。穷儿子一心一意孝敬你，供应你每天的口粮，并没得到应有的慈爱；有钱的儿子从来不想念你，还瞧不起你，恨不得你快死。”

阿迦德道：“噢！竟这样么？……”

神甫说：“是的，你身份低微，妨碍他的野心……这是你做娘的罪过！可是你的痛苦和烦恼说明你将来能享到天国的安乐。你的约瑟太伟大了，从来不因为你偏袒他哥哥而减少他对你的孝心；你得好好的爱他。在这最后几天之内，把你的感情全部给他吧。你应当为他祈祷；至于我，我要为你祈祷。”

经过这样有力的点拨，母亲的眼睛终于擦亮了。她回溯一生的经历，发现了自己无心的罪过，泪如泉涌。一个人忏悔他由于无知而犯的过失，老神甫看着很难受；他慌忙退出，免得阿迦德发觉他的怜悯。

约瑟在外边向朋友借钱付一批最急迫的账，等神甫走了两小时才回来，他以为母亲睡熟了，轻手轻脚的进房坐在靠椅上，病人根本没看见。

阿迦德忽然哭出声来，嚷道："他肯原谅我么?"约瑟急得一身大汗，直站起来，以为母亲临终昏迷，说起胡话来了。

病人脸上痛苦万分，眼睛都哭红了，约瑟看着大吃一惊，问道："妈妈，你怎么啦?"

"啊！约瑟，你肯原谅我么，我的孩子?"

约瑟道："原谅什么呢?"

"我辜负了你的孝心，没有好好的爱你……"

"亏你想得出！"约瑟嚷道，"你说你不爱我?……咱们住在一起不是住了七年了么?你替我做了七年管家婆。我不是天天看到你，听到你的声音么?我过着苦日子，你不是和我相依为命，对我又宽容又温柔么?是不是因为你不了解画?……哎！那是勉强不来的！昨天我还和葛拉苏说来着：我苦苦挣扎，唯一的安慰就是有个好妈妈；艺术家的太太要像她那样就好了，她百事操心，管着我的日常生活，绝对不来麻烦我……"

"不是的，约瑟，不是的；你是爱我的！我没有像你爱我那样的爱你。啊！我真想多活几年！……把你的手给我……"

阿迦德拿儿子的手亲着握着，按在自己胸口，半晌瞧着他，碧蓝的眼睛里有一道一向只对腓列普流露的慈爱的光。约瑟既是画家，熟悉表情，看到这个变化大为感动，知道母亲整个的心都给了他，便紧紧搂着母亲，嘴里发疯般叫着：

"噢！妈妈！妈妈！"

她道："啊！我知道你原谅我了。孩子原谅了妈妈，上帝也该原谅我了！"

"你应当安静，别烦恼；行了，我觉得你这一下等于爱了我一辈子。"约瑟说着把母亲的头放回到枕上。

这个圣洁的女子在生死关头挣扎了两星期，两星期内对约瑟的眼神、动作、心情，表现出不知多少慈爱，仿佛每次都是整个生命的流露……为娘的心上只有儿子，忘了自己；有了母爱支持，她身上的痛苦也不觉得了。她像小孩子般说些天真的话。大丹士、米希尔·克雷斯蒂安、费尔扬斯·里达、比哀·葛拉苏、皮安训，都来陪约瑟，常在病人屋里低声讨论问题。

有天晚上阿迦德听见他们谈论一幅画，不由得嚷道："噢！我真想弄明白什么叫作色彩！"

约瑟对待母亲也无微不至，从来不离开她的卧房，对她温存体贴，用同样的爱回报她的爱。大画家的朋友们永远忘不了这个动人的景象。那些朋友不但真有才具，还有高尚的品格，在约瑟和他母亲面前的态度恰如其分，好比是和约瑟一同祈祷、一同哀伤的天使，并非真的做着祷告，哭哭啼啼，而是在精神上、行动上和约瑟息息相通。约瑟是心灵和才具同样伟大的艺术家，看了母亲的某些眼神，猜到她还有一个愿望压在心里，有一天对大丹士说：

"她太喜欢混账的腓列普了，不会不希望临死之前再见他一面。"

腓列普不时还跟生活放荡的艺术家们来往，而皮克西沃在那个圈子里也颇有面子；约瑟托皮克西沃叫那卑鄙的暴发户发发善心，哪怕是做戏吧，好歹得表示一些感情，骗骗可怜的妈妈，让她临死得到一点儿安慰。皮克西沃本是冷眼旁观、愤世嫉俗的讽刺家，很愿意当这样一个差使。

特·勃朗堡伯爵在糊着大马色黄缎子的卧室里接见皮克西沃，皮克西沃告诉他母亲的病情，他听着哈哈大笑道：

"真是见鬼！你叫我去干什么？老太婆只有一桩事情好帮我忙，就是快点儿死；要不然，我和苏朗日小姐结婚那天，她还不丢尽我的脸？我家族越少，地位越好。你很明白，我恨不得叫拉希公墓上所有的墓碑把勃里杜这个姓埋葬得干干净净！……我兄弟出头露面，叫人想起我的真名实姓，简直要我的命！你是聪明人，不会不替我设身处地想一想。比如你当上了国会议员，舌剑唇枪，嘴巴好厉害，像旭佛兰法国外交家、政客、实业家(1766—1832)，在王政复辟时代为国会议员，以言语辛辣著名一样叫人忌惮，有希望成为皮克西沃伯爵，当美术署署长：到了那一步，假如你的台戈安老奶奶还活着，你高兴不高兴让一个圣·雷翁太太那样的老婆子站在你身边？你肯搀着她上蒂勒黎花园散步么？你竭力想踏进去的贵族家庭，你会替她介绍么？哼！你要不巴望她葬在九泉之下，封在棺材里才怪！得啦，还是同我一同吃中饭，谈谈别的吧。朋友，我是暴发户，我知道。我不愿意露出狐狸尾巴！……将来我的儿子比我运气，一出山就是个王爷。小家伙也会巴不得我早死，那是我意料之中的，否则也不成其为我的儿子了。"

他拉了铃，吩咐当差：

"客人在这里吃饭，菜弄得精致些。"

皮克西沃道："可是上流社会又看不见你在母亲房里。花几个钟点向可怜的老人家装出一点孝心，又不破费你什么……”

“嘿！”腓列普眨了眨眼睛说，“你是受他们请托而来的吧。拉拢啊，巴结啊，那一套我是老手了。我母亲想在断气之前替约瑟敲我一笔！……哼，休想！”

皮克西沃把经过情形回报约瑟，约瑟听着一直凉到心里。

就在那天晚上，阿迦德声音悲悲戚戚的问：“腓列普有没有知道我病倒了？”

约瑟直掉眼泪，话都说不出来，走出去了。陆罗神甫坐在床头，握着她的手回答说：

“唉！你向来只有一个儿子！……”

阿迦德听着心中有数，病势急转直下，到了最后阶段。二十小时之后，她死了，死前说的胡话中间漏出一句：

“腓列普究竟像谁啊？”

约瑟单独送了母亲的丧。腓列普为了部队里的公事上奥莱昂去了；原来约瑟在母亲断气的当口给腓列普去了一封信，叫他没法留在巴黎：

> 没心没肺的禽兽，母亲被你那封信气死了，你戴你的孝吧，不过你还是装病为妙：我不愿害死我母亲的凶手和我一块儿送她的灵柩。
>
> 约瑟·勃里杜

五　结　　局

约瑟悲痛之极；也许只有呆板的工作能使他分心，可是他提不起精神来画画。朋友们互相约着经常来陪他，不让他孤独。皮克西沃喜欢约瑟，在一个爱嘲弄的人可以说是到了最大限度，出殡之后半个月也常到画室来。有一天女佣人忽然进来递给约瑟一封信，说送信的老婆子在门房里等回音。

> 先生：
>
> 我不敢称你为弟，但是既然我姓了这个姓，就不能不写信给你……

约瑟翻过信纸，查看信末的签名，一见佛洛尔·特·勃朗堡伯爵夫人几个字，打了一个寒噤，料定哥哥又干下什么卑鄙龌龊的勾当了。

他道："这强盗始终为非作歹！而人家还当他诚实君子！脖子里挂着一连串勋章！明明应该送上绞刑架，偏偏出入宫廷，耀武扬威！明明是个下流东西，偏偏称为伯爵大人！"

皮克西沃道："这种人可多着呢！"

约瑟接着道："再说，搅水女人也活该吃苦，不要脸的臭婆娘当初竟会叫人把我砍头，像杀鸡一样容易，她就不肯开一声口，说我是冤枉的！……"

约瑟把信一扔，皮克西沃急忙捡起来高声念道：

> 身为勃里杜·特·勃朗堡伯爵夫人，不管过去犯了什么过失，死到医院去总不大得体吧当时的医院近乎救济院性质？倘若我命该如此，倘若伯爵和你的意思要我如此，那我也没有话说。但你是皮安训医生的朋友，求他说个情送我进医院。先生，替我送这封信的人，到格里希街的勃朗堡府上一连去过十一天，没有能得到我丈夫的帮助。我目前的情形不允许我委托一个诉讼代理人用法律手续取得我应有的权利，使

我能太太平平的死。我是无论如何救不活的了，我知道。你要不愿照管你不幸的嫂子，至少请你给我必要的钱，让我从容的死去，因为我看出你哥哥要我死，他一向就要我死。他早说过有三个可靠的办法置于一个女人死地，我却是笨得很，料不到他会用这一着。

倘若承蒙你好意肯帮助我，肯亲自来看看我落难的情形，我的地址是乌沙伊街，在香德兰德街口的六层楼上。明天我要不付清拖欠的房租，就得赶出大门！叫我上哪儿去呢，先生？我是不是能称为

你的嫂子　佛洛尔·特·勃朗堡伯爵夫人？

约瑟道："嘿！卑鄙龌龊到这个地步！内里究竟是怎么回事呢？"

皮克西沃道："叫送信的女人上来，从她嘴里可以听到故事的开场白。"

过了一会，出现一个女人，皮克西沃称之为"一堆会走路的垃圾"！的确，你只看见一件套着一件的破烂衣衫，因为时令关系四边都沾满泥浆，底下是一双粗腿，一双臃肿的脚，套着千补百衲的袜子，穿着裂缝里渗出水来的鞋子。一大堆破布上面耸起着一张脸，活像夏莱笔下的扫街女人①，包着一条经纬磨光的头巾。

那女的拿着一把1793年代的雨伞，当拐杖一般撑着身体。皮克西沃拿起笔来画速写，约瑟问她："你姓什么？"

"我姓葛吕日。"她看见皮克西沃对她冷笑，不免有点生气，朝着他说，"我的好少爷，我从前也有过钱呢。要不是我可怜的女儿迷上一个男的，我今天也不会落到这一步。她是投河死的，可怜的伊达！我昏着头，拼命追四连号的彩票；为了这缘故，亲爱的先生，活到七十七岁还在看护病人，一天拿十个铜子，吃病人的……"

"病人可不管你穿衣是不是？"皮克西沃道，"当年我老祖母尽管追三连号，身上倒还穿得整齐。"

"不过我十个铜子里头还要付房租……"

"你看护的那个太太得了什么呀？"

"先生，她什么都没得……我是说……钱，你知道。要说她的病么，叫医生看了都要吓一跳……她欠着我两个月工钱，所以我还在服侍她。丈夫是个伯爵，她还是伯爵夫人呢；她死后，她丈夫一定会付我的账。为此我有一个钱给她垫一个钱……现在我也完了，所有的东西都进了当铺！

---

① 夏莱：今译沙尔莱，法国19世纪版画家。

……她欠我四十七法郎六十生丁，还有三十法郎工钱；她想用煤气自杀，我告诉她使不得……我不在家的时候托看门女人防着她，说不定她会跳楼。”

“她到底是什么病呢？”

“哎！先生，女修士会的医生来看过了，说到她的病么……”葛吕日太太好像不好意思说出口，“医生认为应当送医院……病是不会好的了。”

皮克西沃道：“咱们瞧瞧去。”

约瑟道：“好吧，这里还有十法郎。”

画家伸手到骷髅里把所有的钱都掏了出来，赶到玛萨里纳街跳上一辆马车去找皮安训，幸而他在家；皮克西沃奔往皮西街找他们的朋友特洛希。一个钟点之后，四个人在乌沙伊街上会齐了。

皮克西沃一边上楼一边对三个朋友说：“腓列普·勃里杜真是曼菲斯托番转世，不过多了一匹马曼菲斯托番是《浮士德》传说中的魔鬼。因为腓列普是龙骑兵，所以说“多了一匹马”。他摆脱老婆的手段恶毒透了。咱们的朋友罗斯多每月从腓列普手里拿到一千法郎，当然很高兴拉着勃里杜太太和佛洛丽纳、玛丽埃德、多丽阿、华尔诺勃尔一帮人鬼混。等到腓列普看出搅水女人好吃好穿，过惯了奢华生活，马上断绝她的财源，让她自己去张罗……怎么张罗，你们都想象得出。一年半之后，腓列普使他女人一季不如一季的堕落下去；临了又给她一个年轻漂亮的下级军官，引诱她喝上了酒。腓列普一步一步向上爬，他女人一步一步往下跌，如今伯爵夫人竟陷入了泥淖。这女的生在乡下，身体经得起折磨，我弄不清腓列普怎么能把她拖倒的。我很想研究这出戏，因为我要替一个朋友报仇。唉！告诉你们，”皮克西沃的口气叫三个朋友猜不透是开玩笑还是说的正经，“要断送一个人，只消叫他染上一样嗜好。雨果说过：她太喜欢跳舞了，就为着跳舞送命！……我祖母喜欢赌彩票，腓列普就用彩票害死她！罗日老头喜欢淫乐，性命就送在洛洛德手里！可怜的勃里杜太太喜欢腓列普，就为着腓列普气死！……唉！嗜好！嗜好！什么叫作嗜好，你们知道没有？嗜好就是催命鬼！”

特洛希笑着对皮克西沃道：“那么你将来准是说笑话说死了！”

从第五层起，四个年轻人走的不是楼梯，而是一种笔直的扶梯，像巴黎有些屋子通往阁楼用的。约瑟见过才貌出众的佛洛尔，这时存心看到一个可怕的对比，但还想不到摆在他艺术家面前的景象会丑恶到这个田地。

房间只是阁楼上的一个斜角，没有糊壁纸，帆布床上的褥子大概塞的是兽毛。躺在床上的女人皮色发绿，像淹死了两天从水里捞起来的，骨瘦如柴，好比临死前两小时的痨病鬼。臭气触鼻，头上包一块方格子的印花布，头发都秃了。凹下去的眼睛四周发红，眼皮像鸡蛋里的薄膜。当年多么迷人的肉体变了一副怕人的骨骼。佛洛尔看见客人，马上把胸口的一块破纱裹紧，大约原来是条小窗帘，边上还留着铁梗的锈斑。房里只有两把椅子，一口蹩脚五斗柜；柜上一个番薯当烛台，插着一支油蜡，地下乱糟糟的放着几个盘子，没有生火的壁炉旁边有一只搪泥的炉子。皮克西沃看见一本从杂货店买来的练习簿，写信给约瑟用的信纸就是从簿子上撕下来的，信大概也是佛洛尔和看护的老婆子商量着写的。那种惨象只有"令人作恶"四个字可以形容，这个形容词本来也没法用别的字加强。病人见了约瑟，腮帮上淌下两滴眼泪。

皮克西沃道："她还能哭呢！怪了怪了：骨牌上竟会掉出眼泪来！我这才明白摩西的奇迹摩西受耶和华传授，能把手中的杖变为蛇，河中的水变为血，用来说服埃及的法老。见《旧约·出埃及记》第四章。"

约瑟道："她完全干瘪了！……"

佛洛尔道："我是给忏悔的火烧干的；可是我连一个教士都见不到，我一样都没有，便是让我看到神像的十字架也没有！……"她伸出两条像木头雕的胳膊，嚷道，"先生，我固然罪孽深重，可是上帝惩罚罪人也从来没有这样严厉的！……玛克斯替我出过恶毒的主意，腓列普把他杀了，如今把我也杀了。上帝借他的手来报复，就像用天灾来惩罚人一样！……你们好好的做人吧，天网恢恢，疏而不漏，我们都会遇到一个腓列普的。"

皮安训道："你们走开，让我看看病是不是还医得好。"

特洛希道："你把她治好了，腓列普可要气疯了。我要把他老婆的情形报告法院；他既没有告过妻子犯奸，妻子应当享有全部权利；腓列普免不了有场官司，闹得他声名狼藉。咱们先把伯爵夫人送往圣·但尼城郊丢蒲阿医生的疗养院，让她舒舒服服的治病；接着我进张状子要伯爵回家履行同居义务。"

皮克西沃叫道："了不起，特洛希！做一桩好事叫人吃吃苦，倒也痛快！"

过了十分钟，皮安训下楼告诉两个朋友："我找台北兰去要他开刀，还能救活这个女的。台北兰一定会给她治疗。纵酒的结果，她得了一种奇怪的病，大家本以为那种病已经绝迹了。"

"荒唐医生，算了吧！难道她只有一种病么？"皮克西沃问。

皮安训已经奔入院子，急于向台北兰去报告重要消息。过了两小时，约瑟的倒楣嫂子给送往丢蒲阿医生创办的医院；那医院办得很好，后来由巴黎市收买了。

三星期以后，《医院简报》上发表一篇报告，叙述现代外科医学上的一次极大胆的试验，病人的姓名简称为F. B。她的死亡与其说由于开刀的反应，毋宁说由于生活太苦，身体支持不住。

上校勃朗堡伯爵马上戴着孝去见苏朗日伯爵，告诉他遭了重大的变故，伤心极了。上流社会里窃窃私语，盛传特·苏朗日伯爵的女儿要嫁给一个人才出众的暴发户，不久就会升做少将，在禁卫军中带领一个团。特·玛赛把消息告诉拉斯蒂涅，拉斯蒂涅在仙岩饭店吃宵夜的时候谈到了，皮克西沃正好在座。

俏皮的艺术家暗暗发誓："这门亲事决不让它成功！"

在腓列普翻转面皮不理的朋友中间，像奚罗多那样的人固然没法报复，但皮克西沃靠着才气到处有人招待，吃了亏决不轻易原谅。腓列普得意忘形，竟得罪了皮克西沃。有一回在仙岩饭店吃宵夜，皮克西沃要腓列普请他上勃朗堡府第去，腓列普当着许多要人的面回答说：

"等你当了部长再来吧？"

皮克西沃搭讪着说："是不是要我改信了新教法国人对新教的牧师有两种称呼，一种称呼即与部长一词相同。皮克西沃故意利用这一点说一句笑话，借此下台才能上你家去呢？"

他嘴里这么说，心上想："哼！就算你是歌利亚，我也有扳机，也有石子非利士人中的战士歌利亚魁梧奇伟，头戴铜盔，身穿铠甲，使以色列人望风而逃；后被大卫用扳机射出石子击死①。"

听到拉斯蒂涅说的新闻以后，促狭鬼第二天在一个做演员的朋友家穿扮齐整，化装得像一个还俗的教士，戴着绿眼镜，雇了一辆马车直奔苏朗日府上。皮克西沃既然被腓列普当做捣乱朋友，也就有心跟腓列普捣乱一下。他一再要求，说有要事面谈，居然见到了特·苏朗日先生。皮克西沃道貌岸然，好像肚子里装满了机密大事。他用假嗓子说出勃朗堡伯爵夫人的病情，说出从皮安训那儿听来的可怕的内幕，说出阿迦德是怎么死的，罗日老头是怎么死的，勃朗堡伯爵还为之得意呢；他又把台戈安女人的死，盗用报馆公款以及腓列普堕落时期的种种行为，一股脑儿全说了。

"伯爵，你许配小姐之前最好向各方面打听一下，不妨问问他早年的朋友，例如皮克西沃、奚罗多上尉等等。"

过了三个月，上校特·勃朗堡伯爵在家请杜·蒂埃、纽沁根、拉斯蒂涅、玛克辛·特·脱拉伊、特·玛赛吃宵夜②。客人带着安慰的口气谈到

① 大卫王打败巨人歌利亚的故事，见于《旧约·撒母耳记》。

② 以上人物均为巴尔扎克《人间喜剧》中多部作品出现的人物。

他和苏朗日家闹翻的事，主人听了表示满不在乎。

玛克辛说："你要攀亲还可以攀更高的门第。"

"讨一个葛朗里欧家的小姐，要多少家私?"腓列普问特·玛赛。

特·玛赛很不客气的回答："你去提亲的话……便是六个女儿中最丑的一个，至少也得一千万。"

拉斯蒂涅道："噢！凭着每年二十万法郎进款，你可以娶特·朗日小姐，她是侯爵的女儿，相貌奇丑，年纪三十岁，陪嫁一个钱都没有：对你倒正合式。"

腓列普答道："再过两年我可以有一千万。"

杜·蒂埃微微一笑，说道："今天是1829年正月十六日，我干了十年，还没弄到这个数目！……"

腓列普说："咱们多交换交换意见，你就能看出我在金融方面的眼力。"

"你统共有多少财产?"纽沁根问。

"我的田地和住宅包括在我世袭的庄园之内，我不能动，也不愿意动；但是抛出了公债，总该有三百万……"

纽沁根和杜·蒂埃很狡猾的互相望了望，杜·蒂埃就说：

"亲爱的伯爵，要是你愿意，咱们来合作吧。"

特·玛赛发觉杜·蒂埃又向纽沁根瞟了一眼，意思是说："这几百万是咱们的了！"的确，那两个银行家对政局内幕非常熟悉，能在紧要关头和腓列普在交易所中对赌，但等局势从各方面看来都有利于腓列普而实际是有利于他们的时候，十拿九稳的赢他。这样的机会终于来了。到1830年7月为止，杜·蒂埃和纽沁根帮腓列普赚了一百五十万，勃朗堡伯爵不再提防他们，觉得他们诚实可靠，主意很高明。腓列普是靠王政复辟起家的，尤其瞧不起布尔乔亚，所以看错大局，以为王上的敕令指1830年7月查理十世所下的禁止言论自由、解散国会等四项敕令。这是促发七月革命的导火线必然见效①，对公债行市看涨；纽沁根和杜·蒂埃却相信革命一触即发，对行市看跌。两个狡猾的伙计假装同意腓列普的看法，让他抱着希望以为几百万财产可以赚上一倍；暗里却安排定当，准备把腓列普的几百万赚到自己手里。

查理十世对抗七月革命的成败，攸关腓列普的四百万法郎；因此他奋

---

① 王上的敕令：即"七日敕令"，包括四项法令：修改出版法，限制新闻出版自由；解散新选出的议会；修改选举制度；9月6日和13日召集选区和郡的选民团，9月28日两院开会。

勇作战。他的忠诚被上面知道了，王上在圣·格罗宫中召开会议，叫腓列普随同莫弗利原士公爵出席。这点儿宠遇可救了腓列普；因为7月28日他本想向大街上冲锋，来一次扫荡战；他的朋友奚罗多正带着革命军的一个支队，很可能送几颗子弹来，结果腓列普的性命。

一个月以后，勃里杜上校的偌大财产只剩下住宅、田地、古画和家具了。他说他还犯了一桩大错，相信波旁家的长房能够夺回王位，到1834年为止还不肯变节。直到看见奚罗多升为上校，腓列普才心中嫉妒，要求回部队。不幸他在1835年上被派到阿尔及利亚去带一个团，在极危险的岗位上守了三年，希望升做将官；无奈奚罗多将军暗中作梗，始终不让他晋级。腓列普变得性情暴戾，对部下过分严厉，虽像缪拉拿破仑手下有名的勇将一般勇敢，大家还是恨他入骨。在形势险恶的1839年阿尔及利亚的民族运动领袖阿卜杜·卡迪尔，于1839年发动大规模的战争，反抗法国的殖民统治年初，腓列普遇到优势的敌人，不得不退却，中途又对阿拉伯人展开反击：他只带一连兵冲锋，不料对方是主力部队。战斗非常激烈、残酷，都是一个对一个的肉搏，法国的骑兵只有一小部分幸免。离得远一些的部下望见团长陷入重围，觉得犯不上白白牺牲性命去救他。他们听见他喊着：“来救你们团长！帝国时代的上校！”接下来是一阵凄厉的呼号；但部下自顾自逃回去跟大队会合。腓列普死得极惨：在马上中了乱刀翻在地下，差不多已经剁成肉酱，还被割下脑袋。

那个时期，约瑟靠赛里齐伯爵帮忙，娶了一个做过包税商的自力富翁的女儿，承继了勃朗堡的府第和田产。腓列普生前虽不愿意让兄弟得他的遗产，可是没有能把产业变卖。约瑟最得意的是到手那批出色的古画。他的丈人活像奥勋先生，不过带点土气，每天在替他攒钱。约瑟每年已经有六万法郎收入。他画出一些很精彩的作品，帮艺术家很多忙，但是还没有进学士院。按照政府关于贵族世袭产业的条例，特·勃朗堡伯爵的封号竟落在约瑟头上。对于这一点，他在画室里和朋友们在一起的时候，常常忍俊不禁，觉得滑稽透了。

“伯爵心地善，衣衫穿得美！”雷翁·特·洛拉对约瑟说。洛拉虽则成了有名的风景画家，还是那个老脾气，喜欢把成语改头换面。他看见约瑟交了好运表示谦虚，又打趣他说：

“嘿！嘴巴是越吃越渴的！”洛拉利用谐音，把“账算清，朋友亲”的成语改为“伯爵心地善，衣衫穿的美”。与“嘴巴越吃越渴”一句谐音的成语是“你先吃起来，胃口自会来”。

1842年11月　巴黎

1959年4月至12月　译